그들의
사랑은
길었다

그들의 사랑은 길었다

1판 1쇄 찍음 2017년 8월 16일
1판 1쇄 펴냄 2017년 8월 23일

지은이 | 안정원
펴낸이 | 고운숙
펴낸곳 | 봄 미디어

기획·편집 | 김민지, 김자우, 홍주희, 김현주
표지 디자인 | 김수지

출판등록 | 2014년 08월 25일 (제387-2014-000040호)
주소 | 경기도 부천시 원미구 소향로17, 304(두성프라자)
영업부 | 070-5015-0818 편집부 | 070-5015-0817 팩스 | 032-712-2815
E-mail | bommedia@naver.com
소식창 | http://blog.naver.com/bommedia

값 9,000원

ISBN 979-11-5810-365-1 03810

안 정 원 장 편 소 설

그들의
사랑은
길었다

Their love was long

CONTENTS

프롤로그

오후의 초여름 거리는 더없이 밝고 환했다. 원망스러운 눈빛으로 하늘을 올려다본 순간 강렬한 햇살 한 줄에 찌푸리고 있던 두 눈을 질끈 감았다.

얼마지 않아 작은 한숨을 내뱉으며 눈을 뜬 단영은 손에 들린 장대 우산을 난감하다는 듯 바라보았다. 장마철에 있을 만한 일이라고 치부하기엔 거리를 지나는 다른 이들의 손에는 흔한 접이 우산 하나 들려 있지 않았다.

어제 마트에서 장을 보고 돌아오는 길에 폭우처럼 쏟아지는 소나기를 만났었다. 오도 가도 못해 난처했던 기억에 오늘은 날씨부터 검색하고 집을 나섰다. 제대로 준비했다고 여겼는데 종일토록 비 구경은 하지도 못했다.

단영은 부동산에서 나와 지하철을 올라타자마자 휴대폰을 들어 최근 검색창을 다시 열었다. 찬찬히 훑어보니 집을 나서며 본 예보는 지난해 오늘의 날씨를 운운한 누군가의 블로그 창이었다.

바보같이. 접이식 우산이 구비되어 있는데도 손에 잡힌 게 왜 하필 이것이었는지. 불과 두어 시간 전까지 주변의 시선에 아랑곳하지 않고 장대 우산으로 햇살을 가리며 거리를 거닐던 단영은 민준과의 만남 앞에서 새삼스러울 것 없는 자신의 덤벙거림이 원망스러웠다. 누가 봐도 집에서 대충 걸치고 나온 차림새에 지팡이 같은 장대 우산. 이 꼴로 민준의 약혼녀와 첫 만남을 가져야 하다니.

단영은 쇼윈도에 비친 자신의 모습을 훑어보며 미간을 살짝 찌푸렸다. 약속 장소 앞에서 어정거리길 벌써 10여 분째였다. 깨끗이 빨아 처음 꺼내 입은 티셔츠가 갑자기 초라하게 느껴지는 이유가 무얼까. 사람을 외관과 행색으로 판단한 적도, 또 그것 때문에 위축된 적도 없었다.

단영은 근래 몇 가지 이유로 곤궁함에 처하다 보니 사람을 만날 마음의 여유가 없나 보다고 스스로를 위로하며 마땅찮은 표정을 애써 지웠다.

가방에서 울려 퍼지는 휴대폰의 진동음 소리에 카페의 문손잡이를 호기롭게 잡으려던 단영의 손이 툭 떨어져 나갔다. 동시에 깨끗하게 닦여진 큰 유리문 너머, 매끈한 어깨선을 따라 떨어진 슈트 핏이 멋진 남자와 그에 어울리는 한 여자가 그녀의 눈동자 안으로 들어왔다. 하얀 민소매 레이스 원피스를 입고 있는 여자의 수줍은 미소에서 비단 차림새뿐만 아니라 살아온 삶의 질이 저와 다름을 느꼈다.

"여보세요. 아, 민준아. 그렇지 않아도 전화하려던 참이었는데, 미안해서 어떡하지? 갑자기 일이 생겨서 만나기 어려울 것 같은데……."

만남을 망설이던 말은 단영이 입을 열자 어렵지 않게 불쑥 튀어 나왔다.

태준은 목적지인 카페 간판이 보이는 빌딩의 지하 주차장으로 차를 몰며 핸들 옆 시계에 힐긋 눈길을 주었다. 시간을 확인한 순간, 가게에서 30m 정도 떨어진 곳에 잠시 차를 주차키로 마음을 바꾸었다.

운전석에서 내려 서둘러 옮기던 그의 발걸음이 갑자기 멈췄다. 차체 앞에 몸을 기대고 있는 그에게선 조금 전 시간에 쫓기던 모습이 아니라 진중함이 묻어났다. 거리를 향해 한 번, 카페 창가로 한 번, 다시 도로변을 향해 되돌아서기를 반복하는 한 여자의 모습을 바라보는 태준의 얼굴은 무덤덤했지만 눈빛은 예사롭지 않았다.

저 망설임의 끝은 언제일까. 지켜보던 태준이 가게를 향해 성큼 걷기 시작하고, 얼마 안 있어 여자도 마음을 결정했는지 몸을 돌렸다. 그런데 무엇 때문인지 그녀는 카페의 문을 연 순간 한 걸음 뒤에서 따라 들어가려던 그를 향해 갑자기 몸을 돌렸다.

여자의 작은 어깨가 그의 가슴팍으로 살짝 부딪혀 왔다. 그녀의 손에 들려진 장대 우산이 툭 소리를 내면서 땅에 떨어졌다.

"아, 죄송합니다."

"여기."

"고맙습니다."

태준이 장대 우산을 주워 건네자 그녀가 한 손으로 우산을 받아 들었다. 그의 어깨 즈음에 있던 그녀의 고개가 꾸벅 숙여졌다. 시선은 여전히 땅을 향한 채였다.

"아무 일도 아니야, 미안해. 오전에 말한 부탁은 나중에 다시 전화……."

다시 한번 묵례를 살짝 건넨 뒤 통화를 하며 도로변으로 향하는 여자의 등 뒤로 한동안 그의 시선이 머물렀다.

1화

연이틀 내리던 비가 그쳤다. 오프 때마다 집을 알아보느라 지칠 대로 지친 단영의 두 눈은 쉽사리 떠지길 거부했지만 모처럼의 환한 햇살이 늦잠을 방해했다.

침대를 벗어나기 무섭게 오전 내도록 바쁜 그녀였다. 병원으로 출근했으면 모를까, 집 안 구석구석 밀린 일거리를 찾는 마음은 하염없이 바빴다.

단영은 어깨에 걸쳐진 집 전화기가 떨어지지 않도록 오른편 귀를 전화기에 단단히 눌렀다. 홑이불을 높은 빨랫줄에 널기 위해 팔을 뻗느라 울먹이며 떼를 쓰는 보람의 청은 귀에 들리지도 않았다.

"안 돼. 간만에 있는 오프인데, 그곳에서 영혼 뺏기고 올 일 없어."

─단영아, 한 번만. 응? 내가 오죽하면 너한테 같이 가자고

11

하겠니.

"글쎄, 안 된다니까. 내일 이른 출근이란 말이야. 이번 주말엔 엄마에게 가는 것도 알잖아."

단영은 한 손으로 물기에 젖은 얇은 이불의 주름을 꼼꼼히 펴고, 다른 한 손으로는 전화기를 고쳐 잡으며 단호하게 의사 표시를 했다. 보람의 애끓는 목소리에 마음은 조금 불편했지만 안 되는 건 안 되는 거였다. 무아지경의 공연이라니. 겨우 지탱해 나가는 에너지를 뺏기고 올 수는 없었다.

지난겨울 크리스마스 때 보람이 좋은 콘서트 티켓이 생겼다며 데려간 곳이 무아지경의 공연이었다. 세 시간 가까이나 되는 공연에 이리 뛰고 저리 뛰며 얼마나 환호성을 내질렀던지 다음 날엔 목소리도 제대로 나오지 않았다. 생애 한 번 있는 경험으로는 나쁘지 않다고 여겼다.

몇 달 지나지 않아 또 좋은 콘서트가 있다는 보람의 말에 무아지경이면 말도 꺼내지 말라고 했더니, 이번엔 대학로에 있는 작은 아트홀 공연이라 했다. 역시나 무아지경의 앨범 발표회였다. 어이없어하는 그녀에게 동문 좋다는 게 뭐냐고 배시시 웃으며 변명을 하던 보람이었다.

무아지경의 리더, 이선무.

크리스마스 공연에선 거리가 멀어 알아차리지 못했지만, 소극장 아트홀 공연에서 봤을 때 어쩐지 낯이 익다 했더니 한솔고등학교 밴드 출신이었다.

사회 각계각층에서 명성이 자자한 사립 명문 자사고인 한솔고 졸업생이 아무리 노래가 좋다고 한들 밴드 그룹의 리더라니.

일면식도 없는 선배지만 그의 인생 또한 평탄치는 않았겠다고 여기며 단영은 고개를 살짝 내저었다.

좋을 것 하나 없는 학창 시절이었다. 머리에서 깨끗이 지우고 싶을 만큼.

단영은 다시 어깨와 한쪽 귀에 전화기를 야무지게 끼우고 옷걸이에 젖은 빨래를 널면서 생각을 몰아내듯 쐐기를 박았다.

"안 돼. 아니, 싫어."

—너 정말 이럴래? 내가 몇 시간짜리 콘서트장에 가자고 했어, 뭘 했어? 예나 언니 카페에 홍보 공연해 주러 온다잖아. 언니 얼굴도 보고, 가서 술도 좀 팔아 주고, 표조차 구하기 어렵다는 인디 밴드 노래도 공짜로 듣고 얼마나 좋아?

예나. 그 언니의 성이 뭐였더라. 무리하게 기억을 더듬어도 도통 생각이 나지 않았다. 한솔중학교와 고등학교 앞에서 작은 분식집을 하던 그녀를 홍대 앞에서 만났다고 보람이 호들갑을 떨며 연락을 해 왔다. 알고 보니 그것도 무아지경을 쫓아다니던 중 우연히 겪은 일이었다.

"취향에 안 맞으니까. 거기 다녀오면 다음 날까지 귀가 먹먹해서 환자들이 부르는 소리도 안 들려."

—콘서트도 아니고 카페 공연이야. 몇 곡이나 한다고 그러니? 이번엔 금방 끝날 거야.

"그러게. 제대로 된 공연도 아니고, 아는 사람들끼리 모여서 즐기자는 거잖아. 하여튼 난 싫어."

—서단영! 친구 좋다는 게 뭐야? 강남 갈 때도 따라가는 게 친구 아냐?

"그럼 민준이라도 불러서 가든지."

—공적인 일로도 보기 어려운 애를 어떻게 불러? 네 일 앞에 서야 슈퍼맨이지.

"무슨 말이야, 그건 또? 언제는 민준이가 회사에 들를 때마다 밥 사 주는 덕에 직원들이 깍듯이 대해 준다며."

보람은 민준의 회사 HS그룹 자문 로펌 세무 담당 변호인단 중의 하나였다.

—요즘은 회사 들어가도 보기 힘들어. 직급이 더 올랐다던데 너 못 들었어? 지난 주말에 잠깐 민준이 만나기로 했다며?

"……아, 갑자기 딴 일이 생겨서."

지난 주말, 급한 일을 핑계로 자리를 피한 단영은 아직 민준과 통화하지 못했다. 그에게서 부재중 통화가 두 번 들어오긴 했지만 모두 병실 라운딩을 할 때였고, 도저히 입이 떨어질 것 같지 않아 부러 먼저 걸지 않았다.

—하여튼, 이젠 약혼녀까지 있는 애를 그런 데 불러내고 싶지 않아. 나도 노래가 좋아서 가는 것도 아닌데 둘이 마주 앉아 뭐 해?

약이 오른 걸까. 혼자서는 그런 곳에 절대 못 가는 보람이 조바심이 난 걸까. 그제야 단영이 듣고 싶었던 말이 나왔다.

"그럼 왜 가는데? 너 무아지경 팬이잖아. 그래서 크리스마스 시즌 공연엔 지방까지 따라간 것 아니었어?"

그럼 그렇지, 보람과 친구가 되고 강산이 두 번이나 변하는 시간이었다. 소심하고 내성적인, 자신보다 시끄러운 것은 더 질색인 보람이 보채는 걸 보니 필시 다른 이유가 있지 않을까 하던 그녀의 의혹이 풀리려는 순간이었다.

"건반 두드리는 현아인가 하는 여자 빼고. 선무, 지훈, 태경 중에 누구야? 뻔질나게 공연 핑계 대고 쫓아다니는 인물이 누군지 말해 봐. 그러면 이 언니가 이번만 특별히 한 번 더 따라가 보든가."

모른 척 묻는 단영의 양 입가에 짓궂은 웃음이 살짝 번졌다.

단영은 가게에 들어서도록 명확한 답을 주지 않는 보람에게 구태여 물을 필요를 느끼지 못했다. 가게의 구석진 무대 한편에서 열심히 공연을 준비하는 네 사람 중, 보람의 시선은 오로지 한 사람에게 꽂혀 있었다. 그 모습에 지금까지 알아차리지 못한 자신의 무심함을 깨달으며 보람에게 살짝 미안해졌다.

게다가 카페 아미코에 울려 퍼지는 발라드 음률은 무아지경에 대한 선입견을 바꾸어 놓았다. 시끄러운 게 밴드 음악의 전부인 줄 알았는데 잔잔하고 애절한 가사와 남자 보컬의 허스키한 음색이 이질적이면서도 묘하게 어우러져 요 몇 주 지칠 대로 지친 그녀의 마음을 조금은 느슨하게 해 주었다.

"뭐야. 보람이 무슨 일 있어?"

스무디를 꼭 쥔 채 무대만 바라보고 있는 보람을 향해 단영이 곁눈질을 해 보이자 예나가 의아한 듯 물어왔다. 단영은 여전히 단아하고 여성스런 분위기를 풍기는 예나의 얼굴을 물끄러미 바라보았다. 그때 그녀의 나이가 스물을 갓 넘은 듯했으니 지금은 서른 후반쯤 되었겠다.

그러나 아무리 봐도 자신보다 더 젊어 보였다. 언제나 있는 듯 없는 듯 조용하고 다정하던 그녀를 이런 곳에서 다시 만나리라고는 상상도 하지 못했다.

단영은 보람과 통화할 때 한 번씩 아미코에 있다는 소리를 듣고 내심 의아했었다. 보람이 예나를 알 게 된 것은 자신을 통해서였다. 무슨 이유로 찾는 걸까 하던 질문의 답을 이제야 알았다. 공연 때문이 아니더라도 밴드 멤버들이 간간히 이곳에서 맥주를 마신다는 사실을.

"언니도 아직 못 들……."

"아! 저 사람…… 설마 깡태?"

공연이 시작된 후 시종일관 말없이 무대만 바라보던 보람이 새된 목소리를 내며 벌떡 일어났다. 그 바람에 의자 모퉁이에 걸어 놓은 단영의 가방이 바닥으로 툭 떨어졌다.

단영은 가방을 들어 올리며 또 무슨 일인가 싶어 보람을 쳐다보았다. 그녀의 시선을 따라 무대를 향한 단영이 아직 상황 파악을 하지 못할 때 무아지경의 무, 리더 이선무의 목소리가 울려 퍼졌다.

"하하. 무아지경은 이 친구가 없으면 존재할 수 없다고 해도 과언이 아닌데요. 사실 앞서 여러분에게 들려 드렸던 저희 밴드의 데뷔곡인 '퍼스트 러브'와 '일방통행', 모두 이 친구가 작곡한 것입니다. 유명한 가수들도 많은데 친구라는 이유로 번번이 곡을 주면서도 어떻게 하다 보니 저희 공연을 한 번도 볼 수가 없었지요. 그래서 오늘 이 무대를 준비했습니다."

단영의 표정에 조금씩 변화가 일었다. 그리고 미세하게 속눈썹이 떨렸다. 예나를 향해서 고개를 돌린 그녀의 눈이 무언으로 묻고 있었다. 예나는 그저 웃음만 지어 보였다.

"자, 그럼 그가 만든 세 번째 곡 '지독한 거짓말'을 작곡가의 목소리로 들을 수 있는 영광을 여러분께 드리겠습니다. 기타 앤 보컬, 강태준!"

선무에게서 기타를 건네받은 그가 첫 음을 조율하자 장내는 힘찬 박수 소리로 가득 찼다.

기타 소리에 섞인 박수 때문인지, 낯선 듯 낯익은 그의 실체 때문인지, 그것도 아니면 평소보다 맥주를 많이 마신 탓인지 단영의 정신이 아득해지기 시작했다.

"뭐야. 정말 깡태 맞아? 예나 언니, 정말 그 한솔고 깡태예요?"

발을 동동 구르며 호들갑을 떠는 보람의 말에 예나가 무어라고 대답을 하는지 단영의 멍한 귀에는 아무것도 들려오지 않았다.

✻   ✻   ✻

1999년 여름.

내리쬐는 태양이 살갗을 찢어 놓을 것 같은 오후였다.

오늘은 대 한솔중·고등학교 간부 수련회 첫날이었다. 두 학교는 유치원에서 과학고 및 외국어고, 대학교에 이르기까지 우리나라 최고 재단 법인 한솔재단이 건립한 학교 중 역사와 전통이 가장 오래된 곳이었다. 중학교는 다른 공립학교와 마찬가지로 주거지에 인접한 초등학생들의 복불복 추첨제 배정이었지만,

한솔고등학교는 열성 있는 엄마들이 기를 쓰고 자식을 보내려 하는 전국 최고 자사고 중 하나였다.

한솔중학교는 담벼락 하나를 가운데에 두고 한솔고등학교와 나란히 붙어 있었다. 그 담벼락의 3분의 1은 넓은 그물망으로 되어 있어 누구든 마음만 먹으면 타고 넘기 수월했다. 더군다나 학교 앞 버스 정류장에서부터 300m 숲길 통학로를 걸어 들어가 제1정문을 함께 쓰고 있는 터라 양 학교 학생들의 마음의 경계는 얇았다.

한솔재단은 학교에서 상주하는 교사들의 근무 태만과 수업 연구에 대한 불성실함을 막고자 교사들을 주기적으로 한솔중·고로 상호 배치했고, 지역 사회에 대한 환원 차 한솔중학교 역시 한솔고등학교와 마찬가지로 수업 외 여러 프로그램에서 지원을 아끼지 않았다. 때문에 학부모들은 초등학교 고학년이 되기도 전에 한솔중학교 근처로 이사를 오지 못해 안달이었다.

그와 달리 한솔고등학교는 신입생 정원으로 청주시 지역 주민의 40%를 받고, 전국 단위 60%의 학생들은 중학교 내신 상위 1% 이내도 들어오기 어려울 만큼 치열한 입시 경쟁을 치르고 입학해야 했다.

매년 여름에 시행되는 간부 수련회는 한솔중학교 학생회장과 부회장, 2·3학년 각 정·부반장과 한솔고 학생회장과 부회장, 1·2학년 정·부반장을 대상으로 1박 2일간 이루어졌다.

방학 동안 고등학교 기숙사가 비워지고 학교 내 각종 프로그램을 위한 시설이 잘 갖추어져 있어 굳이 다른 곳으로 갈 필요가 없었다. 그런 이유로 학부모들이 안심하고 보내는 터라 매년 모든 학급의 간부가 참석했다.

오전 일찍 두 학교 생활 지도부장의 일장연설을 시작으로 간부 학생들이 학교 뒤로 등산을 마치고 내려왔다. 그리고 사달은 오후 물놀이 시간에 일어났다. 학교 뒷산이라 우습게 봤던 등산과 유격 훈련이 장장 네 시간에 걸쳐 이루어지다 보니 모두들 대충 씻은 후 수영복을 거리낌 없이 꺼내 입고 풀로 뛰어들었다.

한솔중학교 부회장인 단영은 3반 반장인 희연, 2반 부반장 보람과 함께 물장난을 치며 즐거운 시간을 보냈다. 그리고 허기진 배를 달래고자 매점에 핫도그를 사러 갔다 오는 길이었다. 한 손에 수영모를, 다른 손에 핫도그 세 개를 들고 두 친구를 찾아 두리번거리던 순간, 누군가가 핫도그를 빼앗고 그녀를 풀장 안으로 처넣어 버렸다.

순식간에 당한 일이었다. 단영은 가슴까지 오는 수심의 풀장에 빠져 있는 대로 물을 들이마시며 허우적거렸다. 놀란 나머지 수면 위로 떠오르지도 못하고 있을 때 일으켜 준 사람은 한솔중학생회장, 민준이었다.

단영은 차리지 못한 정신은 둘째 치고, 머리카락이 양 볼에 찰싹 들러붙은 자신의 몰골에 그 자리에서 울고 싶은 심정이었다. 왜 하필 민준의 앞에서 이런 꼴을 보여야 하는지. 아니, 어쩌면 울었을지도 몰랐다. 물방울인지 눈물인지 구분도 안 되었을 뿐.

그때, 그녀는 두 귀로 똑똑히 들었다. 그가 풀 바깥에 있는 남학생에게 고함지르는 소리를.

"형, 그만하지 못해? 단영이 겁먹었잖아!"

그 소리를 따라 고개를 돌리니 키가 한참이나 커서 얼굴도 또렷이 안 보이는 하복 차림의 남학생이 슬리퍼를 끌며 씨익 미소 짓고 있는 게 아닌가.

"형이라니?"

"사촌 형이야. 고모 아들."

단영의 격앙된 소리에 민준이 미안한 얼굴로 주춤거리며 말했다.

"그리고?"

"아, 한솔고 부회장 강태준."

신상 정보를 더 내놓으라는 단영의 날카로운 눈빛에 민준이 망설이며 답했다. 아니나 다를까. 그의 대답에 단영은 얼굴을 찌푸리며 속내를 그대로 드러냈다.

말로만 듣던 한솔고 깡태가 민준의 사촌 형이었어?

풀에서 나온 단영이 정신을 차렸을 때 태준은 온데간데없었다. 힘으로야 어떻게 못 해도 입으로는 뜯어 주어야 성에 풀리거늘.

그러나 그 일만 신경 쓰고 있기에는 하루가 너무 아쉬웠다. 단영이 미안해 죽을 듯하는 민준이 사 온 간식을 맛있게 나누어 먹고 풀 바깥에서 발을 담근 채 공놀이를 하는 친구들을 보고 있을 때였다. 누군가 등을 걷어차 풀 안으로 그녀를 밀어 버렸다.

"단영아, 네가 참아. 오늘 형이 발에 종기가 나서 물에 들어가면 안 된대. 그래서 간부 수련회에 참석 못 한다고 했더니, 생활 지도부장님이 부회장이 빠지면 안 된다고 학생감찰이라도 하라고 하셨대."

민준이 또 사색이 되어 대신 사과를 해 왔다.

"그래서? 이게 감찰이야?"

분에 찬 단영의 입술이 절로 떨려 왔다.

"그러지 말라고 했더니 추억이 많아야 더 즐거……."

단영의 차가운 눈빛에 차마 민준은 말을 잇지 못했다. 발바닥에 난 종기를 핑계 삼아 후배들에게 즐거운 추억을 주는 깡태. 그에게도 잊지 못할 추억을 주기 위해 단영은 화장실에 간다는 말을 남기고 몸을 숨겼다.

그녀의 눈매가 목적물을 향해 번뜩인 것은 얼마 지나지 않아서였다. 다들 수영복 차림인 가운데 하복에 슬리퍼를 신고 있는 장신의 남학생을 찾는 건 어려운 일이 아니었다. 입술을 야무지게 다문 단영은 풀장 가까이 쪼르르 달려가 자신의 수영모에 물을 한가득 퍼 담았다.

그리고 앞으로 일어날 일은 상상도 하지 못한 채 파라솔 아래 의자에 앉아 심드렁한 표정으로 음료를 마시는 그에게 까치발을 세우고 조심스럽게 다가갔다.

"깡태!"

버럭 지르는 여자아이의 목소리에 반사적으로 뒤를 돌아본 태준이 그대로 물벼락을 맞았다. 의자에서 벌떡 일어난 그의 상의 교복 위로 물이 뚝뚝 떨어져 내렸다. 한껏 얼굴을 찌푸린 그가 어찌할 새도 없이 냅다 도망친 단영은 이미 풀 속에 들어온 상태였다.

입술을 동그랗게 말아서 휘파람을 삐, 하고 불어 주의를 끈 그녀는 한쪽 팔을 물 밖으로 높이 뻗어 유유히 손짓했다. 들어올 수 있으면 들어와 보라는 놀림과 거사를 이룬 통쾌한 얼굴로 물속 깊이 잠수하여 친구들이 있는 곳까지 사라져 갔다.

아직 무슨 일인지 파악하지 못한 그의 어이없는 얼굴만 남겨 둔 채.

그리고 지금 단영은 물을 한가득 담아도 터지지 않도록 큰 검정 비닐봉지 두 장을 겹쳐 손잡이 부분을 단단히 묶고 있었다. 2차 복수를 위한 준비물이었다.

"단영아, 아깐 어쩌다 보니 성공했지만 이번엔 무리야."

"그러니까 너희가 깡태 주의 좀 분산시켜 줘."

단영이 의지를 굽히지 않고 말했다.

"우리가 무슨 수로?"

"민준이."

단영이 턱짓으로 풀 건너편에 있는 민준을 가리키자 보람과 희연이 동시에 그쪽을 쳐다보았다. 민준이 태준에게 무언가 항의하듯 따지고 있었다.

"민준이한테 가서 깡태 인사 좀 시켜 달라고 그래."

"인사?"

희연이 두 눈꺼풀을 크게 껌뻑거렸다.

"그래, 희연이 너 아침마다 교문에서 깡태에게 그렇게 당한다며? 이참에 인맥 좀 넓혀 놔. 밑져야 본전이잖아."

한솔중·고는 한성학원이라고 크게 적힌 1차 출입문을 동시에 통과한 뒤, 50여 미터의 길을 더 지나야만 두 개의 건물로 각기 등교를 할 수 있었다. 1차 출입문 지도는 한솔고 부회장을 필두로 한솔고 간부들이 하고 있었다.

깡태. 한솔중학교 3학년생들이 강태준에게 붙인 별명이었다. 재단만 같을 뿐, 직속 선배라고도 할 수 없는 학생들에게 늘 당했던 한솔중학교 여학생들은 교문 지도를 하는 그들에게 각각의 별명을 붙여 놓았다. 그중 가장 유명한 인물이 깡패 강태준을 줄인 깡태였다.

머리는 어깨에 닿지 않을 것. 넘을 경우 묶을 것. 교복 조끼와 와이셔츠, 상의 재킷에 모두 이름표가 붙어 있을 것. 치마 밑으로 무릎을 보이지 말 것. 바지통은 너무 타이트하게 줄이지 말 것. 출입문은 8시 이전에 넘을 것.

1초, 1cm의 양보도 없는 작태가 생활 지도부 선생님보다 더했다.

한 번만 봐 달라고 눈길을 보내면 그 자리에서 이름을 외우거나 관리자 명단에 올려 다음 날부터 순순히 교문을 지나치게 하는 법이 없었다.

하지만 그의 목소리를 들어 본 이는 거의 없었다. 날 선 눈빛 하나로 모든 것을 제압했다. 언젠가 염색을 하고 온 한솔중 3학년 남학생이 자신의 덩치만 믿고 뻗대었다가 교문 앞에서 내동댕이쳐진 일화 이래로 그를 거스르는 자는 없었다.

그런 그가 수업 시간임이 분명한 때에 경계 담벼락에서 담배를 물고 있는 모습이 한솔중 여학생의 눈에 포착되면서 한솔고 여학생들의 인기남 강태준은 깡태가 되었다.

그 유명세는 익히 들었지만 단영은 오늘 처음 태준을 보았다.

언제나 7시 30분 전에 등교하는 단영은 아무도 없는 교문을 통과했고 작년 하계 수련회는 여름 감기가 심하게 걸려 참석하지 못한 바람에 그의 얼굴을 볼 기회가 없었다. 익히 풍문으로 들어 왔을 뿐이었다.

"희연아. 그냥 내가 잽싸게 도망갈 수 있게 말만 몇 마디 시켜 주면 돼."

희연의 답도 듣지 않고 단영은 부리나케 아이들 틈에 몸을 숨긴 채 태준과 민준이 있는 건너편으로 움직였다.

"할 수 없네. 죽어도 같이 죽어야지. 단영이 하나 잘못되면 우리 남은 인생도 힘들어져. 돕는 흉내라도 내야지. 아까 깡태 당하는 거 보니까 속은 시원하더라. 가자, 보람아."

희연의 눈빛에 조금 전까지 보이지 않던 전의가 나타났지만 셋 중 가장 내성적이고 겁이 많은 보람은 희연의 손에 이끌려 가면서도 발걸음이 떨어지지 않았다.

"그래, 처음엔 심심해서 쭈뼛거리고 있는 애들 친절하게 풀 안으로 인도했지. 근데 것도 재미없어서 한두 번 하다가 안 했다니까."

"그런데 왜 단……."

"민준아."

태준에게 열심히 항의하던 민준이 희연의 부름에 뒤를 돌아보았다.

"어, 희연아."

희연이 태준에게 힐긋 눈길을 준 뒤 누구냐는 듯 표정으로 묻자 민준의 내키지 않는 목소리가 새어 나왔다.

"아, 우리 사촌 형. 한솔고 부회장."

"그래? 한솔고에 사촌 형이 있었어?"

아침마다 반갑지 않은 만남을 하면서도 희연은 처음 보는 사이마냥 태준에게 생긋 눈웃음을 건넸다. 능청스러운 그녀의 모습에 보람은 속으로 혀를 내둘렀다. 그나저나 얘는 어디에 있는 거야, 하고 주변을 둘러보던 보람이 거의 적진까지 들어와 기회를 엿보고 있는 단영을 발견하고 흠칫 놀랐다.

"아, 안녕하세요. 저는 민준이와 같은 반 부반장인 여보람이라고 해요."

놀란 보람이 밑도 끝도 없이 자신을 소개하자 희연과 민준의 눈이 동시에 동그래졌다.

"뭐야. 왜 우르르 몰려와서는…… 민준이 너 찾으러 온 모양인데."

그 순간이었다.

"깡태!"

날카롭게 날린 목소리와 함께 단영은 민준을 지나쳐 태준의 앞에 정면으로 나타났다. 그리고 두 팔로 힘들게 들고 온 검정 비닐봉지를 태준의 하의에 그대로 투척했다.

주변의 시선이 동시에 한곳으로 쏠렸다. 민준은 어쩔 줄 몰라 했고, 희연과 보람도 하필 물벼락을 맞은 곳이 민망한 부위인지라 입을 다물지 못했다.

태준의 반응을 확인할 사이도 없이 단영은 빠르게 몸을 돌려 품을 향해 냅다 뛰었다.

"아!"

그 순간 단영의 어깨가 누군가의 가슴에 부딪혀 튕겨 나갔다.

"뭐야, 이건."

"아, 죄송합니다."

잠시 비틀거리던 단영이 다시 뛰려고 했지만 태준에게 그만 팔목을 잡히고 말았다.

"곤란하지. 두 번씩이나 이러면."

"어머, 어떡해. 우리 단영이 어떡해!"

단영은 붙잡힌 두려움보다 이름이 밝혀진 사실이 더 경악스러웠다.

"단영? 너희랑 같은 패거리였어? 그건 그렇고, 고개나 좀 들어보시지?"

화가 난 목소리는 아니었다. 흥분도 묻어 있지 않았다. 처음 들어보는 깡태의 목소리는 변성기를 넘긴 어른의 소리였고, 그 톤도 낮았다.

이판사판이다. 단영이 태준을 향해 고개를 돌렸다. 그리고 다른 한 손으로 수영모를 벗으며 목소리를 높였다.

"이 팔, 놓죠?"

"놓으면? 또 물속으로 사라지려고?"

역시나 1차 투척 사건을 기억하고 있었다. 범인이 자신이라는 사실도.

꽉 부여 잡힌 팔목의 통증과 태준의 날카로운 시선이 단영을 긴장에 빠뜨렸지만 흘러나오는 목소리는 여전히 당찼다.

"이름, 얼굴 다 팔린 마당에 사라진다고 돼요? 손 놓고 제대로 된 계산이나 해 보자고요."

"계산?"

태준이 스르륵 단영의 팔을 놓았다. 단영은 팔을 한 번 탁 털어 버리고 한 걸음 뒤로 물러섰다. 그러자 또 쿵, 하고 누군가의 가슴팍에 부딪혔다.

돌아보니 태준에게 붙잡힌 원인을 제공한 그 남학생이었다. 태준의 친구인지 그의 입술 선은 호를 그리고 있었고, 눈엔 흥미진진함이 한 가득이었다. 어느덧 주변으로 모여든 사람도 꽤 되었다.

그도 그럴 수밖에. 한솔고 여학생들의 인기를 한 몸에 받는 강태준이 바지 한가운데가 홀딱 젖은 채 물을 뚝뚝 떨어뜨리고 있었다.

두 사람의 키 차이 때문에 단영이 그를 향해 서자 자연스럽게 허리 아래로 시선이 갔다. 그제야 자신이 무슨 일을 벌였는지 조금씩 실감이 났다.

"말해 보지. 도대체 무슨 생각으로 날 이 모양으로 만들어 놓았을까."

"핫도그, 그리고 발바닥."

"뭐야, 지금 스무고개 해?"

"핫도그 세 개 갈취한 것도 모자라 절 풀 안에 빠뜨렸잖아요."

잠시 말이 없던 태준의 눈썹이 살짝 위로 치켜 올랐다.

"그 대가로 이렇게 만들어 놓으셨다? 여긴 그 핫도그 주인들이고?"

태준이 희연과 보람에게 차례로 눈길을 주었다.

"아, 그게. 저희는 그 핫도그 괜찮……."

태준의 눈빛에 주눅이 든 희연이 불쑥 내뱉다가 단영과 눈이 마주치는 바람에 끝까지 말을 맺지 못했다. 그 옆에 선 보람은 죄를 지은 사람처럼 고개도 들지 못하고 있었다. 단영의 입에서 작은 한숨이 새어 나왔다. 정작 본인은 될 대로 되라 싶은데, 친구들이 난감해하자 괜히 죄스러워졌다.

"형, 일단 바지부터 갈아입자."

"민준이 넌 빠져 있어. 너, 이름이 단영이라고 했지?"

"네. 서단영이요."

쭈뼛, 다시 긴장되었으나 단영은 당당함을 잃지 않았다.

"그래, 서단영. 덕분에 잘 먹은 핫도그는 변상하지. 풀 안으로 빠져서 물먹은 것은 내 교복으로 퉁치고. 그럼 이 바지에 대한 계산은 어떻게 하지? 주변 사람들에게 눈요깃거리가 된 것까지도 포함해서."

"저 물 두 번 먹였잖아요. 그것도 발로 차서. 거기에 비하면 약과네요, 뭐."

단영의 말뜻을 알아차리기 위함인지 태준의 눈이 가늘어졌다. 그리고 일직선으로 다물렸던 입술 끝이 얇게 말려 올라갔다. 순간 단영의 두 눈꺼풀이 흠칫 떨렸다. 한순간이긴 했지만 아주 기분 나쁜 미소였다.

"어쩌나. 계산대를 잘못 찾아온 것 같은데. 난 널 발로 차서 빠뜨린 기억이 없거든."

"무슨 소리예요? 아까 저쪽에서 발로 절 뻥 찼잖아요!"

"내가 너를 발로 찰 수 있었으면 처음부터 이 자리에 있지도

28

않았어. 저 풀 속에 있었지."

단영은 좀 전에 민준으로부터 사촌 형의 발이 불편하다는 말을 들은 것이 떠올랐다.

어떻게 된 거야. 분명 저 군청색 민소매를 입고 있었는데? 설핏 단영의 얼굴에 난감함이 퍼지는 순간, 태준이 그녀의 뒤에 있는 남자의 팔을 획 잡아당겼다.

"야, 지현강. 어딜 가려고? 어서 자수하시지."

"아하하하. 그게…… 어떻게 하지, 그거 내가 그랬는데?"

조금 전 단영과 몸을 부딪혔던 삼각 수영복을 입은, 태준만큼이나 훤칠한 남학생이 난감한 듯 한걸음 나섰다.

"네……?"

민준과 희연의 목소리가 동시에 입 밖으로 튀어나왔다. 보람의 눈도 동그래졌다. 아무 소리도 못 내는 단영의 눈은 말할 것도 없었다.

"태준이 하는 거 보니까 재미있어 보여서. 나도 서슴없이 넣어 준다는 차원에서 그만…… 하하, 일이 이렇게 꼬일 줄이야. 태준아, 네가 그냥 이해해라. 다 재미있자고 한 일인데. 바지도 내 거 빌려줄게. 응?"

여벌의 옷을 준비하지 못한 태준이 현강에게 티셔츠를 빌려 입은 것이 문제였다. 하필 같은 옷을 여러 벌 사는 현강의 특이한 취향 덕에 벌어진 해프닝이었다.

심술궂은 장난 뒤에 같은 티를 입고 있던 현강은 그것을 훌러덩 벗고 물속으로 들어갔으니 시야가 뿌옇던 단영의 눈엔 태준으로 보였을 수밖에 없었다.

뒤늦게 상황을 알아차린 단영이 아연실색한 얼굴로 태준의 낯빛을 살폈다. 이제 어떡할 거냐는 듯 그녀를 무심히 쳐다보는 태준은 여전히 물이 똑똑 떨어지는 바지를 입은 채였다.

사태 파악을 끝낸 주변 학생들 입에서 킥킥대는 웃음소리가 새어 나왔다. 운동장으로 이어지는 길에 심어진 플라타너스 사이사이에서 집념에 찬 매미의 울음소리가 목석처럼 서 있는 단영의 귓가를 시끄럽게 휘감아 왔다.

"괜찮아, 단영아?"

"하아, 하아……."

단영은 보람의 물음에 대답도 못 하고 숨을 헐떡였다. 엄지와 검지로 코를 쥐자 물이 주르륵 흘러나왔다. 양 검지로 두 귀를 힘껏 누르니 그곳에서도 물이 흘렀다. 불시에 당한 공격이라 있는 대로 물을 흡수했다.

"너무해! 어떻게 이 지경이 되도록 사람을 물에다 집어넣을 수 있어?"

물을 흠뻑 먹은 단영이 애처로워 보람의 눈에 눈물까지 맺히려고 했다.

"괜찮아. 미끄럼틀 한 번 세차게 탔다고 여기지, 뭐."

단영은 입술을 질끈 씹었다. 당하고는 못 사는 서단영의 가슴에 활화산이 타올랐고 분한 나머지 입술이 덜덜 떨렸다.

어쩐지 전날 태준이 어영부영하던 자신의 사과를 잘 받아 준다고 생각했다. 풍문으로 듣던 그 깡패가 순순히 사과를 받고 돌아설 때부터 미심쩍지 않을 수 없었다.

하루가 지난 수련회 이틀째, 오전 일정을 끝낸 뒤 무슨 마음에선지 태준이 수영복을 입고 딱 벌어진 어깨와 단단한 몸을 드러내자 주변으로 몰려든 한솔고 여자 간부들로 인해 일대 소란이 일어났다. 관심 없던 그 소란의 여파가 자신에게 이런 식으로 영향을 미칠지 단연코 생각하지 못했다.

단영이 보람에게 풀장 가장자리에서 자유형 자세를 가르치고 있던 순간, 누군가가 뒤에서 팔로 목을 감아 그녀를 물속으로 잠식시켰다.

얼마나 그렇게 있었을까. 겨우 힘에 풀려 지상으로 고개를 들었을 땐 태준이 저 멀리 자유형으로 사라지며 여유 있게 한쪽 팔을 들어 보이기까지 했다. 그는 갖가지 방법으로 보람과 희연, 민준까지 차례로 물을 먹였다.

단영은 억울하긴 했지만 많은 사람들 앞에서 그를 창피 준 대가로 치자며 마음을 달랬다. 사실 물속에서 그를 대적할 자신도 없었다.

애써 잊어버리고 친구들과 함께 비치볼 놀이를 하던 찰나 또다시 저승길에 다녀오는 경험을 했다. 희연이 넘긴 공을 잡기 위해 팔을 뻗으려는데 누군가 물속에서 발목을 잡아 쑥 끌어당겼다.

물속으로 끌려 들어간 단영이 두 팔로 끊임없이 허우적거렸으나 그녀의 몸은 풀장 바닥으로 곤두박질쳤다. 거의 정신을 잃기 직전에서야 겨우 풀장 밖으로 나올 수 있었다.

"너만 벌써 몇 번째야. 어휴, 저 깡태 누가 좀 안 잡아가? 민준이 앤 어딜 가서 안 보여. 자기 사촌 형이 이러고 있는 거 알아, 몰라?"

희연이 주르르 물을 뱉는 단영을 보며 발만 동동 굴렸다.

"있으면 상대할 힘이나 있고?"

민준도 키가 컸지만 성인의 골격에 가까운 태준에 비해 두 살 어린 그는 어린아이였다.

게다가 수영을 좋아하지 않는 민준에게 있어 태준은 강적이었다. 풀 안에서 그를 제어할 만한 사람은 아무도 없어 보였다. 단영은 저 멀리서 남녀 할 것 없이 많은 사람들에게 둘러싸인 태준을 힘껏 노려 본 뒤 풀 밖으로 나갔다.

풀장 끝에서 끝으로 가로지르며 자유 수영을 하던 태준이 가뿐하게 몸을 일으켰다. 고개를 돌려 넓은 시야로 주변을 훑은 그의 입술 한쪽에 옅은 미소가 잠시 보였다가 사라졌다. 분함을 참지 못해 한참을 노려보던 시선 하나가 안 보인 지 좀 된 것 같았다.

키는 또래보다 컸지만 아직 앳된 모양새가 다분한 비쩍 마른 여자아이가 분을 이기지 못해 씩씩거리는 게 꽤나 볼만해서 저지른 장난이 조금 지나친 면도 없지 않았다. 의사의 경고 때문에 물로 들어가고 싶은 유혹을 겨우 참고 있었는데 여자아이의 도발이 계기를 마련해 주었다.

다시 한번 뜻 모를 웃음을 지어 보인 태준은 디딜 때마다 욱신거리는 발바닥의 통증을 느끼며 풀 가장자리에 두 팔을 올렸다. 팔을 끌어올리며 두 다리를 힘껏 발돋움해 오른쪽 다리를 올리려는 순간이었다.

누군가 왼쪽 다리를 쑥 잡아당기는 게 느껴졌다. 방심한 태준이 고개를 돌리려 할 때에 집요한 힘이 그의 두 다리를 꽉 잡아당겼다.

철퍼덕, 태준은 그대로 물속으로 빠져 버렸다. 두 팔을 위로 뻗으며 물살을 힘껏 가르려는데 누군가 뒤에서 껴안고 놓아주지 않는 경이로운 힘에 그는 숨을 들이마셔 버렸다. 물을 먹은 짜릿함에 인상을 쓰며 고개를 돌렸다. 그제야 두 팔이 풀어져 지상으로 올라온 그는 급한 호흡을 하며 뒤를 돌아보았다. 예의 여자아이가 한쪽 팔을 들어 보이며 풀 반대편으로 헤엄쳐 가고 있었다.

"허."

고개를 가로젓는 태준의 입에서 새어 나온 것은 황당함에 피어난 어이없는 웃음뿐이었다.

수영장에서 깡태에게 마지막 일격을 가했다는 뿌듯함은 방학이 끝나는 날 함께 끝이 났다. 단영은 개학이 다가오면서 희연의 호들갑스러운 걱정 앞에 짐짓 괜찮은 척했지만 혹여나 교문에서 태준을 마주칠까 방학의 습성인 늦잠을 개학 날 바로 털어낼 수밖에 없었다.

다행히 남보다 이른 등교로 그와 맞닥뜨리는 위험에 빠지지 않았다. 단영에게 있어 깡태는 그저 지척 학교의 악명 높은 고등학생에 불과했다.

그러나 심심치 않게 그의 만행이 들려올 때마다 긴장을 놓지 못할 때가 있었다. 바로 청소 시간이었다.

단영이 2학기 청소 구역으로 담당하게 된 쓰레기 소각장은 하필이면 넓은 운동장을 가운데 두고 붉은 벽돌 건물의 두 학교가 마주하는 접점 지역이었다. 수업 시간과 청소 시간이 달라서 깡태를 만날 위험 빈도는 낮았으나 어찌 되었든 두 학교의 학생들이 흔히 지나치는 곳이었다.

하지만 그것도 벌써 지난여름의 일이었고 2학기 중간고사도 끝나 완연히 가을이 느껴지는 날들이었다. 벌써 수련회의 일은 까마득히 기억 저편으로 사라져 갔다.

"단영아, 희연이가 계속 안 보여."

시험이 끝난 기념으로 보러 갈 영화에 대해 의논하자고 잠깐 만나기로 했지만 희연이 계속 교실에 없어 보람은 그 말도 전하지 못했다고 했다.

"3반 애들은 뭐래?"

"4교시 마치자마자 갔을 때도 안 보여서 물었더니 수저를 안 가져와서 사러 간 것 같다더라고. 근데 밥 먹고 다시 가 보니까 점심시간 내도록 본 적이 없대."

"그래? 어딜 갔을까?"

동그란 눈을 더 동그랗게 뜨며 답답한 듯 단영이 물었다.

"단영아, 실은 3교시 쉬는 시간에 오공주가 희연이에게 다녀갔다고 해서 조금 불안해."

"뭐?"

오공주. 여느 중학교에나 있듯 몇몇 여학생이 뭉쳐 다니며 선생님들 골머리를 썩이게 하는 집단이 아니라 이름이 오공주였다. 하긴, 그 오공주 밑에 잔챙이들 몇몇이 붙어 학교 내에 시끄러운 사건 사고를 가져다주니 별반 다를 것도 없었다.

공주와 희연은 1학년 때 같은 반 단짝이었다. 둘 다 신입생 배치 고사 성적도 좋았고, 사교성이 활발해서 교내에 이름을 널리 알렸지만 공주는 점점 바깥으로 눈을 돌렸다.

그뿐만 아니라 시종일관 학교 선도 위원회 논의 대상으로 불려 다녔다. 그럼에도 가벼운 교내 봉사만으로 끝나는 이유가 공주 부모님이 재단 이사장의 사돈쯤 된다는 소문도 있었다.

부모님이 교사여서 집안 분위기가 엄했던 희연은 그런 공주와 점점 멀어졌고, 3학년으로 올라와 학급 반장까지 되면서 두 사람은 거의 접촉하지 않은 것으로 알고 있었다.

그런데 무슨 일인지 지난달부터 계속 오공주가 희연의 반에 얼쩡거리는 것 같아 물어보니 별일 아니라고만 했었다. 그러나 단영은 왠지 어두워 보였던 희연의 얼굴이 계속해서 마음에 걸렸다.

"그럼 더 빨리 찾아야지. 나는 옥상하고 소각장 주변에 가 볼 테니까, 너는 매점 근처를 찾아봐."

"어? 어!"

단영이 3층 계단으로 빠르게 오르는 걸 보며 잠시 주춤하던 보람은 매점 쪽으로 내달리기 시작했다.

보통 학교의 옥상 문은 잠겨 있기 마련이나 동편 옥상을 향한 4층 계단 쪽 자물쇠가 고장 나 쉬이 열린다는 걸 알만한 이는 알고 있었다.

부회장인 단영도 알고 있었으나 축구를 좋아하는 남학생들이 운동장에서 벗어나질 않자 달리 갈 곳 없던 여학생들이 점심시간 이후 그곳에서 종종 바람을 쐬고 있어 그 사실을 학교에 알리기가 쉽지 않았다.

숨을 헐떡이며 올라가 본 옥상엔 아무도 보이지 않았다. 급하게 몸을 돌리려던 단영이 순간 발을 멈추고 옥상 끝으로 달렸다.

모퉁이를 돌아 건물 끝 난간에 붙어서 아래를 내려다보았다. 얼굴이 자세히 보이지 않았지만 쓰레기 소각장에 여학생 몇몇이 몰려 있었다. 그녀는 생각할 겨를도 없이 쏜살같이 계단을 내려갔다.

"너희들 여기서 지금 뭐 하는 거야?"

오공주가 소리가 나는 쪽으로 고개를 홱 돌렸다. 오공주 쪽으로 마주 볼 정신도 없이 구석진 곳에서 몸을 웅크리고 있는 희연을 본 단영의 얼굴이 일그러졌다.

"뭐해? 계속하지 않고. 저런 건 앞으로 아기도 못 낳도록 응징을 해야 해."

공주의 말이 끝나기도 전에 주변에 있던 세 명의 아이들이 차례로 희연의 복부와 허리를 걷어찼다.

"아!"

단영이 달려가 희연을 끌어안는 바람에 누군가의 발이 단영의 옆구리를 가격했다.

험악해진 단영이 잡아먹을 듯 쏘아보자 일행이 주춤하며 행동을 멈췄다.

"너희들 미쳤어? 교내에서 이게 뭐 하는 짓이야?"

"하, 또 오지랖 넓은 서단영 양 뜨셨네."

양쪽 팔짱을 낀 채 손끝 하나로 지시만 내리던 공주가 단영의 앙칼진 목소리에 두 팔을 풀고 앞으로 나섰다.

"희연아, 괜찮아?"

단영은 공주를 무시하며 희연이 일어설 수 있도록 부축했지만 배를 움켜쥔 희연은 꼼짝도 못 했다.

"근데 서단영. 너 조금 전에 나보고 미쳤냐고 했냐?"

단영은 희연을 건물 벽에 기대 앉히고 벌떡 일어섰다.

"너한테 그런 적 없어. 네가 정신이 나간 애라는 건 예전부터 잘 알고 있으니까. 미친 애가 하란다고 멀쩡한 애 걷어차는 쟤네들한테 물었다. 왜?"

힐긋 보아하니 셋 중 한 명만 3학년이고 둘은 2학년 명찰을 달고 있었다. 아직 간이 덜 큰 2학년들은 단영이 부회장이라는 걸 아는지 조금 주춤하는 기세였고, 이현희라는 명찰을 단 동급생은 단영의 말이 불쾌했는지 눈빛을 희번덕거렸다.

"이게 부회장 배지가 뭐라도 되는 줄 아나. 아주 멋대로 떠드네. 너도 오늘 죽도록 맞아 봐야 정신이 들겠구나?"

"죽도록 맞아서 들 정신이면 너부터 고쳐 보자. 넌 너희 부모님이 죽도록 안 때려서 그러고 살아?"

"뭐야, 이년이?!"

공주의 손바닥이 그대로 단영의 머리를 향했지만 우습게도 키가 단영보다 크지 않은 공주의 손은 단영의 목덜미와 턱을 둔탁하고 치고 말았다. 그러나 이어진 단영의 손바닥은 그대로 공주의 뺨을 날렸다.

"너, 너 지금 나 때린 거야?"

"그걸 말로 들어 확인하니? 뺨 발개진 거 못 느껴? 이거 완전 병신 아냐?"

열이 오를 대로 오른 단영의 입에서 욕이 절로 나왔다.

"하, 너 방금 뭐라고 했어? 병신?"

"그래, 병신. 네 말마따나 부회장 배지가 별거 아닌 나부랭이라서 잠깐 버린다. 그까짓 게 뭐라고 친구가 저 꼴이 났는데 참겠어. 미친년 상대로 어떻게 제정신으로 덤비겠니? 나도 잠깐 미쳐 보지, 뭐!"

"미친년? 이게 오늘 제대로 해보자 이거네?"

공주의 얼굴이 시뻘겋게 달아오른 건 진작이었다. 야무지게 때린 한 방이 빗나간 것에 대한 분노도 있었지만 희멀겋게 키만 삐죽 큰 줄 알았던 모범생의 입에서 상스러운 욕이 나오니 적지 않게 당황도 되었다.

"웃기고 있네."

한마디 툭 내뱉은 단영이 고개를 잘래잘래 저으며 말도 섞기 싫다는 듯 희연 쪽으로 몸을 돌리려는 순간이었다.

약이 바싹 오른 공주가 냅다 단영의 허벅지를 걷어찼다. 방어할 틈도 없이 당한 단영의 몸이 비틀거렸다. 미간을 한껏 찌푸린 채로 공주를 향해 돌아섰다.

공주의 턱짓에 현희가 빠르게 단영 쪽으로 다가갔고 주춤거리던 2학년들도 앞으로 나섰다.

툭. 그때 무언가가 현희의 앞으로 둔탁한 소리를 내며 떨어졌다. 공주와 현희의 커다래진 눈에 들어온 것은 다름 아닌 신발 한 짝이었다. 동시에 어디에서 날아온 건가, 하며 고개를 두리번거렸다.

"어? 미안. 그거 이쪽으로 좀 던져 봐."

옆 건물로 들어가는 동편 현관의 난간 위, 언제부터 두 다리를 걸치고 앉아 있었는지 키 큰 남학생이 몸을 일으키며 말을 건넸다.

넘어가던 햇살 때문에 보이지 않던 얼굴이 서서히 실체를 드러내자 공주의 가늘어진 눈매가 금세 커졌다.

"태준 선배? 거기서 또 담배 피우고 있던 거야?"

다시금 무언가가 공주 일행들의 앞으로 툭 떨어졌다. 나머지 신발 한 짝이었다.

"역시 거기서 되던지기엔 무리인가?"

말을 끝내기 무섭게 태준의 몸이 껑충 뛰어올랐다. 저 높이에 설마? 간담이 서늘해진 단영이 눈을 질끈 감기도 전에 그의 유연한 몸은 조금 낮은 그쪽 소각장의 지붕 위로 뛰어내렸고, 가볍게 이쪽 지붕으로 넘어왔다.

그리고 몸을 돌려 두 팔로 매달린 뒤 펄쩍 뛰어내렸다. 불과 몇 초도 걸리지 않는 시간에 신발까지 제대로 신은 그가 여학생 무리 앞에 서 있었다. 그의 눈이 한 사람 한 사람의 얼굴을 차례로 본 뒤 공주에게로 시선을 옮겨 멈췄다. 그리고 어깨를 한 번 으쓱거렸다.

"신발 찾았으면 빨리 그쪽 건물로 가."

인상을 한껏 찌푸린 공주가 짜증 섞인 목소리로 옆 건물을 가리키며 말했다.

"그건 곤란한데."

"뭐가."

"나 서단영에게 볼일 있거든."

"서단영?"

순간 공주의 눈빛이 궁금증으로 반짝거렸다. 2학년 때부터 교문 지도를 하던 그에게 몇 번의 추파를 던졌지만 눈길도 받아주지 않았다. 그랬던 그가 서단영에게 볼일이 있다고?

"어이없어. 어쩌다가 신발이 떨어진 게 아니라 서단영 빼 주려고 던진 거네, 지금?"

한껏 인상을 찌푸린 공주의 목소리가 앙칼지게 들렸다.

"그건 신발한테 물어보고. 내가 지금 서단영에게 볼일 있다고. 넌 저기 앉아 있는 애 양호실에 데려다주면 되고."

"미쳤어? 왜 남 일에 끼어들어. 빨랑 안 꺼져?"

"안 되겠다, 너."

태준의 얼굴에 있던 능청스러운 웃음기가 한순간에 걷혔다. 목소리는 더없이 낮고 싸늘했다. 어느새 그는 소각장에서 조금 떨어진 공중전화 부스 앞에 서 있었다.

"여기 한솔중 쓰레기 소각장 뒤에 학교 폭력 신고합니다. 가해자 오공주, 피해자……."

태준이 턱짓으로 희연을 가리키며 단영에게 시선을 돌렸다. 단영은 어리둥절해 하면서도 그가 들리도록 희연의 이름을 읊었다.

"피해자 이희연, 목격자 및 제보자 한솔고 강태준, 증인 한솔중 서단영."

각자의 위치에서 그 이름들이 가지는 심각성을 알아차린 덕일까. 몇 분 되지도 않아 한솔중 생활 지도부 교사들이 우르르 달려왔다.

태준은 간략한 설명을 마친 뒤 언제든 호출하라는 말을 남기고 단영의 옆을 유유히 스쳐 지나갔다.

희연은 소각장에서 입은 타박상과 쇼크로 2주간 입원하게 되었다. 알고 보니 소각장에서의 일이 있기 전부터 매일 밤마다 걸려 오는 공주의 전화 때문에 스트레스를 받고 있었다고. 원인은 최근 희연이 옮긴 학원에서 우연히 만난 같은 초등학교 출신 남학생 때문이었다.

희연은 동창생을 만난 반가움으로 몇 마디 말을 섞었을 뿐이었는데, 그 남학생과 사귀다 헤어진 공주가 그를 붙잡기 위해 연락을 하던 과정에서 오해가 생겼다. 남학생이 희연을 핑계로 댔는지 그것으로 계속 시비를 걸어오다가 기어코 이렇게까지 일을 키운 모양이었다.

언제나처럼 교내 봉사만으로 끝날 뻔했던 소각장 사건은 학교 징계위원회를 거쳐 오공주에 대해 열네 시간의 사회봉사 및 일주일간의 교외 위탁 교육으로 마무리되었다.

여기까지 올 수 있었던 것에 태준의 경위서가 한몫했다는 이야기를 단영은 생활 지도부 선생님에게 얼핏 들었다.

그러나 시간이 흘러 사건이 수면 밑으로 가라앉을 즈음 다시 학교에 나타난 공주는 여전했다. 반성은커녕 이 모든 게 너 때문이라는 듯 못 잡아먹어 안달 난 눈으로 언제나 단영을 쫓아다녔다.

공주가 어찌하건 단영은 신경 쓰지도 않았지만, 그날 소각장을 빠져나가며 자신의 귓가에 속삭인 태준의 목소리만은 잊혀지지 않았다.

"서단영. 오늘 빚, 계산 잘해 둬."

2화

　연거푸 반복되던 비질 소리가 잠시 멈췄다. 동시에 새어 나온 긴 한숨 소리는 중학생이 내뱉은 것 치고 꽤 깊었다. 거듭 코로 깊은숨을 뱉은 단영은 손에 들고 있던 빗자루를 옆에 툭 내팽개쳤다.

　몸무게를 실어 터벅터벅 힘겹게 걸음을 내딛던 단영이 화단가 큰 바위에 엉덩이를 걸치고 두꺼운 벚나무 기둥에 머리를 갖다 대었다.

　흘러가는 뭉게구름 저편으로 주홍빛이 살짝 물들어 갔다. 이제 5시가 되어 갈 뿐인데 해는 깊어진 계절을 따라 그만큼 짧아졌다.

　같은 청소 당번인 주연이 장염으로 결석 중이라 단영은 요 며칠 혼자서 소각장 주변을 쓸고 있었다.

　오늘은 대위원회가 있었기에 굳이 늦은 시간, 청소를 하며 청승을 떨 필요가 없었는데도 발걸음은 집이 아닌 이곳으로 향했다. 마음을 쓸 듯 소각장 주변을 깨끗이 쓸고 집으로 돌아가 초췌해 있는 엄마를 위로해 줄 생각이었다.

그러나 쓸어 놓기 무섭게 빨간 단풍잎과 샛노란 은행잎들이 한 잎 두 잎 바람에 날려 떨어졌다. 그 풍경이 못내 자신을 놀리는 듯했다.

근처에 숨어든 날라리들이 몰래 피다 버린 담배꽁초나 쓰레기만 대충 쓸면 되는 것을 기를 쓰고 나뭇잎과 씨름했다.

비질 없이 가만히 있자 불어오는 바람에 슬슬 한기가 느껴졌다. 생각을 털어 내듯 벌떡 일어난 그녀가 가방 안에 넣어 둔 교복 재킷을 꺼내려 몸을 돌리는 찰나였다.

단영의 교복과 다른 색상의 두 교복이 그물망 저편에서 뒤엉켜 있었다. 단영의 재킷이 땅으로 툭, 소리를 내며 떨어졌다. 몸싸움을 하는가 싶어 놀란 그녀의 눈이 그물망 앞으로 바싹 다가갔다.

삐이익.

"거기 뭐하는 거야!"

늘 소지하던 호루라기 소리와 그녀의 목소리가 담을 넘기도 전에 그물망을 야무지게 잡고 있던 손이 떨어져 나갔다.

교복의 주인공은 남학생과 여학생이었다. 남학생의 입술에 거의 닿기 직전인 여학생의 입술을 더 일찍 알아차렸어야 했다.

깊은 내 천(川)자가 새겨진 단영의 미간과 더불어 두 다리가 그 자리에 얼어붙은 듯 꼼짝하지 못했다.

여학생이 놀라 일어선 건지, 남학생에게 밀쳐진 건지 단영의 목소리가 들리기 무섭게 여학생은 건너편 건물로 후다닥 사라져 갔다. 고개를 돌린 남학생의 찌푸린 시선을 그대로 받은 단영의 당황한 눈이 더욱 커졌다.

아. 입이 벙긋 열린 단영이 얼른 몸을 돌렸다. 가방이 있던 자리로 부리나케 움직였지만 다리가 쉬이 말을 듣지 않았다. 단영이 가방을 얼른 둘러멨다.

"거기 서지?"

너 같으면 서겠냐. 현실 감각이 돌아온 단영은 서둘러 발걸음을 후다닥 옮겼다.

"서단영, 교복은 가져가야지."

발이 한순간에 우뚝 서 버렸다. 1초, 2초, 3초. 질끈 눈을 감았다 뜬 단영이 천천히 뒤로 돌아 섰다. 그물망은 어떻게 넘은 건지. 빠른 몸놀림이야 지난번 오공주 사건 때 이미 봤지만. 어느새 벚나무 아래에 앉아 있는 태준을 단영이 복잡한 시선으로 바라보았다.

20여 미터 떨어진 곳에 서서 자신의 손에 들린 교복만 빤히 응시하는 단영의 모습에 태준의 입술 끝이 미세하게 실룩거렸다.

저걸 어쩔까. 그냥 내팽개쳐? 아니면 들고 가? 가서 또 무슨 짓을 당하려고?

태준은 쉬지 않고 굴러가는 단영의 머릿속이 훤히 보였다. 반반하던 그녀의 미간이 꿈틀거리기를 몇 번, 가볍게 주먹을 쥐었다가 펴기를 여러 차례. 니트 조끼로부터 드러난 얇은 블라우스 소매가 바람결에 팔랑거렸다. 춥기도 할 테고.

단영의 갈등을 끝내 주기라도 하듯 태준은 앉은 자리 옆 바위 위에 교복을 던지듯 내려놓았다. 그리고 미처 피려다 못핀 담배 한 가치를 꺼내어 입에 물고는 불을 붙였다. 세 번째 담배 연기가 하늘로 내뿜어질 때 단영의 손이 천천히 교복 재킷을 향해 뻗어 왔다.

"겁쟁이."

태준이 불쑥 던진 한마디에 교복을 움켜잡으려던 단영의 손이 주춤거렸다. 금세 다시 움직인 손이 둘러메고 있던 가방을 벗어 옆으로 툭 던졌다. 상의 재킷을 입은 후 단추 두 개를 단단히 잠그고 가방을 드는 단영의 손등 위로 파란 핏줄이 도드라졌다. 어느샌가 태준을 쳐다보는 단영의 눈빛은 야무졌다.

"순 날라리."

태준의 눈길이 단영의 얼굴로 향했다. 일직선이 된 시선에 단영은 순간 긴장했지만 눈을 깔기에는 자존심이 상했다.

"후."

태준이 네 번째 연기를 단영의 얼굴에 뿜어냈다.

"아씨. 진짜 뭐 이런 날라리가 다 있어?"

얼굴로 날아온 연기를 손으로 걷어 내며 단영은 있는 대로 인상을 썼다. 목소리엔 짜증이 한가득 들어차 있었다.

"내가 왜 날라리야?"

"미성년이 담배 피우는데 왜는 무슨 왜야. 완전 날라리지."

"미성년 기준이 뭔데?"

"만 19세가 아니면 미성년인 거 몰라? 지역의 자랑, 한솔고 부회장이나 된다면서. 쯧."

"정신, 신체 나이가 평균을 훨씬 웃도는 나의 실질적 나이는 그 기준을 이미 넘을 것 같은데. 굳이 밥그릇 계산을 따라야 해?"

태준이 손에 들고 있던 담배를 돌부리에 비벼 껐다.

"눈앞에 있는 한솔중학교 부회장님께서는 욕이 입에 착착 달라붙었던데? 뺨을 내리치는 자세도 일품이고. 별명이 싸움닭이야?"

기껏 비질을 해 놓았는데 저 인간이 뭘 하는 거야? 지저분하게 버려진 담배꽁초로부터 눈을 드는 단영의 얼굴이 흥분으로 인해 벌겋게 불타올랐다.

"내가 싸움닭인데 뭐 보태 준 거 있니? 이 천하에 양아치야!"

쩌렁한 단영의 목소리가 텅 빈 교정으로 울려 퍼졌다.

바람을 탄 목소리에 저편 건물 3층에서 고개 하나가 창문을 통해 힐긋 나왔다 들어갔다. 하난가 했더니 두 서넛이 되었다. 그러고 보니 한솔고는 보충 수업 시간이었다. 단영의 얼굴이 다른 이유로 빨개졌다. 그럼에도 전혀 표정 변화가 없는 그의 덤덤한 얼굴에 단영은 속이 부글거려 참을 수가 없었다.

"보충 수업까지 째고서 교내에서 그 짓을 하고 계셨어?"

여전히 감정이 없는 상대의 눈은 담담하기만 했다.

"어떡하니? 좋은 시간을 방해해서. 이 몸이 어떻게 사과해야 할지 몸 둘 바를 모르겠네."

표정 없던 상대의 얼굴에 순간 짧은 웃음이 그려졌다가 사라졌다. 단영의 속사포처럼 튀어나오려던 말이 잠시 멈췄다.

"뭐야?"

바위에 앉아 있던 태준이 일어나자 단영은 엉겁결에 한 걸음 뒤로 물러섰다. 단영의 가방을 집어 든 그는 소각장을 벗어나 운동장 쪽으로 향했다.

"야, 양아치! 뭐 하는 거야? 왜 남의 가방을 가져가?"

우뚝 멈춰 선 태준이 단영을 향해 돌아서자 그녀의 발걸음이 반보 정도 뒷걸음질 쳤다.

"좋은 시간 방해한 죄로 네 입술, 상납할 거야?"

"미, 미쳤어?"

"지금 이 순간 이후, 끝말을 그렇게 짧게 하면 곤란한 일이 일어나는 수가 있어."

"……."

"맞먹으려면 적어도 중학생 딱지는 떼야지."

"내 가방 내놔……요."

태준의 한쪽 눈이 날카롭게 빛나는 걸 본 단영은 어쩔 수 없이 입술 한쪽을 잘근 씹으며 겨우 끝말 하나를 덧붙였다.

겁은 많으면서. 태준은 눈에 보이지 않는 웃음을 속으로 삼켰다.

"너 수학 잘해?"

"……."

잘하든 말든. 끝말을 자르지 않은 게 아니꼬운 단영은 입술을 꾹 다물고 태준의 뒤만 총총 따라 걸었다. 어찌 되었든 그의 어깨에 둘러진 자신의 가방은 사수해야 했다. 보아하니 보충 수업 땡땡이를 위해 경비 아저씨가 없는 한솔중 입구로 갈 모양이었다.

"오늘 국숫값 계산은 당연히 네가 해야 한다는 머리 정도는 되겠지?"

태준이 향한 곳은 '예나 분식'이라는 작은 간판이 걸린 분식 집이었다. 학교 건물로부터 300m가량의 숲길 통학로를 걸어 나와 버스 정류장으로부터 다시 대략 5분을 더 걸어야 했다. 그 길을 가는 동안 태준은 아무 말도 없었다.

큰 보폭으로 걷는 그의 뒤를 종종걸음으로 따라가던 단영은 속으로 가방 내놔, 라고 몇 번이나 내질렀지만 단 한 번도 입술 밖으로 소리가 되어 나오지는 못했다.

태준이 분식집 안으로 들어가 버리자 단영은 어찌할 바를 모른 채 멍하니 간판만 바라보고 서 있었다. 몇 분이 지난 뒤에야 그녀는 국숫값 계산의 근거를 생각해 냈다.

지난번 소각장에서 그가 나타나지 않았다면 아마 국숫값과 비교도 되지 않을 계산을 치러야 했을 터였다. 병원비 따위가 문제가 아니었다. 공주의 부모님이 희연의 입원비와 치료비는 충분히 지불했지만 희연이 입은 정신적 상처는 말할 것도 없었다.

게다가 집안 분위기가 그즈음부터 이상했던지라 단영 자신조차 걱정 끼치는 일은 만들어선 안 되었다. 그러니 국숫값이 문제가 아니었다.

문을 열고 들어선 단영은 의외의 분위기에 저도 모르게 눈을 반짝였다.

테이블이 여섯 개밖에 없는 작은 공간이었지만 얼핏 보기엔 작은 카페가 아닌가 싶을 만큼 파스텔 톤의 인테리어가 참으로 아늑했다. 그 분위기와 꼭 어울리는 앳된 얼굴의 여주인이 어서 오라며 화사한 눈인사를 건네 오자 단영의 마음은 한결 가벼워졌다.

그것도 잠깐, 하는 수 없이 쭈뼛거리며 태준의 맞은편에 앉은 그녀의 표정은 금세 딱딱하게 굳었다. 어여쁜 주인이 주문을 받지 않는 걸 보니 벌써 멋대로 주문까지 마친 모양이었다.

천하의 서단영이 깡태에게 놀아나다니. 침을 꼴깍 삼킨 단영이 눈앞에 놓인 물병과 포개져 있는 컵 중의 하나를 앞으로 당겨 물을 따랐다. 단영의 손이 물병을 제자리로 가져다 놓는 사이, 눈앞에 있는 하얗고도 긴 손가락이 물컵을 가져가 벌컥벌컥 마셨다. 단영은 기도 안 찬다는 듯 그를 바라봤다.

그 시선을 무심히 비키며 태준은 팔을 뻗어 그녀의 앞으로 새 컵 하나를 가져다 놓고 물을 따라 주었다. 그 손길을 살짝 흘려 본 단영이 잔을 당겨 세 모금이나 마시고 소리 나게 컵을 내려놓았다.

피식. 단영은 태준의 얼굴에서 얼핏 생겼다 사라지는 작은 미소를 놓치지 않았다.

"오랜만이다, 서단영."

웬 뚱딴지같은 소리. 단영이 고개를 들어 불퉁한 시선으로 그의 눈길을 되받았다. 벽 쪽으로 비스듬히 기댄 그가 손등에 턱을 괴고 단영을 내려다보았다.

어쩌라고. 옅은 콧바람을 뿜은 단영이 다시 물컵을 입에 대고 한 모금을 벌컥 마셨다.

"여전히 물은 잘 마시네."

콜록콜록. 순간 사레가 걸린 단영이 연신 기침을 해 댔다. 태준이 자리에서 일어나 옆 테이블에 있는 티슈 케이스를 들고 와 그녀의 앞으로 내밀었다.

"물 마시다 캑캑거리는 것도 여전하고."

진정되어 가던 단영이 다시 기침을 해 댔다.

"그만해, 태준아. 사레들면 약도 없다는데 왜 자꾸 놀려?"

어느새 국수 두 그릇을 앞에 놓던 예나가 단영의 등을 토닥거렸다.

"괜찮아?"

"네."

코끝이 빨개진 단영은 찌푸린 얼굴 속에서도 눈은 미소를 띤 채 예나를 향했다.

"태준이가 이렇게 짓궂은 애는 아닌데 별일이야."

흥. 단영은 금세 웃음기를 지우고 태준을 향해 눈을 흘겼다. 그리고 다시 예나를 향해 눈웃음을 지었다.

"잘 먹겠습니다."

"그래. 태준인 곱빼기지? 그런데 같이 온 친구는 한솔고 아냐? 교복이 다르네."

"한솔중학교 학생이에요."

태준이 묵묵히 국수만 먹고 있자 국물 한 수저를 떠서 목을 진정시킨 단영이 고개를 들고 대신 대답했다.

"그래?"

예나의 눈에 잠깐 보이는 호기심을 단영은 모른 척했다. 단골손님이라도 되는지 태준을 잘 아는 그녀에게 달리 해 줄 말이 없었다. 국물 맛이 예사롭지 않다는 걸 느꼈지만 다시는 여기 올 일이 없을 거라 생각했다.

맛있게 먹으라며 살포시 미소를 던지고 돌아서는 예나를 향해 살짝 눈길을 주는 단영의 시선에도 궁금증이 일었다.

이곳에서 국수를 말기엔 분위기가 남달랐다. 기껏해야 예쁘다는 말이 최고 찬사인 단영에게도 그 단어만으로는 부족함이 느껴졌다.

벽에 붙은 앙증맞은 메뉴판에 힐긋 눈길이 머물렀다. 국수 외에도 떡볶이와 치즈라면, 그리고 오늘의 밥 메뉴에 카레가 적혀 있었다.

많아 봐야 스물셋? 넷? 아니, 스물둘? 예나 분식과 그 주인에게 이런저런 관심이 쏠리고 있던 단영의 귀로 탁자 위에 젓가락을 놓는 소리가 들렸다. 어느새 곱빼기를 시킨 태준의 그릇이 깨끗하게 비워져 있었다.

"안 먹을 거야?"

태준이 단영의 그릇을 턱짓했다.

"안 먹긴요."

단영이 뺏길 새라 입 안으로 부지런히 국수를 넣었다.

"내일모레부터 기말고사 아냐?"

고등학교 입시 원서가 11월 말에 진행되다 보니 중3 기말고사는 다른 학년보다 한 달 정도 빨랐다.

"민준이는 벌써부터 과외 수업 보충에 연일 독서실인 것 같던데."

그래서 어쩌라고. 단영은 대답 없이 국수만 씹었다. 마음은 후딱 해치우고 싶었지만 요즘 쑥쑥한 집안 분위기 탓에 소화가 잘 되지 않았다.

"아니면, 너도 벌써 우리 학교로 원서 제출했어?"

자사고인 한솔고는 전국 단위로 3학년 2학기 중간고사까지의 성적을 환산해 입학 원서를 받는다.

"이렇든 저렇든 시험 앞둔 진짜 날라리 여기 계시네. 공부하기 싫어서 쓰레기장에서 땡땡이나 치고."

"웃기시네. 보충 수업도 땡땡이친 사람이."

태준의 한쪽 눈썹이 미처 움직이기도 전에 단영의 닫힌 입이 다시 열렸다.

"……할 말은 아니지 않을까요?"

"누가 땡땡이쳤다는 말인지 모르겠는데."

"눈앞에 있는 사람이요."

"난 밥 먹으러 왔을 뿐이고."

학교 식당 두고 왜 여기 와서 밥을 먹어? 단영은 소리 없이 구시렁거렸다.

"희연인 괜찮아?"

마지막 한 젓가락을 입에 넣던 단영이 국수 가락을 입에 문 채로 태준을 올려다보았다. 처음 들어보는 꼬임 없는 목소리에 내 친구 희연이? 라고 단영의 눈이 묻고 있었다.

"그 국수 뱉기만 해. 누나가 정성껏 말은 거야."

국수를 두 입술로 빨아 당기던 단영이 순간 픗! 하고 입에 있던 걸 뿜었다. 국수 한 가락이 목에 걸려 목을 간질였다.

태준이 벌떡 일어나 티슈를 서너 장 뽑아 단영에게 건넨 뒤 몇 장 더 뽑아 테이블 위에 튄 국수 가락을 닦아 냈다.

연신 기침을 하는 단영의 앞으로 태준이 물컵을 내밀었다. 왜 아무 말이 없지? 더럽다고, 칠칠치 못하다고 분명 한마디 할 것 같은데 아무 말 없는 태준이 낯설어 단영의 얼굴이 화끈 달아올랐다.

"남의 옷 더럽히는 취미도 여전하고."

그럼 그렇지. 단영은 인상을 쓰면서도 대놓고 투덜거릴 수 없었다. 그의 가슴팍에 고춧가루 몇 개와 국물 몇 방울이 떡하니 묻어 있었다.

"너 정말 국수 못 먹는다. 라면도 그렇게 먹어?"

단영은 태준이 밀어다 놓은 물컵을 잡고 한 모금 들이마셨다. 그리고 깊은숨을 한번 쉰 후 입술을 꾹 다물고 가방 안에서 무언가를 찾았다.

"스파게티 먹듯 돌돌 말아 입에 넣었잖아. 웬일로 후르륵 먹는다 싶더니……."

지갑에서 만 원 한 장을 꺼낸 단영이 태준의 앞으로 탁 소리 나게 내려놓았다.

"지난번 소각장 사건은 이걸로 퉁쳐요. 양심에 걸리는 면이 없진 않지만 뭐 그쪽이 원한 바니까요."

말을 잠깐 끊은 단영이 5천 원 한 장을 다시 태준의 앞으로 내밀었다.

"이건 교복 셔츠 세탁비. 이제 계산 끝. 됐죠?"

단영이 이의 없겠지 하는 뜻으로 눈썹을 말아 올린 후 자리에서 벌떡 일어나 가방을 들고 가게 문을 나섰다.

10월 말, 바람 끝이 제법 서늘했다. 저도 모르게 어깨를 움츠린 단영이 몇 초간 가게 앞에서 망설이다 이내 발목에 힘을 주며 걸음을 내디뎠다.

바보 같은 서단영. 말꼬리 잘라먹지 말랬다고 바로 올려 주다니. 오는 말이 고와야 가는 말이 곱지. 어쩌다 보니 늦은 시간까지 학교 근처를 배회하는 자신이 바보스럽게 느껴져 단영은 제 머리를 한 대 쥐어박았다. 그 마음도 잠깐, 버스 정류장을 향해 터덜터덜 걷다 보니 태준에게 살짝 미안한 감도 들었다.

비록 수영장에서 서로 유쾌하지 못한 인상을 남겼지만 지난번 공주와의 사건에서는 큰 도움이 되었고, 오늘만 해도 자신의 오지랖 때문에 벌어진 일이었다. 태준 덕분에 잊고 갈 뻔했던 교복 상의를 챙겼다.

아니지. 서단영. 다른 사람 이해한답시고 자신을 구박하지 마. 먼저 겁쟁이라고 시비를 걸었잖아. 자꾸만 의기소침해지는 요즘, 단영은 스스로를 위로하며 정류장 의자에 털썩 주저앉았다.

삐이익!

밤하늘을 가르는 낯익은 호루라기 소리에 놀랄 겨를도 없이 단영의 앞으로 손 하나가 불쑥 나타났다. 언제 뒤따라 왔는지 태준이 그녀의 앞에 버티고 서 있었다.

"소각장에서 내 입술 구제해 준 값이야."

놀란 눈으로 입술만 벙긋거리는 단영의 왼쪽 손목을 끌어 잡은 태준이 그녀의 손바닥 위에 호루라기를 올려 주었다. 분식집에서 지갑을 꺼내다 떨어진 모양이었다.

얼마나 지났을까. 나란히 앉은 태준 때문에 어색해 미칠 듯한 기분을 간신히 삼키자 저 멀리로 둔 시선 안으로 밤하늘의 별들이 하나둘 들어왔다. 집 베란다에서 보는 것과는 다른 빛을 띠고 있었다.

불과 두어 코스만 가면 드러날 화려한 도심과는 다르게 한적하고 풍광 좋은 곳에 자리 잡은 학교에서 공부하고 있지만 기숙사에 머물거나 개인 통학 차량을 이용하지 않는 학생들에겐 조금 불편한 곳이기도 했다.

단영의 시선이 과학 시간에 배운 별자리라도 찾으려는지 깊고 어두운 하늘 끝으로 가닿으려는 찰나 버스 한 대가 그들 앞에 멈춰 섰다. 단영이 부리나케 일어나 가방을 챙겨 버스에 오르는 동안에도 태준은 미동 없이 자리에 앉아 있었다.

버스 맨 뒷좌석에 앉는 단영의 눈길이 어쩔 수 없이 차창 밖으로 힐긋 돌아봐졌다. 그녀의 동선을 따라오던 그의 눈 속에 담긴 텅 빈 고요가 그냥 지나쳐지지 않았다.

학교에 다시 가는 건가, 설마 나 배웅해 준 건가? 차가 출발하는 동시에 학교로 향하는 그의 발걸음이 단영의 마음에 작은 파동을 일으켰다.

목적지인 제1정문을 50m 앞에 두고 젖 먹던 힘을 짜내어 최고 속력으로 뛰어오던 단영의 앞으로 긴 지휘봉 하나가 뻗어 나왔다.

"스톱. 1분."

힘껏 달려오던 속도감에 바로 멈추지 못한 단영이 지휘봉을 지나쳐 버리자 귀에 익은 건조한 목소리가 귓가로 날아들었다. 숨 가쁜 소리를 내며 목소리의 주인공 쪽으로 눈을 흘겼다.

"이쪽으로."

태준의 입에서 무슨 소리가 더 나오기 전에 단영이 서둘러 주변을 둘러보았다. 이번 2학기부터 같이 지도하던 한솔중 선도부와 생활부장은 무슨 일인지 보이지 않았다. 그제야 오늘이 수요일인 걸 깨달은 단영의 눈썹이 살며시 찌푸려졌다.

수요일은 한솔중이 운동장 조례를 하는 날이라 제1정문 지도는 한솔고 임원들만 하고 있었다.

"이름, 학번."

수첩으로부터 눈길도 들지 않는 태준의 태도가 단영의 심사를 단번에 꼬이게 만들었다. 그날 버스 정류장에서 헤어진 이후 두 사람은 심심치 않게 마주쳤다. 그동안 어떻게 모르고 살아왔을까 싶을 만큼 청소 시간 소각장에서, 공동 체육관 수영장에서, 데칼코마니처럼 좌우대칭으로 마주한 기역자 학교 건물이 맞닿은 운동장 개수대에서.

그럼에도 단 한 번도 알은체를 해 오지 않았다. 단영은 완전히 낯선 사람 보듯 스쳐 지나가는 그 눈빛이 왠지 억울했다. 요즘 들어 자주 지각을 하고 있어 뻔히 단영의 이름과 학번을 알 터인데도 안면 없는 듯 묻는 태준이 그렇게 얄미울 수가 없다.

"한솔중은 등교 시간이 8시 20분까지로 대위원회에서 결정됐어요."

볼펜을 쥔 태준의 손이 수첩으로부터 슬며시 미끄러져 내려왔다. 그제야 그의 눈이 단영의 얼굴에 머물렀다.

"대위원회? 꼬맹이들끼리 너나없이 학급의 대표랍시고 모여서 결정한 사항이 학교 규칙으로 탈바꿈하는 거야? 생활 지도부 선생님들의 인가도 안 거치고? 나는 그런 전달을 받은 적이 없는데."

단영 스스로도 알고 있었다. 자신이 심사가 뒤틀려 그에게 시비를 걸고 있다는 걸.

"명찰도 없고. 저기 보이지? 같은 교복을 입은 어린 양들."

짧은 눈길로 단영을 훑어 내린 태준이 턱으로 벤치 방향을 가리켰다. 한솔중 학생들이 거구의 한솔고 학생들 사이에 끼어서 몸짓이 우스꽝스러운 체조를 엉거주춤 따라 하고 있는 것이 그녀의 눈에 들어왔다.

"학번, 3733. 이름, 서단영. 저희 학생부에 통고해요. 난 한솔고 학생들하고 섞여서 벌 받고 싶지 않네요. 오늘은."

"오늘은?"

태준이 볼펜과 수첩을 옆에 있는 후배에게 던지듯 건네주었다. 그리고 두 팔짱을 가슴팍에서 엇갈리듯 끼고 단영을 내려다보았다.

어디선가 들려오는 웃음소리에 단영이 옆으로 고개를 돌려 보니 조금 떨어진 곳에서 누군가 재미있어 죽겠다는 얼굴로 두 사람에게 시선을 주고 있었다. 그의 얼굴을 알아본 단영의 인상이 설핏 찡그려졌다.

지난여름 수영장에서 단영을 발로 밀어 넣은 장본인이었다.

"혹시 그날이야?"

"뭐?"

어이없는 단어가 귀에 꽂히자 단영의 고개가 절로 태준에게로 돌아갔다. 튀어나오려는 욕을 꿀꺽 삼킨 게 대견하게 느껴졌다. 멀지 않은 곳에는 생활 지도부 선생님도 계셨다.

"아니면? 잘 받던 교문 지도를 왜 오늘은 못 받겠다는 걸까? 어제도 명찰이 없어서 받은 걸로 아는데."

이미 이성이 달아난 단영은 어제 교문 지도 담당이 아니었던 태준이 그 사실을 어떻게 알았는지까지 깨닫지 못했다.

"그날이든 아니든 받고 싶지 않다면 어쩔 건데……요?"

"방과 후에 텅 빈 학교를 방황하질 않나, 안 하던 지각에, 반항까지. 서단영 요즘 사춘긴가? 키만 멀대 같이 크고 마음은 아직 덜 컸나 보네."

"그래, 덜 컸다. 내가 덜 컸는데 깡태 네가 보태 준 거 있어?"

용케도 참았다. 나이를 밥그릇 수로 따질 필요가 없다고 한 장본인은 눈앞에 있는 사람이었다. 하는 짓이나 말하는 꼴이 자신보다 연장자라는 걸 인정할 수 없는 단영이었다.

"겁까지 상실하고 말이야."

태준이 단영의 앞으로 한 걸음 불쑥 다가섰다.

의미를 알 수 없는 희미한 웃음기와 자신보다 훨씬 큰 체격에 대한 위압감으로 단영이 절로 한 걸음 뒷걸음쳤다.

"그래서? 누구처럼 패대기라도 치시게?"

"그럼 안 되지. 사춘기 소녀 잘못 건드렸다가 복이라노 매번 어쩌라고."

밉살스런 웃음기를 지우지 않은 태준이 단영의 앞으로 다시 한 걸음 다가섰다. 그러나 단영은 방금과 달리 한 발자국도 움직이지 않고 버텼다. 이미 상할 대로 상한 자존심이었다. 차라리 땅으로 패대기쳐지는 쪽을 택하리라.

"네가 잡아먹을 거야. 어쩔 거야."

의지와 다르게 한껏 주눅이 든 단영의 목소리가 태준의 귀에도 흘러들었다.

"자라는데 뭐라도 보태 주면 잡아먹어도 돼?"

뭐라고 떠드는 거야? 가슴으로부터 터질 듯한 울분이 단영의 얼굴을 붉게 만들었다.

"수업 마치고 5시, 소각장 앞. 안 나오면 앞으로 이 교문 제대로 통과하기 힘들어."

순식간에 웃음기를 거둔 태준이 제 할 말만 하고 홱 돌아섰다. 단영은 그가 던진 말뜻을 헤아리지 못해 가만히 서 있었다.

"보내 줘. 쟤 오늘 아프단다."

미친 깡태. 저런 싹수없는 녀석이 뭐가 좋다고 그 난리들을 치는지. 내가 그 꼴 보기 싫어서라도 그 학교 안 간다, 안 가. 단영은 멀리 사라져 가는 태준을 향해 속으로 갖은 욕을 퍼부었다.

5시 소각장? 내가 못 갈 줄 알고?

"별일이다, 강태준. 1초도 그냥 안 넘겼던 놈이 명찰까지 없는 사람을 봐줘?"

"제대로 말해요. 깡태가 봐준 게 아니라 제가 거부한 거예요."

"하하하. 알아들었습니다, 서단영 양. 우리 강태준 군을 서단영 양 말고 누가 감당하겠습니까. 강태준이 봐줬다고 저 역시 그럴 거라 생각 말고 빨리 사라지세요."

태준과 자신. 두 사람의 관계가 이렇게 꼬이게 된 게 모두 제 탓인 줄도 모르고 싱글싱글 농을 치는 인물에게 한마디 던지고 싶었지만 아침 조례가 마음에 걸려 단영은 다급히 발길을 돌렸다.

"참, 서단영. 하나 묻자. 깡태가 무슨 뜻인데?"

"……깡패 태준."

"깡패 태준? 푸하하!"

"선배 별명도 있어요."

"나도 있어? 뭔데?"

현강이 귀를 쫑긋거리며 흥미를 보였다.

"지랄광."

"무슨 광?"

눈썹을 위로 치켜세우며 다시 한번 물어 오는 현강을 뒤로 하고 단영은 손목시계에 눈길을 주며 한솔중학교 건물을 향해 힘껏 뛰었다.

지현강. 분위기로 제압하는 태준을 대신해 한 번 봐주면 공치사 10분은 하는 지현강을 두고 한솔중 학생들은 지랄광이라 불렀다.

현강의 너털웃음을 뒤로하는 단영의 기분은 썩 유쾌하지 않았다. 깡패라는 타이틀에서 내려 주려고 했더니.

얄짤없다, 강태준.

단영은 등굣길 버스 정류장에서부터 정신없이 뛰는 것으로 시작한 날이라 그랬던지 수업 시간 내도록 구름 위를 걷는 듯했다. 교무실에서 선생님이 부른다는 소리를 학급 친구들이 몇 번이고 전달했다는데 들은 기억이 없었다.

일주일 중 수요일 아침이 가장 힘들었다. 회사에 무슨 일이 생겼는지 지난여름 단영의 부친, 정석은 한동안 집으로 들어오지 않는 날이 빈번했다.

때를 같이 해서 그를 찾아 연일 낯선 사람들이 집으로 들락거렸다. 그럴 때면 어김없이 단영의 모친, 순애는 방으로 들어가 꼼짝도 하지 않았다.

그러기를 두어 달. 초췌한 몰골로 나타난 정석이 회사가 많이 힘들어져서 어쩔 수 없이 절친한 지인에게 넘기기로 했다는 말로 입을 열자 기다렸다는 듯 순애가 눈물을 터트렸다.

한참을 울던 순애가 눈물을 닦으며 그래도 빚쟁이들에게 시달리게 해 주지 않아서 고맙다는 말에 이번엔 정석이 눈물을 보였다.

그들의 이야기를 옆에서 가만히 듣고 있던 단영도 따라 울었다. 어려운 일에도 언제나 뜻을 맞추는 부모님이 존경스럽고 고마웠다. 때문에 작은 가게 하나라도 마련하기 위해 조만간 이사를 해야 한다는 말 따위엔 조금도 신경 쓰이지 않았다.

동생 아영과 자신을 위해 그네를 만들어 놓은 넓은 정원, 각자의 침실과 공부방까지 따로 갖추어진 아름다운 저택, 이 모두가 아버지의 그동안 노고였음을 철이 일찍 든 단영은 잘 알고 있었다. 그렇기에 언제나 부모님께 감사했다.

문제는 다른 곳에서 불거졌다. 한솔고 서류 전형에 합격한 단영이 그것을 포기하고 일반 인문고에 지원하겠다고 하면서 집안은 팽팽한 갈등 분위기에 젖어 들었다.

육성회비와 수업료 외 다른 부대 비용이 어마하게 들어가는 자사고이니만큼 정석은 미안해하면서도 당연하게 받아들였다. 내심 먼저 말을 꺼내지 않게 해 주는 어린 딸에게 고마워했다.

그러나 합격해 버리면 일반계 고등학교조차 갈 수 없으니 면접에 참석하지 않겠다는 단영의 발언이 결국 순애를 앓아눕게 했다.

어려서부터 영민하고 별다른 사교육을 시키지 않아도 중학교 3년 내도록 전교 1, 2등을 하는 단영은 순애의 자부심이었다. 주변 사람들이 단영이 전국에서 알아주는 한솔고로 가는 것을 당연시 물을 때면 다른 일에 겸손한 순애도 콧대를 세웠다.

성적이 안 돼서 떨어지면 모를까, 형편 때문에 포기하는 것만은 한사코 용납할 수 없었다.

급기야 순애는 단영의 학비는 자신이 벌겠다며 지난달부터 일을 나가기 시작했다. 무슨 일을 하는지 물어도 대답을 않는 순애의 휴일은 화요일이었다.

월요일 밤늦은 시간이 되어서야 파김치가 되어 돌아오면 순애는 다음날 꼼짝도 못 하고 집 안에 드러누웠다. 단영이 화요일, 얼른 학교를 다녀와서 엄마를 대신해 집 안 청소를 하고 저녁을 차린 뒤 숙제를 끝내면 어느새 한밤이었다.

때문에 어느 날보다 수요일 아침이 힘들었다. 아무리 피곤해도 조금 일찍 일어났어야 했다.

10여 분을 더 자는 바람에, 1분 지각하는 바람에 지금 여기서 무엇을 하는지. 제가 뭔데 사람을 나오라 마라 하는 건지. 자신은 왜 바보같이 또 쪼르르 나와 있는 건지.

단영은 솟구쳐 올라오는 짜증을 참지 못하고 벤치 의자 앞 돌부리만 애꿎게 걷어찼다. 7교시까지 있는 날이라 4시 10분에 종례를 마치고 청소 구역인 이곳으로 바로 나왔다. 그녀는 손목에 둘러진 시계를 보았다. 5시 1분. 청소를 마치고 여기서 공친 시간이 대략 30여 분이 넘었다.

단영이 더 두고 볼 것도 없다는 듯 벤치에서 일어서는 순간 누군가가 그녀의 가방을 낚아챘다.

"가려고? 내일 등교할 출입구가 교문 말고 따로 있나 보지?"

"나왔으면 됐잖아."

안 나오면 매일 아침 교문 통과하기가 힘들다고 한 건 태준이었다. 그랬으니 5시 정각에 나타났으면 그만인 게다. 언제 돌아가든 말든 그건 단영의 자유였다.

보일 듯 말 듯 얇게 터진 웃음이 태준의 입술 끝으로 길게 걸렸다. 단영은 저도 모르게 얼른 시선을 피했다. 아침과 다른 모습에 적응이 되지 않았다. 마음 한구석이 갑자기 찌릿해져 왔다.

"그렇게 나랑 맞먹고 싶어?"

"……?"

"중학교 딱지는 떼라고 했을 텐데."

"……."

"좋아. 감당되면 맞먹어 보든지. 들어."

태준이 자신의 가방을 단영이 일어선 벤치에 내려놓았다.

"내가 왜……요?"

금세 꼬리를 내리는 서단영. 정말 마음에 들지 않는다. 그래도 어쩔 수 없었다. 여기엔 깡태와 자신 말고 아무도 없었기에 조금 무서웠다. 아니, 어려웠다.

"나는 여기 있잖아."

태준이 어깨에 둘러멘 단영의 가방을 으쓱해 보인 후 돌아서서 성큼 걸어가기 시작했다.

오늘은 아예 가방까지 들고나와서 땡땡이인 거야? 놀란 눈으로 태준의 뒷모습과 벤치에 놓인 그의 가방을 차례로 바라보던 단영이 서둘러 그것을 들었다. 가벼운 무게에 그녀는 다시 한번 놀랐다. 지난번처럼 가방을 인질로 삼아 앞서가는 거라 여겼거늘 그게 아니었나 보다. 자신의 가방이 한참은 더 무거웠다.

이번에도 그가 찾은 곳은 예나의 가게였다. 어김없이 태준은 국수 곱빼기를 시켰고 잠시 망설인 단영은 벽에 붙은 메뉴 중 오므라이스를 시켰다. 짐작했다는 듯이 태준의 입 끝에 설핏 웃음이 걸리다 사라졌다.

"반항의 이유는?"

역시나 눈앞의 국수를 단번에 해치운 태준이 입을 열었다. 단영은 앞뒤 없이 내뱉는 태준의 말을 알아듣는 자신의 영민함이 오늘따라 버거웠다.

"땡땡이의 이유는……요?"

"너 국어 시간에 존대법 제대로 안 배웠어? 맞먹지 말랬다고 끝에 '요' 하나 붙이는 게 다야? 장유유서 제대로 지켜."

"그 정도 연장자 취급받고 싶으면 적어도 고등학생 딱지는 떼고 와요."

"응용력 빨라 좋다."

"응용력만 빠를까."

또 말을 놓은 단영이 그의 눈치를 스윽 살폈다. 남은 국물을 한 수저 뜬 태준은 대뜸 팔을 뻗어 와 단영의 오므라이스를 한 숟갈 떠서 먹었다.

"내숭이야? 원래 적게 먹어?"

"먹고 있는 중이거든요. 그쪽이 유달리 빨리 먹는 거지."

공중으로 날아드는 단영의 말을 들으며 태준이 주방 안쪽으로 들어갔다. 분명하게 뜻을 알 수 없는 예나의 목소리가 희미하게 흘러나오는 동시에 그가 다시금 모습을 드러냈다.

딸칵. 캔 따는 소리와 함께 목으로 꿀꺽 넘어가는 소리를 무심코 따라가던 단영의 눈이 동그래졌다.

"생각 있어?"

앞으로 쑥 내밀어지는 캔 맥주를 바라보며 단영은 엉겁결에 고개를 잘잘 흔들었다.

"사춘기거든. 누구처럼 마음이 덜 자라서."

툭, 말을 뱉은 태준이 다시 맥주를 들이켜자 단영은 할 말을 잃었다. 언제 따라 나왔는지 홀로 나온 예나가 말없이 태준을 바라보았다. 그녀의 입은 굳게 닫혀 있었지만 눈빛이 흔들리고 있다는 것을 단영은 알 수 있었다.

이 인간, 생각보다 더 날라리인 거야?

"언니, 나 신고해도 돼요?"

테이블로 다가오지도 못하고 가만히 태준을 바라보던 예나는 제대로 알아듣지 못한 듯했지만 바싹 고개를 치켜드는 모양새가 태준은 알아들은 모양이었다.

"언니 가게 신고해도 되냐고요. 술."

미성년자가 술을 마시고, 미성년자에게 술을 판다는 맥락의 문제가 아니었다. 얼마 살지 않았지만 단영도 눈치가 있었다. 태준에게 이곳은 그저 흔한 분식집이 아님을 충분히 짐작할 수 있었다.

알 수 없는 두 사람의 친밀감이 단영을 심통 나게 했다.

"뭐라는 거야, 너."

당황한 예나가 뭐라고 말하기도 전에 태준의 인상이 굳어졌다. 언제나 나이답지 않은 무감한 표정의 그가 예나의 난처함 앞에서 인상을 쓰자 단영은 더 심사가 꼬였다.

"지금 누나가 술을 판 거로 보여?"

"그럼 그쪽 신고해야겠네."

"무슨 죄명으로?"

"도둑질."

허. 태준의 입에서 어이없는 헛웃음이 새어 나왔다.

"싫으면 공범하면 되고."

단영의 손이 태준의 앞에 놓인 맥주 캔을 잡았다. 그리고 입구가 단영의 입에 닿으려는 순간, 태준이 도로 낚아챘다.

"여자애가 남이 입 댄 걸 아무렇지도 않게."

"남의 밥은 잘도 가져다 먹으면서 무슨……."

"갈게."

단영이 말을 끝맺기도 전에 태준이 자리에서 벌떡 일어섰다. 예나에게 짧은 인사를 끝으로 옆자리에 놓여 있던 가방 두 개를 들고 가게를 나가 버렸다. 단영은 따라 일어서지도 못한 채로 그 자리에 앉아 있었다.

화가 난 건가? 왜? 늘상 오가는 방식의 대화였다.

설마 맥주를 뺏었다고? 마시지 말라는 말 대신 한 시늉인데. 영문을 알 수 없는 태준의 행동에 단영의 얼굴은 점점 심란해졌다.

"얼른 따라가 봐. 태준이 기다려."

예나의 목소리는 여전히 부드러웠다.

"죄송해요, 언니. 그냥 해 본 말인데."

"알아. 그리고 태준이 화난 거 아니야."

"네?"

"태준이 화났나 싶어 걱정하는 얼굴인데?"

속내를 들킨 단영의 얼굴이 절로 붉어졌다.

"단영이라고 그랬지? 자주 놀러 와."

"아, 네……."

"태준이, 내가 과외 가르치던 학생이었어. 지금은 아니지만."

"아……."

고개를 주억거리는 단영은 조금 전 심통을 부려 마음이 불편해졌다. 그 마음을 아는지 모르는지 화사하게 웃는 예나는 여전히 예뻤다.

"얼른 나가 봐. 기다리는 거 엄청 싫어하거든. 정말 화낼라."

"네, 언니. 또 올게요."

예나에게 인사를 한 단영은 빠른 걸음으로 문을 열고 나갔다. 다시 올 일 없을 거라 여겼는데, 어쩐지 자주 올 것 같은 예감이 들었다.

"누가 너 또 데려온다고 했어?"

한쪽 벽에 기대어 서 있던 태준이 몸을 일으켜 심드렁히 말했다.

"내 발은 멋인가? 누가 데려와야 올 수 있게? 그리고 선배는 이렇게 땡땡이나 쳐야 겨우 올 수 있는 주제면서 무슨."

태준이 아무 말 없이 단영을 빤히 쳐다봤다.

"왜요?"

호기롭게 나온 단영의 목소리 끝이 이내 아래로 내려갔다.

"그쪽에서 선배로 승격됐구나 싶어서. 어디 갈까? 말 그대로 오늘은 땡땡인데."

"가긴 어딜 가요? 어두운데 집에 가야지."

물끄러미 단영을 보던 태준이 앞서 발걸음을 뗐다. 단영은 높은 어깨에 대롱대롱 매달린 두 가방 아래로 길게 뻗은 그의 발걸음을 종종걸음으로 뒤따랐다.

곧 수험생이 될 사람이 사춘기도 아니고 왜 저래, 정말. 그를 따라가던 단영의 발걸음이 딱 멈췄다. 앞서가던 그의 발걸음이 먼저 멈춰 있었다. 태준이 단영을 향해 돌아보았다.

"안 와?"

처음으로 말 잘 듣는 강아지처럼 잰걸음으로 달려간 단영이 그와 나란히 섰다. 그가 천천히 보폭을 맞춰 주었기에 더 이상 종종걸음 칠 필요가 없었다. 버스 정류장에서 멈출 거라고 생각한 태준의 걸음이 계속 앞서 나가자 단영도 말없이 걸었다.

단영은 한참이 지나서야 태준이 버스 노선을 따라 걷고 있다는 것을 알아차렸다.

"피곤해서 내일 또 지각하면 어쩌려고?"

"내일은 지각 안 해요."

"왜? 내가 교문에 없어서?"

두어 걸음 더 내디디고서 말뜻을 알아차린 단영이 우뚝 제자리에 섰다. 무슨 말도 안 되는 소리를 하는 거냐며 바싹 치켜 올라간 그녀의 눈썹 밑 두 눈동자가 한곳에 고정되었다. 하지만 고개를 아래로 향하고 있는 그의 영혼 없는 눈빛에 그만 할 말을 잃어버렸다.

아무것도 담기지 않은, 요즘 엄마에게서 자주 보이던 공허한 눈동자가 고요히 이쪽을 바라보고 있었지만 두 눈동자가 잃은 게 무엇인지 알 수 없었다.

그러나 아직 세상을 잘 모르는 단영도 그것이 열여덟의 것이 아닌 것쯤은 알고 있었다.

"예나 언니 가게 가고 싶음 그냥 이야기해요. 따라와 줄 테니까. 괜히 엉뚱한 시비 붙여 끌고 오지 말고."

휙, 이번엔 먼저 몸을 돌린 단영이 앞서 걸었다. 꽤 매서워진 바람이 어깨를 넘은 단영의 머리를 어지럽게 휘감았다.

자신을 집에 보내고 그가 어디로 갈 것인지, 그를 바라보는 예나의 눈빛 속에 숨은 안타까움의 이유가 무엇인지, 가게에서 자아낸 가을빛을 닮은 스산한 그의 분위기의 연유가 무언지 물을 수도, 묻고 싶지도 않았다.

단영은 태어나 처음으로 접하는 마음속 울림을 마주하는 것
조차 버거웠다. 한 계절을 두고 지난여름의 철없던 서단영이 그
리워 왠지 눈물이 날 것 같은 날이었다.

3화

"언니, 또 503호 할머니한테 붙잡혔다 오는 거예요?"

단영이 간호사 스테이션에 들어서자 막 그곳을 나서려던 최 간호사가 그녀에게 다가왔다. 옅은 미소로 답을 대신하며 모니터 앞에 앉은 단영은 입원 환자들의 점심 약을 확인하기 시작했다.

"아니, 도대체 그 할머니는 왜 그런대? 딸들하고 며느리는 꼴도 보기 싫다고 면회 거절하면서 왜 매번 언니만 붙잡고 늘어진대요. 그리고 돈도 많으면서 왜 간병인은 안 쓰겠대? 어젯밤에도 계속 호출해서 화장실까지 부축하라는 통에 당직 간호사가 애먹었다던데."

"그랬어?"

언제나 입에 투덜거림을 달고 사는 최 간호사였다. 환자들에게도 자주 퉁퉁거려 나이 많은 어르신들에게 자주 혼나지만 속정이 깊어 튀어나온 입술을 하고도 환자들의 자잘한 요구를 모두 들어주었다. 그걸 잘 알기에 그녀의 투덜거림을 귓등으로 듣던 단영이 고개를 들어 최 간호사를 올려다보았다.

"그랬다니까요. 화장실에 가면 변기에 가만히 앉았다가 볼일이 안 나온다고 그냥 가자시고…… 치매인가?"

"최연주 선생."

환자 차트에 점심 복용 약 내용물을 적어 내려가던 단영이 들고 있던 볼펜을 탁자 위로 탁 소리 나게 내려놓으며 연주를 불렀다.

아차 싶은 연주가 입꼬리를 쫙 늘어뜨리고 위아래 입술을 포개며 앙다물어 보였다. 금세 폭 파인 보조개와 잘못을 시인한 눈웃음을 지으며 애초에 가려던 목적지를 향해 스테이션 밖으로 몸을 돌렸다.

"쯧, 내 그럴 줄 알았다. 어째 좀 아슬아슬하더니만."

간호사실 안쪽에서 가제 박스와 식염수를 몇 통 내어 오던 김 간호사가 스테이션을 나서는 연주를 향해 혀를 찼다. 단영이 미간에 있던 얇은 주름을 펴며 말했다.

"어제 503호 할머니. 차트 기록 좀 줄래?"

총총걸음으로 발자국 떼던 연주는 숨을 살며시 뱉어 내며 단영을 돌아보았다.

언제나 유순하고 사람 좋은 주임 간호사였다. 신경외과와 정형외과를 전문으로 하고 재활의학과를 겸비한 우리들 병원에서 근무한 지 벌써 5년이나 되었는데, 태만은커녕 여전히 넘치는 미소로 환자를 대하고 있는 단영이 연주는 대단해 보였다. 디스크 및 척추 수술이 많은 신경외과라 나이 많은 환자가 대부분이었다.

시도 때도 없는 호출과 경우에 어긋난 심부름이 많은데도 그녀는 부모님을 모시듯 정성과 싹싹함으로 그들을 대했다.

그러다 보니 회진 차 병실을 돌면 환자들은 자신의 서글픈 처지에 대해 신세 한탄을 하느라 그녀를 잡고 놓아 주지 않는 일이 비일비재했다. 주임이라는 직책과 그녀의 개인 사정으로 당직을 서지 않는 주말이면 서 간호사를 데려오라며 약을 안 먹고 응석을 부리는 환자들 때문에 다른 간호사들은 종종 곤란해했다.

후배들에게도 늘 권위보단 편안함과 가족애를 보여 주었다. 때문에 연주는 주임 간호사인 단영에게 언니라는 호칭을 쓰는 바람에 주변 간호사에게 자주 야단을 들었다.

그러나 그녀의 내면에 칼 같은 성격과 아니다 싶을 땐 순식간에 뿜어 나오는 포스가 숨겨져 있단 걸 1년 넘는 시간 동안 보아오면서 익히 알고 있던 터였다. 아마 병원 내에서 그걸 모르는 사람은 단 한 명도 없을 거라고 연주는 생각했다.

언니 앞에서 환자를 흉보다니. 503호 할머니가 아니라 내가 치매다, 치매. 그런데 지금 어디로 도망을 가고 있는 거야? 스스로를 꾸짖으며 몇 걸음 더 떼던 연주는 아차 싶어 간호사 스테이션으로 다시 쪼르르 달려왔다.

"언…… 아, 주임 선생님."

단영을 부르며 달려오던 연주가 옆에 있는 김 간호사를 보고 화들짝 놀라며 호칭을 달리했다.

"또, 뭐? 도망을 가려면 멀리나 가든지. 하여튼 사슴과라서 좋다, 넌."

늘 포수를 피해 도망가다가 자신이 왜 달리는지 몰라 갑자기 서 버린다는, 그래서 결국은 포수에게 잡히고 만다는 멍청한 사슴. 연주는 자신을 지능 낮은 사슴에 비유하는 두 살 많은 김 간호사의 뒷머리를 살짝 흘겨본 뒤 단영에게 말했다.

"과장님이 두 번이나 호출하셨어요."

"나를?"

단영이 연주를 향해 고개를 들었다.

"왜?"

"모르겠는데요."

"알았어."

단영은 인터폰에 손을 뻗으려던 손길을 멈추고 스테이션 단상에 붙은 원욱의 일정표를 살펴보았다. 외래를 볼 시간도 아니었고, 수술도 없었다. 그렇지 않아도 그녀 역시 미뤘던 용무가 있던 터였다.

"환자들 점심 약 좀 챙겨 줘."

연주에게 점심 약 순회를 부탁한 단영이 자리에서 일어섰다.

6층 신경외과장실 문을 노크하며 단영은 손목에 둘러진 가죽 시계에 힐긋 눈길을 주었다. 12시 20분. 점심시간 시작까지 시간은 넉넉했다.

"네."

문 대각선 쪽에 놓인 데스크에 원욱의 모습은 보이지 않았다.

단영이 문을 더 활짝 열고 한 걸음 들어서려는 찰나 소파에 등을 보이고 있는 남자와 마주 앉은 원욱이 보였다.

"아, 손님이 계신 줄 몰랐습니다. 다시 오겠습니다."

단영이 얼른 뒷걸음치며 조용히 말했다.

"괜찮으니까 들어와요. 친구예요. 있다가 점심 같이하려고 기다리는 중이라."

단영을 맞이하며 소파에서 일어나 데스크로 향하려던 원욱은 생각을 바꾸고 다시 자리에 앉았다.

"잠깐 여기 와 앉아요. 인마, 너 잠깐 저리로 비켜 앉아 봐. 얼굴 보기가 별 따기보다 어렵더니 오늘은 웬일로 이렇게 일찍 나타났어."

"얼굴 보자고 노래를 부르더니 만난 지 10분도 안 돼 찬밥인가."

단영이 선뜻 앉지 못하자 소파에 앉아 있던 남자가 벌떡 일어나 몸을 돌렸다. 순간 단영의 의지와 상관없이 두 눈썹이 빠르게 추켜올라갔다.

"저 상관하지 마시고 이리 와 앉으시죠."

어떤 표정의 변화도 없이 남자는 작은 눈짓으로 앉기를 권했다. 그럼에도 단영은 제자리를 뜨지 못했다. 몇 초나 그러고 있었을까.

여전히 무덤덤한 표정인 그의 눈이 단영을 직시하자 그녀는 그제야 원욱을 향해 고개를 돌렸다.

"아니에요, 과장님. 저도 드릴 말씀이 있어서 나중에 다시 올게요. 환자들 점심 약 배분 회진도 해야 하고요."

"잠깐만요, 서 선생."

원욱이 돌아서려는 단영을 불러 세우며 일어섰다.

"서 선생 용건은 나중에 들어도 제 용건은 듣고 가요. 금방 끝나요. 아 참, 둘 다 너무 편하다 보니 내가 경우가 없었군요. 여기 이 친구는 중학교 때부터 둘도 없는 경쟁자. 그러나 딱 한 끝 저를 미치지 못하는 놈이죠. 하하."

원욱을 향하는 남자의 눈길에 설핏 어이없음이 묻다 사라지는 것이 보였다.

"그리고 이쪽은 신경외과 주임 간호사."

각진 턱이 주는 날카로운 이미지를 너털웃음으로 날려 버리는 원욱이 두 사람을 번갈아 바라보았다.

"강태준입니다."

태준보다 한참이나 작은 그녀의 시선이 눈앞에 보이는 가슴께에 머물렀지만 그가 고개를 까닥해 오는 걸 단영은 공기로 느꼈다.

"……서단영입니다."

오랜만에 자기소개를 해서일까. 어렵게 성대를 뚫고 나온 목소리가 낯설었다. 겨우 이름을 뱉어 놓고 떨어진 고개가 무거운 단영이었다.

"덧붙여 우리들 병원 환자들의 여신이자 내가 열심히 도끼질하고 있는 분이시다. 웬만하면 누가 채어 갈까 봐 소개도 잘 안 해 주는데, 오늘 영광인 줄 알아."

"과장님, 무슨 그런 말도 안 되는 소리를……."

"우리 병원 여신 맞잖아? 서 선생 없으뵌 신경외과 돌이기지

77

도 않고. 아니면 내가 도끼질 하고 있는 거, 설마 몰랐다고 하진
않겠지? 내가 미쳤다고 어제 그 비싼 카페 라테를 간호사 스테
이션에 돌렸을까. 서 선생 그거 좋아하잖아."

원욱의 너스레에 단영은 그제야 말초 신경 끝까지 빳빳했던
긴장이 살짝 이완되어 작은 실소가 터져 나왔다. 그 순간 그녀
는 옆얼굴에 와 닿은 태준의 시선을 어렴풋이 느꼈다.

"카페 라테 즐기는 사람은 김 간호사입니다. 그리고 전 커피
안 마신다고 몇 번을 말씀드린 걸로 아는데요. 가서 김 간호사
에게 과장님 마음 전해 드릴게요."

"아, 서 선……."

말을 마친 단영이 원욱의 부름에도 지체 없이 그대로 방을 나
가 버렸다.

"원, 사람이 도대체 빈틈이 없단 말이야. 그게 매력이긴 하지
만."

원욱이 고개를 살랑살랑 저으며 소파로 가서 털썩 앉았다. 그
런 원욱을 태준이 지긋이 바라보았다.

"왜?"

"진심이야?"

"뭘? 아, 도끼질. 괜찮지 않냐?"

태준의 말을 뒤늦게 알아들은 원욱이 테이블 쪽으로 몸을 쭉
빼며 물었다. 가까워진 거리만큼 태준이 소파에 몸을 뒤로 물렸
다.

그를 바라보는 원욱의 시선에 진중함이 보이는가 싶더니 금
세 심드렁함이 드러났다.

"아, 재미없는 놈. 너는 어찌 그리 한결같아?"

"뭐가?"

"보통 다른 놈들 같으면 벌써 난리가 났다. 예쁘다, 몇 퍼센트 아쉽다, 내 타입이다, 아니다 등등."

"그런 뜻으로 물은 거야?"

태준이 무심한 목소리로 답했다.

"내숭 떨기는. 다 알아들었으면서."

"적어도 그런 도마 위에 올릴 뜻으로 물은 건 아닌 것 같은데?"

이번엔 태준의 눈에 진중함이 실렸다.

"나 하긴 싫고 남 주긴 아깝다?"

아무렇지 않게 뱉는 원욱의 말에 살짝 구겨지던 태준의 미간이 연이은 그의 한숨 소리에 제자리를 찾았다.

"……언감생심."

이어지는 원욱의 뜻 모를 소리에 태준의 한쪽 눈썹이 살짝 추켜올랐다. 중학교 단짝이었던 원욱과 유학을 가 있는 동안에도 늘 서로 근황을 전하며 마음을 터 왔다.

원욱은 어떻게 그런 성적을 유지하는가 싶을 만큼 어려서부터 이성에 관심이 많았지만 좋고 싫음이 산뜻했다. 이렇게 사족이 길기는 처음이었다.

"처음 이 병원에 들어왔을 땐 서 간호사 얼굴 보는 낙으로 다니기도 했지. 매일 같은 환자에, 같은 수술 하는 것도 지겨웠으니까. 그런데 저런 여자를 탐내기에 난 너무 속세에 절었더라고. 내게 주는 벌로 이 마음만 아프기로 했다. 아무리 너라도 여기까지…… 아, 잠깐."

들으라기보다는 제 감정에 취해 정말 아프기라도 한 듯 오른 손으로 자신의 심장을 툭툭 치던 원욱의 눈이 반짝거리며 동작을 멈췄다. 무언가 호기심 충만한 게 생긴 것이 분명했다. 또 귀찮은 소리를 늘어놓을 게 뻔하다 싶어 태준은 의자 뒤로 몸을 묻었다.

"너, 한솔고 나왔…… 아니지. 다녔잖아."

고개를 갸웃하던 원욱이 기억을 제대로 잡으려는 듯 말을 고쳤다.

"우리 시 선생 몰라? 이력서에도 분명 한솔고라고 적혀 있었는데? 가만, 서 선생 나이가 우리보다……."

"대단한 관심이군. 출신 고등학교까지 기억하고."

"그거야, 뭐. 한 파티션을 책임지다 보면 이렇게 저렇게 봐야 할 일이 있기 마련이고."

횡설수설하는 말에서 답을 찾을 필요는 없었다. 궁금증으로 인해 커진 원욱의 눈이 이미 그 답을 말하고 있었다. 함께하던 중학교 시절부터 그랬다. 여자의 신상 조사부터 하던 게 원욱의 방식이었다.

"그만 떠들고 일어나. 현강이 기다리겠다."

태준이 아직도 어벙하게 앉아 있는 원욱을 향해 어쩔 수 없다는 시선을 주며 자리를 털고 일어났다.

간호사라. 방을 나서는 태준의 눈빛에 아주 짧은 찰나 알 수 없는 감정이 살짝 스치고 지나갔다.

과장실을 빠져나온 단영은 최 간호사가 이미 점심 약을 나누었을 입원 병실을 다시 한번 살폈다. 식판을 앞에 두고 무기력하게 식사하던 환자들이 병실 입구에 서 있는 그녀를 발견하곤 화색을 띠며 너나없이 들어오라는 손짓을 해 보였다. 빠른 손놀림으로 수저질 시늉을 해 보이는 단영의 눈매에 그려진 웃음은 원욱이 말한 여신의 그것과 다를 바 없었다.

그러나 환자들의 시선을 벗어난 그녀의 얼굴엔 피로감이 감돌았고 발걸음엔 지친 기색이 역력했다.

텅 빈 간호사 스테이션으로 돌아와 모니터 앞에 털썩 주저앉는 단영의 얇은 입술 사이로 가느다란 한숨 소리가 길게 뻗어나왔다. 원욱에게 한마디도 전하지 못하고 나온, 겨우 굳힌 결심 때문만이 아니었다.

못 알아보는 걸까? 지나온 세월이 얼마인데 무리도 아니겠지.

저 역시 그 시절의 지인들과 함께하는 자리가 아니었다면 아미코에서 그를 금방 알아볼 수 있었을지 의문이었다.

덤덤하게 자신을 소개하던 태준의 모습이 떠올라 단영은 미간을 얇게 접으며 무의식적으로 가슴 언저리에 손을 가져다 댔다.

바짝 긴장했던 탓에 역류한 위산의 신물이 예사롭지 않았다. 가슴팍을 쓸어내리는 그녀의 손끝엔 원욱의 방에서 쿵쿵 울리던 심장 파동이 미진하게 남아 있었다.

지난주, 무아지경 공연이 있던 아미코에서 단영은 도망치듯 빠져나왔다. 무슨 정신으로 태준의 노래를 듣고 있었는지 알 수 없던 그녀는 곧 공연이 끝나면 테이블로 와서 한잔할 거라는 예나의 말에 화들짝 놀라 급하게 자리를 털고 일어섰다.

보람 역시 태준의 등장에 얼이 빠졌던지라 단영을 잡지 못했다.

새벽 5시에 출근해야 하는 단영에게 이미 늦은 시간이었다. 그러나 예상도 못 한 그와의 우연한 만남은 이부자리에 든 단영을 꼬박 잠들지 못하게 했다. 갑작스런 그의 존재는 기억에서 지우다시피 한 어린 날의 기억들을 고스란히 들고 왔다.

고단한 삶의 출발점일 뿐이었던 힘겨운 학창 시절. 그 시간 속에 잠깐 놓여 있던 태준의 갑작스런 출현이 새삼스레 난영을 괴롭혔지만 심란함은 며칠을 넘기지 못했다. 짧은 만남이 일상까지 침범하기엔 15년이란 세월은 결코 만만하지 않았다.

그러나 그 공백을 단숨에 물리치고 갑작스레 나타난 것도 모자라, 일주일도 채 되지 않아서 다시금 자신의 공간 안에 아무렇지 않은 듯 서 있다니. 단영은 담담함을 유지하기가 쉽지 않았다.

무아지경의 곡들을 작곡했다고? 결국은 뮤지션이 되었던가. 졸업 후 단영은 단 한 번도 동문회에 참석한 적이 없었다.

어딘가 낯이 익은 무아지경의 리더 선무가 한솔고 출신이라는 말에 태준을 떠올리지 않았다고 하면 거짓말이겠지만, 그를 다시 보게 될 거라고는 꿈에도 생각지 못했다.

예나를 우연찮게 보게 되고서도 마찬가지였다. 그는 어느 순간에서부터 자신을 둘러싼 일상에서 존재하지 않는 인물이 되어갔다.

한국에 돌아왔다면 민준의 입에서 한 번쯤은 나왔을 이야기인데, 왜 아무런 말도 없었을까 생각하던 단영의 입에서 자조 섞인 헛웃음이 새어 나왔다. 그 시절의 기억과 해후하고 싶지 않은 게 단영의 진짜 마음이었다. 그걸 잘 아는 민준이 굳이 사촌 태준에 관해 이야기할 이유가 없었다.

단영은 생각의 꼬리를 자르듯 모니터가 놓여 있는 단상을 두 팔로 짚으며 일어났다. 잠시 바람이 쐬고 싶어 곧 들어올 법한 김 간호사에게 전화를 넣어 보려고 휴대폰을 찾았다. 그 순간 드르륵하고 서류철 사이에 껴 있던 단영의 폰이 힘차게 진동을 알려 왔다.

"어, 민준아."

─뭐해? 점심 먹었어?

"아직. 교대할 사람 오면 곧 가야지."

─서단영, 애가 왜 그래? 네가 먼저 만나자 하고선 바람맞힌 것도 모자라, 전화 한 통 없는 게 며칠 째야.

"아. 미안."

─나 참. 별일 아닌 일에 또 나만 문제인 건가.

별일 아닌 게 아니었다. 오늘 내도록 병원 환자를 보면서도 어떻게 해야 하나 난감함에 머리가 지끈거렸다. 태준의 등장에 놀라 아주 잠깐 소멸되었을 뿐이었다.

─뭐야? 무슨 일이야.

잠시 이어진 단영의 침묵에 가벼운 웃음기를 머금었던 민준의 목소리가 조금 가라앉았다.

얼마 전 단영이 전화를 해 오던 때부터 신경을 쓰고 있던 터였다. 평일이면 병원 일로, 주말이면 엄마를 보러 내려가느라 바쁜 단영이 할 말이 있다며 먼저 보자고 청하는 일은 좀체 없던 일이었다.

—말해 보라니까. 뭐든지.

조금 더 느릿해진 민준의 말투에 모든 것을 포용해 줄 것 같은 다정함과 푸근함이 묻어났다. 그 우정만으로 단영은 언제나 남보다 적어도 하나는 더 가진 사람이라고 스스로를 위로했다.

"뭐든지? 내가 무슨 말할 줄 알고."

—그래 봐야 서단영 수준이지.

"그래도 네게 이런 부탁하려니까 미안해서……."

—서단영.

"알았어. 실은 아영이가 사고를 조금 쳤어. 지금 있던 곳보다 조금 더 작은 곳으로 옮기면 될 것 같아서 전세를 뺐는데……."

단영이 하던 말을 잠시 멈춘 뒤 작은 한숨과 함께 말을 다시 이었다.

"가진 돈으로는 전세가 잘 구해지지 않네."

—무슨 사고를 얼마나 쳤는데.

"네가 신경 쓸 만큼은 아니고, 번번이 이사하기도 어렵고 해서 구하는 김에 좀 더 알아……."

—언제까지 비워 주기로 했는데?

어느새 마음이 조급해진 민준이 단영의 말을 잘랐다.

"다음 주말."

—다음 주?

이번 주도 반이 지나 내일이 지나면 주말이었다.

"음. 전세로 좀 더 구해 보다가 안 되면 그냥 주택 단칸방 들어가든지. 어쨌든 시간이 조금 더 필요할 것 같아서……."

―네 짐들은 어떻게 하고.

민준의 목소리가 바뀌는 걸 느낀 단영의 말이 절로 빨라졌지만 이번에도 민준의 큰 목소리에 말이 끊어져 버렸다.

단칸방이라니. 요즘이 어떤 세상인데, 여자 혼자. 전화선 너머 민준의 인상이 있는 대로 구겨졌다.

그러나 흥분한 그 순간에도 괜한 말이 튀어나오지 않도록 입술을 꾹 눌렀다. 네가 사는 선상에서 세상을 바라보지 말라는, 네 친구는 다른 세상에 살고 있다는 걸 잊지 말라는 단영의 스치던 말이 그의 가슴팍 언저리를 쿡 쑤셔 댔다.

그녀의 어려움에 마음껏 손을 뻗어 주지 못하는 이유가 저와 다른 세상에 살고 있기 때문이라니. 민준의 입장에서는 이해할 수 없는 아이러니였다. 그렇다고 단영을 제 세상으로 불쑥 끌어당겨 올 용기도 없는 자신은 못난이였다.

"하나씩 처분하고 있고, 얼마 안 되니까 가지고 갈 건 집 구할 동안 보관 센터……."

―그러니까, 왜 지난번 집 옮길 때 내 말 안 들어서 이런 사달을 만들어.

그 못남이 한없이 서글퍼 그만 이성의 끈이 툭 끊어졌다. 저도 모르게 버럭 소리를 지른 민준은 제 스스로도 놀라 잠깐 말을 끊었다.

"그러게. 이렇게 다시 말 꺼낼 일 생길 줄 알았으면 거절 안 했을 텐데."

―…….

"나 참 별 없다. 그렇지?"

그녀답지 않게 한껏 꼬리를 내린 목소리가 그의 가슴에 둔탁한 통증을 일으켰다. 겨우 그 말을 하기 위해서 그녀가 먼저 만나자고 말을 하다니. 그것도 이 방법 저 방법 다 찾다가 어쩔 수 없는 이제야 겨우.

"아, 너 혹시 다시 쓰고 있는 거 아니야? 벌써 다른 사람 쓰고 있으면 괜찮아. 혹시나 해서 물어본 거야. 나도 웃기지? 그렇게 권할 때는 화를 내놓고는."

말하는 동안에도 단영은 입술을 몇 번이나 깨물고 미간에 주름을 여러 번 세웠다가 폈다. 벌써 반년 전이었다. 그전에 살던 15평 아파트 전세가 너무 오르면서 다른 곳을 알아본다고 힘들어할 때 민준이 본가에 들어가게 되었다며 자신이 쓰던 오피스텔을 쓰라고 넌지시 말을 꺼내 왔다.

하지만 단영은 순식간에 싸늘한 표정을 하고 민준의 말을 맞받쳤다.

"한 번 넓은 집에서 살아 본 사람은 절대 그 아래로는 살 수 없는 거야. 그런 곳은 친구네 집이 넓고 좋네, 하고 한 번씩 눈호강하는 걸로 족할래."

민준의 마음이 선의라는 걸, 친구인 자신에게 아까워하지 않고 돕고 싶어 하는 걸 잘 알고 있었다.

그러나 단영은 그에게 늘 도움을 못 줘 안타까워지는 대상이 되어야 하는 자신의 처지가 쓸쓸했다. 때문에 민준이 열심히 돈을 모아도 제집 한 채 가지기 힘든 이 세상을 함께 탄식하는 평범한 회사원이었으면 하는 생각을 해 본 적도 있었다.

—그 오피스텔, 다음 달부터 누가 쓰기로 했어. 내가 다른 데……

"다음 달? 그럼 이번 달은 비어 있다는 말이야?"

갑작스럽게 밝아진 단영의 목소리가 민준의 말을 가로막았다.

"잘됐다. 2주 정도면 충분할 거야. 보람인 분명 자기 집에 와 있으라고 할 건데 하루 이틀도 아니고 보람이 부모님 보기……."

—그러지 말고 이번엔 내 말 좀 들어. 내가 알아볼게.

"그래, 부동산에 나와 있는 시세 기준으로 보증금 오천만 원으로 갈 수 있는 곳은 어디든."

—뭐야. 아영인 서른도 안 된 애가 천만 원이나 되는 돈을 어디다가 쓴 거야?

한껏 마음을 가라앉히려 노력한 민준의 목소리가 두 입술 사이를 비집고 으르렁거리듯 새어 나왔다.

"아냐. 그냥 정리하는 김에 쥐고 있던 것들도 좀 갚으려고."

지금 자신이 해 줄 수 있는 것은 아무것도 없었다. 아마도 여기서 더 고집을 부리면 찜질방이라도 갈 녀석이었다.

그렇다면 다음 달부터 쓰기로 한 사람을 다른 곳으로 보내는 수밖에. 거기까지 생각을 마친 민준은 겨우 제 마음을 가라앉혔다.

—나와. 밥 먹자.

"뭐?"

—밥 안 먹었다며?

"너 어딘데. 나 한 시간 밖에 시간 안 돼."

—그럼 저녁 시간 비워. 아니면 집 안 빌려줘.

달칵. 제 할 말만 하고 끊어지는 전화를 바라보며 단영의 표정이 순간 멍해졌다.

언제나 상대의 전화가 끊긴 것을 확인하고 통화 정지 버튼을 누르는 민준이었다.

위아래가 확실한 그는 저보다 한 살이라도 나이가 많은 이에게 깍듯했고, 어렵고 힘든 사람을 보면 진심으로 마음 아파했으며 자신의 의사보다는 다른 이의 의견을 존중하고 배려하려는 천성이 선한 친구였다.

그런 그가 일할 때는 냉철하고 더없이 날카롭다는 보람의 말을 단영은 믿을 수가 없었다. 학교 다닐 때부터 단영의 고집과 활력 앞에서 휘둘리던 민준은 어느 날부터 이래선 안 되겠다 싶었던지 한 번씩 말도 안 되는 심통을 부렸고, 단영은 역시 혼자 자란 애 티 낸다고 큰누나처럼 잔소리를 해 대며 희연과 보람을 붙잡고 흥분했다. 그럴 때마다 그녀들은 민준이가? 하면서 믿어 들지 않았다.

단영은 입가에 얇은 웃음을 걸고 휴대폰을 내려놓았다. 어찌 되었든 집에 대한 문제는 얼마간 여유가 생겼으니 지난번 바람맞힌 것을 사과할 겸 밥은 자신이 사야겠지.

단영이 상의 주머니에 휴대폰을 넣으려던 손을 멈추고 다시 꺼내 잠금 해제 버튼을 눌렀다. 모처럼 보람이도 시간이 되면 부를 참이었다.

"서 선생, 식사 안 해요?"

막 통화 버튼을 누르려던 찰나 어느새 식사를 마치고 온 원욱이 간호사 스테이션 앞에 서 있었다.

"벌써 다녀오셨어요?"

"원체 바람 같은 녀석이라. 밥 먹자마자 바쁘다고 사라지네?"

"……네."

짧은 대꾸만 하고 가만히 서 있는 단영을 원욱이 알 수 없는 작은 웃음을 띠고 가만히 바라보았다.

"왜요?"

"단영 씨, 나한테 할 말 있다고 하지 않았나?"

"……."

"뭐야? 이 눈빛은. 아까 내 방에서 한 고백에 대한 답변이라면 언제든 환영이지만……."

단영의 진중한 눈빛을 바라보는 원욱의 얼굴에 설핏 긴장이 감돌았다. 며칠 전 우연찮게 원무 실장에게 들은 이야기가 떠올라 알지 못할 불안감도 싹트기 시작했다.

✻　　　✻　　　✻

"그래서 너희 과장 말대로 병원 옮길 생각은 있고?"

보람이 요리조리 굴리며 가로로 잘게 찢던, 뜨거운 김이 채 가시지 않은 마른오징어를 손에서 내려놓고 단영의 얼굴에 시선을 주었다. 못내 친구의 결정이 궁금해 보였다.

"어쩔까 고민이야."

"웬일이래? 나는 네가 그 병원 귀신이 될 줄 알았는데. 그리고 다른 병원 간다면 미친 듯이 붙잡을 것 같은 사람이 어떻게 먼저 그런 제안을 해?"

보람은 그동안 단영이 일하던 병원을 뻔질나게 드나들다가 우연찮게 원욱이 같은 대학 출신임을 알게 되었다. 법대와 의대. 연이라면 연일 것도 없었지만, 단영의 친구라는 이유로 넉살 좋게 말을 붙여 오던 그와 한두 번 술자리를 같이 한 적이 있었다.

그리고 기억 속에 남아 있는 것이라곤 신경외과의 절대적 존재, 단영에 대한 원욱의 예찬론뿐이었다.

"내 형편 뻔히 아니까. 이제껏 못한다고 한 주말 근무와 삼교대를 자처하니까 돈 때문인가 하고 생각했겠지. 아니면 병원 원무과에서 무슨 소릴 들었거나. 게다가 마침 들어가기 좋은 곳이 생겼고."

"들어가기 좋은 곳?"

"나이 많은 간호사가 중간에 들어가면 아무래도 좀 불편할 수도 있는데 세한병원이 수도권 재활 병원으로 선정되면서 신경외과도 한 병동을 더 개설한대. 때맞춰 들어가면 어떻겠냐고."

"세한병원? 세한병원이라고 그랬어?"

찢은 오징어를 가지런히 놓아 거의 한 마리의 형태를 만들어 가던 보람이 단영을 향해 고개를 획 들어 올렸다.

"왜?"

"아, 아니. 너 힘들겠다 싶어서. 급이 너무 다르잖아. 그런 대형 병원은 너희 병원하고 분위기가 많이 다를 건데. 연봉은 지금보다 비교도 안 될 만큼 좋겠지만."

설핏 말을 돌리는 보람의 표정이 의아스러웠지만 그녀의 말처럼 5년이나 2차 병원도 못 되는 메디컬 급 병원에서 근무하던 자신이 과연 적응을 잘할 수 있을까 하는 고민이 단영의 신경을 더 끌었다.

"이력서 낸다고 된다는 보장도 없는데, 뭐. 그리고 보니 한 병원에 너무 오래 있었나 봐. 어리버리한 사회 초년생처럼 괜히 두렵네."

"네 과장이 누구 아는 사람이라도 있어서 밀어주려고 하는 거 아냐?"

보람의 눈이 조금 커졌다. 단영이 언젠가 병원 이직에 대한 고민을 한 적이 있었지만 이번과는 경우가 달랐다. 스치는 말이 아닌 듯했다.

"추천서 넣어 준다고 하긴 했는데."

"신경외과 병동이라고 그랬지? 동문들 깔렸겠네. 그럼 이참에 결정해. 아영이 정신도 좀 차리게. 그래 봐야 겨우 주말이잖아. 네 커리어도 쌓고."

말을 이어 가던 보람이 다시 단영의 얼굴을 힐긋 쳐다보았다. 단영의 마음에 벌써 선택이 내려졌단 것을 알 수 있었다. 단영은 마음속에 폭풍이 칠 때면 입을 닫는 버릇이 있었다. 이렇듯 조심스럽게 입을 뗀다는 것은 그 폭풍이 잠자고 있음을 의미했다.

"민준이네 오피스텔에서 지내기로 했다고?"

"응."

"그래, 날이면 날마다 선보라고 재촉하는 우리 엄마 등쌀에 너까지 볶이지 않으려면 우리 집보다야 거기가 훨씬 편하지. 집에 와서라도 제대로 쉬어야 되니까."

단영의 하루 일상을 잘 아는 보람이 크게 턱을 주억거리며 잘했다는 표시를 해 왔다. 그리고 다시 한 마리의 형상을 갖춘 오징어 몸통 밑에 마지막 다리까지 가져다 놓더니 단영을 향해 고개를 바싹 들었다.

"이왕 이렇게 된 거, 다른 곳 알아볼 필요 없이 거기 눌러앉으면 안 돼? 집이란 건 원래 비워 놓는 게 아냐."

그러면 그렇지. 단영의 미간이 좁아졌다. 민준과 마찬가지로 세상 모든 일에 어려울 게 없는 보람의 말을 오늘만큼은 참아 내기 힘들었다.

단영이 보람을 향해 살짝 눈을 흘기면서 한가운데 포 하나를 집어 들자 보람이 가지런하게 정리해 놓은 형태가 그만 흐트러지고 말았다.

"왜? 민준이한테는 따로 처분하기도 귀찮은 하나의 소지품일 뿐이라고. 그냥 좀 쓰면 어때서?"

"한 번 들어가면 또 얼마를 살아야 할지 몰라서 좀 더 찬찬히 알아보겠다는 것뿐이야. 친구 집을 공으로 빌릴 만큼 절실한 상황도 아니고."

"친구가 여유 있으면 같이 덕도 좀 보고, 내가 여유 있을 땐 도와주고 그러면 좋잖아. 꼭 그렇게 융통성 없을 이유는 또 뭐야, 넌."

입을 삐죽이며 맥주 한 모금을 마신 보람은 눈썹을 살짝 찌푸리며 잔을 탁, 소리 나게 내려놓았다. 보람을 바라보며 단영이 몰래 작은 숨을 뿜었다.

열등감에 똘똘 뭉쳐 친구의 호의도 제대로 받아들이지 못하는 자신을 융통성이 없다고 바라봐 주는 보람이 사랑스럽기도 했지만, 한편으로 맹할 만큼 순진한 그녀에게 자신의 밑바닥까지 있는 대로 내보일 수 없어 서글프기도 했다.

"이것저것 정신이 없어서 신경 못 쓸 뿐이야. 한두 푼 하는 오피스텔도 아니고 아무리 민준이 거라 해도 결혼식 올리고 신혼집 구할 땐 본가에서 알아서 처리하겠지. 그리고 다음 달부터 이미 누가 쓰기로 했대."

누구? 민준이가 너보다 더 아끼는 사람이 누가 있다고. 어떻게든 제 친구가 편했으면 하는 마음에 뭐라고 입을 떼려던 보람도 본가 이야기가 나오자 입을 다물었다. 주먹구구로 밀어붙이기엔 민준의 모친이 마음에 걸리긴 했다.

"글쎄, 그 결혼식이 언제쯤 치러지냐고. 그 혼처가 정해진 게 우리 대학 때니까 벌써 10년은 다 되어 가겠다. 약혼한 지도 1년이 넘었잖아. 아무리 그런 집안 결혼들이 그렇게 이루어진다고 해도 민준이까지 그럴 줄은 몰랐어. 근데 얘는 왜 안 오는 거야? 오면 깡태 이야기도 물어보려고 했더니."

입으로 오징어를 씹으랴, 말하랴 바쁜 보람이 테이블 한 편에 있는 휴대폰을 집어 들고 민준의 이름으로 저장된 단축키를 눌렀다.

"어? 밥 산다는 애가 전화는 왜 꺼 놓은 거야."

짜증스레 전화기를 내려놓은 보람이 얼른 단영을 향해 고개를 돌렸다.

"아, 단영아. 너 그날 놀랐지? 어휴. 나는 깡태랑 한 테이블에 앉아 한참을 이야기하고 돌아가면서도 내가 만난 사람이 그 깡태가 맞나 싶더라고. 너무 안 믿겨서 수다 좀 떨려고 해도 네가 어찌나 바쁘시던지."

보람이 전화기를 테이블에 던지다시피 내려놓고 호들갑스럽게 태준의 이야기를 꺼냈다. 그런 보람을 보는 단영의 입에서 작은 웃음이 새어 나왔다.

"왜 웃어?"

"잘도 그랬겠다."

"뭐가?"

"하긴, 소심하고 내성적인 여보람도 많이 변했으니까. 어마어마하게 무서웠던 깡태랑 한 테이블에서 이야기할 수 있었을 거야."

보람의 미간이 찌푸려졌다. 그 시절 보람은 언제나 태준을 부르는 호칭 앞에 긴 수식어를 붙였다. 어마어마하게 무서운. 남들처럼 싹수가 없다느니, 철면피라느니 하는 단어도 차마 붙이지 못했다. 말 그대로 태준은 보람에게는 그저 두려운 존재였던 게다.

"아니. 당연히 못 했지."

살며시 미간이 펴지는 대신 이번엔 보람의 눈썹이 작게 씰룩거렸다.

"예나 언니하고 선무 선배하고 정신없이 얘기하는데 내가 어떻게 끼어들어? 얌전히 인사하고 가만히 경청하다가 다소곳이 인사하고 나왔지. 참나. 내 얼굴, 기억이나 하는지 모를 선배 두고 여전히 마음 졸이는 내가 어쩜 그렇게 한심하던지."

"풋. 그랬어?"

그것이 억울한 건지 모처럼 만난 선무 선배와 별 담소를 하지 못한 것이 억울한 건지 친구의 속내를 알 수 없는 단영이 500cc 잔에 손을 뻗어 두어 모금 마셨다. 그런 단영을 보람이 물끄러미 바라보았다.

"왜?"

이번에도 역시 맥주 한 모금을 입에 넣고 인상을 찌푸린 보람이 좀 전과는 달리 얌전하게 잔을 내려놓으며 물었다.

"기분이 어때?"

"무슨 기분."

"깡태. 도대체 얼마만이야? 10년하고도 얼마나 더 된 거니?"

"넌 어떤데? 헤아릴 수 없는 세월 저편의 동문 선배."

"아, 이렇게도 다시 볼 수 있는 거구나 하고 놀랐지. 어쨌든 반갑기도 했나?"

"나라고 뭐 다를까."

단영은 담담히 말하면서도 자신의 마음을 들여다보듯 깊숙이 눈을 마주쳐 오는 보람의 시선을 외면했다. 그리고 스스로에게 물었다. 그 놀라움이 단순히 반가움으로 와 닿았는지.

"너 그때, 깡태 학교 떠⋯⋯."

테이블 위의 요란스런 휴대폰 진동이 보람의 말을 가로막았다. 보람이 급히 손을 뻗었지만 진동은 그녀의 것이 아니었다. 단영의 휴대폰으로 두 통의 문자가 연달아 들어와 있었다.

"누군데?"

눈썹이 살짝 위로 올라갔다가 제자리를 찾는 단영의 눈을 보며 보람이 물었다.

"민준이, 갑작스레 회사에 무슨 일이 생겼나 봐. 회의가 길어질 것 같다는데."

"어휴, 뭘 저렇게 열심히 일해. 어차피 제 손에 들어올 회사인데."

"그런 너는 뭐가 부족해서 로펌 일에 그렇게 열성이야. 어머니 말씀처럼 빨리 좋은 혼처 잡아 시집이나 가지. 금수저 물고 태어난 것들은 이 험난한 경쟁 세계에서 빠져 주면 얼마나 좋아?"

단영이 보람을 향해 눈을 흘기며 맥주잔에 손을 뻗었다. 보람이 비워진 단영의 잔 앞으로 반 이상 남은 제 잔을 밀어 주었다. 입 밖으로 낼 듯 말 듯 혀끝에 도는 말은 꺼내지 않았다.

어차피 좁은 세계였다. 굳이 그 시간들을 입으로 들출 필요는 없었다. 철없고 잔망스러운 것들로 인해 찢어진 어린 인연이 어떻게 해후할지는 지켜볼 일이었다.

"아저씨. 여기 5백 둘 더요."

보람의 목소리가 테이블을 넘어 우렁차게 울려 퍼졌다. 그러나 주문한 두 잔 역시 단영의 차지가 되었고, 무슨 작정인지 보람은 계속해서 술을 시켰다.

단영이 몸을 못 가눌 만큼 술에 취한 것은 보람의 탓이 아니었다. 조절하지 않은 제 탓이라는 걸 스스로도 알고 있었다. 대학 졸업 이래 줄곧 절제해 왔던 삶이 이젠 버릴 수 없는 습관이 되어 버렸다. 그런 일상이 보람을 통해 하루쯤 깨지길 바란 것인지도 몰랐다.

그토록 오래 붙어 다녔지만 보람은 단영이 이토록 취한 모습을 본 건 처음이었다. 평소하고 다르게 쑥쑥 줄어드는 단영의 잔을 보며 몇 주 동안 집 문제로 골머리를 앓던 그녀가 후련하겠다 싶어 생각 없이 시켜 주다가 나중엔 작정하고 먹였다고 보는 게 옳았다.

학창 시절에 언제나 유쾌하고도 시원시원하게 떠들어 대던 단영이었다. 보람은 언젠가부터 자신의 속내를 제대로 터주지 않는 친구가 섭섭하면서도 한편으로는 애잔했다.

내일 단영이 병원 오프가 아닌 것은 알고 있었지만 그녀는 오뚝이처럼 일어나 출근할 것이었고, 그렇지 않다고 해도 그 정도 충성했으면 하루쯤 멋대로 결근해도 상관없을 일이라고 생각했다.

술에 취해서 몸이 늘어진 사람을 한 번도 접해 본 적 없던 보람이 난감해진 것은 그 뒤 문제였다. 비쩍 말라 새틸처럼 가볍다고만 생각한 친구는 아무리 부축해도 테이블에서 꼼짝하지 않았다.

회사에서 늦도록 일을 하던 민준은 보람의 전화를 받고 처음엔 믿으려 들지 않았다. 나타나지 않는 자신에 대한 으름장인 줄 알았다.

보람이 보내온 사진 속의 단영의 모습을 보고 한걸음에 달려와 염려스러운 얼굴로 그녀를 살피는 민준에게 보람은 제 탓임을 자처하지 못하고 입술을 꾹 다물었다.

단영의 일 앞에서만큼은 민준이 이성적이지 못하다는 사실은 보람이 제일 잘 알고 있었다. 어디까지 불똥이 튈지 모를 일이었다.

거실과 주방이 하나로 된 좁은 단영의 집 침대에 그녀를 눕힌 민준이 먼저 집을 나서자 보람이 단영의 옷을 갈아입히고 얼굴을 꼼꼼히 닦아 냈다. 한 손을 들어 손바닥을 닦던 보람이 단영의 허벅지를 가볍게 툭 쳤다.

"계집애, 지난번 카페에서 깡태 만나고 옛날 생각나서 그러지?"

"옛날 생각은 무슨……. 그 지겨운 시절이 뭐가 좋다고."

"안 잤어?"

보람의 동그래진 눈이 다급히 단영에게로 향했다. 여전히 얼굴은 베개에 반이나 묻혀 있었고 눈은 감겨 있었다.

"너 솔직히 이야기해 봐. 그때 네가 정말 힘든 이유가 뭐였어?"

그녀의 거친 숨소리가 이미 규칙적인 것을 알면서도 보람은 그때 차마 묻지 못한 말을 계속 이었다.

"애들 때문이야. 아니면 선배 때문이야?"

단영의 앞에서는 애써 고등학교 이야기를 피해 가던 보람이었기에 그녀 역시 중학교 시절보다 고등학교 시절이 더 까마득히 느껴졌다.

그러나 고등학교 2학년을 앞둔 늦은 가을을 보람은 잊을 수 없었다. 학교로부터 등교 정지를 당하고 돌아온 단영은 어딘가 달라 보였다.

불과 5일 동안 그녀가 담쌓아 버린 것이 무엇인지 보람은 알지 못했다. 언제나 말보다 행동이 앞서던, 남학생 이상의 기개가 있던 그녀에게서 무엇이 빠져 나가 버린 것인지도 알 수 없었다.

금방 표정이 드러나던 얼굴에선 감정 한 줄 읽히지 않았다. 그런 단영의 얼굴에서 흔들림을 본 것은 딱 한 번이었다. 태준이 학교를 그만두었다는 소리 앞에서 놀람인지 충격인지 알 수 없던 표정이 실은 애잔한 슬픔이 아니었을까 하고 보람은 한참을 더 자라서야 생각했다.

"미안해, 단영아. 내가 너무 어리고 바보 같았어."

보람의 눈이 붉어졌다.

"희연이와 내게 언제나 흑기사 같은 너였는데 나는 아무런 도움이 못 됐어. 힘들었을 텐데."

보람의 눈가에 맺혔던 물방울이 기어코 툭 하고 떨어졌다. 침대 옆 협탁에 놓여 있던 클러치를 잡아들던 보람이 언뜻 들려온 이름에 급히 단영 쪽으로 몸을 돌렸다. 단영은 좀 전과 흐트러지지 않은 자세로 가만히 누워 있었다.

태준의 이름이 들려온 것은 제 마음이 만들어 낸 소리인가 보다 여기며 보람이 현관문을 조용히 닫고 나섰다.

삐리릭 하고 저절로 잠기는 도어록 소리와 동시에 가만히 감겨져 있던 단영의 눈꺼풀이 꿈틀거렸다.

한 번씩 두피를 타고 흐르는 편두통 때문인지, 과음으로 인한 것인지 깊은 잠 속에서도 통증은 고스란히 단영의 감각을 내리눌렀다.

4화

담임이 단영을 호출한 것은 점심시간 15분을 남겨 놓은 때였다. 짐작하던 내용을 말없이 듣고 있던 단영은 질끈 눈을 감았다가 떴다.

머리 정중앙으로부터 왼쪽 귀 뒤로 찌릿하게 뻗어 가는 낯선 감각에 놀란 그녀의 입술 사이로 새어 나온 것은 예상치 못한 말이었다.

"전학, 생각하고 있어요."

단영을 배려하는 것처럼 눈앞의 공문을 들추며 별일 아닌 듯 가벼운 단어를 골라 말하던 선태가 놀란 눈을 들었다.

"단영아, 그게 무슨 소리야? 며칠 전에 어머니께선 그런 소리 전혀 없으셨는데."

"학교는 제가 다니는 거예요."

담임은 알까. 자신의 자존심을 생각하여 행정실을 대신해서

101

마주하는 이 시간이 더 불편하다는 것을. 체납한 수업료와 특별활동비. 어떤 연민도 실리지 않은 행정 직원의 사무적인 말투가 훨씬 견딜 만하다는 걸. 단영은 1분기 때보다 덜 무안한 마음으로 담임의 눈꼬리에 걸린 심란함을 향해 옅은 미소를 담으려 애썼다.

"그래, 아는데. 잠깐 앉아 봐."

다시 편두통이 단영의 머리를 내리꽂았다. 통증을 수습하느라 꾹 다물린 단영의 입매를 고집으로 알아차린 것인지 선태의 입에서 옅은 한숨이 묻어 나왔다.

"네가 다니는 곳이니 네 마음이 중요하겠지. 그런데 단영아. 학교가, 아니 한솔고가 마음에 들지…… 후, 어떻게 물어야 할지 모르겠구나."

선태의 한숨 소리가 단영의 귓가에 뚜렷이 와 닿았다.

"누구보다 성적이 우수하고, 특별 활동 프로그램도 잘 따라가고. 너처럼 우수한 인재를 잃는 것은 우리 학교의 손실이야."

"이곳에 다니는 학생들 중 우수하지 않은 애들은 없어요."

"그렇지. 그러나 너의 근성을 따라갈 아이들은 아무도 없지. 다 좋은데 이 재단은 장학금이 너무 인색해서 선생님은 그게 늘 불만이야."

장학금 따위 필요할 이유가 없었다. 이곳을 다니는 대부분 학생들의 부모들은 사회에서 제각 인정받는 전문직 종사자들이었고 최상위석차 그룹 학생들의 부모들은 명함을 내밀면 누구나 알 만한 집안을 배경으로 둔 사람들이었다. 학년에 하나둘은 우리나라 재계를 흔드는 이의 손자 손녀이기도 했다.

몇 푼 안 되는 장학금보다 거액에 가까운 기부금이 그들의 위상을 드높였다. 재단은 그에 어울리는 교육 과정과 시설 투자에 여념이 없을 뿐이었다.

한솔고는 똑 닮은 맞은편 건물에서 바라보던 것보다 상상 이상의 곳이었다. 단영의 아버지가 경영하던 중소기업이 문을 닫지 않았다 해도 버거웠을지 몰랐다.

"그래서 말인데, 지난번에 어머니도 운을 떼셨고 해서 내가 너 사회적 배려 대상자로 추천하고 싶은데. 그러면 부모님도 훨씬 수월하실 테고, 너도 공부에만 더 전념할 수 있을 거야."

발아래로 처져 있던 단영의 두 눈꺼풀이 위로 추켜 올랐다. 그다지 좋아 보이지 않던 표정이 더욱 굳어지자 선태가 급히 말을 덧붙이고 나섰다.

"보통 입학 전형 말고 이런 경우는 드물지만 단영이 네가 원체 성적이 우수하고 성실하……."

"선생님."

낮은 듯 고요하게 자신을 부르는 목소리에 선태의 말문이 닫혔다. 부드러운 말투에 묻어 있는 서늘함의 뜻을 알면서도 달리 방법이 없어 선태의 마음이 착잡했다.

사회적 배려 대상자. 말처럼 자신의 처지를 충분히 인지하고 성장한 이들이 입학 시부터 감안하고 학교에 들어왔다면 모를까, 학급 임원까지 지내고 있는 단영이 이제 와 그 타이틀을 배경으로 삼기란 그녀의 자존심에 쉽지 않을 일이었다.

아니, 그런 것에 기가 죽을 단영이 아닌 것을 그동안 지켜본 선태도 잘 알고 있었다.

하지만 어디나 있기 마련인 화려한 배경과 물질적 풍요 속에서 자라 머리는 우수하되 인성이 덜 된 몇 무리들에게 자존심을 지켜낼 수 있을지가 근심스러웠다. 그렇지 않아도 지난 중간고사에서 1학년 전교 1등을 한 단영이 주변의 시기를 받는다던 소리를 언뜻 전해 들은 참이었다.

"단영아."

"어머니께는 제가 말씀드릴⋯⋯."

쾅. 물건을 내리치는 둔탁한 소리가 교무실 전체에 울려 퍼지며 단영의 말을 가로막았다. 놀란 선태도 벌떡 일어나 건너 파티션을 바라보았다.

무의식중에 단영의 고개도 따라 움직였다. 교무실에 들어설 때 보이지 않던 태준이 3학년 수학 교사 앞에 예의 무감한 표정을 짓고 서 있었다.

찌릿. 정도가 덜하긴 했지만 다시 두피를 타고 흐르는 기분 나쁜 감각에 찌푸려진 단영의 눈살 아래로 교무실 내선 전화기 하나가 박살 나 있었다. 저 정도로 깨지는 이유가 무언지 여유라곤 손톱 하나도 들어갈 자리가 없는 단영의 머릿속에도 호기심이 스쳤다.

"이유가 뭐야. 올림피아드에 참석하지 않겠다는 이유가 도대체 뭐냐고."

"⋯⋯."

"계속 입만 다물고 있을 거야? 네가 아무리 작년 국제 올림피아드에서 금메달을 땄다고 해도 우리나라 실적이 4위밖에 안 돼. 수석 입학에 1학년 내신이 1등급이면 뭐해. 무슨 폭탄을 맞

있는지 2학년부터 줄곧 성적이 내려간 탓에 내신도, 유학도 불안한 판이라고. 그러니 올해 올림피아드 참석하는 건 의무야, 의무. 김 선생, 이리 좀 와 봐."

여전히 묵묵부답인 태준을 향해 울분을 참지 못하던 수학 선생이 마침 지나가던 태준의 담임을 불렀다.

"이 녀석, 왜 이래. 무슨 문제야? 올림피아드, 자네가 설득 좀해."

"글쎄 말입니다. 제가 안 해 봤겠습니까. 이번에 금메달 하나만 가져오면 수시는 따 놓은 당상인데."

둔탁한 소리의 정체가 수학 선생님의 안타까운 절규라는 것을 알아차린 단영의 시선이 심드렁해졌다. 저는 관심 없는데 유학이든, 내신이든, 수시든 남이 대신 안달해 주는 인생이라.

의도하지 않은 콧방귀가 단영의 입에서 뿜어져 나오는 순간, 제 일 아니란 듯 고개를 돌려오는 태준의 눈과 단영의 눈이 일직선을 이루었다.

짧게 머물러 있던 시선을 먼저 비껴간 것은 단영이었다. 지난가을 끝 무렵, 두 번째 방문 이후 예나의 가게에 갈 일은 없었다.

그리고 2월, 졸업식장에서 민준을 축하하러 온 그를 마주했다.

"중학생 딱지 뗀 거 축하해야 하나?"

"이젠 맞먹어도 되겠네요."

"다른 선배들에게 칼 맞을 자신이 있으면 해 보든지."

이젠 말 그대로 하늘 같은 선배였다. 이후로 그를 마주할 일은 없었다.

그럼에도 그는 잊을 만하면 눈앞에 서 있었다. 학생 식당 바로 뒷자리에, 수업 준비 차 서둘러 간 음악실에, 전교 석차 게시물을 바라보는 단영의 시선 안에, 복도 앞 저 끝에서.

그때마다 담담히 향해 오는 눈길을 먼저 비낀 것은 단영이었다. 그리고 무심한 그 눈빛에 순간이라도 반짝임을 보이지 않았을까 되돌아봤다.

"선학, 엄마와 상의해서 다시 말씀드릴게요."

"선생님은 단영이가 가급적 이곳에서 졸업했으면 한다. 알았지?"

그 눈에서 진심을 느낀 단영이 얼른 고개를 숙이고 몸을 돌렸다.

"저 녀석이 아직도 포기 못 했나. 태준이, 너 잠깐 이리 와 봐."

등 뒤로 들리는 선태의 목소리가 단영의 귀를 잠깐 끌어당겼다.

"이 선생님, 제가 잠시 데리고 이야기 좀 해 볼게요."

"아, 김 선생님이 태준이 2학년 때 담임이었지. A/S 확실히 좀 해 봐."

단영이 2층 교무실을 나서는 순간, 5교시 시작종이 울려 퍼졌다. 한 계단, 한 계단. 4층 교실까지 오르는 길이 하염없이 길었다. 여느 때면 벌써 끝날 중앙 계단이 끝없이 펼쳐졌다.

교무실을 나오는 순간 이상한 나라의 앨리스가 되어 버린 것일까. 한참을 오른 단영의 눈앞에 펼쳐진 것은 교실 문이 아니라 녹슨 철문이었다.

단영은 저도 모르게 그 문에 손을 가져다 대었다. 묵직하게 있어 보이는 무게감과 달리 너무도 쉽게 밀렸다. 역시나 이상한 나라로 통하는 길이었다.

철문을 열자 단영의 앞으로 한꺼번에 쏟아져 불어오는 바람은 해풍과도 같았다. 흩날리는 머리카락이 가리는 시야 사이로 언젠가 가족들과 함께 가 본 동해 바다가 펼쳐지고 파도 거품이 물밀 듯 밀려왔다.

편두통이 심해지면 헛것이 보이나? 작은 개천도 없는 이곳에서 바다라니.

힘껏 감았다 뜬 단영의 시선 안으로 찬란한 햇살과 함께 바다를 닮은 하늘이 들어왔다. 희끄무레한 새벽빛에 일어나 감옥 같은 이곳을 나서던 단영의 눈앞에 5월의 봄날이 선물처럼 놓여 있었다.

교복 넥타이를 느슨하게 푼 손이 상의 베스트 단추를 하나둘 풀어 제치기 시작했다. 이상한 나라의 공기는 두통도 말끔히 앗아 가는 듯 옥상 끝을 향해 큰 걸음으로 걷는 단영은 연신 깊은 심호흡을 했다.

넓은 잔디를 깔고 있는 운동장을 가운데 두고 건물 반대편으로 통학로를 내려다보는 한솔중학교와 달리 이쪽 옥상은 오봉산을 낀 초록과 어울린 신도시의 풍광이 한눈에 드러났다.

교직원 복지가 잘된 곳임에도 풍수를 아는 체육 선생의 명당

자리인지 옥상 의자 앞에 놓인 큼직한 매트 한 장을 발견한 단영의 얼굴에 엷은 웃음꽃이 돋았다.

망설임 없이 조끼를 벗어 던진 단영이 매트 위에 그대로 드러누웠다. 해풍을 닮았다 여기던 바람이 그녀의 두 볼을 수줍듯 간질여 왔다.

쭉 뻗은 팔과 손가락으로 만든 사각 프레임 안에 들어온 하늘은 한 폭의 그림이었다. 구름 한 점 없는 맑은 하늘을 배경으로 밑단에 자잘한 떼구름을 이고 있는 먼 산자락.

찰칵. 단영은 입으로 사진 한 컷을 찍었다.

새로운 풍경을 찾기 위해 옆으로 움직이던 두 손이 매트 위로 툭 소리를 내며 떨어졌다. 그리고 이내 팔 하나를 이마로 얹어 눈으로 오는 햇살을 가렸다.

사회적 배려 대상자. 생각지도 못한 단어에 단영은 헛웃음이 절로 터졌다.

집을 줄인 정석은 원래 살던 곳에서 세 코스 떨어진 곳에 치킨 가게를 열었다. 장사가 안 되는 것은 아니지만 가게 월세와 브랜드 사용료를 내고 나면 네 사람의 생활비가 전부였다.

정석은 단영이 태어나고 무역 회사의 경험을 바탕으로 철강 회사를 차렸다. 서글서글한 인상과 좋은 수완으로 점점 거래처가 늘어났고 얼마지 않아 시작한 수출입도 호황을 맞아 회사 설립 10여 년 만에 소기업에서 중소기업 반열로 들어섰다.

신혼 초를 제외하고 항상 넉넉한 생활비를 가져다주는 신랑 덕에 순애는 별 어려움 없이 두 아이를 키웠다.

단영이 중학교에 들어가면서 늘어난 직원들과 주변 사람들로부터 순애는 사모님이라는 소리를 들었다.

앞으로 이만하기만 하면 더 바랄 것이 없겠다는 생각을 태어나서 처음으로 했다. 일하는 사람을 쓰지 사모님이 너무 아낀다는 말에 아직은 젊은데, 하고 답을 하면서도 앞으로 살 인생이 남의 일을 하기보다는 사람을 부리며 살 줄 알았다.

생활의 풍요로움에도 나른한 모습을 보여 주는 대신 식구들이 돌아올 때면 늘 예쁜 옷을 차려입고 식구들을 기다리던 엄마가 목욕탕에서 일한다는 소리를 듣고 단영은 충격에 빠지지 않을 수가 없었다.

단영이 학교를 쉬겠다는 협박으로 결국 목욕탕 일을 그만둔 순애는 요즘 요양 보호사 자격증을 공부 중이었다.

그 보수도 인근 학교와 비교도 되지 않는 비싼 학비에 도움이 안 된다는 것을 서로가 너무도 잘 알고 있었지만, 순애는 조금만 더 힘을 내라며 단영에게 미안함을 표현해 왔다.

생활이 힘들수록 한솔고에 대한 순애의 집착은 더 커졌다. 남편에게서 잃은 꿈을 단영에게서 찾으려는 것처럼 보였다. 그 꿈을 접게 하는 방법으로 단영은 지난 중간고사에서 백지를 낼까 생각해 보기도 했다. 성적이라도 좋지 못했다면 기대가 조금이나마 줄었을 것을. 잠시 숨통이 트이던 단영의 호흡이 다시 무거웠다.

"허락도 없이 내 자리를 차지하면 곤란한데."

갑자기 들려오는 목소리에 화들짝 놀란 단영이 눈을 번쩍 떴다. 목소리의 주인공을 확인하는 순간, 아래로 떨어지던 이마 위의 팔을 얼른 원위치에 두며 하늘을 등진 그의 얼굴을 못 본

척 가렸다. 바람 때문에 올라간 스커트가 신경 쓰였지만 이미 일어날 때를 놓쳤다.

눈을 가린 팔 때문에 의자에 앉아 자신을 내려다보는 태준의 음영을 알아차리지 못했다 해도 그 기척까지 모를 수가. 단영은 당황한 마음을 숨기려 입술을 꾹 다물었다.

"범생이가 수업 땡땡이라."

"……."

달칵. 라이터 켜지는 소리에 얼마 지나지 않아 매캐한 담배 연기가 단영의 온몸을 감쌌다.

"아씨, 진짜. 피울 거면 혼자 피우든가, 왜 주변 사람한테 민폐야?"

단영이 뒤집어지는 스커트에 연연치 않고 벌떡 몸을 일으켰다. 필터를 빨던 태준의 시선이 단영을 향했다.

힘껏 들이마신 연기가 순간 자신을 향해 날아올까 단영이 얼른 고개를 비꼈다.

후. 먼 하늘에 다시 시선을 둔 태준이 뿜어낸 담배 연기가 바람을 타고 멀리로 날아갔다.

"겁쟁이."

한쪽으로 팔을 뻗어 담배를 끄는 손끝에 어디서 가져다 놓은 건지 재떨이 대용인 사기 접시가 보였다. 그제야 단영은 여기가 그의 전용석임을 알아차렸다.

"상 날라리."

태준의 눈이 단영의 눈을 빤히 주시했다. 언제나 텅 비어 있던 눈동자 안에 몸 둘 바 몰라 하는 단영의 모습이 고스란히 담겼다. 그것을 발견한 단영이 입술을 살짝 일그러뜨리며 얼른 고개를 돌렸다.

자존심이 상했다. 힘든 형편에도 꿋꿋이 이 학교를 견뎌 낼 수 있는 이유는 남들의 생각이 하등 중요치 않아서였다.

그런데 왜 항상 그의 앞에선 이유 없이 몰려드는 감정이 이성을 휘저어 유치한 행동을 하게 하는지, 스스로가 마음에 들지 않았다.

"왜?"

여전히 걷히지 않은 태준의 시선을 느끼며 단영이 짜증 섞인 목소리로 물었다.

"……."

다시 무심해진 눈동자가 먼 하늘로 향하자 단영의 목소리가 확 커졌다.

"왜 사람을 빤히 쳐다보냐고?"

"더 없는 범생이가 왜 내 앞에선 항상 싸가지가 없나 싶어서."

"싸가지?"

"성격 더러운 깡태에게 용감히 덤벼드는 서단영 양. 너답게 해, 지금처럼. 도망갈 생각하지 말고."

뜻 모를 말을 남긴 태준이 벌떡 일어나기에 어디론가 가는 줄 알았더니 단영이 걸터앉은 매트에 털썩 몸을 뉘었다.

"자릿세 확실히 계산해 둬."

좀 전 단영이 한 것처럼 똑같이 팔로 이마를 가린 그의 입에서 말이 희미하게 뻗쳐 왔다.

"무슨 자릿세?"

"매트. 옮기느라 힘 좀 썼어."

"어이없어. 이게 자기 거야? 학교 재산으로 자릿세 타령은."

"그만 떠들고 누워. 아직 종 치려면 멀었어."

태준이 단영의 팔을 휙 잡아끌어 매트 위로 눕혔다.

헉, 그의 가슴팍에 머리가 콩 하니 부딪힌 단영이 빠르게 숨을 들이마시며 몸을 떼려 했지만 단단하게 붙잡은 그의 손이 놓아주질 않았다.

하는 수 없이 그의 어깨 옆으로 머리를 누이자, 단영이 매트에 편히 눕도록 태준이 살짝 옆으로 비켰다.

그의 체취에 찌릿하던 가슴이 언젠가부터 제멋대로 쿵쾅댄다는 걸 단영은 이미 알고 있었다. 학년이 다른 그를 가장 자주 접하게 되는 2층 교무실 복도 앞에서 태준의 모습을 가장 먼저 알아차리는 것은 언제나 정직한 심장이었다. 하물며 이렇게 바싹 붙어 드러누워 있는데 얌전할 리가.

심장의 진동이 전해질까 엉거주춤 뒤로 가 있는 가슴께와 달리 화끈거리는 얼굴을 들킬 것 같아 단영은 태준의 어깨에 맞붙어 있는 이마를 뗄 수가 없었다.

두 사람을 향해 날아오던 햇살이 의자 등받이에 부수어져 그들의 얼굴에 적당한 그늘을 만들었다. 학교 뒤 야산에서 살랑 불어오는 바람에 쿵쿵거리던 심장이 조금씩 잠들고 있었다.

태준의 고른 숨소리를 들으며 단영은 생각했다. 정말 이곳은 이상한 나라라고. 또한 그의 옆에서 긴장한 몸과 달리 마음이 편해져 오는 자신은 앨리스라고.

"그렇게 아득한 시선으로 바라보지 마. 살 떨린다."

태준의 옆얼굴을 지긋이 바라보던 단영이 순간 호흡을 멈추고 안으로 숨을 삼켰다. 그리고 애써 태연한 목소리를 냈다.

"보긴 누가 봤다고."

"볼에 닿은 시선이 얼마나 강렬했는데."

"하, 좋겠네. 볼에도 눈이 있어서."

벌떡 일어나 앉은 단영이 일어서려 무릎을 세웠다. 단영의 팔목을 잡은 태준이 그녀가 일어서는 것보다 빠르게 상체를 일으켰다.

"겪어 본 적이 없어 잘 모르나 본데, 학교 규율 생각보다 엄격해. 지금 내려가면 너 부모님 호출이야. 무단 결과."

"역시나 경험자는 아는 게 많네요."

떨어진 거리는 불과 20cm. 붙잡힌 팔목. 맞닿은 허벅지. 이마에 와 닿는 그의 입김. 당황한 단영의 말끝이 달라졌다.

벌써 한마디 날아왔어야 할 그의 침묵에 단영은 불쑥 고개를 들었다. 이전까지 보지 못한 태준의 눈빛에 그녀는 더욱 당황했지만 이번엔 그의 시선을 피하지 않았다. 천천히 내려오던 그의 얼굴에 단영이 긴장하기도 잠깐, 태준이 고개를 획 돌려 버렸다.

"어떻게 너는……."

그의 입에서 새어 나오는 가느다란 숨소리가 단영의 귀밑머리를 살짝 건드렸다.

"한참을 자라도 아직 열일곱이야."

길게 울려 퍼지는 수업 종료 벨 소리를 따라 그가 먼저 자리를 털고 일어났다.

"보건실 가서 누워 있다가 입실증 끊어 들어가. 심하면 두통약도 먹고."

단영은 보건실에 내려가지 않았다. 현실로 돌아온 앨리스가 때때로 이상한 나라를 그리워했다는 것을 잘 알고 있기에 자릿세가 얼마든 단영은 또 그곳을 찾을 것 같았다.

정규 수업 일곱 시간, 그리고 보충 수업 두 시간을 끝으로 저녁 식사 시간이었다. 단영은 점심 식사는 학급 친구들과 먹었지만 저녁은 언제나 보람과 함께했다.

한솔고 입학생 중에 한솔중학교 출신은 불과 일곱 명뿐이었다. 철저한 입시 경쟁을 치르고 들어오는 이곳에, 그것도 지역학생 40%의 원칙이 있었기에 가능한 일이었고 인근 중학교에서 가장 많은 수였다.

입학하고 한동안 학교에 적응하기 힘들어하던 보람의 청으로 함께한 식사에 어느 날부터 민준이 합세하면서 단영은 다른 반 분위기와 사정을 들을 수 있는 이 시간이 즐거웠다.

"어휴. 어떻게 깡태 선배의 인기는 식을 줄을 몰라."

보람이 식당 입구에 눈길을 주며 자리에 앉았다. 단영의 시선이 무의식적으로 보람이가 쫓던 곳으로 향했다. 어디서든 눈에 띄는 태준이 금방 시야에 들어왔다.

그와 같은 이과반의 현강이 함께 내려와 줄을 선 듯했으나 그 사이를 비집고 여학생 둘이 끼어들어 태준에게 열심히 말을 걸고 있었다. 끊임없이 떠들어 대는 여학생들의 말이 귀에 들리지도 않는지 그는 고개도 돌리지 않았다. 그럼에도 곁으로 여학생들이 하나둘 늘어났다.

"이유가 뭘까? 옆에 있는 현강 선배도 딸리지 않는데 말이야."

현강도 태준과 더불어 한솔고 3대 산맥 중 하나였지만 누가 보기에도 태준의 분위기에 조금 못 미쳤다. 그 사실을 알고 있었지만 마음 여린 보람에겐 현강의 밝고 털털해 보이는 이미지가 훨씬 와 닿았다.

"무심을 가장한 관심 끌기."

"뭐?"

혼잣말인 듯 툭 뱉어 내는 민준의 말에 보람의 고개가 돌아갔다. 심드렁한 민준의 말이 의외이긴 단영도 마찬가지였다.

"저 얼굴 봐. 자기 좋다고 꺅꺅대는 여자애들한테 짓는 저 무심한 표정. 저게 어디 관심 없는 무심함이겠냐. 작전상 무심함을 가장한 거지. 머리도 나쁘지 않은데 그냥 몇 마디 정도 반응해 주고 말면 금방 식을 관심을 괜히 뭔가 있는 사람처럼 굴면서 폼 잡고 있잖아. 저거 순전히 컨셉이야. 관심 끌려는 컨셉. 안 그래?"

민준의 말에 단영이 풋 하고 웃음을 터트렸다.

보람이 곁눈질로 민준을 가리키며 단영을 향해 쟤 왜 저래, 하는 뜻으로 어깨를 으쓱해 보였다. 그녀가 난들 알겠냐는 듯 똑같이 어깨를 으쓱해 보였다.

"근데 저 선배는 누구야? 태준 선배와 꽤 친한 거 같은데?"

단영과 민준의 시선이 동시에 움직였다.

"아, 영주 누나. 집안끼리 잘 알아. 어려서부터 종종 어울렸어."

"몇 마디 던져 주니까 좋아 죽는데, 저 선배? 민준이 네 이론, 엉터리야."

두 사람이 대화할 동안 단영의 시선은 배식대 근처로부터 떨어질 줄 몰랐다. 영주라는 선배는 키는 아담했지만 교복만 벗으면 벌써 대학생처럼 보일 듯 저와 다르게 많이 성숙해 보였다.

"어떻게 너는 한참을 자라도 아직 열일곱이야."

태준의 말을 곱씹는 단영이었다. 열일곱. 열아홉. 얼마나 큰 차이가 있다고.

"집에선 뺀질뺀질 사람 놀려 먹는 게 취미면서."

"깡태 선배가 그래?"

보람이 입에 우물거리던 밥을 꼴깍 삼키면서 민준의 말에 관심을 드러냈다.

"것뿐이야? 요즘 고모 집은 연일 전쟁이야. 저 꼴통 때문에."

단영과 보람의 동그란 두 눈이 마주했다. 언제나 우리 형, 우리 형 하던 민준이었다. 중학교 1학년 때 같은 반이었던 보람은 민준이 한솔고 전교 1등이 자기 형이라고 연신 자랑하던 걸 기억하고 있었다. 단영 역시 민준의 입에서 간간히 묻어나던 형에 대한 자부심을 잘 알고 있었기에 그의 반응이 새삼스러웠다.

"무슨 일인데? 성적 때문에?"

보람이 숫제 수저를 내려놓고 물었다.

"나는 알지."

세 사람 앞으로 식판을 쑥 내밀며 민준의 옆으로 털썩 주저앉는 인물을 보고 보람이 인상을 찌푸렸다.

"민준아, 오랜만."

단영과 보람을 무시한 공주가 민준에게만 인사를 건넸다.

"성적이 무슨 걱정이야. 태준 선배 부모님은 유학 생각하고 계실 텐데. 그리고 그 정도 성적이면 굉장한 것 아냐? 전교 석차 10등 밑으로 내려오는 걸 못 봤는데."

"그럼 왜?"

하는 짓이 얄미워 공주와 말도 섞고 싶지 않던 보람이 궁금증에 입을 떼고 말았다.

"태준 선배가 국제 올림피아드 안 나가는 것 때문에 그렇지. 그럼 그게 왜 또 문제인가. 태준 선배가 생각하는 진로가 아예 부모님이 상상도 해 보지 못한 쪽이다, 이 말인 거야. 맞지?"

입술을 꾹 다물고 아무 말 않는 민준을 힐긋 쳐다본 공주의 입매가 자신감으로 실룩거렸다.

"난 노래하는 태준 선배 너무 멋있던데. 작년 학예제 무대에서의 모습, 평소의 무뚝뚝함은 찾아볼 수도 없고 어찌나 감미롭던지. 록을 부를 때의 파워는 또 어떻고."

찢어진 눈매로 사람들만 쏘아 볼 줄 알았던 공주의 눈이 황홀함으로 반짝였다.

"작년 학예제때 와서 보니까 곡도 직접 쓴 거던데. 그냥 뮤지션으로 나가게 하지, 왜? 굳이 대를 잇게 할 필요가 있어? 돈도 많은 집안에."

"입 못 다물어? 그리고 너, 태준 형 파파라치야? 무슨 관심이야?"

"엄마가 너희 엄마랑 통화하는 소리 잠깐만 들어도 딱 감이 오던데, 뭘."

민준의 표정이 한순간에 굳었다. 이번 주말에 집에 가면 가만히 있지 않을 일이었다.

늘 명절이나 제사 일로 모일 때마다 할아버지가 당부한 말씀이 무엇이었던가. 일하던 사람 하나 바뀐 일을 포함해 집안의 자잘한 사항도 말이 새어 나가지 않도록 하라는 것이 아니었던가. 도대체 무슨 말씀을 흘리고 다니시기에.

성품 유한 고모라도 태준 형 일에 대해서 다른 사람과 세세하게 주고받은 줄 알면 좋지 않을 게 뻔했다.

그러나 오늘 문제의 발단이 자신 때문인 것을 안 민준이 얼굴 보는 것도 별로 유쾌하지 않은 공주에게 뭐라고 할 말은 없었다.

"서단영, 너 오랜만에 본다?"

민준의 표정이 심상치 않음을 파악한 공주가 가만히 식사하고 있는 단영에게 알은체하며 화제를 돌렸다. 다분히 시비조였다.

"그러네."

식사에 집중하며 단영이 건조하게 말을 받았다.

"역시 사람은 동문을 잘 둬야 해."

사발의 국물을 한 수저 뜨던 보람이 공주가 이번엔 또 무슨 소리를 하는가 싶어 살포시 고개를 들었다.

"아니면 언감생심 우리들이랑 식사를 할 수 있겠니."

"또 무슨 쓸데없는 시비를 걸려고 그래, 너."

민준의 목소리가 날카로워졌다.

"안 그래? 생각해 봐. 사배자가 어떻게 민준이 너 같은 애랑 같이 식사를 할 수 있겠어. 같은 한솔중 출신이 아니었다면. 역시 민준이 넌 노블리스 오블리제 마인드를 확실히 실천한다니까. 서단영이랑 친한 거 보면."

사회적 배려 대상자. 결국 엄마를 이기지 못한 단영이 공주의 입을 통해 들은 단어로 인해 낯빛이 순식간에 굳어졌다.

공주가 내뱉은 뜬금없는 소리에 민준의 손짓도 멈칫했다. 무슨 소리인지 상황 파악이 안 된 보람만 바쁘게 단영의 눈치를 살폈다.

"자, 그럼 나도 모처럼 실천하는 의미에서."

공주가 자신의 식판에 있는 함박스테이크를 들어 단영의 식판으로 내려놓았다.

"운영위 다녀온 어머니 말씀으로는 너 이번 분기부터 사회적 배려 대상자로 선정되었다던데. 해당 대상으로 안 된다는 반대가 많았다더라. 하여튼 이럴 때일수록 많이 먹어, 단영아. 기죽지 말고."

단영이 손에 들고 있던 수저를 식판 옆에 내려놓았다. 그리고 앞에 놓인 잔을 들어 물 한 모금을 마셨다.

"나 역시 너랑 마주하려니 겹 떨어져서 밥이 안 넘어가네. 역시 모자란 오공주, 떨어지는 표현력은 여전하구나."

"뭐?"

공주의 눈썹이 날카롭게 치켜 올랐다.

"왜? 다들 공주, 공주 하니까 네가 진짜 공주인 줄 아나 보지. 이 정도 말에 쌍심지 켜게?"

"이게 정말 주제도 모르고."

"그래. 나는 네가 말하는 주제를 모르겠다. 게다가 한솔중 출신? 한솔중 출신이라고 다 같을까. 선을 긋자면 너는 열외 아냐?"

"무슨 말을 하고 있는 거야?"

단영의 말뜻을 어렴풋이 짐작하는지 공주의 목소리가 조금 흔들렸다.

"이 학교 다른 사람은 몰라도 널 제외한 한솔중학교 출신 여섯 명은 잘 알지. 중학교 때 바닥을 치던 네 성적. 너도 잘 알 텐데. 그 성적으로 네가 어떻게 해서 한솔고등학교에 들어올 수 있었는지."

"이게 학교 비싼 밥 얻어먹고 뭐라고 떠드는 거야."

"너 원래 거주지가 서울인 거 모르는 사람이 우리 중학교 애들 중 몇 명이나 될까. 지역 농어촌 전형으로 들어오려고 살지도 않는 주소지 만들어 입주한 척하다가 합격 발표 떨어지자마자 서울로 주소 옮긴 것 모를 줄 알아? 네가 말하는 노블리스 오블리제가 그런 뜻이야? 주체 못 하는 돈으로 장난질해서 원래 들어왔어야 할 사람 자리 빼앗는 거?"

"단영아……."

입술을 꼭 다문 공주의 눈에 살기가 언뜻 비치는 것을 본 보람이 단영의 이름을 조그맣게 불렀다. 공주가 어떻게 이 학교에 들어왔을까 궁금증이 단번에 해소되었지만 공주는 시한폭탄과 같은 아이였다. 건드려서 하나도 좋을 게 없었다.

오죽했으면 희연이 울면서 저희들과 떨어져 딴 학교를 지망했을까. 그러니 단영이 아무리 속이 아파도 이쯤 했으면 하고 보람은 생각했다. 그러나 언제나 단영은 뽑은 칼을 칼집에 그냥 넣지는 않았다.

"그런데 요즘 죽을 만큼 고생하나 봐. 그래도 기말고사에서 최하위는 안 했더라. 안 쓰던 머리 쓰려면 오죽 힘들겠니? 고단백 섭취하고 힘내."

단영이 좀 전에 공주가 건넨 스테이크를 다시 공주의 식판에 올려 주었다. 그리고 더불어 제 것까지 그 위에 쌓아 주었다.

"이 미친년이 보자보자 하니까."

공주가 자리에서 벌떡 일어섰다. 그리고 식판을 두 손으로 움켜잡는 순간, 누군가 공주의 왼쪽 어깨를 꾹 눌렀다.

"너무 많이 남았잖아. 버리면 지옥행, 엎으면 생활 지도부 감이야."

"형."

민준이 소리 나는 쪽을 향해 반가운 목소리를 돋우었다. 태준이 들고 있던 식판을 민준의 옆으로 내려놓고 앉았다.

"오우, 서단영 후배. 오랜만입니다. 요즘 1학년 중에서 선전을 하시던데요?"

어느새 다가온 현강이 단영에게 먼저 인사를 건네고 태준의 앞으로 자리를 잡았다.

"한민준, 너두 오랜만이다. 서단영에 이어 한민준이던데? 대단해, 한솔중 녀석들."

현강의 너스레를 들으며 단영이 자리에서 일어났다.

"먼저 일어날게요."

보람이 얌전히 인사를 건네고 따라 일어났다.

"형, 나 먼저 간다."

"오공주, 앉아. 넌 마저 먹고 가."

슬그머니 일어서는 공주를 태준의 엄한 목소리가 잡고 나섰다.

"그래, 너 그거 다 버리려고? 무슨 욕심으로 스테이크를 두 개나 들고 와 놓고선. 앉아. 벌 받는다."

상황 모르는 현강까지 거들고 나서자 공주의 앙다문 입술이 절로 씰룩거렸다. 한 해 선배면 몰라도 두 해나 높은 선배 둘이 뭐라고 나서니 일어서지도 앉지도 못하는 공주의 얼굴이 짜증으로 일그러졌다.

"하하하. 오공주, 쌤통이다."

뒤돌아보는 보람의 얼굴이 공주에 대한 고소함으로 가득했다.

"오늘부로 깡태 면피해 준다. 아 참. 그럼 태준 선배 음대 가는 거야?"

"몰라."

민준이 보람의 물음에 통명스런 한마디를 던지고 앞서가는 단영을 쫓았다. 그녀의 뒷모습을 쫓던 민준은 선뜻 단영을 불러 세우지 못했다.

어린 날부터 단영의 부모님과 지인이시던 두 부모님이 주고 받는 이야기로 그녀의 집안이 조금 어려워진 것을 알고 있었지만 이렇게까지 힘든 줄은 전혀 눈치채지 못했다.

언뜻 보이던 친구 얼굴에 드리워진 어두운 그림자의 이유를 오늘에서야 알아챈 민준이 미안함으로, 그리고 설명할 수 없는 여러 복합된 감정으로 마음이 번잡해져 왔다.

나이가 한 살씩 많아질수록, 그토록 원하는 어른에 한 발자국씩 가까워질수록 단영과 생기는 알 수 없는 틈이 민준을 힘들게 했다.

10720. 자신의 학번이 적힌 신발장으로 쪽 뻗어가던 단영의 손이 한순간 멈칫했다.

며칠 전 그곳을 열었을 때의 황당한 기억이 떠올랐다. 학원 재단의 초대 이사장이 일본 유학파라는 소리가 사실인지 몰라도 한솔고의 현관에는 일본 학교처럼 학생 신발장이 학년별 학급별로 장대하게 놓여 있었다.

처음 입학한 단영은 등하교시와 체육을 비롯한 특별 활동 시간마다 신발주머니를 챙기지 않아 그렇게 편할 수가 없었다.

그러나 지난번 하굣길에 아무 생각 없이 불쑥 신발장 안의 단화를 꺼내다 신발 안에 들어 있던 유리 조각에 손을 심하게 베였다.

한 번씩 신발장에 들어 있던 다른 반 남학생들의 편지를 받고도 간혹 했던 생각, 다른 학교처럼 교실 옆에 있는 것이 낫지 않을까 하는 생각이 절실해졌다.

손가락에 감긴 밴드를 보고 뭘 하다 다쳤냐고 묻는 보람에게 단영이 조심스럽게 연유를 말하자 그녀는 단박에 오공주 짓이 아니냐며 의심했다. 단영도 그럴지 모르겠다고 생각은 했지만 요즘 학급 임원인 자신을 대하는 몇 아이들의 태도나 복도를 지나칠 때 힐긋거리는 시선들을 느낄 때마다 꼭 공주가 했다며 단정 지을 수 없었다.

아이들 사이의 웅성거림 속에 사회적 배려 대상자라는 소리가 섞여 있음을 그녀도 일찍부터 알고 있었다.

어느새 단영은 1학기 기말고사에서도 여전했던 성적과 맞물려 사배자 주제에 전교 1등이라는 꼬리표를 달았고, 선생님으로부터 칭찬을 들을 때면 그 웅성임이 더 심해졌다.

방학을 끼고 새학기가 되어 그 기세가 조금 꺾이어도 좋으련만 2학기 중간고사 범위가 하나둘 나오며 단영에 대한 아이들의 차가운 시선은 점점 더해졌다.

그럼에도 단영은 국민의 세금으로 공부를 하는 의무교육인 중학교와 다른 곳이니 어쩔 수 없는 일이라며 애써 스스로를 다독거렸다. 얼른 시간이 쏜살같이 지나가기만을 바랐다.

다행히 조심스럽게 꺼내 본 운동화엔 별다른 게 없었다. 잊지 않고 외부에서 자물쇠를 하나 따로 구비해 와야겠다고 생각했다. 교내 매점에서 팔고 있는 자물쇠는 번호가 몇 개 되지 않아 다른 사람의 손을 타기 쉬웠다.

"단영아, 뭐해. 얼른 나와."

앞서가던 학급 친구 은정이 단영을 불렀다.

"잠깐만. 라켓만 가지고."

단영은 1학년 신발장대를 돌아 현관의 오른편으로 달려갔다.

그곳엔 신발장보다 서너 배 큰 사물함이 놓여 있었다. 기숙사 아이들에게 제공되지 않는, 통학 학생들만 사용하는 사물함 수는 한 벽면을 겨우 차지할 만큼이었다.

본인의 사물함을 향한 단영의 표정이 순식간에 굳어 버렸다. 체육복과 수영복을 비롯한 라켓, 그리고 간단한 세면도구가 들어 있는 사물함은 벌써부터 외부에서 산 자물쇠로 잠근 상태였다. 설마.

"뭐 하고 섰어?"

현관 앞에 서 있던 은정이 움직임이 없는 단영의 뒷모습을 보고 다가왔다.

"야. 이 시간 스포츠 강사, 한 명만 늦어도 단체로 벌세우는 거 몰라?"

벌써 운동장에 나가 반 학생들을 세우고 있던 체육부장 정훈이 현관 입구에서 두 사람을 불렀다.

"정훈아, 잠시 이리 와 봐."

"무슨 일인데."

달려온 정훈이 얼른 코를 움켜쥐었다. 그럼에도 벌어지는 입은 어쩔 수 없었다. 사물함 밑으로 쏟아져 내린 쓰레기를 보고도 어처구니없는 상황이 믿어지지 않았다.

"이거 설마 사람이 한 짓? 그것도 우리 학교?"

은정이 사물함 안으로 손을 뻗어 길게 세워진 단영의 라켓을 꺼내 들었다. 칼로 줄을 여러 가닥 잘라 놓은 상태였다.

"우리 학교에도 이런 미친 짓을 하는 년이 존재했던 거야? 우리 반 부반장을 뭐로 보고."

한솔고는 1학년만 남녀 합반이었다. 정훈이 바로 여자라고 단정 짓는 게 은정은 내심 불쾌했지만, 힘 덜 들이고 사람의 신경의 자극하는 공략은 남학생보단 여학생 짓에 가깝다는 사실을 어쩔 수 없이 인정해야 했다.

"부반장이 뭐 별거야? 하긴, 은공을 알면 학급 심부름이라도 하면서 갚아야지."

흥분한 정훈의 모습에 무슨 일인가 싶어 옆으로 모여들던 학급의 한 아이가 비꼬고 나섰다. 그 아이를 중심으로 둘러싼 아이들 몇몇에게서 킥킥대는 소리가 새어 나왔다.

하필 6교시가 1학년 전 반 스포츠 시간이다 보니 주변에 몰려 있던 아이들의 모든 시선이 이곳으로 쏠리기 시작했다.

"야, 너희들 무슨 말을 그따위로 해."

정훈이 아이들과 티격 거리는 사이 은정이 행정실로 빗자루를 가지러 달려갔다.

"남자에게 꼬리 치는 법 하나는 확실한가 봐. 기사가 여기 또 있네."

앞 시간 운동장 수업을 마치고 오던 여학생 몇 명이 지나치며 내뱉는 소리가 단영의 두 귀에 꽂혔다. 체육복 색깔이 다른 것으로 보아 1학년은 아니었다.

학교 내에서 흔히 일어난다는 이런 불유쾌한 사건에 대해서 학기 초에 건너 들었을 땐 남의 일로 여겼었다.

그런데 이건 무슨. 남자에게 꼬리를 치다니. 황망한 단영의 기억 속으로 엇비슷한 말을 들은 기억이 어슴푸레하게 떠올랐다.

2주 전쯤이었을까. 다른 교사에게 볼일이 있어 교무실에 내려온 단영을 담임이 불러 세웠다. 자신이 가르치는 과목인 과학 과제 검사가 끝났으니 학급 학생들에게 돌려줄 것과 주말 학부모에게 나갈 가정 통신문을 부탁했다. 혼자 들고 가기 힘이 드니 일단 노트만 가져가고 반장을 다시 내려 보내라는 말에 단영은 괜찮다며 두터운 교과서 스물다섯 권 위에 유인물을 올리고 조심스럽게 교무실을 나섰다.

그때 교무실로 막 들어서던 태준이 단영을 미처 보지 못하고 살짝 부딪히는 바람에 그 가정 통신문이 바닥에 흩뿌려지고 말았다.

두 손에 한가득 노트를 들고 교무실 앞 복도만 쳐다보는 단영을 태준은 그제야 알아보았다.

바닥에 흩어진 가정 통신문을 끌어 모은 태준이 단영이 들고 있던 교과서 위에 다시 올려놓는 듯 보이더니 실상은 그녀의 손 위에 있던 전부를 제가 들었다.

"또 날린다. 얼른 유인물 챙겨."

태준의 말에 그대로 도움을 받아야 할지 어쩔지 몰라 단영은 멍한 표정으로 제자리에 서 있었다.

"4층까지 그대로 가다간 또 한 번 쏟을걸. 섞인 유인물 정리하려면 한참이야. 어서."

그제야 단영은 태준이 들고 가 버린 교과서 위의 가정 통신문만 취합해서 들었다.

두 사람이 3층 2학년 교실이 줄지어 있는 복도를 돌 때쯤이었던 것 같다. 능력도 좋아, 하고 들려오던 목소리가 무슨 뜻이었는지 단영은 이 사건 앞에서야 알아차렸다.

"아무리 그래도 이건 너무하다."

은정의 소리에 단영이 정신을 차리고 얼른 돌아봤다. 지난봄 현장 체험 학습 때 찍은 사진을 미처 집에 가져다 놓지 않은 상태였다. 단영의 개인 사진이 하나하나 찢어져 쓰레기 더미 속에 놓여 있었다.

"은정아, 이게 무슨 일이야."

학생들이 모인 웅성거림에 신발장에서 고개를 쑥 내밀어 보던 보람이 단영을 발견하고 한걸음에 달려왔다. 은정이 쓸어 담고 있는 봉지 속의 악취, 바닥에 떨어진 단영의 사진들. 보람의 얼굴이 노랗게 변했다.

"어이구, 우리 서단영 양 사방에 적이야."

언제 나타났는지 이번엔 공주가 한껏 재미있어 죽겠다는 얼굴로 팔짱을 끼고 단영의 앞에 서 있었다.

"야, 오공주. 이거 모두 네 짓이지?"

"허, 이것 봐라. 서단영 옆에 붙어 있더니 이년도 간이 부어 올랐나 보네."

"너 아니면 누가 이런 짓을 해?"

"내가 하는 거 네가 보기라도 했어? 난 격 떨어질까 봐 사배자와 접촉도 하고 싶지 않은 사람이야. 왜 이래?"

말 섞어 봐야 득 될 것 없는 공주였지만 심약한 보람도 이번 만은 참을 수 없었다.

"네 짓이기만 해 봐."

"무슨 소란이야? 왜 다들 그 앞에 모여 있어?"

몇 발짝 뒤에서 들려오는 3학년 현강의 목소리에 단영의 인상이 절로 찌푸려졌다. 혹여나 함께 있을지도 모를 태준의 존재가 신경 쓰였다.

"이거 무슨 냄새야? 뭐야? 서단영 사물함 상태가 왜 이래?"

어느새 옆으로 다가온 현강이 아직 가시지 않은 냄새에 인상을 찌푸렸다.

그런 현강을 밀치고 태준이 바닥에 흩어져 있는 찢어진 사진 몇 조각을 주워들었다. 그리고 사물함 앞으로 성큼 다가와 단영을 한 팔로 밀어 비켜서게 했다. 긴 팔을 뻗어 사물함에 들어 있는 물건을 죄다 꺼냈다.

썩은 바나나 껍질이 엉겨 붙은 체육복, 쭉 찢어진 수영복. 물기가 흥건하게 배어 있는 몇 권의 참고서는 더 쓸 수가 없을 듯했다.

태준의 눈썹이 꿈틀거리고 눈빛이 전에 없이 차갑게 변했다. 언제나 감정 없던 그의 얼굴이 서서히 변해 가는 것을 느낀 단영이 그제야 수습하고자 몸을 움직였다.

"네 짓이야?"

단영의 움직임에 앞서 공주를 향한 태준의 말이 조금 더 빨랐다.

"무, 무슨. 다들 왜 그래? 내가 하는 것 봤어? 왜 모두 나보고 그래?"

"대답해. 했어? 안 했어?"

"아니에요, 나."

공주의 목소리가 한없이 기어들어 갔다. 몇 년을 알고 지냈지만 이토록 험악한 태준의 얼굴은 처음이었다.

"확실히 해. 급식실에 있는 음식물 쓰레기 분리실 CCTV 확인할 거야."

"왜 이래, 정말. 나 아니라니까."

"현강이 너. 교무실 올라가서 생활 지도부⋯⋯."

"그만해."

단영이 태준의 말을 가로막았다. 주변을 울리는 그녀의 큰 목소리에 놀란 보람의 눈에 눈물이 고였다.

"뭘 그만해?"

단영의 목소리를 받는 태준의 목소리는 더없이 고요했다.

"내 일이에요."

"네 일 아니라고 한 적 없어. 네 일이든 아니든 그냥 넘어갈 상황 아니야."

"그냥 넘어가든 않든 그쪽은 빠져요."

"단영아."

단영의 이런 반응은 아니다 싶었던지 보람이 쭈뼛거리며 그녀의 교복 한 자락을 붙잡았다.

"아니, 서단영 양. 아무리 황당한 일을 당했다 한들 하늘 같은 선배에게 그쪽이라니."

태준과 단영의 인상을 이쪽저쪽 살피며 현강이 그녀를 부드럽게 나무랐다.

"그쪽 도움이 더 기분 나빠. 내 기분하고 상관없이 선심이라도 베풀고 싶은 모양인데, 지금 이 상황에서 오히려 도움이 못된다는 걸 왜 몰라."

단영이 태준의 손에 들려 있던 수영복을 획 빼앗아 바닥에 있는 커다란 비닐봉지에 쑤셔 넣었다. 그리고 사물함에 들어 있던 모든 물건들을 쓸어 담았다.

어느 누구에게도 곁을 주지 않겠다는 단영의 확연한 몸짓에 다들 지켜만 보고 있을 뿐이었다.

힘 있게 묶은 봉지를 집어 든 단영이 일어나 공주 앞으로 다가갔다.

"제발 네 짓이 아니길 바라 볼게. 네가 날 두고 사배자니 어떠니 소문내고 다닐 때만 해도 네가 이렇게까지 불쌍하다는 생각은 안 했어. 그저 나와 맞지 않구나. 나와 틀어진 심통을 주체 못 하는구나 했을 뿐이었거든. 그런데 어쩌지? 오공주, 지금 내가 당한 처지 때문이 아니라 내 얼굴을 갈기갈기 찢을 정도의 미움을 가진 네가 불쌍해서 눈물이 맺히려는걸."

말을 마친 단영이 몸을 돌렸다. 여전히 등을 보인 그녀가 마지막 한마디를 덧붙였다.

"혹시나 네 짓이라고 해도 안심하고 푹 자. 난 불쌍한 사람은 상대 안 하거든."

"뭐, 뭐라는 거야! 생사람을 잡아도 유분수지. 왜 나한테 와서 화풀이야."

공주의 앙칼진 목소리를 뒤로하는 단영의 발이 일순간 미세하게 휘청거렸다. 배드민턴 라켓이 삐죽 나온 봉지의 무게도 지금 단영의 컨디션으론 만만치 않아 보였다.

수업 종이 울린 지 한참인데도 현관에 삼삼오오 무리 지은 학생들의 눈이 단영과 공주 주변, 그리고 태준 쪽으로 번갈아 움직였다.

쓰레기 소각장이 있는 복도 방향으로 향하는 단영을 향해 태준이 큰 보폭으로 뒤따랐다.

"왜 더 기분이 나쁜지, 도움이 못 되는지는 나중에 따질 일이고."

단영의 손에 늘려진 봉지를 태준이 낚아챘다. 태준을 바라보는 그녀의 눈에 초점이 맺혀 있지 않았다.

"보람이 너, 단영이 보건실 좀 데려가. 현강이 넌 급식실 영양사 만나기 전에 생활 지도 선생님께 보고 드려 놔."

보건실에 같이 가겠다는 보람을 단영이 한사코 거부하고 운동장으로 돌려보냈다. 한솔고의 이름을 달고 있는 어떤 것도 함께하고 싶지 않았다.

자신을 걱정하는 보람에게 미안하기도 했지만 잠시라도 모든 것과 떨어져 있지 않으면 단영은 영원히 이곳을 박차고 뛰쳐나갈 것만 같았다.

공주든 아니든 누가 그런 것인지도 관심 없었다. 짐작은 하고 있었지만 그런 일을 당한 자신을 바라보는 주변의 반응에 단영은 새삼 가슴이 시렸다. 아니, 그런 것도 그다지 중요하지 않았다.

이곳에서 단영은 자신의 행복과 상관없이 최선을 다할 것이었고 그것에 따라 엄마의 부푼 희망은 커져 갈 것이었다.

그것이면 되었다. 시간이 일각처럼 빨리 달려 주길 다시 한번 바랄 뿐이었다.

5화

딸랑. 오늘만은 어느 손님도 없이 혼자였으면 좋겠는데. 예나의 가게를 들어서는 단영은 유리문에 달린 크리스털 풍경이 내는 청명한 소리를 들으며 아쉬운 숨소리를 냈다.

다행히 점심 장사를 끝낸 가게에는 예나 혼자였다. 단영의 얼굴이 여느 때와 달라 보였던지 반가운 인사를 건넨 예나는 국수 한 그릇을 말아 준 뒤 주방에서 저녁 장사 준비를 하며 부러 단영을 홀로 있도록 했다.

젓가락을 돌돌 말아 열심히 국수 가락을 입에 넣는 단영은 다시 들려오는 풍경 소리도, 주방에서 나와 손님을 맞는 예나의 표정도 미처 살피지 못했다. 예나가 누군가의 국수 그릇을 들고 자신을 스쳐 지날 때에야 또 다른 손님이 들어왔구나 하고 여겼다.

단영은 평소보다 더 느릿하게 국수를 먹었다. 원래 면 종류를 잘 먹지 못하기도 했지만 오늘은 꼭꼭 씹어 먹어야 할 것 같았다. 체하면 자신만 손해였다.

후르륵. 그런 저와 다르게 뒤에서 흡입하는 국수의 속도는 빠르다 못해 시원했다. 그 소리가 어쩐지 귀에 익다 싶은 단영이 몸을 획 젖혀 뒤를 돌아보았다. 한참을 늦게 온 태준의 국수 그릇이 반 이상 비워져 있었다.

저 인간이 여긴 또 어떻게. 설마 날 쫓아서? 그럴 리가. 이곳 역시 그의 공간이었다. 더구나 요즘 3학년들의 대학 수시 모집 원서 기간이다 보니 분위기가 어수선한 틈을 이용해서 나왔겠지 했다.

단영은 태준을 바라보던 눈을 다시 자신의 테이블로 옮겼다. 그와 등을 지고 있는데도 이때껏 젓가락에 돌돌 잘 말리던 국수가 자꾸 미끄러져 슬그머니 짜증이 올라왔다.

몇 번을 시도하던 단영이 테이블 위로 탁 소리 나게 젓가락을 내려놓고, 벌떡 일어나 주머니에 접혀 있던 5천 원 한 장을 카운터 위에 올려 두었다. 그리고 곧장 작은 홀을 가로질러 출입문으로 향했다.

"잔돈 받아 가야지."

길게 뻗어 나온 태준의 손이 단영을 가로막았다.

"다음에 받으면 돼요."

"앉아."

"팔 놔요."

"앉아. 네 가방 이리로 오기로 했어."

그 소리에 단영의 고개가 태준 쪽으로 향했다.

"현강이가 이리로 가져올 거야."

단영의 눈빛이 설명을 물어 왔다.

"보람이가 네 가방 현강이한테 전달하기로 했고."

현강 역시 기숙사 생활을 하는 것으로 알고 있었다. 단영의 눈빛에 의구심이 떠올랐다.

"현강이도 오늘 땡땡이칠 거야. 재주가 너보다도 덜해서 좀 늦는가 보지."

거짓말이었다. 보충 수업을 채우고, 1차 야간 자습이 끝나는 8시 반에 이곳에서 보자고 태준이 말해 둔 상태였다.

"너 이대로 가방도 없이 집에 들어갈 자신 있어? 이 시간에?"

그제야 단영이 망설임을 접고 태준의 앞으로 조심스럽게 앉았다. 두 사람의 빈 그릇을 들고 주방으로 들어가는 그의 뒷모습을 망연히 지켜보는 단영의 눈시울이 붉어졌다.

학교에 다시 들어가기가 죽기보다 싫었다. 그렇다고 집으로 갈 수도 없었다. 다행히 2교시가 끝난 뒤 매점에서 빵과 우유를 사고 남은 돈이 주머니에 있어 이곳으로 올 용기가 생겼다.

면목이 서지 않았지만 예나에게 부탁해서 학교가 마칠 때까지 이곳에 있을 생각이었다. 하지만 막상 들어서자 입이 떨어지지 않았고 시간이 갈수록 두고 온 가방도 걱정이었다. 걱정들이 해결되자 그제야 새삼 자신의 처지에 대한 서러움이 물밀 듯 밀려 왔다.

달칵. 태준이 시원스럽게 딴 캔 맥주를 단영의 앞으로 내밀었다. 달칵. 또 하나의 소리가 울리고 연이어 그것을 들이켜는 소리가 단영의 귀에 들렸다.

"덜 자란 애라 술은 좀 그렇지만, 오늘은 특별히 보호자가 앞에 있으니 봐준다."

어이없는 듯 찡그린 단영의 눈이 태준을 향했다.

"사양해 주면 나야 고맙고. 아무리 누나라도 이 이상은 모른 척 안 할 테니까."

태준이 손에 든 맥주를 아쉬운 듯 흔들어 보인 뒤 나머지 손으로 앞에 놓인 맥주를 뺏으려 하자 단영이 잽싸게 캔을 들어 한 모금 꼴깍 마셨다.

오후 내도록 굳어 있던 그의 입가에 짧은 미소가 어렸다가 사라졌다. 어디 가서 기가 팍 죽은 채로 웅크리고 있을 줄 알았더니 역시 서단영이었다.

단영의 사물함에서 나온 쓰레기를 소각장에 가져다 버린 태준이 보건실로 가 보았으나 그녀의 모습은 보이지 않았다. 혹시나 하는 마음에 학교 위 옥상에 올라가 보았다. 매트와 옥상 의자에도 역시 사람의 그림자는 없었다.

담배를 한 가치 꺼내 물려다 언뜻 든 생각에 학교 옥상을 한 바퀴 돌아 한솔중학교 쓰레기 소각장 주변을 바라보았다. 희미하게 보이는 한솔고 교복이 텅 빈 중학교 운동장을 가로지르고 있었다.

이곳 문을 열던 태준은 여지없이 맞아 떨어진 자신의 생각이 오랜만에 반가웠다.

꼴깍. 입에 머금는 양은 얼마 되지 않았지만 단영의 입으로 맥주는 잘도 들어가고 있었다.

"천천히 마셔. 처음이면 꽤 알딸딸할 테니까."

"누가 처음이래요? 맥주 정도야 나도 마셔요. 치킨집 딸이 맥주도 안 마셔 봤을까 봐."

태준을 살짝 흘겨보는 단영의 눈매에 얄미운 기는 묻어 있지 않았다.

"치킨집 딸이 닭 많이 먹는 건 이해하겠는데, 맥주하고 무슨 상관이야."

"요즘 웬만한 치킨집에 맥주도 파는 거 몰라요?"

"하루 종일 학교에 잡혀 있는 서단영이 그 가게에서 맥주 마실 일이 뭐야?"

단영이 성가시다는 듯 들고 있는 캔을 소리 나게 내려놓았다.

"남자가 왜 그렇게 꼬장꼬장 따져. 그냥 그러면 그런가 보다 넘어가면 되지."

"너 벌써 취했어?"

"사람을 뭐로 보고. 겨우 맥주 반 캔에."

단영이 큰 눈으로 그를 흘겨보자 태준도 그녀를 물끄러미 바라보았다. 그 눈빛이 쑥스러워진 단영은 또다시 캔을 들어 홀짝 마셨다.

"이거 먼저 먹어. 단영이 너 국수 많이 남겼더라."

주방에서 나온 예나가 순대와 떡볶이 접시를 두 사람의 앞에 내밀었다.

"너 주려고 일부러 준비한 거야."

"정말요?"

"그럼, 우리 가게 거의 1년 만에 왔잖아. 나 먹으려고 산 순대도 안 먹고 주는 건데."

"아, 맞다. 여긴 메뉴에 순대가 없죠? 앉으세요. 같이 먹어요."

"아냐. 저녁 장사 준비해야 해."

예나가 주방으로 다시 돌아서려는 참이었다. 태준이 갑자기 자리에서 일어나 예나의 팔뚝을 잡아채더니 소맷부리를 확 걷어 올렸다.

"이거 뭐야?"

팔목부터 팔꿈치까지 파스가 붙여져 있었다.

"아……."

예나가 소맷부리를 다시 내리며 겸연쩍어했다.

"여기만이 아닌 것 같은데?"

파스 냄새의 진원지를 찾으려는 듯 다가서는 태준을 피해 예나가 몸을 뒤로 뺐다.

"목 뒤에도 두 장 붙여서 그래."

"왜?"

확연히 변하는 태준의 목소리 톤에 놀란 단영이 숨을 죽였다.

"요 며칠 낮에 손님이 많이 와서. 국수 삶아 채에 건져 올리는 게 팔에 무리를 줬나 봐."

"국수, 메뉴에서 빼."

황당한 태준의 발언에 단영의 눈썹이 파다닥 세차게 깜박였지만 태준과 예나 두 사람 사이의 묵직한 분위기에 감히 입을 뗄 수가 없었다.

"강태준 씨, 말 되는 소리를 하세요."

예나가 예의 부드러운 목소리로 태준을 달랬다.

"준비하고 나와. 병원 가게."

"이런 일로 무슨 병원을 가."

"물리 치료라도 받으라고. 아니면 한의원에 가서 침을 맞든 지."

두 사람을 바라보던 단영의 두 눈동자가 절로 테이블로 떨어 졌다. 왠지 자신이 이 공간에 있으면 안 될 것 같은 기분이 들었 다.

"알았어. 그럼 다녀올게. 안 그래도 너 들어오기 전에 잠시 단영이에게 부탁하고 다녀올까 하던 참이었어."

예나의 시선이 테이블에 고개를 떨치고 있는 단영의 머리로 향했다. 그제야 단영의 존재가 눈에 들어온 태준이 예나의 팔을 슬그머니 풀어 주었다.

예나가 앞에 두른 앞치마를 풀어 카운터 위에 올려 둔 뒤 겉 옷과 지갑을 챙기러 주방에 들어갔다. 어두운 태준의 낯빛에 단 영은 숨이 조금씩 막혀 왔다.

"단영아, 많이 먹고 더 필요한 것 있으면 태준이에게 주방에 서 찾아 달라고 해."

"네."

"금방 다녀올게. 그리고 많이 마시지 마."

답도 없던 태준이 예나가 나가자 바로 주방으로 들어가 맥주 한 캔을 더 들고 나왔다. 그러고도 침묵이 길어지자 단영은 이 유 없이 약이 오르기 시작했다.

원래대로라면 예나가 병원에 간 후에 좁지만 넓은 이곳에서 모처럼 편안히 있었을 텐데, 갑자기 덮친 무뢰한 덕에 왜 자신이 살얼음판을 걸어야 하는지 억울했다.

그녀가 슬그머니 자리에서 일어나자 꿈적 않고 있던 태준의 고개가 단영을 향해 돌려졌다.

흥. 그렇다고 내가 이 공간을 양보할 수는 없는 거야. 단영이 주방으로 들어가 싱크대 왼편에 있는 냉장고 문을 열고 캔 맥주 두 개를 더 들고 나타났다. 그의 미간이 살짝 좁혀지는 걸 보며 단영이 작은 어깨를 으쓱해 보였다.

"너 뭐 하는 거야."

태준의 말을 무시한 단영이 홀짝거리던 좀 전과 다르게 맥주를 따고 꿀꺽 들이마셨다.

"어쩌려고 그렇게 마셔?"

"뭘? 이제 한 캔 비웠는데. 그러는 그쪽은 내 나이도 되기 한참 전부터 마시지 않았나?"

"취하는 건 네 사정이지만 한 번만 더 방향 지시어로 불러 봐."

단영은 그의 목소리에 위험 신호를 느꼈다.

"어쩔 건데……요."

확 구겨지는 태준의 미간을 보며 단영이 얼른 다른 말로 마무리 지었다. 태준이 자신을 다른 이와 다르게 유하게 대해 준다는 사실도, 그가 남에게 곁을 내주거나 부드러운 사람이 아니라는 것도 잘 알고 있었다.

단영은 무엇보다 제 태도가 마음에 들지 않았다. 마음과 다르게 그의 앞에선 자꾸만 유치해지고 경우를 잃어 가는 자신이 싫었다.

그러나 조금 전 태준이 예나에게 보인 설명할 수 없는 묘한 분위기가 단영의 심사를 자꾸 건드렸다.

"전화해."

태준이 카운터 쪽의 전화기에 시선을 던지며 말했다.

"선태 샘. 네 연락받고 어머니에게 전화하실지 말지 결정하신다고 했어."

당연히 학부모에게 알려야 할 상황이었다. 그제야 깨달은 듯 단영의 입이 살짝 벌어지며 쭈뼛거리듯 일어났다.

"네, 선생님."

사람의 약을 올리려 통통거리던 단영의 목소리에 금방 순한 기색이 묻어났다.

"아는 언니 집에서 쉬고 있어요. 시간 맞춰 들어갈 거예요."

말을 잇던 단영이 힐긋 태준을 향해 눈길을 주었다.

"다른 말씀은 안 하셨으면 좋겠어요. 네. 감사합니다."

얌전히 전화기를 내려놓은 단영이 역시나 다소곳하게 태준의 앞으로 와서 앉았다.

"정말 전학 가고 싶어?"

"정말 소문대로 음대에 원서 넣었어요?"

단영의 질문에 반응하는 듯 태준의 눈꺼풀이 살짝 깜빡거렸다.

"여기는 오로지 어머니 뜻일 뿐이야?"

"부모님이 원하시는 진로는 어딘데요?"

"단 한 번이 안 쉽구나, 너."

비스듬히 앉아 있던 태준이 벽 쪽으로 몸을 물리며 옅은 숨을 내뿜었다.

"사돈 남 말."

태준의 입은 더 이상 열리지 않았다. 짧은 침묵에 단영의 입술이 불쑥 열렸다.

"예나 언니 좋아하죠?"

가만히 아래로 내려있던 태준의 한쪽 눈썹이 예상치 못한 질문을 받은 듯 위로 살짝 휘었다.

"그게 너하고 무슨 상관인데."

"왜 나한테 잘해 줘요?"

태준의 두 눈이 조금 더 커졌다.

"아닌가. 잘해 준 거."

맥주 한 모금을 꼴깍 들이켠 단영의 입에서 혼잣말이 흘러나왔다.

"왜 자꾸 신경 써 주는 건데요? ……그것도 내 생각인가."

단영의 손이 다시 캔에 닿으려는 순간 태준이 그것을 뺏어 왔다.

"그만 마셔."

"안 취했다니까요."

말은 그렇게 해도 맥주에 애착을 버린 단영이 두 팔을 테이블에 올리고 그 위에 엎드렸다.

"사람 마음만 이상하게 만들어 놓고."

웅얼거리는 작은 소리가 태준의 귓속을 깊게 파고들었다.

"사람 헷갈리게 해놓고, 진심이 뭐야. 도대체……."

들썩이는 단영의 어깨를 보고 태준의 몸이 순간 굳어졌다. 우는가 했던 단영이 편안한 자세를 찾아 금방 잠이 들었다는 것을 알아차렸다. 단영을 마주하던 태준이 몸을 틀어 벽에 몸을 기대고 홀 쪽으로 긴 다리를 뻗었다. 시선은 여전히 그녀를 향해 있었다.

진심이라. 단영이 뱉은 말을 혀끝에 살짝 올려 보던 그의 입에서 날숨인지 한숨인지 모를 숨소리가 낮게 새어 나왔다. 태준이 일어나 곤하게 잠이 든 단영을 조심스레 안아 들어 주방 안쪽, 예나가 거처하는 방 침대에 살며시 내려놓았다.

단영의 이마에 그새 셔츠의 소매 자국이 나 있었다. 검지를 대고 살짝 문지르자 단영이 나른한 기척을 해 댔다. 태준의 손이 얼른 뒤로 물러섰다.

오늘은 그에게 있어서도 무던히 피곤한 하루였다. 결국 던져 넣으면 그만인 원서 하나를 들고 며칠 동안 씨름했다. 자신의 선택에 망설임은 없었다. 평생 자신이 살아갈 길이 다른 사람의 뜻에 의해 선택될 수는 없었다.

그러나 언제나 가슴에 애잔함을 불러일으키는 어머니의 서글픈 눈이 발목을 붙잡았다.

단영이 누운 옆으로 걸터앉은 태준이 천천히 몸을 일으켰다. 방문을 향해 돌아서던 그의 시선 안으로 벽에 걸린 사진 한 장이 들어왔다.

팔짱을 낀 예나의 손등에 손을 포개고 있는 그녀와 똑 닮은 중년 여성의 잔잔한 미소에서 태준은 한겨울 찬바람이 쓸고 간 텅 빈 운동장에서나 느낄 수 있는 쓸쓸함을 느꼈다. 그리고 그 위로 어린 날 제 어미에게서 언뜻언뜻 비추었던 애달픈 미소가 겹쳐졌다.

여자들의 사랑이란 남자들이 생각하는 이상의 것이었다. 그걸 잘 알면서 설핏 다가온 이 낯선 감정에 취해 진심이란 말을 함부로 던져도 되는 걸까.

다시 침대로 몸을 돌려 단영의 가슴팍까지 이불을 꼼꼼히 덮어 주었다. 그의 눈에 곧 스무 살이 되는 청년에게 어울리지 않는 깊은 음영이 깔렸다.

✳　　　✳　　　✳

오전 6시. 병실 창가에 드리워진 블라인드 사이로부터 희뿌연 여명이 스며들었다.

나이트 근무자에게 인계를 받기 위해 출근 시간보다 한 시간이나 일찍 병동에 도착한 단영의 발걸음은 여느 때처럼 씩씩했다.

엘리베이터를 내려 스테이션에 이르기까지의 병실 네 개 중 두 곳은 LED 등으로 환하게 밝혀져 이미 하루를 시작하고 있었다.

혈압을 재기 위해 들어오는 간호사의 드레싱 카트 소리에 벌써 하루를 시작한 침대도 있었지만, 신경외과 46병동 대부분은 기관지 절개술을 한 환자가 많아 밤새 끓는 가래를 걷어 내기 위해 잠을 설친 탓에 7시가 되어야 커튼이 완전히 걷어졌다.

"30분 전에만 오시면 되는데, 왜 이렇게 일찍 나왔어요."

조금 진 당직 레지던트가 내린 환자들의 하루 처방을 확인하고 있던 간호사 호숙이 모니터를 보다가 스테이션으로 들어서는 단영을 맞았다.

"피곤하죠?"

단영은 부드러운 눈웃음과 함께 호숙에게 인사를 했다. 달의 마지막 주에 병동을 오픈한 터라 임시 스케줄이 조정되어 지난 주 나이트 근무를 섰던 단영은 처음이라 그런지 꽤나 힘이 들었다.

"나야 벌써 몸에 배었는걸요. 지난주에 힘들었죠? 적응도 되기 전에 근무가 바뀌어서 어떻게 해요."

호숙은 단영보다 한 살이 어렸지만 간호 대학을 졸업하면서 바로 3차 병원인 이곳 세한병원으로 들어온 베테랑 간호사였다.

지난 2년간은 제1별관 건물 3층 신경외과 36병동에서 환자를 돌보다가 이번에 4층 46병동이 개설되면서 다른 간호사 두 명과 함께 올라왔다.

고향이 제주도인 그녀의 말투는 다소 투박했지만 단영은 짧은 시간 속에서도 그녀가 속정이 깊은 사람임을 알 수 있었다.

"처음 스태프 회진을 받다 보니 신경 쓰이죠? 일단 옷 갈아입고 커피 한잔하고 나와요."

"금방 갈아입고 올게요."

"천천히 나와요. 아직 이 선생도 안 왔는데요, 뭘."

서둘러 탈의실로 들어가는 단영의 귓가로 호숙의 배려 깊은 목소리가 들려왔다.

단영은 원욱의 추천서 덕인지 세한병원의 면접을 본 다음 날 바로 일해 달라는 연락을 받았다. 그리고 출근을 앞두고 긴장

속에서 시간을 보냈다.

기껏해야 의사 두 명, 간호사 여섯 명과 마음을 맞추어 일하던 곳과 달리 이곳은 무수한 진료진과 수간호사를 포함해 열여덟 명이나 되는 간호진과 뜻을 맞추어야 해서 새로운 생활에 대해 무던히 걱정되었다. 선배 간호사들이 군기를 잡는 문화인 '태움' 또한 신경이 쓰였다.

대부분 신입 시절에나 겪는 일이었지만 단영은 3차 병원 경력이 한 번도 없었고 호봉에 비해 나이도 많아 괜스레 간호사들 사이에서 터부시될까 걱정되었다.

그러나 개시일 일주일 전부터 다 함께 나와 병동 정리를 하면서 서로에 대한 노고를 살피는 모습들을 보고 쓸데없는 걱정이었음을 알게 되었다.

기존 세한병원 신경외과 근무 간호사, 타과에서 차출되어 온 간호사, 그리고 단영과 같이 면접을 보고 들어온 간호사들 모두 병동 오픈에 대한 새로운 각오와 의지가 가슴에 있었다.

언제나 실없는 농담으로 치부해 버리고 만 원욱의 섬세한 배려가 새삼 고맙게 여겨졌다.

어려움이 전혀 없는 것은 아니었다. 겨우 지난 한 주 나이트 근무를 서면서 신경외과 의사라고 처음 접한 레지던트 2년 차에게 무슨 미움을 샀는지 사사건건 트집을 잡혔다.

단영은 그것도 시간이 지나면 나아질 일이라고 여겼다. 앞서 일하던 곳과 체계와 규율이 많이 다른 곳이었다. 시작 단계에서 충분히 생길 수 있는 불협화음이었다.

오늘에서야 병원 홈페이지에서 익힌 스태프와 펠로우를 비롯

한 다른 진료진들의 얼굴을 제대로 보게 되었으니 이제부터 시
작이라고 생각했다.

"뭐예요?"

"핫초코. 호숙 샘도 드려요?"

단영이 들고 있던 머그잔에서 풍기는 냄새가 사뭇 달랐던지
환자 차트에 뭔가 열심히 적어 가던 호숙이 고개를 들고 물었
다.

"됐어요. 나는 애들 마시는 것은 안 마셔요. 서 선생님은 볼
수록……."

"볼수록?"

호숙이 끝말을 짓지 않자 단영이 뒷말을 재촉했다.

"아직 입 밖으로 정의 내리기엔……."

"안녕하세요. 밤새 별일 없었죠?"

간호조무사들을 제외하고 46병동에서 가장 나이가 어린 원주
의 경쾌하고도 호들갑스러운 목소리에 호숙의 말이 묻혔다.

"뭐야? 이 선생, 어제 머리했어?"

"어때요? 잘 어울려요?"

목덜미 위로 찰랑거리는 머리카락을 손바닥으로 받쳐 세우며
원주가 두 눈을 반짝였다. 원주 역시 36병동에서 올라온 간호사
였다.

단영은 눈을 동그랗게 뜨고 그녀를 살펴봤지만 어디가 달라
진 건지 알 수 없었다. 앞서 함께 병동을 정리할 때에 그녀는 늘
머리를 묶었고 지난주는 아침 퇴근길에 잠시 스쳤을 뿐이라 기
억이 제대로 나지 않았다.

"그 짧은 머리를 볶았다가 풀었다가 참 고생시킨다, 정말."

호숙이 고개를 잘래잘래 흔들었다. 그러고 보니 웨이브가 약간 생겨 있었다.

"어때요, 서 선생님? 예뻐요?"

"네. 예뻐요."

단영이 특유의 미소인 콧등에 주름까지 그리며 답했다.

"예쁘긴, 나나 되니까 알아본 거지. 서 선생님, 솔직히 말해 봐요. 표가 나요?"

단영은 대답을 회피한 채 핫초코를 한 모금 마셨다.

"오늘은 무슨 이유인데? 그러고 보니 옷도 쫙 빼입었네? 소개팅 있어?"

"어머. 소개팅은요, 무슨. 오늘 강 교수님 오시잖아요. 교수님 학회 참석하는 바람에 못 보고. 또 이쪽으로 옮겨 와 병동 정리 하느라 못 보고. 얼마 만에 보는 거야."

어이없어하는 호숙의 입술이 약간 벌어졌다.

"일단 옷부터 갈아입고 올게요."

호숙의 입에서 무슨 말이 나올지 뻔히 알고 있는 원주가 콧소리를 내며 탈의실로 향했다.

"왜? 아예 그 차림으로 스태프들 회진 맞이하지. 응?"

등 뒤로 날아오는 호숙의 목소리에 원주가 어깨를 한 번 으쓱여 보이며 탈의실로 들어갔다.

"원주 샘, 강 교수님 반짝이에요?"

"반짝이는 무슨요. 몇 달만 있어 봐요. 또 어느 선생님에게 꽂혀서 저런 호들갑을 떨고 있을지."

호숙이 상대할 필요도 없다는 듯 다시 차트에 눈을 돌렸다.
단영이 호숙의 옆으로 의자를 끌어당기며 앉았다.

"그래도 원주 샘 취향, 의외로 고상한대요."

병원 홈페이지에서 본 연륜이 느껴지는 강 교수의 온화한 얼굴을 떠올리며 단영이 말했다.

"서 선생님, 강 교수님 본 적 있어요?"

호숙이 차트에서 고개를 돌려 단영을 바라보았다.

"홈페이지에서 잠깐."

"홈페이지? 교수님 사진이 벌써 홈피에 올라왔나?"

호숙의 앞에 높인 차트를 끌어당겨 보던 단영은 그녀의 말에 고개를 들었다.

"강 교수님, 이 병원에 오신지 두 달밖에 안 되었거든요."

"좋은 아침."

강혁진 교수가 아니었나 하고 여기는 순간, 46병동 수간호사인 진연이 출근 인사를 해 왔다.

"일찍 나오셨네요."

"오늘 나뿐 아니라 다 같이 스태프 회진 참석하는 날이잖아. 오더 확인 제대로 맞춰 봐야지."

"네. 게다가 오늘 수술 환자도 있어요."

진영과 호숙의 대화에 단영은 살짝 긴장했다. 곧 호숙에게 인계받을 내용이었지만 어떤 수술일지 벌써부터 마음이 바빠지기도 했다.

"그리고 신입 콘퍼런스 계획도 오늘 중으로 잡아야 할 것 같은데요."

다른 과에서 차출되어 온 진연을 위해 신경외과 경력이 많은 호숙이 주로 어시스턴트를 하고 있었다.

"우선 신입 기준부터 세워 놓고."

"수 선생님, 안녕하세요."

간호복으로 갈아입은 원주가 더욱 화사한 낯빛을 하고 탈의 실에서 나왔다.

"이 선생도 일찍 왔네. 다른 선생님들은 아직이야?"

"김 샘도 아직인데요?"

원주가 입술을 삐죽이며 진연의 말을 받았다.

"정확히 7시 30분 되어야 나타날걸요. 아마 온몸에 힘주느라고 늦겠죠?"

"헐. 아무리 여성 집단이라고 해도 뭐야? 그새 나 씹히고 있는 거야?"

"어머."

어느새 스테이션 안으로 들어온 지민이 단영의 뒤에 선 원주에게 얼굴을 쑥 가져다 대자 원주가 화들짝 놀라 뒤로 한 발 물러섰다.

"그리고 나는 누구처럼 돈 들여 힘준 거 아니니까, 나의 미모에 너무 민감하게 반응하지 말아줬으면 해."

"김 선생님은, 제가 무슨 돈을 들였다고 그래요?"

"왜? 오늘 머리 새로 하고 팩트도 훨씬 두껍게 두드렸는데? 그거 강 교수님 때문이지?"

"아이, 여자가 자신을 가꾸는데 그게 꼭 누군가를 위해서인가 요. 김 선생님은 늘 나만 가지고……."

조금 전까지 강 교수 때문이라고 말하던 원주가 무슨 일인지 지민 앞에서는 바로 꼬리를 내렸다.

"고향 사람끼리의 정분은 나중에 나누고, 김 선생 어서 옷 갈 아입고 나와요. 인계하고 주간 회의 같이하게."

지민은 재활의학과에서 차출되어 온 간호사였다. 신경외과에서 수술받은 환자가 재활의학과로 갔다가 다시 신경외과로 오는 일이 많다 보니 아무래도 업무상 접촉할 일이 많았다.

지민이 원주보다 나이는 많았지만 같은 해 세한에 들어와 신입 교육을 함께 받았다는 소리를 단영도 들었던 기억이 났다. 그래서인지 두 사람은 만나면 아옹다옹 기렸지만 꽤나 친숙한 사이처럼 보였다.

새로 열린 46병동 신경외과 간호사들은 조무사들을 제외하고 다들 경력이 많아 나이가 단영보다 많이 어리지는 않았다.

밤새 달라진 환자의 상태, 하루에 있을 수술 환자들의 소독 부위, 바뀌는 처방을 주의하면서 나이트 간호사와의 인계가 끝나고 곧 수간호사를 더불어 오전에 있을 스태프 회진에 대한 회의가 이어졌다.

"의료진들과 간호진들 얼굴도 익힐 겸 당분간 월요일은 간호사들도 스태프 회진에 함께하기로 했어요. 스테이션은 조무사 선생님들 데리고 이 선생이 지키고, 김 선생과 서 선생은 회진에 참석하세요."

"아, 수 선생님. 저도 회진에 돌면 안 될까요?"

"저것 봐. 단장한 이유가 있다니까."

원주의 들뜬 목소리에 지민이 바로 타박을 하고 나섰다.

"아니라니까요. 그냥 나는 콜 벨이나 약 들고 하는 라운딩이 아니라 의사 샘들과 나란히 회진해 보는 게 꿈이었다니까요."

"그래요? 어쩜 나랑 반대일까요. 나는 스태프 회진에 한 번 빠져 보는 게 소원인데."

"재희 샘."

레지던트 3년 차 재희가 오전 8시도 안 된 시간에 벌써부터 피곤이 한껏 묻은 얼굴로 원주의 말을 받았다.

"이재희 선생님, 왜 벌써 내려왔어요. 스태프 회진 시간 변경 됐어요?"

진연이 의자에서 일어서며 놀란 얼굴로 물었다.

"설마요."

스태프, 펠로우, 레지던트를 비롯한 무수한 수련의까지. 이제 와 시간이 바뀐다면 생각하기도 싫다는 듯이 재희가 고개를 가로저으며 모니터 앞에 앉았다.

"그런데 왜 벌써 내려왔어요? 의국 선생님들 줄 세워야죠."

"치프 가이드 자료 좀 보려고요."

"밤새 별다른 변화나 신환은 없었는데요."

"그러게 말이에요. 뻔히 설명할 히스토리도 없는데 만전을 기해야 된다면서 다시 한번 환자들 상황 빠트리지 말고 정리해서 오라네요."

"철규 샘이 무슨 만전을 기한다는 건데요? 혹시 강 교수님?"

원주의 질문을 듣고 알만하다는 듯 진연이 설핏 웃음을 지으며 간호사실 안쪽으로 들어갔다.

"네. 인간 임철규가 새로 오신 강태준 교수님께 어떻게, 얼마나 깨지셨는지 아주 나까지 살맛이 안 나네요."

투둑. 등을 돌리고 있던 단영이 두 사람을 향해 갑자기 몸을 돌리는 바람에 스테이션 카운터에 올려져 있던 차트가 떨어지며 소리를 냈다.

설마. 여기서 그를 떠올리는 것은 지나치게 앞서간 생각인 것을 알면서도 단영은 귀에 익은 이름에 가슴이 먼저 놀랐다.

저도 모르게 엄지손톱을 살짝 입에 물려는 순간, 그녀는 다시 한번 쿵 하고 심장이 내려앉는 소리를 들었다.

태준이 한 번도 상상해 보지 못한 흰색 가운 차림으로 재희 앞에 서 있었다.

"우리 병동에 하나밖에 없는 여의사, 이재희 선생 살리려면 임 선생을 살살 다루면 되겠어?"

"교수님."

모니터 앞에서 벌떡 일어난 재희가 난감함에 눈을 질끈 감았다. 태준의 뒤에 서 있는 철규의 눈에서 레이저가 뿜어져 나오고 있었다.

"뭐해. 어서 각 연차들과 인턴들, 회진 준비하라고 해."

"아, 네."

철규의 날카로운 목소리에 재희가 정신을 수습하며 빠른 걸음으로 스테이션을 빠져나갔다.

"병실로 바로 안 가시고 어떻게 이리로 먼저 오셨어요?"

46병동 개설 전 스태프 모임에서 인사를 나눈 진연이 태준의 목소리를 듣고 얼른 나와 그를 맞았다.

"간호진들과 먼저 인사를 나누려고요. 46병동 첫 회진이잖습니까."

태준이 스테이션 안쪽으로 걸어 들어오자 두어 걸음 뒤편에 있던 단영의 시선이 땅으로 살짝 떨어졌다.

"역시 강 교수님, 최고세요. 저 이원주입니다."

원주가 그녀다운 발랄함이 묻은 목소리로 인사를 했다.

"안녕하세요. 김지민입니다."

"36병동 에이스 선생님들만 모셔 오셨군요. 수 선생님, 든든 하겠습니다."

"그렇죠? 그리고 이번에 새로 오신 선생님 실력 또한 만만치 않아요. 서 선생, 이리 와 인사해요. 강 교수님 처음이죠?"

자신을 부르는 진연을 향한 단영의 눈동자가 눈에 띄게 요동 쳤다.

스무 살 이후 안 해 본 아르바이트가 없었다. 대학을 졸업하면서 단 하루를 쉬지 않고 해 온 사회생활이었다. 온몸에 쭈뼛서 있는 미세한 털과 말초 신경까지 뻗어 있는 어색함쯤이야 어렵지 않게 감출 수 있었다.

그러나 이 순간 다시 한번 자신의 의지와 상관없이 제멋대로 돌아가는 삶의 수레바퀴에 단영은 정신이 아득했다.

얼마 전, 우연찮게 만난 이후 꿈속에서 헤매던 학창 시절도 아니었다. 제대로 된 인사도 없이 하루아침에 사라진 그가 긴 세월을 뛰어넘어 삶의 깊숙한 터전까지 들어왔다.

그리고 아무렇지 않게 또 자신의 인사를 받고 있었다.

"서단영입니다."

"이곳에서 다시 뵐 줄 몰랐는데요. 우리들 병원 신경외과 여신님?"

원주와 지민의 의아함을 담은 시선이 동시에 단영에게 향했다.

어느새 의국과 병동 곳곳에서 모여든 레지던트, 인턴 그리고 서브 인턴까지 일렬로 태준의 뒤에 서 있었다.

짧은 묵례를 끝으로 등을 돌리는 그의 뒤로 새하얀 가운을 입은 진료진과 수련의들이 일렬로 따라나섰다.

마치 드라마 한 장면을 바라보듯 영혼 없이 서 있는 그녀의 어깨를 진연이 토독하고 두드렸다. 어렵게 입꼬리를 끌어올리며 그녀를 뒤따르는 단영의 발걸음은 평소보다 더 많은 힘을 필요로 했다.

팽팽한 긴장감 속에서 이루어진 46병동의 첫 스태프 회진이었다.

＊　　　＊　　　＊

어느덧 46병동이 열린 지 3주가 되어 가면서 병동엔 점차 안정감이 감돌았다. 병실의 넓은 창 사이를 파고들던 따가움도 사라지고 이른 가을의 아침 햇살엔 여름의 것과는 다른 푸르른 상쾌함이 담겨 있었다.

제 손으로 겨우 식사를 하게 된 환자, 온전한 의식을 가지고도 연하 곤란으로 인해 코 줄로 식사를 하는 환자, 나아가 감긴 두 눈 속의 의식이 인생 어느 지점을 걷고 있는지 알 수 없는 환자까지 오전 9시도 되기 전에 회진을 위해 병실로 들어서는 의사들 앞에서 그들의 얼굴은 하나같이 말쑥하고 깨끗했다.

반면 짧게는 몇 주, 길게는 몇 달이나 되는 시간을 병원에서 환자를 돌보는 보호자나 간병인들의 얼굴엔 하루의 시작 앞에 벌써 피곤이 묻어 있었다.

부스스한 행색을 뒤로하고 의사들 앞으로 나서 환자에 대해 한 가지라도 더 묻기 위해 초조함 섞인 질문들을 건네는 이들은 대부분 보호자가 환자를 지키는 경우였다.

"교수님, 이이가 며칠 전부터 잠이 더 많아지더니, 어제는 내도록 잠에서 깰 생각을 안 해요. 그러다 보니 식사도 두 끼 겨우 했어요."

영하에게 뇌동맥류 파열과 함께 지주막하 출혈을 일으켜 수술을 받은 뒤, 합병증이 온 환자에 대해 짧은 브리핑을 받는 태준을 어느 보호자가 불쑥 부르고 나섰다.

며칠 전부터 남편의 상태에 대해 물었지만 담당의인 영하는 물가에 아이를 내놓은 부모의 과잉 관심을 대하듯 무심한 눈빛만 보일 뿐이었다.

보호자, 숙희는 별 조처도 없는 그가 탐탁하지 않았다. 그래서 화장실도 가지 않은 채 태준을 기다리던 차였다.

"식사는 잘하십니까."

다음 환자 브리핑을 받기 위해 한 걸음 떼려던 태준이 숙희를 향해 몸을 돌렸다.

"잠에 취해서인지 제대로 못 해요. 헛손질만 하고."

"재활 치료실은 잘 내려가고 있나요."

"네. 그런데 자꾸 눕고 싶은지 휠체어에 앉아 있을 때도 몸을 뒤로 기울여서 데리고 다니기 힘들 지경이에요."

"션트(Shunt)* 삽입하고 얼마나 지났지?"

"한 달 정도 지났습니다."

태준의 질문에 영하가 바싹 긴장을 하고 대답했다.

"CT 찍고 뇌실 변화 확인해."

"네."

"척수액이 증가했으면 몸을 가누기 힘들거나 의식이 더 처질 수 있습니다. 결과 나오는 대로 담당의가 자세히 설명드릴 겁니다."

"감사합니다, 교수님. 담당의 얼굴 보기가 하늘 별 따기라서요."

허리를 꾸벅 숙여 태준에게 인사를 하고 몸을 펴던 숙희가 영하를 못마땅한 눈으로 흘겨보고는 함께 들어온 다른 진료진들에게 찬찬히 눈길을 주었다.

숙희가 화장실을 가기 위해 병실 밖으로 나서려는 순간이었다. 병실에서 언제나 낮고 부드럽던 태준의 목소리가 날카롭게 변하자 숙희는 저도 모르게 발걸음을 멈추고 뒤를 돌아보았다.

"이원재 환자가 중환자실에 있다고?"

"네."

영하의 이마에 땀이 송곳이 올랐다.

"정확히 옮긴 시간은."

---

*Shunt:과잉 뇌척수액이 뇌에서 신체의 다른 부위로 분배될 수 있도록 하는 기기.

"새벽 4시입니다."

"그 정도의 발진이었으면 진작 환자가 불편함, 아니 통증을 호소하고도 남았을 텐데. 설마 말 못 하는 환자의 입에서 직접 듣지 못했다고 몰랐다는 말은 하지 않겠지."

태준이 불편함 대신에 통증이라는 두 단어에 힘을 주어 이야기하자 영하가 어쩔 줄을 몰라 했다.

"나이트 근무 담당 간호사 선생은?"

"서단영 선생입니다."

옆에 조용히 서 있던 수간호사의 말에 태준의 입술이 잠시 닫혔다.

"맨 처음 발진 상태를 보고 항생제 부작용인 것 같다고 한 사람도 서 선생이었고요."

태준이 입을 떼기 전에 진연이 설명을 덧붙이자 영하의 속눈썹이 파르르 떨렸다.

"때문에 김영하 선생님과 잠깐의 언쟁도 있었습니다."

태준이 말없이 병실 문을 나서자 그 뒤를 영하가 아니라 진연이 먼저 따라나섰다.

영하를 향한 진연의 옅은 콧방귀를 숙희는 미세하게 들은 것도 같았다. 남편의 침대 옆에 누운 환자의 상태가 심상치 않음을 숙희도 알고 있었다.

말도 못 하는 환자의 호흡은 거칠었고 숙희는 그게 앓는 소리로, 우는 소리로 받아들여졌다. 같은 고통을 겪은 지석을 지켜보았기에 잘 알 수 있었다.

그래서 뻔질나게 드나드는 간호사로 인해 잠을 설치는 것을 원망할 수 없었다. 정작 담당 간병인은 코까지 골면서 자고 있었다.

설마 저 똑똑한 교수가 간호사를 탓하진 않겠지. 화장실로 향하던 숙희가 스테이션에 앉아 있는 간호사들을 물끄러미 쳐다보았다.

지난밤 단영이 얼마나 영하를 찾고 있었는지, 밤사이 병실과 스테이션에 몇 번을 속 타게 드나들었는지 숙희는 잘 알고 있었다.

겨우 진료 개시 한 달밖에 안 된 46병동의 보호자들은 대부분 단영의 근무 시간을 기다리고 있을 만큼, 그녀는 보호자 이상으로 환자의 상태를 살폈고 이야기에 귀를 기울였다.

여차하면 달려가 편이라도 들어주고 싶었지만 방금 전 수간호사의 태도를 보아하니, 그녀 역시 단영의 근무 태도와 이번 사태의 상황을 잘 파악하고 있는 것 같아 숙희의 발걸음은 마음 편히 목적지로 향했다.

중환자실에 들러 환자의 상태를 살피고 나온 태준이 46병동 간호사 스테이션 앞에 섰다. 교통사고 후 뇌 수술을 받고 아직도 의식을 제대로 차리지 못하는 407호 2번 원재의 차트를 살폈다.

"저 정도면 꽤 고통스러웠을 텐데."

나이트 근무를 마치고 데이 근무자에게 인수인계를 하던 단영과 원주가 말없이 고개를 숙이고 있었다.

"서단영 선생."

어떤 감정도 묻어 있지 않은 조용한 목소리가 자신의 이름을 부르자 아래로 떨어져 있던 그녀의 속눈썹이 위로 급하게 올라갔다. 그래 봐야 시선이 머무는 곳은 겨우 태준의 가운 끝자락이었다.

"네."

"큰 병원에서 일하는 게 처음이라죠."

"교수님, 서 간호사는 여러 번 김 선생님⋯⋯."

"편하게 말해요, 서 선생."

태준의 말이 수간호사의 말을 가로막았다.

"네."

"그럼 이런 경험도 처음이겠군요."

태준의 말뜻을 제대로 파악하지 못한 단영은 무어라고 선뜻 말을 잇지 못했다.

"의사가 모두 퇴근하고 없는 시간, 앞서 선생이 일하던 병원에서는 환자의 불편한 사항을 알아챘을 때 어떻게 하죠?"

"⋯⋯."

"집에 전화해서 일일이 보고하고 움직입니까."

그제야 무슨 말인지 알아차린 단영의 고개가 번쩍 들어 올려졌다. 이번에도 말문을 연 사람은 진연이었다.

"교수님 말씀은 무슨 뜻인지 알겠지만 저희는 그런⋯⋯."

"대부분의 환자와 보호자들은 1차 병원보다 2차 병원이, 2차보다 3차 병원이 자신의 상태를 더 빨리 알아차리고 대처 가능하다고 믿고 있습니다. 그렇기에 더 신뢰하고요. 우리나라 환자들은 감기만 걸려도 대학병원을 비롯한 3차 병원으로 달려오는 실정이지요."

여전히 수간호사의 말은 들은 척도 하지 않은 채 태준은 단영을 향해 시선을 고정했다.

"항생제 부작용이란 사실을 알아차리고도 아무런 조처도 없다가 결국은 전신 발진과 부종, 소양증으로 경련을 일으킬 만한 통증 앞에서야 중환자실로 들여보내야 한다면 그건 개인 병원보다 못한 것 같습니다만."

"교수님, 서 선생님은 처음부터 땀띠나 단순한 발진이 아니라 항생제 알레르기 같다고 노티(Notification)* 했어요. 그런데 김영하 선생님이 제발 오지랖 좀 떨지 말라면서 다른 오더를 내리시지 않았고요."

수간호사와 단영의 사이에서 말없이 듣고 있던 원주가 아까부터 부어 있던 입을 앞으로 쭉 내밀며 끼어들었다. 영하의 찌푸려진 눈이 원주를 향했지만 그녀는 고개를 획 돌리며 시선을 피했다.

그렇게 째려보면 어쩔 거냐고. 무슨 억하심정이 있는지 단영의 말끝마다 무시하고 나서는 영하와 원주는 벌써부터 말도 섞지 않았다.

"오지랖이란 떨다 말 경우 문제가 생기는 것으로 아는데."

"무슨 말씀인지 알겠습니다. 그러니까 병원 내 응급 및 기타 환자에게 필요한 상황이 생길 땐 담당의에게 처치, 혹은 처방에 대한 요청 없이 간호사의 권한으로 직접 처치 오더를 내리란 말

---

*Notification:환자 상태에 대한 보고나 알리는 것.

씀이신가요."

억울한 면이 없진 않았지만 고통받은 환자의 입장에서 생각해 볼 때 틀린 말이 아니었기에 잠자코 듣고만 있던 단영이었다.

하지만 훈계라기엔 다소 느릿하고 가라앉아 있던 그의 목소리에서 얼핏 느껴진 빈정거림은 비단 혼자만의 착각이었을까. 단영은 그만 발끈하고 말았다.

"그런 말도 안 되는 체계가 이곳에서는 용인된다는 말씀이시네요?"

"글쎄. 내 말이 그렇게 들렸다면 하는 수 없고요. 난 서 선생이 환자의 상태와 고통을 뻔히 알고 있으면서도 담당의와 소통이 안 된다는 이유로 그 시간까지 지켜본 연유가 궁금할 뿐입니다. 결국 새벽 4시에 중환자실로 보낸 것은 서 선생이었다고 들었는데."

단영의 입이 또 굳게 닫힐 수밖에 없었다. 환자의 비피(Blood pressure)*, 펄스(Pulse)*, 템프(Temperature)* 외 모든 바이털 수치가 정상치를 벗어나 침대까지 떨리는 경련 현상을 일으키자 단영은 기사를 부를 생각도 못 하고 원주와 함께 침대를 밀어 중환자실로 보냈다. 그 뒤 의국실로 올라가 문을 두드려 다른 레지던트를 깨웠다.

"담당의 김 선생의 호통이 겁났던 걸까요. 아니면 규율에 대

---

*Blood pressure: 혈압.
*Pulse: 맥박.
*Temperature: 체온.

한 준수? 그것도 아니면? 어찌 되었던 안타까울 수밖에 없군요."

말을 마친 태준이 소리 나게 환자 차트를 스테이션 위에 내려놓았다. 가타부타 다른 인사도 없이 그대로 돌아서 사라져 갔고 그 뒤를 영하가 쭈뼛거리며 따라붙었다. 함께 회진을 돌았던 다른 레지던트 역시 옅은 한숨을 뱉으며 자리를 떠났다.

"아니, 정말 실망이에요. 수 선생님, 강태준 교수님 원래 저런 캐릭터였어요? 제가 착각하고 있었던 거예요? 이게 왜 단영 샘 잘못이에요?"

태준의 모습이 4층 병신 복도 모퉁이를 돌아가기 무섭게 원주가 큰 목소리로 진연을 불렀다.

"무슨 착각을 하고 있었는데?"

"지적이고 스마트하죠. 멋있죠. 게다가 사리 판단 빠르시고. 싸가지 밥 말아 먹은 각 연차 선생님들에게 확실한 카리스마 보여 주시죠. 또 불필요한 시선엔 무심하면서도 환자들과 보호자들에게 더없이 친절하시죠."

태준의 매력에 다시 푹 빠진 듯 원주의 눈이 반짝거렸다.

"겨우 두 달 가지고 많은 걸 파악하느라 고생했네. 그 나이에 벌써 스태프의 위치까지 오른 머리. 물 건너간 나라에서 인정받고도 고국 환자들을 위해 날아오신 마음씨에 화가 머리끝까지 나셨을 텐데도 부드럽게 훈계하시는 친절함. 게다가 이원주 선생의 끈적거리는 시선에 대한 완전한 무관심. 그러고 보면 이 선생이 남자 보는 눈은 있나 봐. 제대로 파악했는걸. 근데 뭐가 착각이야?"

"사리 판단이 안 되고 있잖아요, 지금. 강 교수님마저 저러면 앞으로 김영하 선생 작태가 더할 거 아니에요."

"쯧."

진연이 원주를 작게 흘겨보며 혀를 찼다.

"설마 서 선생도 이 선생처럼 생각하는 건 아니겠지?"

진연이 말없이 스테이션 한편에 서 있는 단영을 돌아보았다.

"난 강 교수님 말씀이 응급 상황이나 급한 일이 있을 땐 주춤거리지 말고 서 선생의 판단하에 소신껏 행하라는 소리로 들렸어. 그걸 김 선생님 앞에서 대놓고 한 말이기도 하고. 환자를 위해선 그 뒤탈을 두려워 말라는 소리이기도 하고."

가만히 듣고 있는 원주의 눈이 크게 껌벅였다. 원주의 두 눈동자가 크게 굴러가더니 눈빛이 환해졌다. 듣고 보니 그런 것도 같아 원주가 고개를 크게 주억거렸다. 역시 강 교수님은 신이 하자 없이 주신 인물이었다.

"지금쯤 김영하 선생, 교수님께 열심히 깨지고 계실 거야. 다른 의국에서 잠을 자고 있었다니, 그게 말이나 돼? 그러니 밤새 고생한 서 선생은 마음에 담아 두지 말고 얼른 가서 쉬어."

진연이 단영의 왼쪽 어깻죽지를 가볍게 두드리며 부드러운 미소를 건넸다.

단영 역시 웃음으로 답해 주고 싶었지만 입꼬리는 여전히 무거웠다. 꼬박 밤을 새운 나이트 근무에 대한 피곤함 때문도, 사사건건 부딪쳐 오는 영하 때문도 아니었다. 김영하가 보호자와 간호사 눈에도 뻔히 보이는 불편에 즉각적인 반응을 해 오지 않은 것은 늘상 있는 일이었다.

어느 곳보다 응급 수술이 많고 눈코 뜰 새 없이 바쁜 신경외과는 지금 계절부터가 성수기였다.

수술실 참관, 스무 명에 가까운 환자를 담당하고 응급실 당직까지. 영하를 비롯한 다른 레지던트들이 얼마나 힘겨운 병원 생활과 전투를 벌이고 있는지 단영도 잘 알고 있었다. 그럴수록 담당의보다 환자들과 더 많은 시간을 보내는 보호자들이나 간호사들의 노티에 귀를 기울여야 한다고 생각했다.

그런데 그는 짧은 시간 자신의 눈으로 본 것만 믿으려 들고, 그 눈으로 체크한 것에 한 점 의심을 하지 않았다. 간호사들을 그저 바이털이나 체크하는 어시스턴트로 여기는 의식 자체가 문제였다. 그러나 그것에 대처하는 요령도 점점 터득해 가던 단영이었다.

요령? 결국은 그것이 문제였던가. 강태준. 그가 꼬집어 말하고 싶은 요점이 그것인가.

처음 이곳 46병동 간호사 스테이션에 나타난 그를 보고 하마터면 자리에 주저앉을 뻔했다.

'이곳에서 다시 뵐 줄 몰랐는데요' 하고 청해 오는 그의 손끝을 설핏 잡으며 자신이 뭐라고 답했는지 기억에 없었다. 단지 덤덤했던 그의 눈빛에 살짝 의아함이 섞여 있어 그도 이곳에서 자신과 조우할 것을 예상치 못했다는 것을 알 수 있었다.

그 후 얼마간 아침 회진 시간뿐이 아니더라도 병동 어느 곳이든 그가 불쑥 나타날 것 같아 단영은 이유 없는 긴장 속에 지내고 있었다.

하지만 그것도 잠시, 정신없는 병동은 그와 자신을 분리시켜 주었다. 그는 스태프의 한 사람일 뿐이었고, 자신은 수많은 간호사들 중 하나였다. 이렇게 마주하게 되리라고 생각도 못 했다. 귓가에 머물러 있는 태준의 말에 입술이 굳게 앙다물어졌다.

"오지랖이란 떨다 말 경우 문제가 생기는 걸로 아는데."

생각지도 못한 곳에서 생각지도 못한 낯선 모습으로 만난 그에게서 들은 말 한마디엔 어딘가 익숙함이 묻어났다. 지금은 찾아볼 수 없는, 풋풋한 청년의 기운이 감돌기 시작하던 입술에서 건조하게 흘러나오던 냉소적인 말투. 어렴풋이 그 시절을 떠올리게 했다.

"서 선생님."

데이 근무 담당 혜정이 스테이션 안쪽 탈의실에서 막 옷을 갈아입고 나오는 단영을 불렀다.

"네?"

"교수님 호출이에요."

"강 교수님?"

아까 사태를 그대로 지켜보았던 혜정이 근심에 찬 눈빛으로 고개를 끄덕거렸다.

"미안한데, 벌써 나가고 없더라고 전해 줄래요?"

네? 하고 동그란 눈으로 자신을 쳐다보는 혜정의 시선을 느끼며 단영은 손목에 둘러진 가죽 시계를 본 후 숄더백을 얼른 어깨에 둘렀다.

"아직 안 나가셨……."

왼편 정수리부터 시작된 편두통이 귀밑을 스쳐 목덜미까지 내려오는 바람에 혜정의 목소리가 제대로 들리지도 않았다. 어서 오피스텔에 들러 한두 시간이라도 수면을 취하지 않는다면 몇 주 만에 얼굴을 보는 아영에게 싫은 소리부터 나갈 게 뻔했다.

3주를 넘겼으니 조금만 더 적응하면 무리가 없을 거라 여기면서도 병원을 나서는 그녀의 뒷모습엔 초췌함이 가득했다.

6화

"네, 알았습니다."

전화기 너머의 젊은 간호사가 단영의 부재를 알려 왔다. 자신의 일이 아님에도 목소리에 묻은 지나친 미안함에서 태준은 세한병원에서 단영의 출발이 나쁘지 않음을 느꼈다.

손에 들고 있던 이력서 한 장을 데스크 앞에 내려놓은 그는 의자에서 일어나 콤비 블라인드를 걷어 올렸다. 맑은 햇살 아래, 아침 운동 삼아 건물의 둘레길을 걷고 있는 환자들이 하나둘 눈에 들어왔다.

2004년 연희대학교 의과대학 입학.

2005년 동 대학 중퇴.

2007년 가톨릭대학교 간호대학 입학.

2012년 동 대학 졸업.

무엇이 그녀의 행로를 바꾸게 만들었고, 이력서에 나와 있지 않은 2년 동안 무슨 일이 있었던 걸까. 그것을 궁금해하는 것은 조금 전 그녀의 앞에서 언급했던 오지랖일까.

엄지와 검지로 턱 주변을 쓸어내리는 그의 입술 끝이 미세하게 실룩거렸다.

오전에 단영에게 한 소리가 억지였음을 누구보다 자신이 제일 잘 알고 있었다. 환자에게 의사 처방 없이 임의로 주사, 투약으로 하는 의료 행위와 침습적 의료 행위를 할 수 없는 상황에서 발진으로 고통받는 환자에게 간호사들이 해 줄 수 있는 부분이 아무것도 없다는 것을.

그저 모든 것이 제 잘못인 듯 고개를 푹 숙였던 단영의 모습에 태준은 부아가 치밀었다. 은연중에 당돌하고 당찼던 서단영을 찾고 있었다.

태준이 긴 한숨과 함께 오른손으로 마른 얼굴을 쓸어내렸다. 그 순간 데스크에 놓여 있던 휴대폰이 드르륵 하고 요란한 소리를 내어 왔다.

"왜."

—하하하. 발신자 표시의 내 이름이 널 이렇게 퉁명스럽게 만들었냐?

무뚝뚝하게 답하는 태준의 말투와 달리 원욱의 웃음은 더없이 유쾌했다.

"용건이나 말해."

—우리 병원 여신을 모셔 갔으면 에너지 받아서 힘이 날 법

한데 전화받는 태도가 왜 이래.

"그렇지 않아도 네 작품 아닌가 했다."

그날 원욱의 연구실을 나와 점심을 하고 일어서며 현강과 원욱, 두 사람만 두고 식당을 나서는 뒷걸음이 편치 않던 태준이었다.

뒤늦게 나타난 현강에게 원욱이 다시 한솔고 서단영을 알고 있냐고 물었고, 어리둥절해 하던 현강의 눈빛이 수저를 드는 순간 반짝이던 것을 그는 놓치지 않았다.

―무슨 소리야?

"왜 네 병원에서 일 잘하던 서단영이 여기 와 있어?"

―서단영? 아직 한 달도 안 됐는데 우리 여신이랑 벌써 그런 사이 된 거야? 어감 나쁘지 않……

"끊는다."

―태준아, 잠깐만.

낮고도 명료한, 감정 하나 묻어 있지 않은 태준의 짧은 한마디에 살짝 긴장감을 느낀 원욱이 급히 그의 이름을 부르고 나섰다.

―오해하지 마. 병원을 옮겨 보라는 이야기는 내가 먼저 꺼냈지만 그건 오로지 서 선생 입장을 생각해서 그런 거야. 이 병원에서 삼교대하고 주말까지 뛰어가면서 썩히기보다는 서 선생 앞날을 위해서나 여러 가지 이유로 큰 병원이 낫잖아. 마침 세한병원 새 병동 오픈이었고.

전혀 관심 없지도 않으면서 쌀쌀맞기는. 이렇다 할 답은 없으면서 말을 자르지 않고 가만히 듣고 있는 태준을 느끼며 원욱이 속으로 혀를 찼다.

　—물론 현강이한테 옛날 얘기 조금 흘려듣고 그 병원에 보내도 되나 생각은 했는데…… . 아니, 그러면 더 그곳에 추천해서 우리 서 선생 부탁해야지. 왜 못 보내? 우리 서 선생도 옛날 선배 덕도 좀 보고 구겨진 인생…… . 하여간 우리 병원에도 난리 났어. 환자들이 서 선생 어디 갔냐고 찾는 바람에.

　끝없이 말을 쏟아 내던 원욱은 단영에 대한 예의가 아니라는 걸 알아차렸던지 아차 하며 한순간에 말을 바꾸었다.

　"끊어."

　두터운 의학 서적 위로 휴대폰이 툭 하고 소리를 내며 던져졌다. 원욱은 장난기가 다분하고 말은 많아도 사람을 직업과 경제력에 따라 경시 여기거나 하찮게 여기는 친구는 아니었다.

　구겨진 인생. 귓가에 아직 남아 있는 원욱의 목소리와 간호사 스테이션 앞을 돌아 나올 때 언뜻 본 단영의 피로한 얼굴, 어쩌다 마주친 그녀의 무표정이 그의 머릿속을 휘저었다.

　태준은 다시금 새어 나오려는 옅은 한숨과 상념을 지우려는 듯 창가로 다가가 뻐근한 뒷목을 눌렀다. 그리고 가벼운 스트레칭을 위해 높이 들어 올린 두 팔을 그대로 창문틀에 올렸다.

　한 걸음 한 걸음 열심히 떼고 있었지만 보폭이 5cm를 채 넘지 못하는 남자 환자를 향해 다가서는 한 여자가 태준의 시선을 잡아당겼다.

　지난주 재활의학과로 넘어간 태준도 아는 환자에게 몇 마디 건넨 단영이 아내처럼 보이는 보호자의 이야기를 열심히 들어주고 있었다. 화사하게 웃는 그녀의 머리 위로 초가을의 이른 금빛 햇살이 찬란하게 내리쬐었다.

단영의 쪽지를 받고 한걸음에 음악실로 달려갔던 오래전 그 날도 오늘처럼 깊이를 가늠할 수 없는 하늘빛이었다.

✻　　　　✻　　　　✻

계절은 깊어 7교시 정상 수업이 끝날 무렵이면 의자에 걸쳐 둔 상의 재킷을 입어야 할 만큼 교실 창밖 공기는 서늘해져 갔다.

그러나 구름 한 점 없는 하늘에서 뻗쳐 오는 찬란한 햇살은 한 달도 채 남지 않은 대학 수학 능력 시험에 대한 알싸한 긴장 감을 간간이 내려놓도록 했다.

사립 명문 자사고인 만큼 면학 분위기는 시험과 관계없이 여전했지만 수능이 끝나면 바로 열릴 동아리 발표회에 대한 흥분 과 기대감이 1, 2학년 교실이 있는 서편 건물 쪽으로부터 조금씩 피어올랐다. 그 웅성거림은 보충 수업을 마치고 식당으로 향하 는 발걸음을 시작으로 끝없이 이어졌다.

학생 식당의 시끌벅적한 번잡함을 피해 빵과 우유로 저녁을 대충 때우고 4층 서편 음악실로 와서 악보를 정리하던 태준은 자리에서 일어나 열린 창문틀에 두 팔을 걸치고 저물어 가는 하 늘을 향해 긴 시선을 두었다.

낮 동안 시리도록 맑았던 하늘을 수줍듯 밀어내던 주홍빛은 어느덧 새빨갛게 타오르고 있었다.

태준은 무의식적으로 주머니를 더듬어 담배 한 기치를 빼어 입에 물려다 말고 엄지로 담배를 툭 부러뜨렸다. 필터를 물지 못한 허전함으로 입가를 한 번 쓸어내리고 동편 건물 3층으로 시선을 내렸다.

하나, 둘, 셋. 그리고 또 하나, 둘. 교실을 세던 눈빛이 1학년 7반 교실에 머물렀다. 환하게 밝혀진 교실 창가에 언뜻 보이는 한 인물에 머문 시선이 짙어졌지만 어렴풋한 얼굴 윤곽이 제대로 보일 리가 없었다.

태준은 단영이 맥주 캔 하나에 취해 밤 9시가 넘도록 일어나지 않던 그날을 떠올렸다. 팔목과 어깨의 통증으로 병원을 다녀온다고 나간 예나는 전화로 갑자기 만난 친구에게 일이 생겨 한밤에나 들어올 것 같다며 가게 문 앞에 금일 휴업이라는 팻말을 걸어 달라는 부탁을 해 왔다.

8시가 조금 넘어 단영의 가방을 들고 온 현강은 라면을 하나 끓여 먹고도 태준이 가게에서 꼼짝할 생각을 않자, 그의 뒤통수를 한 대 갈긴 후 혼자 가게 문을 나섰다.

태준이 그녀를 깨워야 하나 고민이 들려던 찰나 단영이 방에서 팅팅 부은 얼굴로 나왔다. 힘겹게 떠진 단영의 눈이 태준과 마주치자 비로소 현실로 돌아온 듯 보였다.

학교에서 있었던 여러 일들에 대한 고단함이 그제야 나타났는지, 아니면 태준에게 티끌만큼 드러낸 제 마음이 쑥스럽고 겸연쩍었던지 단영은 집 근처에 다 가도록 입을 열지 않았다.

한 걸음 뒤에서 단영의 가방을 들고 따르는 그에게 가라는 소리도 하지 않았다. 언제나 제 마음을 고스란히 드러내던 얼굴은 완벽하게 감정이 차단되어 있었다.

골목 하나를 남겨 놓고 단영은 갑자기 태준의 손에서 자신의 가방을 낚아채더니 허리를 꾸벅 숙여 인사를 남기고 모퉁이를 뛰듯이 돌아 눈앞에서 사라졌다.

그리고 3주가 지났다. 그동안 태준은 1차 실기 전형과 2차 전형을 위한 포트폴리오 준비로 정신이 없었다. 가끔씩 복도에서 마주쳐 오는 단영은 철저하게 태준을 외면했다. 어쩌다 마주치면 미세한 떨림을 보이며 의식적으로 눈을 피하던 전과는 달랐다. 처음부터 몰랐던 사람처럼 지나쳐 가는 공기에 무심함이 묻어 있었다.

피아노 앞 의자로 돌아와 악보를 넘기던 태준의 손이 멈췄다. 그리고 벽시계에 벌써 몇 번째인지 모를 시선이 머물렀다.

9시 5분. 1차 야간 자습이 끝난 시간이었다.

딸깍. 악보 한 장을 넘기던 태준의 손이 다시금 멈췄다. 고개 돌린 그곳에 상의 재킷의 단추 두 개를 단정하게 잠근 단영이 가만히 서 있었다. 의자에서 일어난 태준이 악보를 가방에 집어넣고 피아노 뚜껑을 닫았다.

"늦었어. 가면서 이야기하자."

"여기서 해요."

문을 향해 한 걸음 앞서던 태준이 단영을 향해 몸을 돌렸다. 약간 아래로 향해 있는 긴 속눈썹 때문에 눈빛을 읽을 수 없었다.

"집에 가는 애들, 좀 돼요."

단영의 목소리에 언제나 묻어 있던 통통거림이 없었다.

"그런데?"

"괜히 눈에 보여서 좋을 것 없잖아요."

"나하고 같이 있는 거 남들 눈에 보이고 싶지 않다는 뜻이야?"

"몰라서 물어요?"

정말 모르냐는 담담한 물음이었다.

"무슨 말……."

"부른 이유나 얼른 말해요."

말이 가로막힌 태준보다 의도하지 않게 짜증을 낸 단영 스스로가 조금 더 당황했다. 태준의 시선을 옆으로 피하며 단영은 목소리를 조금 낮추며 덧붙였다.

"인적 뜸하면 별로인 거 알잖아요. 통학로."

"부른 이유라니? 네가 먼저 보자고 한 거 아니야?"

"내가 언제요? 선배가 보자고 칠판……."

톤이 높아지던 단영의 말문이 그대로 닫혔다. 무언가 잘못됐다고 느꼈는지 그녀의 눈살이 찌푸려졌다.

여느 때와 마찬가지로 보람과 민준과 저녁을 먹고 교실에 올라오자 칠판에 자신의 이름이 크게 적혀 있는 게 눈에 들어왔다.

서단영. 3학년 강태준 면회. 야간 자율 학습 후 음악실.

대부분 동아리 모임을 간 상태라 교실엔 학생이 거의 없었다. 다른 학생들이 볼까 당황한 마음에 얼른 칠판을 지우느라 사실 진위를 생각할 여유가 없었다.

지난번 사물함 사건의 진범이 오공주와 공주의 동아리 선배 두 사람이 함께한 일이라는 게 교내 CCTV를 통해 밝혀지면서 단영은 더욱 곤란해졌다.

그들은 부모님께 극구 알리길 원하지 않는 단영의 요청으로 학교 폭력으로 처리되지 않는 대신 2주간의 교내 청소와 함께 또 유사한 일이 일어날 시, 선도 위원회가 개최될 것이라는 엄격한 훈계를 받았다.

그 후 여자 화장실을 비롯한 학교 구석구석에 단영에 대한 얼토당토않은 유언비어가 낙서로 새겨지기 시작했다.

주로 단영의 학교 바깥 생활과 남자관계가 비속어로 적혀 있었다. 밤늦은 시간과 주말에 남자 친구를 만나려고 기숙사 생활을 하지 않는다는 것. 남자 친구가 있는데도 불구하고 교내에서 인기 있는 남자에게 꼬리를 친다는 등.

야간 자율 학습을 마치고 돌아가면 10시가 넘어 뻔히 눈에 드러나는 생활임에도 불구하고 그런 유치한 짓거리가 사립 명문 학교에서 행해졌다.

아무리 의연하려고 해도 갈수록 자신을 향한 아이들의 이상야릇한 시선에 단영은 조금씩 위축되어 갔다. 그 바람에 이제껏 한 번도 자신을 찾아 교실로 온 적 없는 태준이 그런 전달을 남겨 놓고 갈 일이 없을 거라는 데까지 생각이 미치지 못했다. 하물며 자습 시간 내도록 무슨 일일까, 긴장이 섞인 두근거림에 내도록 멍한 정신이었다.

단영이 아랫입술을 질끈 깨물었다.

"네가 부른 게 아니라고?"

태준의 표정에도 변화가 일어났다. 보충 수업 전 음악 선생님과 잠깐 면담을 하고 교실로 올라갔더니 책상에 빛깔 좋은 메모지 한 장이 놓여 있었다. 앞서 불편하게 헤어진 일 때문인가 하고 그녀를 이 시간까지 기다렸던 태준은 단영의 교실로 가서 확인하지 못한 자신의 불찰을 탓했다. 꾹 다문 그의 입매가 굳어져 갔다.

"됐어요. 저 먼저 갈게요."

역시나 그가 부른 게 아니었다. 부를 리가 없었다.

단영도 알고 있었다. 이맘때 3학년 선배들이 다른 곳에 정신 둘 여유가 없다는 사실을. 그럼에도 가슴 쪽에 자라난 얄팍한 기대감이 사리 판단을 흐리게 하고 말았다. 부끄러운 제 마음이 미워 단영의 말투는 어쩔 수 없이 쌀쌀맞았다.

단영이 음악실 문손잡이를 잡으려는 찰나 태준이 그녀의 팔목을 잡아 세웠다.

"잠깐 있어 봐."

단영은 태준의 손에 이끌려 피아노 앞에 있는 2인용 소파에 앉았다. 피아노 바닥에 깔린 큰 융단에 머물렀던 단영의 시선이 올라간 것은 태준이 피아노를 치고 5분쯤 지나서였다.

단조로운 소리만 들려왔기에 처음 음악실에 들어왔을 때처럼 악보 수정을 한다고 여긴 단영이 다시 자리에서 일어나려는 순간 연주가 시작되었다.

잔잔하게 시작된 연주에 귀가 이끌리듯 소리를 따라갔다.

태준의 손가락을 쫓아가던 단영의 시선이 건반을 두드리는 그의 옆모습에 가서 꽂혔다. 한 번도 본 적 없는 부드러움과 편안함, 그리고 힘찬 기운이 묘하게 어우러져 그를 감쌌다.

그가 만들어 내는 통통 뛰는 경쾌한 선율에 알 수 없는 슬픔이 깔려 있었다. 귀로 들려오는 소리가 눈앞에 계절을 가져다 놓기 시작했다.

사방이 막혀 있는데도 불구하고 무르익은 가을의 깊은 햇살 속을 시리도록 선선한 바람 한 줄기가 뚫고 가는 듯 마음 한구석에 알싸한 슬픔이 스쳐 지나갔다.

지난해 수능이 끝난 늦가을, 단영은 민준을 따라 보람과 함께 한솔고등학교 동아리 발표회를 구경 왔었다.

그곳에서 '여명'이라고 소개한 밴드 공연에서 태준을 훔쳐보았다. 사람을 놀려 먹을 때나 한 번씩 빛을 발하던 그의 눈빛은 어느 때보다 짙어 있었다.

단영은 앞머리가 땀으로 흠뻑 젖은 채 기타를 연주하던 그의 모습을 잊을 수가 없었다. 노래 세 곡을 끝낸 보컬이 태준을 향해 남겼던 짧은 멘트는 기억에 없었다. 이어지던 그의 노래에 코끝이 찡해 왔던 기억만 남았을 뿐.

피아노 앞에서의 태준은 또 달랐다. 무뚝뚝함과 날카로움, 그리고 뜨거움이 묻어 있던 그 공연에서의 열정 대신 따듯한 기운이 그의 온몸을 감쌌다.

단영은 언젠가 음악 선생님이 들려주었던 조르주 상드라는 소설가와 쇼팽의 사랑 이야기를 떠올렸다.

이미 그 시대에 한 번의 결혼과 이혼, 그리고 셀 수 없는 남자들과 연애에 빠졌던 상드가 이미 약혼녀가 있는 6살 연하의 쇼팽에게 첫눈에 반했다는 이야기를 듣는 순간 그 마음을 로맨스

이기보다는 외설로 치부해 버렸다.

하지만 이 순간만큼은 쇼팽이 피아노곡을 연주할 때면 피아노 곁에 비스듬히 앉아 듣곤 했다던 상드의 마음을 이해할 것 같았다.

태준의 곁으로 가서 앉지는 못하더라도 조금만 더 그의 가까이에 있고 싶은 욕구에 소파에서 벌떡 일어나 버릴까 봐 발끝에 무던히 힘을 주었다.

"두 번째 곡은 가사를 붙여 볼까 하고. 아직 더 다듬어야 하지만."

갑작스럽게 들려온 태준의 목소리가 단영을 의식을 깨웠다.

"연희대 작곡과 1차 합격했어. 2차 전형 포트폴리오 자료 제출하면 면접이고."

피아노 건반에 놓여 있던 태준의 시선이 단영의 얼굴로 향했다.

"아마 어머니는 아직도 식사를 제대로 못 하고 계실 거야."

태준이 피아노 의자에서 몸을 돌려 단영을 향해 바로 앉았다.

"의대에 가기를 원하시거든. 여기 이 학교 선택한 것도 그 이유고. 대신 동아리나 음악은 취미 삼아 마음껏 하라고 하셨지. 결국 내가 이렇게 어머니의 뒤통수 칠 거라 생각은 못 하셨겠지만."

"그래서 일부러 학교 땡땡이치고, 담배 피우고, 공부 덜하고 그랬어요? 부모님이 기대 못 하시게?"

이제야 단영의 눈이 태준을 제대로 바라보았다.

피식. 잔잔한 강물에 던져진 돌이 남기는 둥근 파문처럼, 무덤덤한 입가에 살짝 피다 만 그의 미소가 단영의 마음에 작은 파문을 일으켰다.

언제나 웃음을 머금은 아빠가 멋있게 생각되던 단영은 그때 서야 알았다. 아무 표정 없는 얼굴에 얼핏 스치는 미소가 주는 특유의 아름다움을.

단영은 한 번도 느껴 보지 못한 가슴의 욱신거림에 숨을 몰래 들이켰다.

"덜 자란 누구하고 달라서 그건 아니고."

빈정거림이 빠진 그의 목소리엔 다정함이 묻어 있었다.

"……그 여름."

그 여름? 단영의 커진 눈을 태준이 부드럽게 마주했다.

"지난해 여름처럼 당당하고 당찼던 네 모습이 보고 싶어서 나도 모르게 널 쳐다봤나 봐. 가는 곳마다 눈에 띄었어."

그랬다. 강당에서 입학 선서를 하는 단영을 본 이후 교실 밖을 나설 때면 태준의 눈은 무의식적으로 누군가를 찾고 있었다.

전 학년이 드나드는 교무실에서, 그리고 교내 식당에서. 1학년 교실이 있는 동편 건물을 지나칠 때면 어김없이 두리번거리고 있는 자신을 발견했다. 아니, 생각해 보면 그 전부터였다. 단영이 입학하기 전엔 주로 답답할 때면 옥상이 아니라 소각장을 찾았다.

지난번 예나의 가게에서 자신이 한 말을 기억하고 하나하나 대답해 주는 그의 모습에 단영은 다시 가슴이 찌릿해져 왔다.

"잘해 주는 게 어떤 건지는 모르겠는데, 네가 우는 일이 안 생기게 해 주고 싶어. 그럴 수 있다면."

태준은 지난번 테이블에 엎어진 단영이 우는 줄 알았을 때 쿵 하고 떨어진 제 심장 소리에 무던히 놀랐다. 그렇게 놀라 본 일이 언제인지 기억에 없었다.

"가자. 너무 늦었어. 부모님 걱정하시겠다."

"괜찮아요. 혼자 가도 돼요. 선배 바쁘잖아요."

태준은 단영의 가방을 들어 올리던 손을 멈추고 가만히 단영의 얼굴을 바라보았다.

"왜요?"

단영이 저도 모르게 얼굴을 붉히며 목소리를 확 올렸다.

"그래야 서단영답지. 얼른 가자."

싱긋 웃으며 음악실 문손잡이를 돌리던 태준의 손이 멈칫했다.

"왜 그래요?"

"잠겼는데?"

"예?"

믿을 수 없는 단영이 태준의 앞으로 나서 문손잡이를 돌렸다. 단영이 당황한 눈으로 태준을 올려 보자 그는 벽에 걸린 시계를 쳐다봤다.

어느덧 시간은 밤 11시가 다 되어 가고 있었다. 태준이 다시 한번 침착한 모습으로 문손잡이를 돌렸지만 꼼짝을 하지 않았다. 단영이 소리 나게 문을 쾅쾅 쳐 댔지만 방음문이었다. 이 문 밖에 있는 또 하나의 문이 복도로 이어지는 것이었다.

음악실을 가로지른 태준이 창가로 다가가 방음문을 열고 바깥 창문을 열었다. 이미 건물 내 모든 교실 불은 꺼진 상태였고

운동장 둘레에 처진 가로등 역시 소등으로 밝혀져 있었다. 소리쳐 봐야 기숙사까지 들릴 리 만무했다.

그제야 태준과 단영은 누군가에 의해 의도적으로 갇혔다는 생각이 들었다.

음악실에 온 이래 한결같이 부드럽던 태준의 눈빛이 날카로워지는 것을 느끼며 단영의 마음도 불편해졌다. 그래도 두렵지는 않았다. 집으로 연락할 길이 없어 살짝 걱정되긴 했지만 학교를 파하면 언제나 독서실에 들려 새벽 1시까지 공부를 하는 단영이라 아침이나 되어야 서로들 눈도장을 찍었다.

아마도 부모님은 자신의 부재를 이른 등교로 여길 거라고 마음을 정리하자 단영은 한없이 무섭고 어색해야 할 둘만의 밀폐된 공간이 묘하게 설레기 시작했다. 간간히 창을 스치는 스산한 바람 소리조차 두 사람이 함께 있다는 이유로 리듬감 있게 들려왔다.

순간 태준이 창문 앞에 올라섰다. 설마 하는 마음에 놀란 눈을 한 단영에게 그가 창문에 달려 있던 커튼을 분리해서 꼼꼼히 털어 내밀었다.

"방음문을 닫으면 괜찮을 것 같지만 그래도 추울 거야. 일단 이거라도 대충 덮고 있어."

2인용 소파에 기대고 있어 그럭저럭 견딜 만했지만 단영은 새벽 1시가 다 되어 가도록 피아노 앞에서 악보를 들여다보는 태준이 걱정스러워 눈을 떼지 않았다.

"너는 생각하고 있는 진로 있어?"

태준이 악보에서 고개를 돌려 자신을 보자 단영이 얼른 시선을 돌리며 툭 던지듯 말을 뱉었다.

"의사."

태준의 눈이 조금 커졌다.

"왜?"

"엄마가 원하니까."

태준의 눈빛이 피아노 의자와 소파 사이의 공간을 건너뛰고 흐트러짐 없이 단영에게 와 닿았다.

"네가 원하는 것은 없어?"

"생각해 본 적 없어요. 그런데……."

"그런데?"

다시 악보를 향하려던 태준의 고개가 제자리에 머물렀다.

"뭘 해도 괜찮아요. 전부 참을 수 있는데, 여기를 고집하는 엄마는 싫어요."

"그렇게 힘들어?"

"……."

"어쩌지. 그래도 나는 내 시선 안에 여전히 네가 있었으면 좋 겠는데."

단영은 이미 고개를 소파 쪽으로 돌린 후였다. 따뜻하기보다 는 차갑고, 친절하기보다는 무뚝뚝한, 감정보다는 이성적으로 느껴졌던 태준에게서 들은 마지막 말이었다.

쑥스러워서 소파 쪽으로 몸을 돌렸던 단영은 어느새 잠이 들 어 있었다.

그리고 얼마나 지났을까. 웅크린 몸이 불편해 몸을 뒤척이는 단영의 실눈 사이로 창가에 서 있는 태준이 들어왔다. 이른 아침의 은빛 햇살이 누군가에게 빼앗긴 커튼의 빈자리를 뚫고 넓은 유리창 사이로 쏟아져 내렸다.

태준이 가져다 놓았는지 길이가 짧은 소파 옆으로 피아노 의자가 나란히 놓여 있었다. 그 위로 단영이 움츠렸던 다리를 펴는 순간 태준이 몸을 돌렸다.

단영은 제 쪽으로 다가오는 태준을 의식하며 그에게 향했던 두 눈을 들키지 않으려고 여전히 잠든 척을 했다.

단영이 살짝 몸을 떠는 것을 한기 때문이라고 생각한 그가 자신의 상의 재킷을 벗어 그녀의 몸 위로 덮어 주려던 때였다. 갑자기 눈을 뜬 단영으로 인해 마주한 두 시선이 처음으로 얽혀 들었다. 잠시 꼼짝 않던 눈빛이 먼저 흔들린 것은 태준 쪽이었다.

그리고 일은 순식간에 일어났다. 태준이 옆으로 비켜서려던 찰나 단영은 그의 목을 감고 짧은 입맞춤을 했다. 얼른 떨어져 나간 단영이 부끄러운 제 마음과 태준의 표정을 확인할 틈도 없이 음악실 문이 열리며 웅성거림이 들려왔다.

"아저씨, 너무 죄송해요. 음악 선생님께 어제저녁에 아무리 부탁해도 안 된다고 하시잖아요."

한 손은 소파 등받이를, 한 손은 누운 단영을 향해 짚고 있던 태준이 빠르게 몸을 일으켰다. 그와 동시에 단영도 벌떡 일어나 의자에 반듯이 앉았다. 그러나 때는 이미 늦어 버렸다.

"어? 너희들, 뭐야? 설마 밤새 여기 같이 있었던 거야?"

그 순간 주사님의 호통과 사태의 심각함보다는 태준의 굳은 낯빛이 단영에게 두려움을 주었다. 굳게 입을 다물고 있던 차가운 얼굴이 그녀가 본 그의 마지막 모습이었다.

그날 밤 일에 대해서 단 한 번도 두 사람에게 같이 변론을 할 기회는 주어지지 않았다. 사건에 대한 경위에 미리 입을 맞출지 모른다는 이유로 범인을 취조하듯 두 사람은 각각 따로 불려 가서 경위서를 적어 냈다.

두 사람이 접촉할 것을 방지한다는 이유로 선도 위원회의 징계 조치가 정해질 때까지 등교 정지가 내려졌다.

그것을 전해 듣던 날, 이른 아침 여학생 하나가 음악실에 두고 온 과제물을 챙기기 위해 잠을 깨웠고, 음악실 문은 잠기지 않은 상태였으며, 두 사람의 행동이 부적절했다는 학교 주사의 진술을 담임 선태에게서 전해 들었다. 그제야 단영은 자신에게 닥칠 현실을 실감했다.

무슨 일인지 조금은 더 길어질 거라고 생각했던 등교 정지가 5일 만에 끝이 났다. 그러나 돌아온 학교에 태준은 어디에도 존재하지 않았고, 얼마 지나지 않아 학교는 표면상으로 다시 고요해졌다.

이후 단영은 여학생들로부터 태준을 학교에서 쫓겨나게 했다는 거센 비난에 시달려야 했다. 학년을 거듭할수록 그녀는 한겨울 마른 가지에 홀로 남은 잎사귀처럼 말라 가고 말수조차 잃어 갔다.

단 한마디 말이 없던 민준이 졸업을 앞둔 어느 날 단영마저 학교를 떠날까 싶어 말을 아꼈다며 그날의 뒷이야기를 짧게 흘렸다.

두 사람을 같은 학교에 둘 수 없다는 결정 아래 사회적 배려 대상자로 학교의 혜택을 받고 있던 단영에게 강제 전학이라는 징계가 주어졌다는 것.

그 사실을 안 태준이 단영을 음악실로 불러들인 것은 본인이기에 자신이 정학 또는 퇴학을 당해야 한다고 우겼으며, 그것이 허락되지 않자 결국 단영에게 아무런 징계와 조치를 하지 않는다는 조건으로 부모님의 뜻을 따라 학교를 그만두고 유학을 떠나기로 했다는 사실을.

그날에서야 단영은 민준의 조부이자 태준의 외조부가 한솔중학교와 한솔고등학교를 포함한 여러 학교를 산하에 둔 한솔재단의 이사장임을 알게 되었다.

늘 자신에게 맞지 않는 옷을 입고 있는 것처럼 꿈을 잃은 학교로부터의 이탈을 바랐지만 단영도 모르진 않았다. 학교에서의 불명예 딱지를 입고 딴 학교로 강제로 옮겨질 때 따라다닐 꼬리표를. 더욱이 여학생이기에 이색적인 시선이 비단 학교 안에서 그칠 일이 아닐 수 있다는 것을.

그러나 단영은 태준에게 감사할 수 없었다. 그 시절 속의 단영은 그때 태준이 무엇을 포기했는가보다는 그를 따르는 추종자들의 경멸 어린 시선 속에 절 혼자 두고 간 무심함에 가슴이 아렸다.

※　　　※　　　※

시커먼 먹구름은 점심시간이 다 지나가도록 비를 토해 내지 않았다. 출근길에서부터 병실에 누워 있는 환자들 생각에 잔뜩

흐린 날씨가 못마땅했던 단영은 구내식당으로 향하는 길의 하늘을 보며 인상을 찌푸렸다.

병원에서 일하면서 그녀는 비가 올 때면 아프지 않은 곳이 없다는 할머니들의 말이 그냥 하는 소리가 아님을 알게 되었다. 어김없이 이런 날은 대부분의 환자가 더 많은 통증을 호소했고, 그보다 더한 환자의 무기력에 곤란함을 느끼곤 했다.

단영이 텅 빈 구내식당에서 늦은 점심을 하는 이유 또한, 바이털에 별 변화가 없는데도 아침, 점심 모두 식사를 하지 않고 식판을 내놓는 뇌종양 환자 석하 때문이었다.

"왜 이렇게 다 남겼어요? 신경외과 선생님들은 힘쓸 곳도 많은데 더 드셔야 하는 거 아닌가요?"

영양사가 직접 나와 반이나 남은 단영의 식판을 받아 들었다.

"죄송해요. 늦게 와서."

"식사 거두기 전이었는데요, 뭘. 늦어도 상관없지만 다음부턴 다 드셔야 해요."

희미한 웃음으로 대신한 단영이 손목시계를 힐긋 바라보며 계단을 뛰듯이 올랐다. 마지막 계단에 발을 디디며 로비 밖으로 고개를 올린 그녀의 눈이 동그랗게 떠졌다.

오전 내내 터지지 않던 빗줄기가 하염없이 쏟아지고 있었다. 급히 한 수저 뜨고 갈 생각에 우산을 챙길 생각 따윈 하지도 못했다.

이 정도였으면 아무리 지하라도 소리를 들었을 텐데. 이래저래 못마땅한 날씨였다. 하필 지금 쏟아질 게 뭐냐고 투덜댈 여유도 없었다.

지하 1층 구내 직원 식당이 있는 치과 건물 로비 앞에 선 단영은 맞은편 재활 병동 건물을 하염없이 바라보았다. 그곳까지만 뛰면 본관으로 이어지고 본관 2층에는 제1별관까지 이어지는 길이 있었다. 50m만 뛰어가면 되는 거리인데, 그러기엔 로비로 들어서기 무섭게 모두의 시선을 끌만큼 뼛속까지 홀딱 젖고 말 빗줄기였다.

단영은 버릇처럼 엄지손톱 끝을 물며 본관 건물과 하늘을 번갈아 바라보았다. 반팔 간호복 아래 드러난 살갗이 섬뜩해 왔다. 가을의 길목을 완전히 넘은, 바람을 동반한 비는 선선함을 넘어 서늘하기까지 했다. 급한 마음에 놓고 온 카디건이 아쉬웠다.

그때, 빗물 가르는 소리를 내며 멀리 본관 입구에서 들어오고 있는 장애인 차량 한 대가 재활 병동 앞에 멈췄다. 그 뒤를 따라 검정 세단 한 대가 빗물을 튀지 않으려 천천히 멈춰 서는 걸 보며 단영은 초조한 듯 팔을 들어 손목시계를 다시 힐긋 쳐다보았다.

길이 하나뿐인 듯 어김없이 재활 병동 쪽으로 시선이 가는 순간 날씨와 전혀 어울리지 않는 말쑥한 슈트 차림의 한 남자가 큰 검정 우산을 받쳐 쓰고 빗속으로 걸음을 내딛는 게 보였다. 몇 걸음 떼기도 전에 남자의 윤기 흐르던 바짓단이 젖어 들었다.

단영이 무의식적으로 고개를 들어 남자의 얼굴을 바라본 것은 그 시선이 처음부터 자신을 향하고 있었음을 전혀 알아차리지 못했기 때문이었다. 두 눈이 마주하자 바로 고개를 비낀 단영과 달리 남자의 시선은 그녀의 앞에 다 와 가도록 한 번도 옆길로 새지 않았다.

"지금 이거 필요한 거 아닌가."

빗물이 튄 남자의 검정 구두를 바라보는 단영의 귓가에 익숙한 목소리가 유하게 들려왔다. 그녀가 고개를 들자 태준은 쓰고 있던 우산을 약간 들어 올리며 얼굴을 온전히 드러냈다.

"괜찮아요. 가던 길 가세요. 전 밑에 내려가서 영양사 선생님께 빌리면 돼요."

"가던 길? 이 우산의 원래 목적이 서단영인데?"

단영의 두 눈꺼풀이 빠르게 깜빡였다.

"오랜만이다, 서단영."

이제 와 오랜만이라니. 기억하지 못하는 수준을 넘어 처음부터 모르는 사이라고 생각되는 한 달이었다. 단영은 뭐라고 답해야 할지 몰랐다.

"인사가 너무 늦은 게 미우면 주고 갈 테고."

태준이 몸을 약간 돌려 미친 듯이 쏟아지는 빗속에 잠시 시선을 주었다.

"씌워 주면 더할 수 없이 고맙고."

단영의 입술이 더 굳게 다물어졌다. 자기 혼자 마음의 준비가 끝났다고 덜컥 다가오면 어쩌라고. 하루아침에 달라진 호칭에 나더러 어쩌라고.

단영은 눈앞의 태준을 지나쳐 빗속으로 발을 뗐다. 나름 힘껏 뛴 발걸음이 두 걸음도 나아가기 전에 태준의 손에 팔을 붙들리고 말았다.

겨우 몇 초도 되지 않는 짧은 순간에 단영의 얇은 두 어깨가 흠뻑 젖었다. 태준의 실크 슈트도 왼쪽 어깨가 젖어 더욱 짙어 보였다.

단영이 미처 팔을 빼려고 시도하기 전에 태준이 빗속에 드러난 그녀의 어깨를 감싸고 빠른 걸음으로 재활 병동 로비로 향했다.

불과 50여 미터밖에 안 되는 거리가 그렇게 길게 느껴질 수가 없던 단영은 로비에 들어서자마자 태준의 곁에서 바로 떨어져 나갔다.

"고맙습니다, 교수님. 그럼."

입구에 세워진 자동 우산 포장기에 장대 우산을 넣던 태준이 고개를 들었을 땐 젖은 어깨가 살포시 드러난 그녀의 뒷모습은 이미 저편으로 멀어진 뒤였다. 많은 사람들이 오가는 사이를 잘도 뚫고 지나가는 단영의 뒷모습을 태준의 시선이 놓치지 않으려 따라갔다.

"여기서 뭐 해?"

누군가 태준의 젖지 않은 한쪽 어깨를 툭 치며 알은체했다. 하얀 가운을 입은 현강이 그의 위아래를 의아한 듯 훑어 내렸다.

"어디서 오는 길인데 이 모양이야?"

"점심."

태준은 짧은 한마디를 툭 내던진 후 제1별관으로 가기 위해 에스컬레이터 쪽으로 향했다.

"점심? 아, 오늘 외조부님이랑 식사한다고 했지. 차 안 가지고 갔어? 비싼 옷 다 버렸네."

현강이 태준을 따라 에스컬레이터에 한 발을 올렸다.

"그리고 좀 전에 넋 놓고 바라보던 사람은 누구일까?"

"넌 왜 이걸 따라 타?"

"서단영, 몸 빠른 건 여전하네. 안 그래도 놀랐을 텐데 나까지 보면 기절할까 봐 잡지도 못했다."

속을 살피려 드는 현강의 능글거림을 모른 척하며 태준은 빠른 발걸음을 돌렸다. 그의 귓가로 병원 전면 유리창에 부딪치는 가을의 깊이를 더하는 빗줄기 소리가 더없이 요란스럽게 들려왔다.

✳   ✳   ✳

단영은 민준과 보람이 기다리고 있던 아미코에 조금 늦게 도착했다.

"너 병원 옮겼다는 이야기는 뭐야?"

단영이 앉기도 전에 민준이 사실을 물어 왔다. 눈을 크게 뜬 단영이 보람을 바라보자 그녀는 두 사람 사이에 끼고 싶지 않은 듯 테이블로 시선을 돌리며 모른 척했다.

"아, 민준이 너 몰랐구나."

"몰랐구나? 지금 그걸 말이라고 해?"

"옮긴 지 얼마 안 됐어."

"한 달이 되어 간다면서 얼마 안 됐어?"

정말 언짢은 듯 날 선 민준의 말투에 단영은 조금 난감했다.

"그동안 너 바빴잖아. 일본 출장이다 뭐다."

"지난번 통화할 때조차 말이 없었잖아."

"너 회의 들어간다고 해서. 오피스텔 이야기를 급하게 하다 보니 그렇게 됐어."

"병원 옮긴 이야기는 장황하게 해야 하는 거야?"

"미안. 내가 잘못했어."

"어디로 옮겼는데? 갑자기 왜?"

단영이 다시 보람을 봤으나 보람은 여전히 나 몰라라 하며 고개를 살짝 저었다.

"⋯⋯세한병원."

민준의 양 눈썹이 위로 휙 올라갔다.

"태준 선배랑 같은 병동이래."

그때서야 보람이 날름 말을 뱉었다.

"넌 왜 태준 선배 한국 들어온 거 말 안 했어?"

보람이 바나나 칩 하나를 입으로 넣으며 물었다.

꾹 다물렸던 민준의 입술이 보람의 동그란 눈을 이기지 못하고 마지못해 뱉었다.

"완전히 나온 거라 생각 못 했어. 나도 얼마 전 가족 모임에서 잠시 봤고."

"덕분에 단영이 그 병원에 잘 들어갔지. 듣고 보니 간호사들 분위기도 나쁘지 않던데."

"덕분에?"

민준이 미간을 찌푸리며 보람의 말을 받았다.

"선배 그 병원에 있는 거 알았으면 단영이가 거기 들어갈 생각이나 했겠니? 한솔고 출신이라면 고개를 내젓는 거 뻔히 알면서. 너와 나도 중학교 동창으로 만나는 걸 거야. 그렇지, 단영아?"

단영은 민준의 눈치를 살피느라 보람의 말을 제대로 듣지 못했다. 민준은 입술을 꾹 다물고 그저 테이블만 바라보고 있었다.

"이왕 이렇게 된 거 민준이, 네가 선배에게 말 좀 잘해서 우리 단영이 힘 안 들게 좀 해."

"너 힘들어?"

민준의 시선이 급히 단영을 향했다.

"그 성격 어디 가겠어? 여전하겠지. 하긴, 지은 죄가 있는데 예전만 하겠니?"

"형이 무슨 죄를 지었는데?"

민준의 목소리가 다소 날카로워졌다.

"그래도 너 편든다? 선배 그렇게 학교 떠나는 바람에 단영이가 애들에게 한참 괴롭힘 당했잖아."

"형은 뭐 가고 싶어서 갔어? 가고 싶은 대학도 못 가고 억지로 간 거잖아."

"그래서 지금 잘못됐어? 더 잘됐잖아."

"더 잘됐다고 누가……."

얄미운 보람의 발언에 뜻 없이 대꾸하던 민준이 단영의 굳어진 얼굴을 알아채고 말문을 닫았다.

"미안하다. 너 앞에 두고."

"미안할 게 뭐 있어. 안 그래도 너 눈치 보였는데 그렇게 말하니 오히려 마음 편하네."

단영이 민준을 향해 웃음을 지어 보였다. 그 미소에 묻어 있는 어색함에 민준이 미간을 살며시 찌푸렸다.

"무슨 눈치?"

"그동안 너 너무 내 편이었거든."

"그렇다고 단영이가 뭘 잘못했어?"

보람이 민준에게 톡 쏘듯 말했다.

"누가 단영이 잘못했다고 그랬어? 왜 이래, 오늘 너."

"어머머. 얘 봐. 단영아, 얘 지금 나한테 짜증 내는 거니?"

"그리고 왜 장소는 계속 여기서 보자는 거야. 너."

급기야 민준의 목소리가 저도 모르게 커지고 말았다.

"이젠 신경질까지. 이거 녹음해야 해. HS그룹 전무 이사가 바깥에서 어린애처럼 성질부리는 줄 알면 다들 뭐라고 할까."

"너 정말……."

"그만해, 보람아."

단영이 쿡쿡거리며 말리는 시늉을 하고 나섰다. 간만에 어린 날로 돌아간 듯 두 친구의 아옹다옹하는 모습이 싫지 않았다.

"왜? 우리 가게가 마음에 안 들어?"

예나가 구운 소시지를 올린 접시를 내려놓으며 민준을 바라보았다.

"가게가 마음에 안 든다고 한 적 없습니다."

"그럼 내가 마음에 안 드는 건가?"

민준의 입술이 열리지 않는 걸 알아챈 단영과 보람의 시선이 맞닿았다.

"언니, 그런 말이 어디 있어요? 민준이 얘 왕자잖아요. 얘 수준에 맞는 곳 찾으려면 같이 못 놀아요, 우리."

"선무 선배 가끔 와요?"

예나 역시 이렇다 할 말없이 가만히 서 있자 단영이 화제를 돌렸다.

"일주일에 한 번쯤. 이번 주도 올 때 됐는데?"

순식간에 밝아지는 보람의 표정을 보며 단영이 속으로 웃음을 삼켰다.

"그럼 이야기 나누고 있어."

예나가 주방으로 가기 무섭게 보람이 민준의 팔을 툭 하고 건드렸다.

"너 왜 그래? 예나 언니에게 정말 무슨 감정 있어?"

"단영이 너, 집 구했다고?"

민준이 보람의 말을 무시해 버렸다.

"미안해. 생각보다 더 있어서. 들어오기로 한 사람까지 불편 끼쳐서 어떡해?"

"아냐. 걱정할 필요 없어. 어차피 그쪽도 잠시 있기로 했는데 다른 집을 구할 생각인가 봐. 그러니 계약금 많이 안 줬으면 그냥 있어."

"됐어. 월세 안 받는 것도 부담스러워."

"좋겠다. 단영이 넌 부자 친구 둬서. 나는 왕짜증 친구밖에 못 두었는데."

기어코 민준이 보람의 머리를 콩 하고 한 대 박았다. 그 모습에 결국 단영이 소리 내어 웃음을 터뜨리고 말았다.

오랜만에 그녀의 유쾌한 웃음소리를 듣는 민준의 마음도 나쁘지 않았다.

마음 한구석에 살포시 쌓이는 불안감 따위는 애써 잊고 싶은 밤이었다.

7화

다음 날, 단영이 환자 차트를 손가락으로 꼼꼼히 짚어 가며 이브닝 근무 간호사 혜정에게 인수인계를 하고 있을 때였다.

"서 선생, 퇴근 안 합니까."

놀란 단영이 고개를 쑥 치켜들었다. 분명 자신을 지칭하는 걸 듣긴 했으나 제대로 들은 건가 싶었다.

"퇴근 안 하냐고요."

단영은 저도 모르게 자리에서 벌떡 일어섰다. 스테이션 앞에서 부드러운 미소를 띠며 자신을 쳐다보고 있는 남자가 너무나도 낯설었다.

늘 입고 있던 흰 가운 대신 넥타이 없이 짙은 그레이색 슈트를 걸치고 있는 남자에게 그녀가 뱉은 말은 그리 매끄럽지 않았다.

"지금 인계 중인데, 무슨……."

"아, 뭐 시키실 일 있으시면 저한테 말씀하시면 됩니다."

따라 일어난 혜정은 태준이 뭔가 부탁할 게 있나 싶어 단영을 대신해 나섰다.

"얼마나 기다리면 됩니까."

"네?"

"같이 퇴근하자는 말 참 길게 하게 만드네요, 서단영 선생."

혜정의 입이 벙긋 열리고 단영의 눈이 동그래졌다.

"인수인계 벌써 끝났는데요. 서 선생님이 원체 꼼꼼하시다 보니까 했던 말을 두 번씩 하시네요."

눈치 빠른 혜정이 얼른 벌어진 입을 수습하고 차트를 한 손으로 정리했다. 스테이션 아래로 단영의 허벅지를 찌르며 말을 이었다.

"어서 옷 갈아입고 퇴근하세요. 오늘 점심도 제대로 못 먹었죠?"

"선생님, 시트 한 장과 베개 커버 두 장만 주세요. 여사님이 안 보이시네요."

"네, 잠깐만요."

때마침 스테이션 앞으로 온 한 보호자를 데리고 혜정이 리넨실로 가 버리자 카운터를 사이에 두고 태준과 단영만이 서로 마주하게 되었다.

"교수님, 지금 뭐 하자는 거예요?"

"말 그대로 퇴근하자고."

"제가 왜 교수님과 함께 퇴근을 해야 하는데요."

단영은 태준의 눈을 빤히 바라보며 야무지게 되물었다.

"홀딱 젖어 감기 들 뻔한 사람 구해 준 답례. 서단영, 그런 계산 확실하잖아."

"여기 병원이에요. 호칭 바로잡아 주세요."

"지금 외과의로 서 있는 게 아니라서."

"교……."

"길어지면 더 곤란해질 사람은 내가 아닌 것 같은데."

찌푸린 눈살로 말문을 여는 단영의 말을 태준이 자르고 나섰다.

"10분 주지. 1층 로비 말고 본관 로비에서 보자고."

그대로 등을 돌린 태준은 한 걸음 떼기 전에 다시 카운터를 향해 몸을 돌렸다.

"입 무거운 서 선생이 말 안 했을 것 같아서. 서 선생과 고등학교 동문이야. 그러니 오늘 무례는 눈 감아 줘요, 이 선생."

"네? 아, 네."

리넨실과 이어진 간호사실 안쪽에서 나오지도 못하고 눈치만 보고 있던 혜정은 놀란 나머지 말뜻도 헤아리지 못한 채 대답만 하고 나섰다. 태준의 모습이 사라지기 무섭게 단영에게로 쪼르르 다가왔다.

"세상에. 나는 지난번에 원주 샘이랑 지민 샘 말 듣고 예전 병원에서 알던 사이인가 했는데. 뭐예요, 고등학교 동문이라니? 남고, 여고 조인트? 아니면 학교도 같이 다녔다는 말이에요?"

언제나 묵묵하게 제 할 일을 하던 혜정이었다. 그런 그녀가 호들갑스럽게 물어 오는 질문에 단영은 새삼 병원 내 태준의 위치를 실감했다. 단영이 말없이 차트를 덮고 혜정의 앞으로 내밀었다.

"미안해요. 인계하다 말고."

"미안하긴요. 벌써 다 했잖아요. 그냥 하는 말이 아니라, 서 선생님 같은 말을 꼭 두 번씩 하는 거 알죠? 아, 물론 환자 신변과 신환에 관해서긴 하지만요."

"그랬어요?"

혜정은 건네받은 차트를 모니터 옆으로 무심하게 밀쳐놓고 호기심이 가시지 않은 눈길로 단영을 빤히 바라보았다.

"그런데 두 분 학교도 같이 다녔어요?"

아무런 대답 없이 단영이 자리에서 일어나자 혜정도 따라 일어나며 답답한 듯 물었다.

"정말 말 안 해 줄 거예요? 그럼 오늘 일 소문 쫙 내도 돼요?"

"제가 1학년 때 3학년이라 얼마 같이 안 다녔는데……."

카운터에 있던 작은 서류와 볼펜들을 정리하며 단영이 작은 숨을 내쉬며 답했다.

"그래요? 그때도 서로 안면 있었겠죠? 그러니 지금까지 교수님이 기억하고 계시는 거고."

"먼저 갈게요. 고생해요."

"아, 네……."

혜정의 아쉬워하는 얼굴을 뒤로하고 탈의실로 들어간 단영은 갑작스런 그의 태도가 이해되지 않았다. 불쑥 스테이션으로 찾아온 것도 그랬지만 굳이 혜정에게 같은 동문 출신이라고 밝힌 것 역시. 이제 그도 주변 눈을 신경 쓰는 나이가 된 것일까. 그게 아니면.

사물함에서 가방을 꺼낸 후 시간을 확인하자 그가 말한 10분이 벌써 지나 있었다. 단영은 본관으로 가야 할지 좀처럼 마음이 서지 않았다. 그렇다고 계속 피할 일은 아니었다.

단영은 그와 이곳에서 첫인사를 나눈 후 언제 또 마주칠지 모를 그에 대한 준비를 하고 있는 자신을 발견했다. 그러던 것이 병원에 있는 동안 대부분의 의식이 태준으로 가득 차고 있었다. 이런 자신을 위해서도 재회다운 재회를 해야 할 일이었다.

탈의실 앞 전신 거울로 마지막 점검을 한 단영이 밖으로 나오자 다들 라운딩을 나갔는지 간호조무사 정원만이 스테이션을 지키고 있었다.

단영의 눈빛이 처음으로 병실 안이 아닌 승강기로 향했지만 심란한 당사자는 그 사실도 깨닫지 못했다.

본관 로비에 놓인 여러 의자 중 하나에 앉아 검지로 테이블을 톡톡 두드리는 태준의 옆으로 누군가 의자를 쑥 당겨 앉았다.

"여기서 뭐 하세요, 강태준 교수님?"

몸은 여전히 제1별관을 통하는 2층 에스컬레이터를 향한 채 고개만 돌린 그의 시선이 영주를 바라보았다.

"……."

"누구 기다려?"

태준의 침묵에 영주가 그의 눈치를 살짝 살폈다.

"현강이?"

"현강이를 기다릴 이유가 뭐 있어. 보고 싶지 않아도 하루에 몇 번씩이고 연구실로 들이닥치는데. 널 보면 재활의학과가 한

가한 것 같지도 않은데 말이야."

"그거 칭찬이지? 지 선생은 네가 이 병원에 있는 게 실감이
안 돼서 그렇지. 너무 좋아서. 어? 저기 우리 과, 하 선생인데."

영주가 테이블에 손을 괴고 로비 저편을 바라보았다. 자연히
따라간 태준의 시선 안에 단영이 흰 가운을 입은 한 남자와 마
주하고 있었다.

"누구지, 저 아가씨? 까칠한 하지태 얼굴이 평소와 다른데?"

"너희 과 스태프?"

"아니. 펠로우."

심상치 않은 두 사람의 모습에 태준의 눈이 미세하게 가늘어
졌다.

"먼저 일어날게."

"강 선생, 잠……."

무슨 일인지 뒤도 돌아보지 않고 로비 안쪽으로 성큼 걸어 들
어가는 태준의 등 뒤로 뻗은 영주의 손이 무안함으로 움츠러들
었다. 가만히 보니 그의 발길이 향하는 곳 또한 예상치 못한 곳
이었다.

"누가 아파?"

지태는 자신이 돌려세운 단영의 표정이 밝지 않은 것도 알아
차리지 못한 채 그저 쑥스럽고도 반가운 얼굴로 근황을 묻기 바
빴다.

서울에 병원이 이곳밖에 없는 건지. 그게 아니면 우리나라 의
사들은 죄다 이 병원으로 불러 모은 건지. 단영은 졸업 후 줄곧

일해 왔던 우리들 병원을 그만둔 지 얼마 되지 않아 잊고 살던 과거의 인물들이 우연이라는 이름으로 한 공간에 있는 상황이 짜증스러워 어떤 말도 이을 수가 없었다.

그리고 10여 년의 세월을 건너뛰고도 어제 본 것처럼 말을 걸어오는 상대의 뻔뻔함에 절로 눈살이 찌푸려졌다.

"단영이 너 혹시 이 병원에……? 다시 간호대 들어갔다는 소리 들었어."

"……"

"난 얼마 전에 전문의 땄어."

그녀의 무반응에도 꿋꿋하게 버티고 선 상대 앞에서 단영이 가느다란 한숨 소리와 함께 짧은 대답을 했다.

"고생했네."

"나 재활의학과에 있는데 넌 무슨 과에…… 아, 이럴 게 아니라 저기 가서 잠깐 차 한잔하자."

속이 없는 건지, 아니면 좋지 않은 기억을 모두 잊는 재주를 지닌 건지. 단영은 기어코 차를 권하는 그를 더 이상 보고 있을 수가 없었다.

깊은숨을 가슴으로 모아들인 단영은 로비 바닥으로 내리깐 시선을 힘껏 위로 올렸다.

"바빠. 그만 가 볼게."

"그러지 말고 잠깐……."

"미안하지만 나와 먼저 선약이 있어서."

지태의 손이 단영에게 뻗어 나가기 전에 낮고도 힘 있는 목소리가 두 사람 사이에 끼어들었다. 목소리의 주인공을 향해 커진 눈은 단영보다 지태가 더했다.

몇 달 전, 병원에 큰 화제를 일으키며 들어온 태준을 알아본 것이었다.

"아, 신경외과⋯⋯."

"강태준입니다."

"네, 재활의학과 하지태입니다."

지태의 시선이 다시 단영에게 향했다. 이 병원에 근무하는 게 아니었던가. 그의 눈빛에 단영이 병원 로비에 서 있는 이유에 대한 의문이 가득 차올랐다.

"가지."

운전석에 앉은 태준은 차가 병원을 나가도록 별말이 없었다.

"옛날 애인?"

태준의 뜬금없는 질문에 단영의 눈이 그의 옆얼굴로 향했다. 운전대를 잡은 그의 두 시선은 목적지가 어딘지 알 수 없는 도로 위였다. 로비에서 만난 지태를 두고 하는 말인 걸 겨우 알아챈 단영이 인상을 살짝 찌푸렸다.

"앞뒤 없는 말은 여전하네요."

"그래? 디테일한 것까지 기억해 주고 있어 고마운데?"

단영은 새어 나오려던 헛웃음을 겨우 참았다. 마주한 지 10분도 되지 않아 오래전 그 세월로 돌아간 기분이었다.

"어떻게 지냈냐고 묻기엔 세월의 뭉텅이가 너무 큰가?"

"교수님."

"결혼은 안 했고⋯⋯."

"강태준 교수님!"

"병원 아니야. 호칭 바꾸지."

"……."

"연애는 몇 번이나 해 봤어?"

"교……."

"내리지."

낮고도 단호한 태준의 목소리가 단영의 말을 끊었다.

조수석에서 몸을 떼고 차창 밖을 살펴보니 어느새 예나의 가게가 있는 건물 주차장에 도착해 있었다.

떠오르는 기억 하나로 단영의 미간에 살포시 주름이 생겼지만 어떻게 보면 이곳이 편할지도 몰랐다. 둘보다는 누구라도 함께하는 것이 낫겠다고 생각했다.

아직 오픈을 하지 않았는지 아미코에는 손님이 없었다. 바를 닦고 있던 예나가 두 사람을 보고 놀란 눈을 들었다.

"이게 무슨 일이야? 연락도 없이. 한꺼번에 반가운 얼굴이 둘이나 왔네. 나 횡재했구나."

이제 보니 예나도 변해 있었다. 단아하고 맑은 표정은 여전했지만 말투에 삶의 이력이 더해 있었다.

"두 사람, 같은 병동에서 일하게 됐다며?"

바에서 가장 가까운 테이블 의자를 끌어당겨 앉는 태준과 맞은편 의자에 착석한 단영을 번갈아 보며 예나가 물었다.

부드럽게 물어오는 예나의 질문에 단영의 눈썹이 파닥거렸다. 그에게 들었겠지. 오래된 세월을 뚫고 여전히 친숙한 두 사람이었다.

"네."

"놀랐겠다, 단영이."

단영이 보일 듯 말 듯 미세하게 고개를 끄덕거렸다.

"일단 먹을 거 좀 내오고 밀린 이야기하자."

화사한 웃음을 건넨 뒤 주방으로 들어가는 예나의 뒷모습을 바라보던 단영이 고개를 돌렸다. 역시나 태준의 시선도 예나를 쫓고 있었다. 그녀의 시선을 느꼈는지 그가 단영에게로 얼굴을 돌렸다.

"자주 왔었어, 여기?"

"오늘이 네 번째예요."

"……."

"보람이가 작년에 예나 언니 만났다고…….

짧은 순간이었을 뿐인데 단영은 태준의 침묵이 부담스러웠다. 과거, 긴 거리를 걸으며 어떤 이야기조차 주고받지 않는 그가 어렵긴 해도 부담스러웠던 적은 없었다.

"어떻게 지냈어?"

지나치게 간결한 물음이었지만 단영은 자신을 바라보는 그의 심연 같은 눈빛에서 두 사람을 가로막은 긴 세월을 느꼈다. 그 공기의 무거움을 지우려는 듯 단영은 입에 설핏 미소를 담고 가볍게 대답했다.

"보다시피 이렇게 살았죠. 선생님 의대 다닐 때 간호대 다니고, 선생님 수술실에 있을 때 환자들과 함께 보냈죠."

"아까 한 질문. 연애는 많이 했어?"

단영이 어이없는 듯 작게 눈을 흘겼다.

"그게 왜 궁금한데요?"

"서단영은 안 궁금해?"

어디 궁금한 게 그것뿐이겠는가. 하지만 그게 왜 궁금해야 하는 것인지 단영은 알 수 없었다. 마주 앉아 있는 상황만으로도 충분히 버거웠다.

"왜 궁금해야 하는데요?"

"너무 무심한 대답 같은데? 내 첫 입술을 훔친 사람의 말치고."

태준의 얼굴에 10여 년 전의 장난기가 그대로 떠올랐다. 단영의 얼굴이 확 붉어졌다. 훅 치고 들어오는 그가 감당이 안 되었다. 다행히 그 순간 가방 안에서 울려 퍼지는 진동 소리에 얼른 고개를 숙이며 무안함을 감췄다.

급히 가방 안을 뒤져 휴대폰을 꺼내는 단영의 모습을 보며 태준이 한쪽 입술을 슬그머니 올렸다. 그녀 역시 기억하고 있는 모양새가 나쁘지 않았다. 당연히 기억하고 있어야 될 일이었다. 놀라고 당황했던 그 기억이 갈수록 애틋해진 것이 비단 자신만이라고 하면 억울할 것 같았다.

"2002년 월드컵 때 뭐했어?"

단영의 짧은 통화를 끝으로 태준이 다시 질문을 이었다. 역시나 뜬금없는 질문에 단영이 답을 잇지 못했다.

"우리나라에서 개최되었던 2002년 월드컵 말이야. 고3 아니었나? 야간 자습과 독서실에만 있었어? 아님 응원하러 다녔어?"

"틈틈이 응원하러 다녔죠."

거짓말이었다. 틈이 생길 때마다 단영은 정석이 있는 병실로 달려가야 했다. 그해 한국에서 있었던 경기를 TV로조차도 제대로 시청하지 못했다.

"누구랑?"

"갑자기 그건 왜요?"

"붉은 티도 입었어?"

"당연히 입었죠."

단영이 아무렇지 않은 듯 대답했다.

"서울에는 대학 오면서 올라온 거야?"

"……네."

짧은 침묵을 두고 단영이 작은 소리로 대답했다.

"부모님들은 청주에 계시고?"

"무슨 취조해요?"

지금 뭘 하자는 걸까. 의미 없는 질문들이라 무시하기에는 너무도 진지한 그의 눈빛에 단영의 눈동자가 흔들렸다.

오랜 공백이 만들어 낸 어색함 때문인지, 수줍음 때문인지 떨리는 눈썹을 내리깔며 자신의 시선을 피하는 단영을 바라보는 태준의 얼굴은 더없이 부드러웠다.

한국을 떠난 태준은 좀처럼 마음을 잡지 못했다. 그러나 얼마 있지 않아 그래 봐야 시간 낭비라는 것을 깨달았다.

단영을 떠올리면서 알았다. 자신이 다른 사람보다 더 가진 게 무엇인지를. 누린 만큼, 받은 만큼 자신의 인생 중 무엇 하나를 내어놓아야 한다면 꿈 하나 정도야 내어 줄 수 있음을. 부모님이 바라마지 않는 의사쯤이야 되어 주면 그만임을.

그렇게 마음을 잡고 하버드 생물학과를 들어가 열심히 학업을 파던 어느 날 2002년 한일월드컵의 뜨거운 열기가 미국에까지 건너왔다.

그 열풍을 느끼면서 다시 단영을 떠올렸다. 열아홉, 아마도 제대로 학교를 잘 다니고 있다면 고3이었다. 깡마르고 희멀건 피부를 가진 아이의 동그랬던 눈, 당돌했던 말 한마디가 무던히 그리웠다.

이후 한국의 바람이 태평양을 건너 불어올 때면 어김없이 마음은 단영이 있는 그곳으로 날아가곤 했다.

이이지던 질문이 끊어지고 내준의 입에서 더 이상 말이 없자 단영은 고개를 들어 그와 시선을 천천히 마주했다. 열일곱의 단영이 기억하는 무심함만이 가득했던 텅 빈 눈동자가 아니었다. 단영의 시선을 받은 그의 눈빛이 한순간 반짝이더니 점점 짙어져 갔다.

때마침 손님을 맞기 위해 예나가 튼 비틀스의 'yesterday'의 가사가 단영의 가슴에 팍 와 닿아 꽂혔다.

*　　　　*　　　　*

점심 식사 후, 46병동의 중환자실만 제외하고 대부분의 환자들은 오후 재활 치료를 받으러 내려간 시각이었다.

"아니, 이게 말이 되냐고. 네?"

짜증이 한껏 묻은 목소리가 10여 분째 4층 로비를 휘감고 있었다. 스스로의 잘못을 시인하듯 입을 꼭 다물고 있는 단영의 모습이 영하를 더욱 짜증 나게 만들었다. 죄송하다는 말은 벌써 들었지만 다른 사람들에게서 보이는 쩔쩔매는 꼴을 전혀 찾아볼 수 없어 영하는 영 못마땅했다.

"서 선생님, 자신이 뭐라고 생각하는 거예요?"

그쯤이면 그만둬도 될 만한 일을 끝없이 질책하는 영하의 모습에 주변에서 가만히 듣고 있던 원주의 눈썹이 먼저 획을 그리듯 위로 올라갔다. 당사자인 단영은 여전히 입을 다문 채였다.

"의사라도 되는 거라 착각하고 있는 거냐고요."

"아니. 몇 번이나 연락했는데 나라님보다 더 바쁜 인턴 샘은 오지도 않고, 환자 식사는 해야 하는데 어떻게 해요? 선생님이라도 달려와 끼워 주시던지요."

참다못한 원주가 자리에서 벌떡 일어나 스테이션 바깥으로 돌아 나왔다.

"그러게 누가 환자 L—튜브(Levin tube)*를 밤마다 빼 주라고 했냐고."

"……."

할 말 없는 원주가 입술을 꾹 다물었다. 삐죽삐죽 꿈틀거리는 입술이 할 말은 많은 모양새였다.

"누가 그런 오더를 마음대로 내리라고 했냐고."

"어차피 끼워 놓고 있어 봤자 할머니는 매일 빼세요."

다시 톤이 높아지는 영하의 말을 원주도 지지 않고 받았다.

---

*Levin tube:입으로 음식 섭취가 어려운 환자에게 코를 통해 위까지 삽입시켜 영양물을 공급하거나 위액 채취나 세척 시에도 사용하는 위장용 튜브.

"그렇다고 미리 빼?"

"잠이라도 편하게 주무시게 해야죠. 밤새 빼려고 하시는 통에 맥박, 심박 수는 할 것 없고 근육통에 사지를 비트세요. L—튜브 때문에 다른 병도 생기실 판이라고요."

"그럼 내게 노티를 했어야지."

"노티를 했어야지?"

한껏 비꼼이 들어간 원주의 목소리도 점점 커져 갔다.

"이 샘, 그만해."

단영이 원주의 설전을 막고 나섰다.

"보호자가 찾는다고 하면 나타나긴 하셨어요? 단영 샘이 노티를 하면 뻔……."

"그만하라고 했어요."

달라진 단영의 목소리에 원주는 뚝 하고 말을 멈추었다. 어딘가 거역하기 힘든 분위기에 막 대꾸하려던 영하도 주춤했다.

"죄송해요, 김영하 선생님. 다음부턴 꼭 노티하고 오더 받을게요. 할머니가 너무 힘들어하셔서 또 오지랖을 부렸네요."

"서 선생님, 지금 강 교수님 믿고 이러시는 거 아닙니까."

"네?"

단영의 미간이 살짝 찌푸려졌다.

"지난번 강 교수님께서 한 말씀 때문에 이러나 본데, 경우가 다르잖아요. 이거 의사 흉내 아니고 뭡니까. 이런 식으로 행동하면 서 선생님, 강태준 교수님께 엄청난 누를 끼치는 일이라고요. 아무리 동문……."

"그렇지. 누를 끼치는 일이고말고."

낮게 끼어드는 목소리 하나에 스테이션 주변에 몰려 있던 사람들의 시선이 한쪽으로 쏠렸다. 영하의 찢어진 눈이 가로 세로로 큼직해졌다.

"게다가 진료진과 간호진의 마찰에 내 이름까지 오르내리는 건 더한 누를 끼치는 거고."

농담 같기도, 진담 같기도 한 말에 설핏 차가운 기운까지 감돌았다.

"교수님, 그게 아니라……."

일단 입은 열었으나 이을 말을 찾지 못하는 영하의 이마에 땀이 송곳이 맺혔다.

"죄송합니다. 제가 도를 넘어 일어난 일입니다."

단영이 조용한 목소리로 말문을 열었다.

"아니에요, 교수님. 제가 몇 번이나 단영 선생님 힘들게 했어요. 어머니가 너무 힘들어하셔서……."

스테이션 앞에서 일어난 작은 소란을 듣고 나온 둘립 환자의 보호자인 큰딸 연희였다. 단영이 당하는 걸 보고 막 나서려는 찰나 태준이 바로 앞에서 그들의 대화에 나섰던 것이다.

"김 선생, 서 선생. 어찌 됐던 여기는 환자들이 머무르는 공간이야. 나눌 의견 있으면 스테이션 안쪽을 이용하도록."

"네."

영하의 기어들어 가는 목소리에 원주가 콧방귀를 끼며 스테이션 안으로 들어갔다.

"김 선생은 내일 수술 환자의 보호자 모시고 내 연구실로 와."

"······네."

병실로 향하는 영하의 기운 떨어진 목소리에 단영의 마음도 편치 않았다. 처음부터 단추가 잘못 끼워진 것인지 사달이 일어나도 번번이 영하의 담당 환자들과 관련된 일들이었다.

작게 한숨을 쉰 단영이 고개를 드는 순간, 벌써 가고 없다고 여긴 태준이 눈앞에서 여전히 자신을 바라보고 있었다. 이번엔 그의 시선이 먼저 비껴갔다.

의미를 알 수 없는 그의 깊은 눈빛에 단영의 마음이 슬그머니 요동을 쳤다.

세한병원 본관, 큰 회전문을 들어서 왼편으로 펼쳐진 전면 창가 바로 앞에 위치한 오픈형 카페에 단영의 뒷모습이 보였다.

그녀의 맞은편 멀리로는 원내 약국, 크게 대각선을 가로지르면 마주 보는 스무 개에 가까운 원무 창구가 늘어선 꽤나 큰 로비였다. 나무로 만들어진 넓은 단위에 그랜드 피아노가 한 대 놓여 있고, 카페 정면 앞으로 건강검진 센터 및 외국인 환자 진료 서비스 센터가 보였다.

환자와 병원을 찾는 외부인에게 그대로 노출되는 곳이다 보니 즐비하게 늘어선 티 테이블엔 유니폼 착용의 직원들이나 의료진들은 그다지 보이지 않았다.

그럼에도 단영이 이곳을 선택한 것은 상대와 밀폐된 공간에서 마주하고 싶지 않은 마음에서였다.

"아직 결혼 안 했어?"

세월이 이 남자를 참 유들유들하게 만들었다고 단영은 생각했다.

"어머니는 좀 어떠셔?"

여전히 경중의 순서가 남과 다른 이였다.

"주변 안부를 주고받기에 세월이 좀 멀다. 그렇지?"

아무런 대답도 없는 단영 앞에 연신 질문을 해대는 지태의 얼굴엔 쑥스러움이 깔렸지만 그의 시선은 단영에게서 조금도 떨어지지 않았다.

"보자는 이유가 뭐야?"

분위기로 봐서도 단영이 내키지 않은 자리에 있단 것을 알 수 있었으련만, 그제야 지태의 표정에 사뭇 무안함이 깔렸다.

"반가워서. 생각했거든, 계속."

계속? 어이없다. 끝난 지 10년이 되었다. 끝이라고 할 것이나 있었나. 열심히 주변을 얼쩡거리다 한순간에 나가떨어진 남자. 그리고 아주 이른 나이에 유부남이 된 남자.

"나 간호대에 다시 들어간 소식 들었다고?"

"응."

"나도 지태 씨 결혼했다는 소리 들었어."

짧은 침묵을 두고 지태가 낮은 목소리로 입을 열었다.

"……나 지금 혼자야."

"그래서?"

"네 앞에 앉아 있어도 법적으로 문제없다고."

"하지태."

그의 이름을 부르는 단영의 목소리에 확연한 짜증이 묻어났다.

"말해."

"너 끝까지 이렇게 뻔뻔하게 굴어야 되겠니?"

"그러지 않으려고 안 찾아갔어."

무어라고 말을 하려던 단영은 애초에 지태와 앉아 있는 시간을 허락한 자신이 한심스러워 입을 다물었다. 잠시 단영의 얼굴을 바라보던 지태가 말을 이었다.

"너 어디서 일하는지는 알고 있었어."

황망한 작은 헛웃음이 단영의 입을 뚫고 미세하게 흘러나왔다.

"그런데 정말 우연히 만났어."

"우연히 만나면?"

"우연히 만나면 쪽팔리는 거 접고 너 다시 잡겠다고 늘 생각했거든."

단영이 뱉어 낸 헛웃음이 너무 컸던지 옆 테이블의 사람이 그녀 쪽으로 힐긋 시선을 던졌다.

"그나마 다행인가. 쪽팔리는 건 알아서."

세월이 이 남자를 조금은 어른이 되게 한 걸까.

단영은 부러 말을 함부로 뱉으면서도 그의 자존심에 잘도 버티고 앉아 있다고 생각했다.

"그때 겨우 스물둘, 셋이었어. 나이 한 살씩 더 먹어 가면서 남들은 세상을 알아 간다고 했지만 나는 내 부끄러움을 알아 갔어. 그래서 그 후 삶이 즐겁지만은 않았어. 그러니 나를 그저 대학 동기로 편하게 봐 주면 안 될까."

"그래. 오다가다 만나면 그 정도는 해 줄 수 있어. 편하지는

216

않겠지만. 단, 더 이상 우리 병동으로 전화를 넣거나 찾아오지
는 마."

한동안 가만히 단영의 얼굴을 바라보고 있던 지태가 입을 열
었다.

"미안하다, 단영아. 나만 어렸던 게 아닌데. 그때 너도 옆에
누군가가 꼭 필요했을 텐데."

미안하다. 그 한마디에 꼭 막혀 있다고 생각한 응어리 한구석
이 꿈틀거렸다. 결국 별것 아닌 것에 맺혀 있었던가.

"미안해할 것 없어. 나도 의대생 남친이 학교 그만두면 금방
찼을 거야."

"그런 것 아니었어."

"아니면? 그때 우리 집 상황이 부담스러웠어? 너보고 책임지
라고 그랬니? 어떻게……."

어떻게 그렇게 때맞춰 걷어찰 수가 있냐고 단영은 차마 말하
지 못했다. 그것도 엄마를 앞세워서.

차인 게 억울하지는 않았다. 일방적인 감정이었고 그를 친구
이상으로 생각하지 않았다.

하지만 그까지 나서서 자신의 상황을 정확히 알려 줄 필요는
없었다. 보탤 필요 역시. 살아내야 하는 하루가 서럽고 아픈 때
였다.

"함께 나누고 싶어. 당연히 그래야 한다고 생각했고."

뭐라는 거야, 지금. 단영의 미간이 눈에 띄게 찌푸려졌다.

"넌 그때까지도 날 좋은 친구로밖에 생각 안 하고 있었다는
거 알아. 그런데 나, 너한테 꽤 진지했어."

"……."

"나도 휴학계를 냈어. 아르바이트를 해서 조금이라도 보탬이 되고 싶었어."

금시초문의 말이었다. 단영의 당황한 눈이 화들짝 커졌다.

"연일 집에서 큰소리가 났었지. 우리 엄마가 널 찾아간 것도 그 때문이었을 거야. 똑똑한 널 되게 좋아했거든. 급기야 너희 엄마 계신 병원까지 찾아간 우리 엄마 끌고 오면서 너 손 놓는다고 약속했어."

뭐야, 이게. 다시 단영의 미간이 급하게 구겨져 갔다.

"왜 몰랐을까. 빨리 공부를 끝내는 게 너한테 가는 지름길이었다는걸. 결국은 하지도 못한 휴학 사건 때문에 지금 이런 식으로 마주하고 있네."

"……."

"너 다시 잡아 보겠다고 했지만 사실 나 하자 있는 놈이야. 내겐 사랑스러운 아들도 하나 있거든."

지태의 얼굴에 겸연쩍은 미소가 어렸다. 결코 좋은 사람이 되어서는 안 되는 남자였다. 덕분에 세상 남자들이 생각하는 사랑의 기준을 정확히 알았는데.

더 이상 참을 수 없는 단영이 자리에서 벌떡 일어났다. 지태도 함께 일어섰다.

"이런 말까지 할 생각은 없었는데 다음번에 마주하는 자리 만들려면 힘깨나 써야 할 것 같아서."

등 뒤로 들려오는 지태의 말을 무시한 채 단영이 몸을 돌렸다. 두어 걸음 발을 떼는 순간 단영이 옆 테이블 의자에 걸려 몸이 휘청거렸다.

"조심해요, 서단영 양."

"아, 죄송합니다."

의자의 주인이 얼른 팔을 잡아 일으켰다. 군데군데 놓여 있는 티 테이블을 지나쳐 빠져나온 후에야 단영은 조금 전 부축한 이가 자신의 이름을 불렀다는 사실을 알아차렸다.

"역시 한 인기 하는군. 우리 서단영 양."

현강이 긴 휘파람을 불었다.

외국인 내원객 중에 재활 치료 상담을 필요로 한다는 연락을 받고 센터로 내려온 현강이 환자의 기저 질환인 뇌 병변에 대한 의논차 태준을 호출했다.

두 사람이 외국인 진료 센터에 들어가는 길에 현강이 우연하게 단영을 발견하고 선뜻 인사를 하고자 다가섰다. 그러나 두 사람의 심각한 대화에 끼지 못하고 옆 테이블에 앉아 의도치 않게 대화 내용을 듣게 되었다.

"그리고 우리 하 선생, 의외로 박력 있는데. 뭐가 좋아 일찍 결혼했냐고 놀릴 때마다 겸연쩍어하고 말더니 그런 역사가 있었어? 그러니까, 의대 입학 동기였는데 서단영이 학교 그만둔 거고. 하긴, 그 좋은 성적에 웬 간호사인가 했다. 너는 알고 있었어?"

특유의 무덤덤한 표정이었지만 태준의 입매가 굳어져 있는 것을 눈치 못 챌 현강이 아니었다.

"인생이 한 편의 드라마잖아. 고등학교, 대학교. 이거 남자 복이 있다고 해야 하나, 없다고 해야 하나? 덕분에 난 오늘도 서단영 양과 인사를 못 나눴군."

현강이 능청스런 웃음을 지으며 태준의 눈치를 살폈다.

"어쩔 거야? 전해 듣기로 그쪽 치프들 사이에서도 관심 있는 놈 꽤 있다고 하던데. 관리를 제대로 할지 말지 이참에 결정해. 괜히 원욱이만 잡지 말고. 애당초 관심 없었으면 그 병원은 왜 들러 봤을까? 선무 말로는 예나 누나가 그 병원에 있다고 흘렸다던데."

현강이 한 손으로 턱을 괸 채 태준을 향해 몸을 쭉 내밀어 얄밉게 이죽거렸다.

"일어나. 환자 사진 봐 달라고 불렀잖아."

태준이 자리에서 일어났다.

"확실히 해. 그래야 영주도 마음을 정하지. 집에서 계속 둘이 붙인다며?"

전에 없이 현강의 말투에 진중함이 묻어났지만 그것에 머무를 귀는 없었다. 단영이 지나온 시간의 무게가 얼마만큼인지 알 수 없는 태준의 가슴에 작은 바람이 불었다.

＊　　　＊　　　＊

"정말 마음에 안 든단 말이지."

"적당히 좀 해. 이 선생 마음에 안 들어 봐야 끼칠 수 있는 영향력 하나 없으니까."

드디어 호숙이 계속되는 원주의 불평을 참지 못하고 한마디 하며 나섰다.

46병동 1인실에 입원했다가 호전을 보여 재활의학과로 내려갔던 환자가 2주 만에 다시 올라왔다.

들기로 병원 이사장의 친인척이라는 말이 있었다. 재활의학과 펠로우인 영주와 태준이 함께 상태를 살피기 위해 401호 1인실로 들어가면서 시작된 원주의 투덜거림이었다.

이런 일이 처음도 아니었는데 오늘따라 태준의 가운 팔소매를 부여잡고 무언가 말하고 있던 영주가 원주의 레이더에 포착되었다.

"우리 과 펠로우도 아니면서 왜 저렇게 친한 척이야."

"우리 과 펠로우라고 하면? 잘도 보고 넘겼겠다, 이 선생이."

"왜요? 재희 샘하고 제가 얼마나 친한데."

원주가 입술을 내밀며 샐쭉거렸다.

"그거야 이 선생님 성격이 거의 남선생들 이상으로 털털하고, 뭣보다 강 교수님에게 관심이 없잖아."

"그야 뭐……."

호숙의 말대로 재희는 태준뿐 아니라 뭇 남자 의사들에게 어떤 사심도 없었다. 원주는 그런 그녀가 마음에 들었다.

"이 선생이 지금 못마땅한 건 타과, 우리 과의 문제가 아니라 강 교수님 곁에 껌 딱지처럼 달라붙어 있는 사람이라 싫은 거잖아."

"사람 인격을 뭐로 보고 그러시는 거예요. 저는 단지……."

"왜? 얼마 전에 강 교수님하고 서 선생, 같이 퇴근했다는 소리 듣고 한 며칠 또 열 뻗쳤잖아. 그렇게 우리 서 샘, 서 샘하고 다니더니."

"차라리 이영주 선생님보다야 서 샘이 훨씬 낫네요."

원주의 갑작스레 드높인 목소리에 차트에서 눈을 떼지 않던 호숙이 고개를 들었다.

"서 선생 들으면 어이없어하겠네. 두 사람 그저 동문이라는 데도 기어코 저렇게 펄쩍 뛰어. 그리고 이영주 선생은 뭐가 마음에 안 드는데. 아, 맞다. 강 교수님과 이 선생님 두 분도 동문이라던데. 언뜻 듣기로 재활의학과 지현강 선생님하고도. 이쪽은 다들 대학 동문이겠지?"

호숙이 볼펜 끝을 물고 고개를 갸우뚱거렸다.

"호숙 샘은 딱 보면 모르겠어요? 이영주 선생님 보면, 그저 금수저 물고 태어나서 세상 어려운 줄 모르고 겉멋만 들어서 의사 가운 입고 있는 거? 재활의학과 간호사들도 다들 그러잖아요. 외래 시간에 맞춰 약이나 처방하지. 제대로 된 회진이나 보호자 면담 같은 것도 안 해 준다고."

호숙의 말은 귀에도 들어오지 않는 원주가 어디서 들었는지 영주의 흉을 보기에 여념이 없었다.

"학회 연구 논문이 많아서 바쁘다던데?"

"논문은 무슨. 의사가 늘 이론만 파고 있으면 어떻게 해요? 의사는 여러 환자들 임상을 지켜보는 일이 제일이에요."

"이 선생이 저희들에게 제대로 된 일침을 가하는데요."

"어머나."

불쑥 끼어드는 중저음의 목소리에 원주가 거의 뒤로 나자빠질 듯이 소리를 질렀다.

"내가 놀라게 했나요?"

"아, 아니에요. 교수님."

원주의 난처한 눈이 태준이 아니라 영주에게로 향했다. 혹시라도 들은 건 아닌가 기색을 살피기 바빴다.

"데이 근무 시간 곧 끝나가죠?"

태준이 간호사·스테이션 카운터로 한 발짝 다가서며 물었다.

"네."

"오늘 이브닝은 어느 선생님입니까."

"그게……."

"단영 샘하고 지민 선생님입니다."

여전히 놀란 듯 있는 원주를 대신해 호숙이 자리에서 일어나며 특유의 신뢰감 있는 소리로 대답했다.

"두 분 언제 오시죠?"

"단영 선생님은 벌써 오셔서 석진 씨, 아니 김석하 씨 보호자와 잠깐 내려가셨어요. 아, 오늘 일찍 나오신 김에 옆 침대 환자분의 간병인과 함께 김석하 씨 목욕을 시켜 드렸거든요. 거긴 간병인을 안 쓰셔서. 괜찮다는 데도 고맙다고 하도 막무가내로 말씀하셔서 잠깐 카페에 같이 내려갔어요."

태준의 두 눈에 의아함을 읽은 호숙이 스스로 생각하기에도 긴 설명을 덧붙였다. 그런데 어찌 된 것이 눈앞의 스태프 표정은 좀 전만 못한 것 같아 괜한 말을 했나 싶었다.

"고마운 선생이네요. 환자 목욕까지 돕고."

"네. 우리 서 선생님, 이래저래 인기가 많으세요."

가만히 듣고 있던 영주가 한마디 거들자 목소리에 한껏 거드름을 담으며 원주가 말을 받았다.

"어떡하나. 간호사 선생님들은 인기가 많을수록 몸만 고달플 텐데."

가만히 있어도 아니꼬운 대상이 말하는 꼴이라니. 원주의 입에서 황당한 헛웃음이 새어 나왔다.

"이것 보세요, 이영주 선생님."

"이 선생."

호숙이 원주를 말리고 나섰다.

"말해 봐요, 이원주 선생님. 어머, 그러고 보니 우리 이름이 비슷하네? 한 글자만 달라요. 영광이겠다, 이원주 선생님?"

"점점."

원주가 거의 거품을 물어 가고 있었다. 엘리베이터를 내려 커피를 들고 스테이션 쪽으로 다가오던 단영이 이상한 기류를 느끼고 의아한 얼굴로 네 사람 곁으로 다가왔다. 눈으로 무슨 일이냐고 묻는 단영을 향해 호숙이 고개를 잘잘 흔들며 원주를 향해 눈길을 주었다.

"누구보고 영광이라는 거예요? 제가 선생님보다 뭐가 부족해서요?"

"이 선생, 자기 좋아하는 녹차 라테 사 왔어."

"잠깐만요, 서 선생님. 조금 전에 여기 눈앞에 계시는 이영주 선생님께서 아주 이상한 발언을 하셨거든요."

영주를 돌아보던 단영은 옆에 있는 태준과 눈이 마주쳤다. 그의 표정에도 이제껏 본 적 없는 난감함이 실려 있었다.

"호호호. 이상한 발언은 무슨. 금수저 물고 태어나 세상 편해 보이는 사람과 닮으면 영광 아닌가? 그런데 이쪽은 처음 보는 선생님인데……."

영주가 별일 아닌 듯 원주를 향해 어깨를 으쓱여 보이며 단영에게 눈길을 주었다. 호숙은 혀를 쯧쯧 차며 이제 어쩔 거냐는 듯 원주를 쳐다보았다. 한껏 올라 있던 원주의 독이 순식간에 빠져나갔다.

"네, 세한병원은 46병동이 처음입니다."

단영은 그 사이를 뚫고 얼른 영주의 말을 받아 분위기를 돌리려 했다.

"그러게요. 그런데 안면이 많아요."

"강 교수님과 동문이라고 하던데요. 그것도 친한 사이였다고."

그렇다고 원주가 억울하지 않은 것은 아니었다. 한마디 툭 던지고 간호사실 안쪽으로 들어가 버렸다.

저걸 어쩌나. 호숙이 속으로 혀를 차며 카운터 안쪽 의자에 앉았다. 태준이 단영과 지민을 찾았으니 따로 할 말이 있을 거였다.

"그래요? 어디?"

영주가 고개를 들어 태준에게 의아한 눈빛을 보냈다. 영주 역시 태준과 고등학교, 대학교 모두 같은 학교였다.

"김 선생은 아직인가?"

"네."

태준은 지민의 출근 상태만 묻고 나섰다.

"일단 서 선생, 내 방으로 와요. 이 선생은 그만 내려가 보지."

"설마 한솔고?"

돌아서려던 영주가 멈칫 제자리에 서며 단영에게 되물었다.

무덤덤한 표정으로 긍정도 부정도 하지 않는 단영을 본 영주의 두 눈이 그제야 무언가를 기억해 낸 듯 놀라는 기색을 띠었다.

보일 듯 말 듯 작은 묵례만 남기고 멀어져 가는 영주를 바라보며 단영은 옅은 숨을 뱉어 냈다.

단영이 태준의 연구실에 도착한 지 5분이 넘도록 그는 그저 모니터에만 시선을 주고 있었다.

"김지민 선생님 오시면 다시 오겠습니다."

데스크 앞에서 벌 받는 듯한 기분이 못마땅해 단영은 아무 감정을 담지 않으려 노력하며 말을 뱉었다.

"환자 목욕까지 직접 하는 이유가 뭐야."

갑작스러운 태준의 말투에 단영은 당황한 나머지, 눈꺼풀을 두어 번 껌벅거리고 나서야 석하를 두고 하는 말임을 알아차렸다.

"입원하고 두 달이 되어 가도록 제대로 씻지 못했어요. 지난번 중환자실 내려가기 전부터 계속 씻고 싶어 하셨는데, 보호자 혼자서는 엄두도 못 낼 일이라. 목욕이라기보다도 침상에 매트 깔고 씻는 걸 도왔을 뿐입니다."

"그래, 그걸 왜 서단영이 하냐고."

단영의 속눈썹이 파닥거렸다.

"그거 지나친 오지랖 아닌가."

"오지랖이라면 눈앞에 있는 교수님은 더 하시는데요."

"뭐?"

"지금 뭐 하시는 건지 몰라서요. 제게 하대하는 이유조차도."

"억울하면 같이 하든지."

너무도 어이없음에 단영의 입이 자연스레 벌어졌다.

"서양에서는 간호사가 간병인 역할도 한다고 들었어요. 간호사가 환자 목욕을 시켰다고 여기까지 불려 와 야단맞을 이유 없습니다. 교수님께서 화내시는 이유를 정말 모르겠네요."

하대는커녕 더욱 존칭을 붙여 가며 꼬박꼬박 말을 받는 단영의 태도에 태준의 턱이 꿈틀거렸다.

"환자 보호자, 특히 환자에게 지나친 감정 이입은 하지 말지? 설사 동정이라 해도, 의료진이든 간호진이든 그게 기본이 아닌가."

"감정 이입도, 동정도 아닙니다. 근무 시간 외 제 개인의 자유 시간에 했을 뿐이에요."

"병동 안에서 서단영 개인은 없어. 병동의 환자든 보호자든 그들 눈에 설사 서단영이 사복을 입고 있다 한들 간호사로 보일 뿐이야. 환자에 대한 연민이든, 동정이든. 그것도 아니라 잘난 자비심이든 다시는 그런 짓 하지 마."

태준의 목소리에 단호함이 실렸다.

"교수님이 뭔가 착각하시고 계신 것 같군요. 의료진들의 각 의술 방법이 다르듯이 저희 간호진들도 개개 간호 양상이 다르다고 봅니다. 그걸 교수님이 이래라저래라 할 권리는 없다고 보는데요."

태준의 눈을 빤히 바라보며 단영이 말을 받았다.

"권리? 결국 너만 다쳐. 이건 의료진이 아니라 강태준이 서단영에게 하는 말이야. 모르진 않을 텐데?"

"더 모르겠는데요? 왜 강태준이 서단영 일에 나서는 건지. 상관없잖아요."

"상관없는데 신경 쓰여. 신경이 왜 쓰이는지 나도 알 수 없어. 애초에 내 시선 띄는 곳에 있지나 말든가."

커진 단영의 두 눈이 다음 말을 찾고 있었다. 그의 눈빛이 감당 안 되어 그녀는 얼른 고개를 돌렸다.

"교수님 신경, 알아서 관리하세요. 제가 46병동에서 사라질 수는 없는 문제예요."

"앞으로 이 방에서는 그 호칭부터 버려. 의료진으로서 이곳으로 부를 일 없을 거야."

"그것 또한 대단한 착각인데요. 그 이유가 아니면 제가 이 방에 들어설 일은 없으니까요. 설사 있다 해도 앞으로 하대는 하지 말아 주세요. 저 열일곱 살 서단영 아닙니다. 이만 나가 볼게요."

고개를 꾸벅 숙인 단영은 바로 몸을 돌려 연구실 문을 나섰다.

태준도 알고 있었다. 자신이 지나치다는 것을. 그러나 이미 감정이 이성을 앞지른 마당에 점잖은 척만 하고 있을 수도 없었다. 꼬박 말을 받아 오는 그녀에게 뭘 어찌해야 할지 몰랐다.

어렸던 숙녀가 이제 완전한 여인이 되어 눈앞에 있었다. 더이상 가방만 낚아채면 어디로든 데려갈 수 있던 어린 단영이 아니었다.

　태준은 의자를 빙그르 돌려 창밖으로 시선을 돌렸다.

　언제나 무심했던 그의 얼굴에 심란함이 자주 묻어나는 나날
이었다.

8화

미동도 없던 눈이 한순간에 떠졌다. 잠들기 전부터 내리던 비
는 새벽이 되어 더욱 거칠어져 과격하게 창문을 두들겼다. 최근
들어 비가 잦았다.

퇴근길에도 장대 우산 하나로 피할 수 있는 비가 아니었는데
새벽 1시가 다 되도록 저렇게 쏟아져도 괜찮은 걸까.

빗줄기가 어찌나 거센지 단영은 그 소리만으로도 빗물이 살
갗 위로 쳐 오는 느낌을 받으며 맑지 않은 정신으로 병원에 누
워 있는 환자들을 걱정스레 떠올렸다.

그리고 엄마의 얼굴도.

순간 코끝에 전해 오는 시큰한 감각을 침을 한번 삼키는 것으
로 겨우 물리치며 오른쪽 어깨를 주물렀다. 애써 피해 보겠다고
우산을 두 손으로 부둥켜 잡고 몸을 한껏 웅크린 채 집에 온 탓
인지 잠결에도 계속 뻐근했다.

실컷 맞아 보아야 한 며칠 앓아누우면 될 일을, 어떻게든 피하겠다고 아등바등했던 기억을 쓱쓰레하게 되뇌며 단영은 쉬이 들지 않는 잠을 포기한 채 무거운 몸을 이끌고 어두운 거실로 나섰다.

거실의 선선한 공기에 숨이 탁 트기는 했지만 그럼에도 덜컥 밖으로 뛰어나가고픈 충동은 여전했다. 단영은 오피스텔 전면 유리창에 다가가 몸을 바싹 붙였다. 가로등이 꺼진 텅 빈 아스팔트 위로 물보라를 일으키며 질주하는 자동차 한 대가 시야에 들어왔다.

억수 같이 쏟아지는 요란함에 마치 고스란히 그 비를 맞고 있는 착각이 들었다. 무심코 눈이 떠졌을 뿐인데 왜 다시 잠들 수 없는지.

단영은 오후 출근 무렵 태준의 연구실에서 있었던 일을 떠올렸다. 결국은 너만 다칠 뿐이라던 그의 말뜻을 모르지 않았다.

작은 물건 하나에도 마음을 담으면 결국 사람이 다친다. 하물며 사람에게, 그것도 언제 갈지 모를 이에게 연민이든 동정이든 아무것도 담지 말라는 소리였다.

그녀도 잘 알아들었다. 그럼에도 무엇이 그 방에서 그토록 엇나가게 했는지 모를 일이다.

쓸데없이 잘난 걱정. 슬쩍 들려는 자책의 마음을 물리치며 단영은 양 눈썹을 살짝 찌푸렸다.

열일곱 늦가을이었다. 열여섯의 어느 날 뜬금없이 자신의 세상으로 뛰어들어 매일의 생각거리, 화젯거리가 되었던 그가 완전히 일상에서 사라진 것. 처음엔 그것이 의미하는 바를 몰랐다. 열다섯 해를 존재조차 모르며 살아왔으니 그가 없는 일상이 더 익숙할 일이었다.

그러나 사람이란 참 희한했다. 시간의 길이에 상관없이 한때 마음에 담은 이는 버려도, 버려진다 해도, 혹은 서로가 서로를 버린다고 해도 상대가 빠져나간 비워진 자리에 추억이란 것을 들여앉혀 놓고 늘 스스로를 괴롭혔다.

추억. 그 단어를 되뇌는 단영의 얼굴에 자조적인 웃음이 스쳐 지나갔다. 그것은 관조할 수 있는 마음의 거리가 확보되었을 때나 가능한 것이 아니었던가. 며칠 뒤엔 괜찮을 거라 생각한 것이 몇 달 뒤엔 괜찮을 거야. 그것이 해를 넘기고 또 넘겼다.

아무것도 모르는 어린 날의 순수했던 첫정이라고 치부하기에는 그가 남긴 잔상이 지나치게 컸다. 결국은 함께했던 공간에 혼자 남겨진 것이 문제였다.

분명 사라지고 없는 형체인데도 학교 곳곳에서 불쑥불쑥 고개를 치켜들고 나타나는 그의 모습에 가슴이 조여 왔다.

사랑이 짧으면 구차한 미련을 남기고, 그 미련은 자기 연민으로 인한 깊은 슬픔을 남긴다고.

그와의 짧은 인연은 어린 마음에 짙은 그리움과 아쉬움을 남기며 이미 움직인 마음을 쉬이 제자리로 돌려보내지 않았다. 깊지는 않았지만 잊혀지지 않는 슬픔이 결국 낯선 우울을 가르쳤다.

또 세월이 흘러 무심한 시간은 그토록 애틋했던 빈 가슴에 남루한 일상으로 인한 고단함만을 채워 놓았다.

그리고 철도 들기도 전에 배워 버린 우울감은 새벽에 잠이 깨면 다시 잠들지 못하는 버릇을 만들어 버렸다. 삼교대 근무를 하고 있는 지금, 그것은 단영을 너무도 힘들게 했다.

얇은 잠옷 사이로 파고드는 거실의 한기에 단영은 몸을 돌려 주방으로 향했다.

핫초코를 찾던 그녀의 손이 냉장고 안에 있던 우유를 꺼내 컵에 부어 전자레인지에 넣었다. 기다리는 동안 뇌리에 또 하나의 인물이 떠오르자 단영은 있는 대로 인상을 구겼다.

하지태. 마음이 비워진 자리에 추억조차 아까운 인연도 있었다. 태준의 자리에 그리움이 남았다면 그의 자리엔 모멸감만 남았었다.

"아, 뜨거워."

저도 모르게 벌컥 들이켠 우유의 열기에 단영의 속이 확 타들어 갔다. 식도를 타고 내려가던 뜨거움이 겨우 가라앉으려는 순간, 도어록 비밀번호를 누르는 소리가 들려왔다. 놀란 단영이 슬리퍼를 끌고 급히 현관문을 향했다.

비밀번호가 두 번 엇나가는 경고음이 울렸다. 민준은 아니었다. 쿵쿵, 울려 퍼지는 심장 소리와 함께 단영은 침실로 쫓아 들어가 휴대폰을 찾아 나섰다.

문이 열리는 소리를 들으며 단영은 헉, 하고 숨을 들이마셨다. 휴대폰을 들고 있는 손이 덜덜 떨리다 이내 멈췄다. 살짝 열린 문틈으로 거실 저편에 전혀 생각지도 못한 얼굴이 얼핏 보였다.

힘을 잃은 단영의 손끝에 슬그머니 밀린 침실 문이 시끄러운 소리를 내며 천천히 열렸다. 이미 켜져 있던 거실 불에 의해 태준의 얼굴이 잠시 당황으로 흔들렸다.

"서……."

침입자인 줄 알았던 단영에게 태준은 오히려 안도의 대상이었을까. 덤덤한 단영의 표정을 보고 태준은 할 말을 잃은 듯 보였다. 단영은 몸을 돌려 침대 위에 던져진 카디건을 걸치고 나왔다.

"그쪽이었나 봐요. 오피스텔 쓰기로 한 사람."

이곳에 들어온 지 벌써 한 달이 되었다. 집은 이미 알아봐 둔 상태였지만 집을 빼야 하는 사람의 사정으로 2주는 더 기다려야 했다. 그래서 지난주 민준에게 미리 이야기를 해 둔 터였다.

그쪽. 그녀의 입에서 흘러나온 호칭 때문이었을까. 태준이 뱉은 짧은 헛웃음 소리가 단영의 귀까지 들려왔다.

그가 생각하고 있을지 모를 병동이 아니라서가 아니었다. 조금 전까지 옛 시간을 더듬던 단영의 입으로 저도 모르게 튀어나온 말이었다.

태준은 자연스레 겉옷을 벗어 소파에 걸치고 주방 쪽으로 향했다. 싱크대 선반에서 큰 컵을 꺼내어 물을 받아 한 번에 들이켜 마셨다.

술을 마신 건가. 단영의 눈이 자연스레 그를 따랐다.

"놀랍군, 서단영. 요즘 가는 곳마다 눈앞에 서 있어. 대충 어떻게 된 건지 짐작은 가고. 깜박 잊은 내 탓이겠지."

그래서였던가. 한민준. 컵을 완전히 비운 뒤 돌아서는 태준의 입가에 쓸쓸함이 묻어 있었다.

얼마 전 태준은 민준으로부터 다른 곳을 쓰면 어떻겠냐는 전화를 받았다. 아무 생각 없이 상관없다는 말을 남겨 놓고 그 사실을 깜박 잊었다.

한국에 들어올 때마다 편하게 묵던 곳이었다. 별생각 없이 돌아가면 그곳을 쓰겠다는 말을 남겼지만 그게 다음 주부터라는 기억도 없었다.

마침 오피스텔 근처에서 원욱과 현강과 한 잔 마신 후 귀국 당시 이리로 부쳐 놓은 짐 중에 찾을 물건이 있어 들린 참이었다.

누군가 쓰고 있으리라는 생각은 하지도 못했다. 서단영일 거라고는 더더욱. 컵을 내려놓은 태준은 다시 거실로 성큼 들어섰다.

"서단영 양은 이제 이런 상황이 새삼 놀랍지도 않은가 보네."

단영은 차마 도둑인 줄 알았다는 말이 나오지 않았다.

"어떡하지. 다시 대리를 불러야 하나."

말은 그렇게 하면서도 전혀 나갈 생각은 없는지 다시 주방으로 향한 태준은 이번엔 위스키 잔에 얼음을 넣고 온 더 록을 한 잔 만들었다.

"저는 이쪽 침실만 사용하면 돼요. 매주 오시던 아주머니께서 민준이 쓰던 방을 계속 청소하시는 걸 보니 교수님 때문이었겠죠. 따지고 보면 제가 불청객인데요. 불편 드려 죄송해요. 먼저 들어갈게요…… 악!"

태준이 침실을 향해 몸을 돌리는 그녀의 팔을 잡아채자 단영은 소스라치게 놀라며 새된 비명 소리를 내뱉었다. 당황한 태준이 단영의 팔을 놓았다.

"죄송해요. 실은 아까 비밀번호 눌러질 때부터 좀 놀랐던 상태라⋯⋯."

태준의 얼굴에 얼핏 미안함이 일었다. 바뀐 지도 모르고 전에 쓰던 비밀번호를 두 번이나 틀리는 바람에 결국은 자동키를 대고 들어온 참이었다. 그제야 안에서 아무것도 모른 채 있었을 단영이 얼마나 놀랐을지 생각이 미쳤다.

"놀라게 해서 미안해."

태준은 단영을 주방으로 데리고 들어와 식탁 의자에 앉히고 위스키 한 잔을 내밀었다.

"내일도 이브닝 근무?"

단영이 고개를 끄덕였다.

"다행이군. 마셔. 많이 놀란 것 같은데."

단영의 볼을 타고 눈물 한 줄이 흘러내렸다. 부드럽고 다정한 그의 말투에 말초 신경까지 뻗어 있던 긴장이 스르르 녹은 탓이었다.

어쩌면 이 새벽, 자신이 쉴 공간 하나 없는 더부살이에 숨어 있던 서러움이 목을 메게 한 건지. 아니, 어쩌면 애써 지웠던 태준을 향한 어린 날의 그리움이 되살아난 탓인지도 모를 일이었다.

바닥이 보일 정도로 단번에 위스키를 들이마신 태준은 단영도 모르는 눈물의 의미를 찾으려는지 그녀의 눈 속 깊숙한 곳까지 뚫어지게 바라보았다.

그렇게 시작한 술자리가 어느덧 새벽 3시가 다 되도록 이어졌다. 홀짝거리던 소리가 눈물을 마시는 게 아니라 술잔을 들이

켜고 있다는 것을 알아차렸을 때, 단영은 이미 기분 좋게 취해 있었다.

어디서 찾아왔는지 새로 딴 위스키는 반 이상 줄어들었고 그가 마신 거라곤 처음 두 잔뿐이었다.

단영의 손에서 잔을 빼앗는 것은 무리였다. 여인이 되어 눈앞에 있는 그녀를 관찰하는 것도 나쁘지 않다고 태준은 생각했다.

"흥. 그쪽이 아무리 근엄하고 멋있는 척해 봤자, 전 선생님의 어두운 시절을 다 알고 있다고요."

교수님이란 소리를 통제해 놓았더니, 이제는 그쪽과 선생님이라는 말이 번갈아 나왔다. 술에 취한 사람에게 위계질서를 논하기란 어려웠다. 하극상과 욕만 안 먹어도 다행이지. 어딘가 녹음이라도 해 두었다가 다음 날 해결하는 수밖에. 이미 포기한 태준은 울음 끝에 빨개진 단영이 뱉어 내는 대로 고스란히 들어주었다.

"근엄하고 멋있는 척한 적 없는데. 게다가 어두운 시절이라니. 그건 더 알아들을 수가 없고. 구체적으로 무엇을 말하는 걸까."

정말 궁금한 듯 태준이 단영을 향해 몸을 앞으로 바짝 내밀었다.

"열여덟 고등학생이 학교에서 담배 피웠죠?"

"열일곱 때도 피웠는데? 아니, 시작은 열여섯인가?"

장난스러운 웃음기를 머금은 태준의 입술이 작게 호를 그렸다.

"툭하면 수업 땡땡이쳤죠."

"그건 서단영도 마찬가지였잖아."

"미성년자가 술도 마셨죠."

"역시 마찬가지였고. 게다가 술주정도 했지, 오늘처럼?"

"누가 술주정했다고 그래요?"

단영의 목소리 톤이 살짝 높아졌다.

"아닌가."

"게다가."

단영의 말이 뚝 멈췄다.

"말도 없이 한순간에 사라져 버렸죠."

위스키 잔을 꼭 쥔 단영의 손을 바라보던 태준의 눈썹이 꿈틀 거렸다. 무엇을 바라보는지 자신의 시선을 넘어선 단영의 아득한 눈빛이 그의 마음을 서걱거리게 했다.

"항상 자기 눈에 보였으면 좋겠다고 해놓고. 순 바람둥이 같은 말만 던져 놓고, 그쪽은 아무리 둘러봐도 눈에 안 들어왔어."

단영의 맹맹해진 콧소리가 애써 참고 있던 태준의 가슴을 마침내 둔탁하게 쳐 내렸다. 이 나이가 되고도 단단한 외과의 가슴을 말랑하게 만드는 존재의 의미가 무언지 태준은 아직 알 수 없었다.

"그렇다고 내가 그걸로 평생 꽁해 있을 사람은 아니고요. 대신 벌칙은 받아야죠."

단영이 병을 들어 태준의 잔에 콸콸 붓더니 자신의 잔을 들어 쨍하고 부딪쳐 왔다.

"원 샷."

"원 샷?"

태준이 그 뜻을 되물었다.

"스트레이트."

단영이 고개를 크게 끄덕거렸다.

"공평하지 않은데?"

단영의 잔에는 술이 바닥에 겨우 깔려 있었다.

"뭐가 공평하지 않아요? 그나마 이만큼이라도 마음을 남겨 놓은 게 어디예요? 있는 마음이라도 다 주겠다는데."

허. 태준의 입에서 어이없어하는 소리가 절로 새어 나왔다.

"그렇게 황당해할 것 없어요. 남자들은 조강지처든 세컨드든 예쁘기만 하면 사랑해 줄 마음이 한가득하잖아요?"

"그래서 본인이 예쁘기는 하고?"

"참, 말 많네. 벌칙이라니까요. 선배는."

단영은 제 잔을 들어 한 모금에 홀짝 마셨다.

"좋아. 선배로 돌아온 기념."

태준이 잔을 들어 꿀꺽꿀꺽 호기롭게 마시고 있었다.

"수술은 없는 거죠?"

장난기 없이 물어 오는 목소리에 잔을 잡고 있던 태준의 손이 순간 멈칫했다.

"왜 없어. 대신해 줘야지."

단영의 미간에 미세한 주름이 잡히려는 순간이었다.

"농담이야. 서단영이 간호사로 절대적 신념이 있듯 나도 그 정도는 지켜."

"그래도 피곤할 텐데 어서 들어가 주무세요."

태준의 진중한 눈빛이 부담스러운 단영은 한숨처럼 들리지 않도록 조심스럽게 숨을 내뱉으며 자리에서 일어섰다. 의자가 뒤로 밀리는 소리는 태준 쪽이 먼저였다.

미처 몸도 돌리기 전에 단영은 태준의 품 안에 갇혀 버렸다. 짧은 입맞춤이었다. 정신을 차리기도 전에 입술이 닿았다가 떨어졌다.

그러나 단영은 언젠가 재활 병동 로비에서처럼 그의 품에서 떨어져 나오지 않았다. 다시금 내려온 입술 속 그의 혀가 단영의 입안으로 조심스레 뚫고 들어왔다. 부드럽고도 짧은 키스는 한껏 베어 머금은 단 한입의 솜사탕처럼 달콤하고 아쉬웠다.

한 걸음 단영에게서 떨어진 태준은 한쪽 어깨를 으쓱해 보였다.

"이제야 갚았네. 내 첫 키스 앗아 간 값."

이 새벽 내도록 담담하던 그의 얼굴에 살포시 쑥스러움이 물들어 있었다.

이 남자. 도대체 어떤 세월을 산 거야. 빤히 쳐다보는 자신의 눈길을 피해 고개를 돌리는 태준을 보며 참고 있던 단영의 웃음보가 터졌다.

시간이 거꾸로 흐르고 있었다.

※   ※   ※

다음날 오전 7시. 결국 마지막 잔이 화근을 남겼다. 샤워를 말끔히 끝낸 태준은 미간을 얕게 찌푸리며 침실 문을 열고 나섰다. 아직은 자고 있을 거라고 생각한 단영이 앞치마를 두른 채 싱크대 앞에서 그릇에 국을 담고 있었다.

"이브닝 근무라면서 더 자지?"

몸을 돌리며 국그릇을 식탁에 내려놓는 이는 단영이 아니라 입술을 꾹 다문 46병동 서 선생이었다. 부끄럽기도 할 테지. 태준의 입술 끝으로 피식 웃음이 새어 나왔다. 등 뒤로 아무 소리도 들리지 않자 여전히 싱크대를 향했던 단영이 태준 쪽으로 몸을 돌렸다.

"안 드세요?"

"혼자는 못 먹어."

"왜요?"

"사람 있을 땐 함께 먹어야지."

단영은 다시금 입술을 꾹 다물고 밥을 한 그릇 더 퍼 와 태준의 맞은편에 앉았다.

"맛있어. 음식 잘하네."

버섯탕이었다. 한 수저 뜬 태준이 부드러운 미소로 만족해했다.

"좀 하죠. 누구보다 못할지 모르지만."

"누구?"

단영은 속으로 혀를 깨물었다. 왜 아직도 예나 언니가 상대인지. 시치미를 뚝 떼고 단영이 수저를 떴다. 그런 단영을 보며 태준은 또 싱긋 웃었다.

"표정이 참 많아졌어요."

"그래?"

태준이 한쪽 눈썹을 슬쩍 올리며 물었다.

"네. 웃고, 화내고, 게다가 쑥스러워하기까지. 나이를 거꾸로 먹나 봐요. 이젠 눈웃음도 지어요?"

"어이없는 웃음이었어. 예전엔 어땠는데?"

"아주 영감이었죠. 열아홉밖에 안 된 아주 무덤덤하고 지독한 영감."

태준은 고개를 주억거리며 달걀찜을 한 수저 수북하게 퍼서 입에 넣었다.

"비결이 뭐야? 스펀지처럼 잘 부풀었는데."

"왜 그랬어요? 꽃다운 학창 시절에 세상 다 산 듯 심드렁했던 이유."

태준이 고개를 들어 단영을 바라보았다.

"그랬나? 서단영 때문에 즐거웠던 것 같은데?"

"나 안 미워요? 가고 싶어 했던 음대도 못 갔는데……."

단영을 바라보는 태준의 눈빛이 깊어져 갔다. 이럴 때 단영은 그가 무슨 생각을 하는지 알 수도, 물을 수도 없었다.

"그동안 자책을 취미로 키웠어? 무슨 일이든 다 자기 탓이군."

몇 초간 정지되어 있던 단영의 눈동자가 조금 흔들렸다. 영하 앞에서 줄곧 고개 숙인 모습을 몇 차례나 들킨 기억이 떠올랐다.

"음대를 가고 싶었던 게 아니라, 음악이 하고 싶었지."

"……."

"그땐 그걸 몰랐을 뿐이고."

태준이 수저를 탁자 위에 내려놓았다.

"더 먹어요."

"의대는 왜 그만뒀어?"

단영이 고개를 번쩍 들었다.

"단순한 이유를 왜 물어요? 학비 때문이지."

"1년은 잘 버텼잖아. 휴학을 하…….."

단영은 때마침 울리는 휴대폰이 고마웠다.

"여보…… 아, 아영아."

단영이 태준에게 양해를 바라는 눈빛을 주며 침실로 들어갔다.

"아영아. 그래, 부쳤어. 엄마는 좀 괜찮아? 음, 이번 주말은 갈 수 있어."

통화를 마치고 거실로 나오니 그는 벌써 출근을 했는지 식탁에 없었다. 식탁에 작은 메모지가 한 장 놓여 있었다.

잘 먹었어. 한숨 더 자.

깊은숨까지 한 번에 몰아낸 단영은 컵에 물을 가득 부어 그대로 들이마셨다. 아무렇지 않은 척 그와 마주한 시간이 꽤나 힘들었다.

지난밤 태준의 얼굴에 엷게 떠오른 쑥스러움을 보고 웃었던 단영은 마음 같아선 그가 나가도록 침실 문을 꼭 잠근 채 나오지 않을 생각이었다. 그러나 오후에 간호사 스테이션을 사이에 두고 그를 만날 게 뻔했다.

단영이 고개를 세차게 저었다.

쿵쿵. 아직도 내리찧는 심장의 쿵쾅거림에 귀가 멍해졌다. 어쩌자고 술은 그렇게 마셔서. 여명이 걷히고 서서히 실내로 들어서는 아침 햇살이 번잡한 마음과 달리 그녀의 머리카락 위로 곱게 부서지고 있었다.

✳　　✳　　✳

아미고에 들어서니 보람은 가게 구석진 테이블에 혼자 앉아 있었다. 아직은 술 시간대가 아니어서 손님이 거의 없었고 예나도 보이지 않다.

단영은 이곳에 오는 횟수가 늘어갈수록 예나가 이 가게를 생활 터전이 아니라 단순히 취미로 하는 게 아닐까 여겨졌다.

지난번 태준과 들렀을 때는 비틀스를 비롯해서 60년대 팝이 연신 울려 퍼지더니 오늘은 통기타 가요가 흘러나왔다.

"민준이는 아직이야?"

단영은 숄더백을 옆의 의자에 걸치며 보람의 맞은편에 앉았다.

"걔가 벌써 올 일이 있겠니?"

보람의 대답이 어딘가 퉁명스러웠다.

"아까 전화할 때 민준이 회사라길래 같이 오는 줄 알았지. 넌 언제 왔어?"

"한 30분 됐어."

"로펌엔 안 들어가도 돼?"

"들어가야 되는데 일도 손에 안 잡히고, 민준이 약혼녀도 온

다니까."

의외인 듯 단영의 눈썹이 위로 휘었다.

"웬일이래. 그렇게 얼굴 보여 달라고 해도 들은 척 않더니."

지난해 약혼식에서 본 뒤 사석에서 제대로 소개시켜 달라고
해도 늘 묵묵부답인 민준이었다. 단영은 지난여름 그의 회사 앞
에서 약속했던 날에도 민준이 그녀와 동반했던 기억이 떠올랐
다.

"이제 관리할 때도 됐지. 아무리 동창이라고 해도 좋겠니. 여
자라는데. 게다가…… 됐다. 언제든 얼굴은 한 번 봐야지."

"민준이 약혼녀 나온다니까 괜히 심통 나?"

"내가 심통 날 일이 뭐야."

못마땅한 듯 보람이 엷게 인상을 찌푸렸다.

"그런데 왜 그렇게 심드렁해? 무슨 일 있어?"

"무슨 일은."

"빨리 말해. 안 그러면 관심 싹 거둔다?"

"그냥, 세상이 재미없어서."

작은 한숨이 보람의 입에서 길게 새어 나왔다.

"왜 세상이 재미없으실까."

짚이는 게 있는지 단영이 보람의 앞으로 몸을 쭉 내밀며 그녀
의 눈을 빤히 쳐다보았다.

"됐고, 너나 말해 봐. 그동안 태준 선배랑 회포는 좀 풀었어?
아직 멀찍이서 남 대하듯 보고 있는 거야?"

보람이 태준의 이름을 꺼내자 단영은 얼른 의자 깊숙이 몸을
뒤로 물렸다.

"한참 높은 스태프와 간호사가 회포 풀 일이 뭐 있어. 근데 예나 언니가 안 보이네."

"얘 말 돌리는 거 봐. 무슨 일 있었구나. 얼굴은 왜 붉혀?"

"붉히긴 누가? 가게에 들어오니 갑자기 체온이 오르나 보지."

정말 덥기라도 하는지 단영이 손으로 부채질 시늉까지 했다.

"너 또 이런다? 너 이번에도 사건 사고 다 끝난 다음에 드러나는 일 있으면 아주 절교하는 줄 알아."

"사건 사고라니. 누가 들으면 무슨 일이 있었다고 오해하겠다."

"그래, 그 옛날 음악실에서 별일 있었을 거라고 추호도 생각지 않아. 그런데 그런 곳에 둘이 있을 만큼 말을 섞는 사이라는 사실조차 난 몰랐어. 예나 언니 가게에도 둘이서 몇 번이나 갔었다며. 그걸 왜 나는 몰랐냐고, 서단영. 나 섭섭해."

보람의 목소리가 점점 높아지더니 말끝엔 울음기까지 섞이려 하자 단영은 당황한 듯 그녀를 달래며 다른 화젯거리를 찾아 눈동자를 굴렸다.

"알았어. 누구하고 썸 비슷한 거라도 타면 바로 이야기할 테니까 그만하자. 너야말로 선무 선배 때문에 그러지?"

솔직한 보람의 갈색 눈동자가 여지없이 흔들렸다.

"그냥 고백해. 왜 계속 여기 와서 시간 죽이고 있어?"

"고백할 끄나풀이 있어야지. 동문회에서 몇 번 보고 겨우 술자리 두 번 해 봤는데. 지난번은 또 깡태 선배 출몰에……. 그러지 말고 단영아. 오늘 태준 선배 부르면 어떨까."

좋은 생각이라도 해낸 듯 보람의 표정이 확 밝아졌다.

"뭐?"

"병원에서는 보는 눈이 많아서 어색할 거잖아. 모처럼 한잔하면서 편하게 이야기도 할 겸 불러 봐. 그러면 너 병원 생활도 편해질 거 아니야."

가게에 들어온 뒤 계속 시큰둥하던 보람의 눈빛이 반짝거렸다.

"선무 선배 불러낼 구실로 태준 선배를 부르자고?"

"구실이라기보다 아는 얼굴 많으면 자연스럽고 좋잖아."

"능력 있으면 네가 해 보든지. 나 전화번호도 몰라."

"누구, 태준이? 내가 불러 줄까?"

주방에 있었던지 스테이크 두 장을 구워 온 예나가 큰 접시를 테이블에 내려놓았다.

"아니에요. 괜히 해 본 소리예요."

단영이 환한 눈인사를 짓고 포크를 받아 들며 별일 아닌 듯 말했다.

"뭐가? 다들 모이면 좋지."

보람이 혼잣말인 듯 퉁명스레 내뱉었다.

"다들?"

"선……."

"아니, 민준이도 온다니까 다 같이 보자고 한 거예요."

선무의 이름이 나오지 않도록 보람은 얼른 단영의 말을 가로챘다.

"민준이도 오기로 했어?"

"네."

"그래, 일단 먹고들 있어. 늦은 저녁에 단체 손님 예약이 있어서 조금 바쁘네."

예나가 주방으로 들어가기 무섭게 단영의 의아한 눈길이 보람에게 향했다.

"너 예나 언니에게 아직 말 안 했어? 말하면 도와줄 텐데 왜 그 쉬운 길을 두고 가?"

"선무 선배."

선무의 이름만 한마디 뱉은 채 보람은 시위하도 하듯 입을 꾹 다물었다.

그런 보람을 단영은 물끄러미 바라보았다. 고교 시절 그녀의 신발장으로 남학생들이 간혹 쪽지를 넣곤 하던 사실을 단영도 알고 있었다.

그러나 원체 내성적이고 소심한 보람이라 일의 진척은 없었다. 대학에 입학해 어렵다는 사법 고시를 공부하느라 남자들에게 눈 돌릴 여유가 없던 그녀였다.

제대로 된 첫사랑도 없는 보람이 선무를 마음에 담았다고 할 때 그저 연예인을 향한 동경과 닮은 것쯤으로 생각했다. 하지만 오늘 보니 아닌 것 같았다. 그녀의 마음에 무슨 일이 나도 제대로 난 모양이었다.

"아무래도 예나 언니에게 마음이 있는 것 같아서."

"누가? 선무 선배? 말도……."

보람의 생각지도 못한 발언에 말도 안 되는 소리라고 뱉어 내던 단영의 입이 그대로 닫혔다. 그저 나이를 근거로 그냥 뱉을 말은 아니었다. 돌아보면 자신도 그 옛날 예나와 태준을 두고도 작은 시샘을 하지 않았던가.

"딱히 뭐라고 말할 수는 없는데 분위기가 왠지 묘한 게……."

묘한 분위기. 그 단어 하나로 충분히 이해가 되었다.

"단영아, 예나 언니 나이가 정확히 어떻게 돼?"

"몰라, 나도. 그것보다 너, 괜한 생각으로 스스로를 괴롭히지 말고 일단 네 마음부터 제대로 들여다봐. 노래하는 선배보고 그저 멋있다는 동경인지, 아니면 정말 남자로서 바라보고 있는 건지."

"뭘 제대로 바라봐? 보람이 너 남자 생겼어?"

불쑥 끼어드는 목소리 하나에 단영과 보람이 동시에 고개를 번쩍 들었다.

"민준아."

테이블로 다가서는 민준의 옆으로 딥 그린과 브라운이 멋스럽게 조화를 이룬 시폰 원피스, 그 위로 세련된 재킷을 입은 여성이 서 있었다. 단영이 자리에서 일어서자 보람도 엉거주춤 따라 일어섰다.

"어서 와요."

"안녕하세요. 설은경입니다."

단영의 인사에 그녀가 고개를 숙이며 다소곳이 자신을 소개했다. 민준이 그녀를 위해 의자를 뒤로 빼 주자 보람은 작은 입술을 동그랗게 말며 고개를 잘게 흔들었다. 민준보다 두 살 어리다고 하는 그녀는 여성스러움, 그 자체였다.

그러나 우리나라 건축업계에서 최고라 자부하는 집안의 딸인 만큼 어릴 때부터 외국에서 경영 수업을 받아왔다는 그녀는 누구나 쉽게 근접할 수 없는 분위기 또한 지니고 있었다.

보람의 민준에 대한 험담을 적절하게 맞장구치거나 편을 들어 주며 수줍은 듯 웃는 모습에서 귀여움도 묻어났다.

"보람이 네가 마음에 두고 있다는 남자는 누군데?"

본인과 제 약혼녀에게 쏠리는 관심이 싫었던지 두 친구의 호기심 어린 질문을 어느 정도 받았다 싶은 민준이 화제를 돌렸다.

"마음에 두긴 누굴 둬? 그냥 모처럼 네가 온다니까 단영이 세한병원 들어간 지도 좀 됐고 해서 태준 선배도 같이 불러 보자 한 거야. 왜? 생각해 보면 재미있는 일도 많았잖아. 옛날에 식당에서 오공……."

"그만해. 우리끼리 아는 이야기만 하면 은경 씨는 재미없잖아."

단영이 보람의 말을 막으며 은경에게 시선을 주었다.

"아니, 괜찮아요. 그런데 세한병원이라면 태준 씨……."

"맞아요. 단영이 태준 선배랑 같은 병동에서 일해요. 우리 인연이 꽤 길다, 그렇지?"

보람의 말에 은경은 고개를 작게 끄덕이더니 민준의 얼굴을 바라보며 조심스레 말했다.

"태준 씨가 고모부님 병원이 아니라 영주 언니 있는 세한병원으로 들어간 거 보면 결국은 부모님들 말씀 따르시겠죠?"

"이건 또 무슨 말이래요? 영주 언니는 누구예요?"

보람이 고개를 바짝 들고 민준에게 빠르게 물어갔다.

"한솔고 동문들이라고 하지 않았어요? 이영주 모르세요? 세한병원 이사장님 딸……."

"혹시 오공주 외사촌인가 하는? 학교 다닐 때 태준 선배랑 현강 선배랑 자주 어울리던?"

사실을 확인해 가는 보람의 눈이 동그래졌다.

"맞아요. 지금 세한병원에 있는데."

보람이 단영 쪽으로 고개를 획 돌렸다. 그저 테이블 한쪽 끝만 바라보는 단영의 얼굴에서는 어떤 감정도 읽히지 않았다.

"너도 봤어? 이영주인가 하는 선배?"

"잘은 모르겠는데 이영주 선생님이라고 재활의학과 펠로우라고 하시던 것 같은데."

"맞아요. 재활의학과."

은경이 조용히 대답했다.

"결국은 부모님 말씀을 따른다니? 그 선배하고 태준 선배를 집에서 연결시키고 있는 거야? 혹시 결혼이라도?"

"네, 계속 말씀들……."

"당사자들 마음이야. 병원 역시 태준 형 실력에 한솔보다는 신경외과로 최고 권위가 있는 세한병원이 적합해서 갔을 뿐이고. 쓸데없는 소리 하지 마."

차갑게 내뱉는 민준의 말투에 은경이 무안했던지 더 이상 말이 없었다. 보람의 눈썹이 위로 휘고, 테이블 아래로 약간 굳은 듯 숙이고 있던 단영의 고개도 들렸다.

싸늘한 분위기를 수습해 보고자 단영이 뭐라고 입을 떼려던 순간이었다. 급하게 울려오는 휴대폰 소리에 민준이 잠깐 밖으로 나갔다.

"쟤가 옛날부터 매너의 정석이었던 친구예요. 그런데 직책이 하나둘 올라가고 거느리는 수하가 많고 나서는 스트레스를 받는지 한 번씩 저러네요. 나한테도 매일 짜증이거든요. 그래도 그렇지. 결혼하기 전에 너무 성격 드러내는 거 아니야? 설마 자주 저러는 건 아니겠죠?"

민준이 사라지기 무섭게 보람이 애써 은경의 기분을 살피고 나섰다.

"아니에요. 태준 씨 일이라면 가끔씩 이렇게 예민할 때가 있어요."

은경이 말을 마치는 동시에 이번엔 보람의 휴대폰 진동이 울리기 시작했다.

"네. 네? 알았습니다. 곧 들어갈게요."

보람이 통화 종료 버튼을 누르자 단영의 얼굴에 잠깐 난감함이 어렸다. 그런 단영의 얼굴을 미안한 눈길로 보던 보람이 은경을 향해 말했다.

"미안해요, 은경 씨. 초면에 이렇게 먼저 일어나서. 아마 민준이도 이 일로 통화하는 것 같네요."

"네, 저는 괜찮아요. 어서 가 보세요."

보람이 자리를 뜨자 은경과 둘이 남은 단영은 무언가 해야 할 것 같은 의무감에 약간 어색해졌다. 언제나 가게를 통째로 삼킬 듯 느껴지던 노랫소리가 하나도 들려오지 않는 것 같아 마음이 더 초조해졌다.

"저녁 식사는 제대로 하고 왔는지 이제야 물어보네요. 안주가 시원치 않죠? 이런 분위기 별로 좋아하지 않을 것 같은데. 보람이 원체 여기를……."

"신경 안 써 주셔도 돼요."

은경의 말에서 묘한 가시를 느낀 단영의 눈이 살짝 커졌다.

"그렇게 신경 써 주셔도 전 서단영 씨가 별로 마음에 안 들거든요."

단영의 표정이 살짝 굳었다.

"이해하시죠? 아무리 동창이라고 하지만 약혼자의 여자 친구, 그거 별로잖아요. 게다가 챙겨야 할 만큼 형편이 안쓰러워 못 견디는."

단영이 눈살을 찌푸렸다. 그러나 은경의 말투는 더 차갑고 건조해갔다.

"그렇다고 불편하게 하거나 불편하고 싶지 않아요. 서단영 씬 그냥 서 있는 위치 설정이나 확실히 해 주시면 돼요."

가게를 들어설 때의 부드럽고 수줍던 사람과 전혀 다른 모습이었다. 그러나 은경의 손이 한 번도 뻗지 않은 술잔에 가는 것을 보아 그녀 역시 마음이 편치 않은 것 같았다.

"약혼식을 앞두고 틀어질 뻔한 적이 있었어요. 물론 서단영이라는 이름은 나오지 않았지만 자기 남자를 두고 여자는 직감적으로 알기 마련이죠."

단영은 무언가 달싹거리며 떼려 하던 입을 그대로 닫았다. 민준과 제 사이가 단순히 동창이라 할지라도 그녀가 불쾌해하면 하는 수 없는 일이었다.

다음 주엔 나갈 예정이지만 현재 자신이 머물고 있는 거처 자체도 그녀에게 용납받을 수 없는 곳이라 미안했다.

"무슨 말인지는 알겠어요. 신경 쓰이는 일 없도록 조심할 테니까 은경 씨도 너무……."

"아뇨. 아무 일도 하지 마세요. 괜히 더 거리감 둔다는 말로 민준 씨 자극하지도 말아요. 그저 지금처럼 현실 파악 잘하고 있어 줘요. 제 남자 관리는 제가 할 거니까."

은경의 날 선 말투에 단영의 말문이 막혔다.

"요즘 왜 그렇게 신경이 예민한가 했더니 태준 씨와 같은 병원에서 일한다고요. 태준 씨와도 무슨 관계가 있나 봐요?"

더 듣고 있기 거북한 단영이 이맛살을 찌푸리며 고개를 든 순간이었다. 테이블 뒤에서 민준이 걸어오는 것이 눈에 들어왔다. 단영은 애써 밝은 눈빛으로 민준을 바라보았다.

"단영아, 미안해서 어떡하지? 지금 회사에 들어가 봐야 되는데."

"미안할 게 뭐가 있어. 나도 내일 데이 근무라 새벽에 일어나야 해."

클러치를 챙기며 일어서는 은경을 따라 단영도 자리에서 일어섰다. 그리고 천천히 한 손을 내밀었다.

"은경 씨, 반가웠어요. 멋진 내 친구 관리하려면 긴장 좀 하셔야 될 거예요."

택시를 잡아 주겠다는 민준의 말을 뿌리치고 거리로 나선 단영의 가슴팍으로 서늘한 저녁 바람이 한꺼번에 불어왔다. 그 바람에도 날려가지 않는 스스로의 유치한 말에 찌푸린 그녀의 미간은 오래도록 제자리를 찾지 못했다.

"서 샘, 너무 힘들어 보여요. 들어가서 다리라도 좀 편히 뻗고 와요."

"호숙 샘이나 들어가 쉬어요."

스테이션 정중앙에 걸린 벽시계를 돌아보니 벌써 새벽 2시를 넘기고 있었다.

"저는 어제 쉬고 왔잖아요. 오늘은 웬일로 이 시간까지 콜 벨도 한 번 안 울리네요."

"그러니까 왠지 더 불안하죠?"

호숙이 미간에 주름까지 세우고 고개를 주억거리자 단영이 자그마한 소리를 내며 웃었다.

"라운딩하고 올게요."

호숙을 바라보며 일어나는 단영의 얼굴에 절로 따스한 미소가 지어졌다. 이곳에 와서 좋은 동료들을 만나 감사했다. 호봉은 많았으나 늘 나이 우대를 해 주는 호숙에게 누구보다 정이 가고 고마웠다.

혈압계를 찾아 드는 순간 단영의 시선 안으로 환자 차트 위에 둔 휴대폰이 반짝 빛을 발했다.

단영은 새벽 병동의 고요에 방해가 될까 무음으로 바꿔 둔 휴대폰을 집어 들었다. 낯선 번호와 함께 우편 봉투 모양의 메시지가 깜박거렸다. 뻑뻑한 눈으로 화면을 보던 그녀가 손을 들어 확인 버튼을 눌렀다.

〈잠깐 볼 수 있어? 깡태.〉

익살맞은 이모티콘 하나가 그의 이름 옆에 나란히 찍혀 있었다. 그녀의 눈이 한 번에 커졌다.

그리고 살짝 피어오르던 입가의 미소를 단번에 지웠다. 잠깐의 망설임 끝에 단영은 그대로 휴대폰을 내려놓았다.

태준과의 짧은 키스는 단영에게 여러 가지 변화를 가져왔다. 원래도 기피하고 싶던 나이트 근무가 더욱 싫어졌다. 학회나 세미나로 그가 참석 못 할 때도 많았지만 낮 근무든 야간 근무든 스태프 회진이 있는 시간대가 좋았다.

어딘가 부드러워진 그의 눈빛을 이젠 두려움이 아니라 두근거림으로 맞았다. 멀리서 다가오는 귀에 익은 발걸음은 긴장 대신 설렘을 주었다. 기척도 없이 스테이션 앞에 서 있을 땐 쿵 하고 내려앉는 작은 심장이 힘들었다.

그렇게 요동쳤던 마음에 며칠 전부터 먹구름이 끼기 시작했다.

아미코에서 언뜻 들은 영주에 대한 이야기가 종일토록 머리에서 떠나지 않더니 급기야 소화까지 잘 되지 않았다. 태준을 향한 설렘에 어떤 보답이 주어져야 한다고 꿈에도 생각지 않았지만 제멋대로 달아나는 마음을 그대로 둘 수 없었다. 아니, 그래서는 안 되는 것이었다.

그럼에도 그에게로 한없이 뻗쳐 있는 신경들이 무던히 단영을 자극했다.

사랑해서는 안 될 사람은 없는데, 사랑해서는 안 될 상황은 있다는 건 진작 배웠다.

사랑? 말도 안 돼. 단영은 고개를 가로저었다.

그저 어디선가 잘살고 있겠지 여겼다. 자신이 올려다보기 힘든 다른 세상을 살고 있을 거란 막연한 생각도 한 번씩 했다. 설익은 풋사랑, 눈앞에서 완연히 사라지고 알게 된 제 마음 안의 첫사랑은 자신의 손길이 닿을 수 없는 곳에서 멋진 모습으로 살아갈 거라 여겼다.

그뿐이었으면 좋았을걸. 어쩌자고 손만 뻗으면 닿을 거리에서 여전히, 아니 한층 더 닿을 수 없는 사람이 되어 자신의 일상을 차지하고 있을까. 자신이 좀 더 나은 사람이 되었더라면 어땠을까.

단영은 다시 한번 도리도리 고갯짓을 했다. 그는 한솔고등학교 부회장 깡태가 아니었다. 신경외과 전문의 강태준일 뿐이었다.

지난번의 짧은 키스는 술 취한 남녀가 아련한 추억에 젖어 충동적으로 저지른 행동이었을 뿐.

그럼에도 단영에게 있어 46병동은 세한병원의 여느 병동과 같은 곳이 아니었다. 수련의와 간호사들에게 오더를 내리던 스테이션, 그가 거닐던 복도 구석에 미처 지워지지 않은 태준의 잔상이 따라다니기 시작했다.

그가 존재하는 곳에서 어느새 밝고 당돌하던 그 시절의 서단영의 두 발에 힘이 실렸다.

오늘처럼 그가 없는 나이트 근무는 무기력하고 고되었기에 생각지도 못한 그의 문자가 너무 반가우면서도 서글펐다.

"1층 로비에 잠깐 내려가 보세요."

어느새 환자들이 곤히 잠들어 있는 병동을 둘러보고 와서 스테이션 카운터에 혈압계를 내려놓는 단영에게 호숙이 조용히 일렀다. 호숙을 바라보는 그녀의 눈이 동그래졌다.

"강 교수님이 기다리고 계실 거예요."

단영의 눈이 화들짝 커졌지만 호숙의 시선은 여전히 모니터를 향한 상태였다.

"아니……."

"내려가지 않으면 또 올라오실 거고요."

단영의 말을 빠르게 마는 호숙의 일굴에 따스한 미소가 어렸다.

"그럼 잠시 내려갔다 올게요. 미안해, 호숙 샘."

호숙은 말없이 고개만 작게 가로저었다.

1층 로비에 태준의 모습은 보이지 않았다. 신경외과가 있는 제1별관 정문을 나오면 오른편에 있는 재활의학과 병동 옆으로부터 산책로가 펼쳐졌다. 그 초입에 있는 벤치 앞에 태준이 하얀 가운 차림으로 서 있었다.

"라운딩 돌고 왔어?"

작게 고개를 끄덕이는 단영의 앞으로 태준이 무언가를 쑥 내밀었다. 초코 라테였다.

"나갔다 오셨어요?"

원내 카페는 아직 개점 전이었다. 그의 손엔 김이 모락모락 오르는 아메리카노가 들려 있었다.

"어떻게 알았어요? 저 이거 좋아하는 거."

"좋아하면 다행이고."

단영은 눈을 동그랗게 떴다.

아마도 그날, 민준의 오피스텔에서 본 모양이었다. 태준의 옆에서 따라 걷던 단영은 입을 꼭 다물고 있었다.

"나이트 힘들지 않아?"

"……다들 하는데요, 뭘."

"전에 일하던 병원과 분위기가 달라 힘들지?"

산책로를 한참 걷던 태준은 제1별관이 보이지 않는 지점에서 갑자기 걸음을 멈췄다. 그리고 여전히 말이 없는 단영을 지그시 바라보았다.

"무슨 일 있었어?"

"추워요. 어서 가세요."

태준의 눈을 피한 단영이 앞으로 한걸음 디뎠다. 태준이 단영의 팔을 잡아 돌려세웠다.

"무슨 일이야?"

"무슨 일 있을 게 뭐예요."

단영이 퉁명스럽게 말을 뱉었다.

"말해."

"없다니까요."

"그런데 왜 화가 나 있어?"

"화 안 났어요."

"입은 안 났는지 몰라도, 얼굴엔 화가 났잖아."

"제 얼굴이 어때서요?"

"입술 끝엔 할 말이 가득하고 양 볼은 불퉁한데."

단영의 얼굴이 있는 대로 구겨졌다.

"말도 안 되는 소리 하지 말아요. 올라가요. 호숙 샘 기다려
요."

"안 기다려. 허락받고 내려왔어."

"허락이라뇨?"

단영의 눈이 그제야 태준을 제대로 바라보았다.

태준은 잠깐 보자는 자신의 문자에 돌아오는 답이 없자 하는
수 없이 4층 간호사 스테이션으로 직접 내려갔다.

다음 주 월요일에 있을 학회 논문 준비를 위해 연구실에서 밤
을 새우고 있었지만 태준은 자신의 손으로 수술한 환자들이 있
는 병원보다는 자신의 오피스텔 쪽이 더 집중이 잘되었다. 그럼
에도 연구실의 불을 늦도록 밝히고 있었던 것은 이번 주 단영의
근무가 나이트였기 때문이다.

민준의 오피스텔에서 본 후 언뜻 병동을 스칠 때만 얼굴을 마
주할 수 있었다. 그녀를 향한 끊이지 않는 상념으로 단영이 자
리를 비우고 싶지 않음을 알면서도 문자를 보냈다.

처음엔 보지 못했거나 라운딩을 돌고 있을지 모른다고 생각
했지만 5분도 채 지나지 않아 조급증을 참지 못하고 자리에서
일어났다.

"교수님, 서 선생님에게 관심 있어요?"

자리에 없는 단영을 찾았더니 스테이션 카운터 앞에 앉은 호
숙이 고개를 들어 물어왔다.

뜬금없는 질문에 잠시 당황하던 태준은 곧 진중한 얼굴로 답했다.

"관심이라는 두 단어로는 부족한 마음인데요."

그의 말에 잠깐 멍하니 있던 호숙은 금세 표정을 정리하고 차분히 말을 이었다.

"그러면 제대로 고백하세요. 이렇게 불쑥불쑥 찾아오시면 괜히 서 선생님만 힘들어져요. 아시는지 모르겠지만 교수님 인기가 46병동 천장을 찌르거든요."

호숙의 얼굴을 가만히 주시하던 태준은 그녀의 예상보다 빨리 숨은 뜻을 알아차리고 입을 열었다.

"그럼 최 선생의 든든한 지원 사격으로 잠시 서 선생 시간 좀 뺏을 수 있겠습니까."
"물론이죠."

20분 전 일이었다.
"말해 봐. 감추려니 화가 나고, 말하려니 시시한 사람 될 거 같은 게 뭔지. 괜히 사람 눈치 보게 하지 말고."
호숙에 대해 묻는 단영의 답을 무시하며 태준은 1층 로비에 내려오면서부터 시선을 제대로 맞추지 않는 단영에게 대답을 요

구했다.

"눈치를 봐요? 강태준이라는 사람이 제 눈치를요?"

"왜? 난 항상 서단영 눈치 보느라 인생이 수렁에 빠진 사람인데."

"수렁이라뇨?"

"마지막으로 묻는 거야. 말해."

"추워요. 들어갈게요."

바보 같은 남자. 어떻게 말해. 당신 이름 옆에 따라붙는 다른 여자의 이름이 신경 쓰인다고 어떻게 말할 수 있냐고. 아랫입술을 질끈 깨문 단영은 빠르게 몸을 돌려 뛰다시피 별관으로 향했다.

긴 다리로 성큼 따라붙은 태준이 단영의 팔을 붙들었다. 무언가 더 말하려던 그는 그저 입술을 다물고 단영의 손을 잡았다.

"춥다. 같이 가자."

큰 손안에 단영의 손이 폭 감기듯 잡혔다. 싸늘히 식은 손에 비해 큼직하고도 따뜻한 남자의 손이었다. 멈췄던 단영의 발걸음이 한 걸음씩 움직이며 코끝에 찡한 물기가 묻어왔다. 어쩌면 좋을까.

분명히 손보다 더 따뜻할 그의 가슴팍에 머리를 묻고 잠시 쉬고 싶었다. 끝없이 무장해제 되어 오는 마음으로 멀리 떠 있는 상현달을 바라보는 그녀의 눈가도 시렸다.

남자는 나이를 먹을수록 무감해진다는 엄마의 말이 단영은 틀렸다고 생각했다.

서른다섯의 그는 열아홉의 그보다 다감했고 스스럼없었다.

집 앞에 다다르도록 손 한 번 잡아 오지 않는 태준에게 내심 섭섭했던 어린 날을 떠올렸다.

싸늘한 바람이 그의 체온을 담아 그녀의 가슴팍으로 저릿하게 스며드는 새벽이었다.

9화

간호사 스테이션 앞으로 엷은 긴장감이 깔렸다. 레지던트 각 연차들의 쿵쾅거리는 심장 소리는 어쩌면 긴장을 넘어 두려움을 동반한 공포일지도 몰랐다.

치프(Chief)* 철규가 고개를 땅으로 푹 숙인 채 태준의 앞에서 땀을 뻘뻘 흘리고 있었다. 그것을 지켜보는 각 연차들은 차라리 자신들이 태준의 앞에서 무릎을 꿇는 것이 나을 것 같았다.

한편으로는 전문의 시험 사흘 전 격려주를 산 게 천만다행이라고, 무리 지은 일곱 모두가 같은 생각을 하고 있을 터였다. 하마터면 저희들의 치프가 올해 있는 전문의 자격시험도 못 치를 뻔했다.

401호에 입원한 이꽃분 환자가 밤새 중환자실에 들어가는 동

---

*Chief:레지던트 중의 대표로서 레지던트 3년 차 혹은 4년 차 중에서 뽑는다.

안 의국엔 레지던트가 한 명도 없는 초유의 사태가 발생했다. 만으로 69세인 꽃분은 지난 추석 전날 지주막하 출혈 수술 후 합병증인 수두증 발병 단락술을 받고 두 달이 다 되도록 열이 잡히지 않았다.

결국 머릿속에 박은 션트가 복부 한편에서 염증을 일으킨 것으로 판명되어 이틀 전 션트 제거술을 받았다.

일주일, 혹은 2주일 후 상태에 따라 다시 2차 션트 삽입이 예정된 꽃분은 단영이 출근할 당시 잠이 든 상태였다.

단영은 심한 가래로 인한 거친 호흡으로 석션에 신경 쓸 것을 이브닝 간호사부터 인계를 받았다. 석션을 하고 나온 지 20여 분, 여전히 호흡할 때 쇳소리가 난다며 보호자가 단영을 찾았다. 석션기를 가지고 병실에 들르자 보호자인 딸이 훌쩍거렸다.

낮에 석션을 얼마나 자주 했던지 용을 쓰다 못한 모친이 볼일 볼 날짜가 아닌데도 기저귀에 변까지 봤다며, 얼굴이 벌겋게 달아오를 때까지는 하지 말아 달라고 했다.

기관지 튜브에 석션기를 넣으려던 단영이 순간 짚이는 생각에 펜 라이터로 꽃분 할머니의 동공을 비추었다. 잠들어 있다고 생각한 꽃분의 동공에서 무언가 알아차렸는지 그녀의 마음이 급해졌다.

스테이션으로 달려가 응급 CT실에 오더를 내리고 의국에 있는 레지던트들에게 급히 블랙베리를 쳤으나 아무도 나타나지 않았다.

하는 수 없이 응급실에 내려가 있는 신경외과의에게 전화를 했더니 당직인 1년 차 현호를 대신한 재희가 자리를 지키고 있었다.

연락을 받은 재희는 CT실로 바로 달려왔고 확인한 결과 꽃분의 뇌실 크기가 수술 예정일까지 기다리지 못할 만큼 척수액으로 인해 커져 있었다.

당장 응급 수술을 시행해야 하는데 아무도 연락이 되지 않았다. 하필 펠로우 두 명은 지방 학회에 참석 중이었다. 집에서 연락을 받고 한 시간 만에 나타난 태준이 재희의 어시를 받으며 수술을 끝내고 나왔다. 응급실에 신경외과의를 찾는 환자가 오지 않은 것도 천만다행인 일이었다.

이틀 뒤 있을 철규의 전문의 시험 격려주가 오늘 아침의 황당한 상황을 만들었다.

"가엾지도 않다. 미친 거야, 완전히."

"쯧."

호숙은 원주의 거친 말투에 눈을 가늘게 뜨며 작게 혀를 찼다.

"아니, 지민 선생님은 또 무슨 일이에요. 낮에는 몰랐대요? 계속 석션만 해 줬던 거야? 어젯밤에 단영 샘 아니었으면 어쩔 뻔했어. 뇌압 어휴……."

원주가 생각도 하기 싫다는 듯 고개를 내저었다.

"안 그래도 항생제 알레르기 있는 환자가 또 수술을 받아야 된다고, 따님 울고불고 난리던데."

"조용히 해."

장례 분위기를 연출하고 있는 복도를 바라보며 수간호사 진연이 원주의 입을 다물게 했다.

"오늘 빼빼로 데이라고 단영 샘이 준비해 온 것들이 무색해졌잖아."

진연의 말에 괘념치 않고 카운터 안쪽으로 쌓여 있는 알록달록 예쁜 포장지의 빼빼로를 보며 원주가 여전히 투덜거렸다.

"병실에 있는 분들 주려고 사 왔어요."

"에이, 서 선생님이 우리들 안 챙길 사람인가요. 다 돌리고도 남겠는걸. 차도 없는데 어떻게 들고 오셨……."

"입 다물어."

복도 한편에서 들려오는 싸늘한 목소리가 간호사들의 입까지 다물게 했다.

"그걸 변명이라고 하고 있는 거야? 어제 곽 선생과 학회에 참석한 녀석이 하나도 없다는 소리지? 이 자리에 다 몰려 있다는 것은."

"죄송합니다."

"죄송? 그게 왜 나한테 죄송할 일이야? 부모님들께서 고귀하게 낳아 주신 정신을 썩어 빠진 상태로 굴리는 자신들에게나 사과해. 이따위로 살아서 미안하고 부끄럽다고."

바라보고 있던 간호사들을 포함해 단영의 가슴도 쿵쾅 뛰기 시작했다. 저렇게 차갑고 싸늘한 그의 눈빛을 한 번도 본 적 없던 단영이었다.

"단 한 놈도 빠짐없이 새벽 4시가 되도록 술집에 처박혀 있었다? 게다가 치프라는 녀석은 이 시간이 되도록 의국에서 자다가 콜을 받고 내려오고."

철규의 고개가 더 깊이 땅으로 떨어졌다.

"고개 들어."

어떤 상황에서도 언제나 침착한 태준의 목소리 톤이 확 커지자 원주의 눈이 동그래졌다. 호숙도 진연도 놀라 쳐다보았다.

"고개 들고 똑바로 봐. 그리고 감사하게 생각해. 네가 비운 병동, 곳곳에 있는 병실들, 그곳에 밤새 안녕하고 있어 준 환자들에게 감사해하라고. 아니었으면 넌 어느 병원에서도 의사 생활 못 했어. 알아? 차후 이곳에서의 행로도 일단 시험을 치른 뒤에 이야기하지."

"……네."

철규의 기어들어 가는 목소리에 이제껏 고소함이 묻어 있던 원주의 얼굴에 설핏 안쓰러운 기색이 감돌았다.

"잘 들어, 각 연차들. 네 녀석들은 앞으로 두 달 동안 오프 없어. 이재희 선생 이틀 휴가 쓰고, 빈자리 이꽃분 환자 담당은 영하, 네가 뛰어."

말이 끝나기 무섭게 몸을 돌려 사라지는 태준을 향해서 모두 허리를 땅까지 숙여 인사했다.

몇 분 동안 숨소리 하나 내지 않던 검은 뿔테 안경 아래 영하의 시선 또한 연신 바닥을 향했다. 휴가를 받고도 불편한 재희가 철규 앞에서 더 어쩔 줄 몰라 했다.

"고생했다. 너라도 있어서 천만다행이었어."

"네? 아……."

자신이 미안해할 일도 아닌데 이런 일 앞에서 오프를 이틀이나 챙겨 받아 몸 둘 바를 몰라 하던 재희가 철규의 말에 화들짝 놀라 고개를 들었다.

"미안하다, 다들. 올라가."

10여 분이 몇 시간처럼 느껴진 아침이었다. 다들 힘없는 모습으로 발걸음을 돌리려는 순간이었다.

"임 선생님."

진연의 부름에 철규가 뒤를 돌아보았다.

"이거 들고 가서 하나씩 나누어 드세요. 단영 선생님이 다 같이 먹자고 사 오셨네요. 힘내세요. 시험 잘 치르시고요."

철규가 고개를 들어 스테이션 안쪽에 있는 단영을 쳐다보았다. 단영이 환한 웃음으로 고개를 작게 까닥거렸다. 쑥스러움과 겸연쩍음이 묻은 철규도 짧은 묵례를 건네 왔다.

"제가 들게요."

재희가 진연이 들고 온 쇼핑 가방을 들고 철규의 뒤를 총총거리며 따랐다.

"이게 무슨 난리야."

호기심으로 가득했던 원주도 옅은 한숨을 쉬며 고개를 작게 저었다.

"시험이나 잘 봐야 할 텐데."

진연이 걱정스레 말했다.

"안 됐긴 안 됐지만, 그냥 시험 잘 치고 오면 과장님이 어련히 고생했다고 한잔 살 건데. 시험 며칠 전 술이라니 제정신이 아니긴 해. 안 그래도 철규 샘 시험 치고 우리 의국 회식한다고 했잖아요. 분위기 제대로 안 살게 생겼네."

"그땐 또 다 잊게 되어 있어. 그나저나 서 선생, 피곤할 텐데 얼른 퇴근하셔야죠."

호숙의 말에 우두커니 서 있던 단영이 고개를 돌렸다.

"퇴근하시면서 교수님께도 빼빼로 하나 가져다 드리고요."

"네?"

"왜요? 교수님 건 없어요?"

"왜 없어. 오늘 올라오실 기사님들까지 다 돌려도 되겠는데. 저걸 어떻게 들고 왔대?"

진연이 예쁘게 묶인 리본 하나를 떼고 포장지를 열어 빼빼로 하나를 꺼내 와작 씹으며 말했다.

"그래요, 단영 샘. 퇴근하시는 길에 교수님 동태나 한 번 살펴보세요. 엄청 화나셨던데. 너무 무서워요. 그래도 어제 단영 샘 공이 컸잖아요. 마음 같아선 내가 가고 싶지만."

태준의 일이라면 쌍심지를 켜는 원주까지 나서자 단영의 마음이 망설임으로 번졌다.

그도 피곤할 텐데 바로 집으로 가지 않았을까. 오늘은 외래 진료도 없는 날인데. 심란한 마음에 며칠 전 산책길에서 몇 마디 나누지도 못하고 심통 부리듯 헤어진 게 단영의 마음에 걸렸다.

어느덧 단영은 태준의 연구실 앞에 서 있었다. 그럼에도 쉬이 노크를 하지 못하는 단영의 앞으로 갑자기 문이 열리자 놀란 그녀가 한걸음 뒤로 물러섰다.

문 앞에 서 있는 그녀를 짐작도 못 했는지 여전히 가운 차림의 태준의 눈썹이 휙 올라갔다.

"임철규 선생, 그렇게 안 봤는데 은근히 허당이네. 덕분에 그 환자는 강 교수 손을 빌렸으니 이번엔 몸에서 잘 받아들이겠지.

어? 서 선생?"

연구실 뒤편에서 누군가의 목소리가 흘러나오더니 영주가 태준의 옆으로 모습을 드러냈다.

"나 보러 온 건가."

"……."

"그런가 보네. 우리 지금 아침 식사하러 갈 건데, 서 선생도 같이 가요."

"아, 아니에요. 저는 지금 퇴근하는 길이에요."

영주의 갑작스러운 청에 단영이 화들짝 놀라 작은 목소리로 거절했다.

"왜요? 나도 한솔고 출신인데. 동문 모임 어때요? 아, 현강이도 부를까?"

단영의 눈이 살짝 커졌다.

"어? 현강이는 아는가 봐요. 현강이도 이곳 재활의학과에 있어요."

현강 선배도 재활의학과. 지태가 있는. 순간 단영은 재활 병동을 거치지 않고 구내식당을 둘러 다녀야겠다는 얼토당토않은 생각을 떠올렸다.

"말씀은 감사합니다만, 실은 서 있기도 힘들어요."

영주의 청을 사심 없이 받아들인 단영은 편안한 웃음으로 다시금 고사했다.

"그거 나 주는 건가?"

태준의 눈이 뒤로 가 있던 단영의 왼손에 닿았다.

"아, 간호사 선생님들이 교수님 기분 언짢아 보인다고 퇴근길에 전해드리라고 해서요. 오늘 빼빼로 데이라고……."

"오늘이 11월 11일이었어? 우와, 46병동 간호사 선생님들 죽인다. 감동인데."

주춤거리며 나가는 단영의 손에 들린 빼빼로를 태준이 말없이 바라보고 서 있자 영주가 얼른 받아 들며 감격해했다.

"그 바쁜 와중에도 선생님들 의좋게 예쁘게도 포장했네."

"의리 빼빼로는 별로인데."

"그럼 저는 이만 가 볼게요."

"아, 서 선생……."

영주의 부르는 소리 위로 고개를 꾸벅 숙인 단영이 그대로 몸을 돌려 엘리베이터로 행했다. 이제야 어렴풋이 영주의 존재가 떠올랐다.

그와 더불어 민준의 집안과도 어려서부터 잘 알고 지냈다는 이영주. 교내 곳곳에서 그의 옆에 자연스럽게 붙어 있던 유일한 여학생. 그리고 지현강.

한 걸음 두 걸음 병원 복도를 내딛는 단영의 발걸음에 조금씩 힘이 풀렸다.

변호사가 된 보람. HS그룹 전무 이사 민준. 전문의가 된 지태까지. 모처럼 용기를 내어 들어온 넓은 세상에 온통 다른 세상을 사는 이들이 자신을 둘러싸고 있는 듯해 단영은 왠지 울적해졌다.

바보 같은 생각. 생사를 싸우고 있는 이들, 그 앞에 애잔한 눈물을 토해 내는 가족들을 바라보며 자신이 가진 것에 한없이 감사하리라던 다짐이 그새 무색해져 버리다니.

마음을 다잡으며 1층 로비의 자동문을 나서자 단영은 얇은 니트를 뚫고 들어오는 아침 바람에 정신이 확 들었다. 그때야 코트를 탈의실에 두고 온 사실을 알아차렸다.

제 어이없는 행동에 단영이 그저 입만 벌린 채 서 있었다. 지하철까지 10여 분. 망설일 것도 없이 다시 병동으로 올라가야 하는 데도 발걸음이 떨어지지 않았다.

태준의 연구실 문 앞을 벗어나면서 모든 피로가 파도처럼 몸을 덮쳐 왔다. 예정에 없던 발걸음에 쓸 에너지는 단 한 톨도 남아 있지 않았다. 덕분에 눈앞에서 멈춘 차도 알아차리지 못했다.

"타."

가운 대신 블랙 재킷으로 갈아입은 태준이 운전석 창문을 열고 단영을 불렀다. 놀란 그녀가 고개를 들었다.

"얼른 타지."

태준의 차 뒤에서 클랙슨 소리가 들려왔다. 엉겁결에 올라탄 단영이 말문을 연 것은 병원 출입 차단막이 오르내린 한참 후였다.

"어디 가는데요?"

"밥 먹으러."

"이영주 선생님은요?"

"영주는 아침 먹었어. 안 먹은 사람끼리 먹는 게 낫겠다 싶어서."

묻는 말에 대한 답만 있을 뿐 별말이 없는 태준이 단영은 조금 불편해져 왔다. 구내식당 앞으로 우산을 들고 왔던 그. 스테이션으로 직접 찾아왔던 그. 연구실에서 흥분하던 그. 오피스텔에서의 그. 그리고 얼마 전 산책로에서의 그. 세월을 건너뛰고서 그녀의 앞으로 쑥쑥 걸어 들어온 그가 오늘은 아무런 말이 없었다.

차창 밖 도로를 쳐다보는 단영의 마음이 심란해졌다. 지난밤 그가 없는 나이트 근무는 무기력하고 고됐다. 꽃분 할머니의 위기 상황 앞에서 나타난 그가 너무도 반가웠다.

단영의 머리 한구석에서 위험 신호가 울렸다. 저도 모르게 내뿜는 한숨 소리가 전해졌던지 앞만 보고 운전을 하던 태준이 힐긋 단영을 향해 돌아보았다.

"다 와 가. 조금만 참아."

나이트 근무를 선 단영의 피곤한 숨소리라 생각했던지 차의 속도가 조금 더 빨라졌다.

어느새 목적지에 도착한 차는 이화여대 교정을 마주 보고, 왼편의 담장 샛길로 들어서 뒷골목의 텅 빈 주차장으로 향했다.

차에서 내린 태준이 앞장서 걷는 길엔 각종 의류와 잡화들을 아기자기하게 내걸은 가게들이 늘어서 있었다. 아직 문을 열지 않은 여러 가지 수공예품이 창가에 멋스럽게 드러난 마지막 가게를 끝으로 모퉁이를 돌자 낮은 기와를 둔 식당 하나가 모습을 드러냈다.

'따뜻한 아침 밥상'이라는 작은 간판 아래의 낮은 출입문으로 태준이 허리를 숙여 들어가 단영이 들어오길 기다렸다.

몸을 낮추어 들어선 마당 한가운데엔 멋스럽게 핀 구절초를 중심으로 잘 다듬어진 키 작은 노송과 정원수가 돌담으로 둘러

싸여 있었다. 마주 보는 여러 방들은 고풍스러우면서도 정갈했고 안쪽의 탄탄한 나무 테이블과 소품들까지 웬만한 한정식집 이상이었다.

먼저 자리에 앉은 그가 건네는 방석 위에 단영이 약간 주춤거리며 앉으려는 순간 앞치마를 두른 단아한 중년 여성이 사기 주전자를 받친 쟁반을 들고 들어섰다. 태준이 잠시 자리에서 일어섰다.

"오랜만이네요."

"네. 그동안 평안하셨습니까."

"덕분에요. 그럼 편히 드시다 가세요."

그저 일반 음식점 주인과 손님은 아닌 듯한 묘한 분위기에 방바닥으로 떨어져 있던 단영의 눈길이 태준을 향했다. 그 시선을 느끼고도 태준은 별반 말이 없었다.

"잘 아는 사람 아니면 찾기 힘든 곳 같은데, 자주 와요?"

"두 번. 다녀간 지 꽤 됐어."

그것이 언제였냐고 물으려 꿈틀거리던 단영의 입술이 가만히 제자리를 찾았다.

"의자가 아니라 불편해?"

"아니에요. 좋아요. 따뜻하고."

단영이 방석 밑에 손 하나를 쓱 집어넣었다. 방으로 들어설 때, 발바닥에 와 닿던 적당한 온기가 마음에 들었다.

"아직은 따뜻한 온돌을 즐길 만한 날씨는 아닌데."

태준은 단영의 윗옷에 설핏 시선을 준 후 말을 다시 이었다.

"운전도 안 하면서 왜 그렇게 얇게 입고 다녀?"

단영은 탈의실에서 미처 코트를 챙기지 못했다는 말을 하지 않았다. 가만히 테이블 끝에 가 있는 단영의 눈매에 태준의 시선이 머물렀다.

"뭐 좋아해?"

그녀의 두 눈썹이 위로 올라가며 태준을 향했다.

"파스타?"

짧은 웃음을 입술 끝에 내민 단영은 고개를 작게 흔들었다.

"다 잘 먹어요."

"부모님은 여전히 치킨집 하고 계셔?"

단영은 말없이 엎어져 있는 다기를 집어 들고 사기 주전자에 손을 뻗었다. 주전자를 먼저 잡은 태준은 단영의 손에서 컵을 뺏어 들고 숭늉을 따라 그녀의 앞에 먼저 놓았다. 그리고 단영의 앞에 놓인 다기에 물을 따라 자신의 앞에 놓았다.

"돌아가셨어요, 아버지."

주전자를 내려놓던 태준의 손이 멈칫했다.

"대학 입학하기 얼마 전이었으니까 벌써 한참 됐네요."

단영이 아무렇지도 않은 척 한쪽 어깨를 으쓱해 보였다.

"그러고 보니 치킨은 별로네요."

태준이 말문을 열기 전에 때맞춰 젊은 여직원이 상에 음식을 차리기 시작했다.

말 그대로 따뜻한 아침 밥상이었다. 맑은 콩나물국과 잘게 썬 밤, 은행이 들어간 영양밥에 작은 뚝배기의 구수한 청국장. 손수 구운 김과 케이크처럼 잘 부푼 달걀찜, 고소하게 구워진 조기와 나물 몇 가지.

오랜만에 입에 담은 아버지란 단어에 대한 서글픔을 꿀꺽 삼키듯 단영은 밥 한술을 크게 떠서 입에 넣고 꼭꼭 씹은 후 국으로 입을 가셨다.

무엇으로 육수를 냈는지 비린 맛 하나 없는 시원한 국에 한번 더 입을 축이고 만족한 듯 고개를 들어 태준을 향해 시원한 미소를 드러냈다.

태준의 두 눈썹이 꿈틀거렸다. 단영은 가슴 줄기를 타고 내려가는 국물의 뜨거움을 삼키며, 또 생긋 웃음을 띠며 말했다.

"맛 괜찮아요. 아침에 밥 생각 전혀 없었는데."

조기의 뱃살을 잘 발라 한편으로 놓고 뼈를 걷어 낸 후 태준의 앞으로 접시를 내밀며 단영이 쫑알거리듯 계속 말을 이었다.

"아침밥 한번 차려 줬다고 이렇게 갚으실 것까지 없는데. 하긴, 오늘 빼빼로도 드렸으니 교수님께 얻어먹어도 되는 거죠?"

"서단영 선생."

갑작스러운 그의 엄한 목소리에 병동인 듯 착각한 단영은 젓가락을 입 끝에 문 채로 고개를 들어 올려 태준을 바라보았다.

"그렇게 불리면 역시 좋을 것 같진 않지?"

두어 번 크게 눈꺼풀을 파닥거리던 단영의 입술이 작게 일그러졌다.

"감짝 놀랐잖아요. 또 뭐 잘못한 줄 알고."

"그러게, 현실 파악 잘해."

"현실 파악이라뇨?"

"46병동에선 서 간호사."

태준이 잔을 들어 물 한 모금을 마신 후 수저를 제자리에 내려놓았다. 그의 밥공기가 깨끗하게 비워져 있었다.

"그 외엔 강태준의 여자, 서단영해."

콜록콜록. 단영 역시 밥공기를 완전히 비운 후 마지막 물을 들이켜던 순간이었다.

금방 그칠 것이라 여겼던 단영의 기침이 끝이 없자 태준이 재킷 안주머니에서 손수건을 꺼내 단영의 앞으로 밀어 주었다. 미간엔 주름이 잡혀 있었다.

"뭐 별소리를 들었다고 이러실까."

밥 알갱이 하나가 입과 코 사이에 걸린 것 같았다. 이런저런 불쾌감이 단영의 얼굴에 그대로 드러났다. 그 표정을 읽은 태준이 눈살을 더 찌푸렸다.

"무슨 소릴 하는지. 식사 다 하셨으면 일어나세요. 얼른 가서 자고 싶어요."

"너, 나 좋아하잖아."

다시 물컵으로 가려던 단영의 손이 툭 하고 떨어졌다. 밤새 잠 한숨 못 잔 사람에게 밥 한술 먹여 놓더니 좋아한다는 고백도 아니고. 뭐? 너, 나 좋아하잖아? 단영은 황당한 나머지 헛웃음도 나오지 않았다.

"그래서요?"

"연애하자고."

"싫어요."

"왜?"

단영은 무심한 듯 사발을 들고 숭늉 한 모금을 삼켰다.

"선배는 단순히 한 번 놀고 끝낼 수 있는 사람이 아니잖아요.

옛날엔 날라리 아닌가, 하고 생각해 본 적도 있지만."

"그래서 넌 그게 가능해?"

"선배가 가능하다면 놀다 끝내는 건 한 번쯤 생각해 보죠."

태준은 인상을 찌푸렸다.

"무슨 소리를 하는 거야?"

"46병동 서단영 간호사가 덕망 높은 강태준 교수님을 존경하고 좋아하는. 그래서 이런 밥 한 끼에 마음이 설레는 것까지만 하고 싶어요."

"왜?"

단영은 더 나아가면 아플 것 같다는 말을 삼켰다. 인간 서단영의 마음을 전부 주기에는 겁이 난다는 말도. 그러나 그걸 몰라 묻느냐는 말은 하고 싶었다.

"그럼 좋아한다는 말은 왜 해?"

"내 입으로 말한 적 없어요. 그리고 선생님 좋아하는 사람, 병동 내에 셀 수 없어요. 무슨 걱정이에요. 자기 좋아한다는 이유로 연애 시작하려면 원 없이 할 수 있는걸."

"서단영."

"저 바빠요. 그만 일어나요, 교수님."

"그 교수님 소리 좀 어떻게 못 해?"

태준은 버럭 소리를 질렀다. 놀란 단영이 눈을 동그랗게 치켜떴다.

"미안해. 밤새 못 자서 나 역시 피곤한가 봐. 넌 더할 텐데 이런 상황에 말 꺼낸 내가 문제였어. 나중에 다시 이야기하자."

손으로 마른 얼굴을 쓸어내리며 태준이 자리에서 일어나 방문을 나섰다. 슬그머니 일어나 뒤따르는 단영의 표정에 난감함이 일었다. 표현이 나빴을지 몰라도 그의 말에 다른 대처법이 없었다.

문득 어린 날의 그가 떠올랐다. 쭈뼛거리면서도 당돌하게 표현했던 제 감정 앞에서 그 역시 오늘의 자신처럼 꽤나 당황했을지도 모르겠다는 생각을 했다.

식당을 나와 말없이 운전하는 그를 신경 쓰느라 단영은 차가 민준의 오피스텔을 향하고 있다는 걸 뒤늦게 알아챘다.

"잠깐만요. 저 앞 사거리에서 세워 주세요."

"금방이야. 집 앞까지 가."

"저 집 옮겼어요."

단영의 말이 떨어지기 무섭게 차는 3차선 보도블록 앞에서 세워졌다.

"언제?"

"일주일 됐어요."

"주소 불러."

태준이 내비게이션 검색창을 열었다.

"아니에요. 사거리 앞에 버스 있어요."

"너 정말⋯⋯."

"아현동 시장 골목 근처예요."

얼른 내뱉은 단영의 말이 태준의 짜증을 가로막았다. 어찌나 빠르게 내뱉었는지 그의 입에서 피식 웃음소리가 새어 나왔다.

"잠시 잊었군. 서단영은 순한 말이 안 먹혔다는 게. 앞으로 알아서 모시지."

괜찮다는데 차가 더 이상 들어갈 수 없는 곳까지 들어가자 태준은 군이 차에서 내려 그녀를 뒤따랐다. 단영의 예상대로였다. 주택 2층의 옥탑방으로 올라가기도 전에 철제 계단의 허술함을 보고는 있는 대로 표정을 굳혔다.

"대문 들어가면 올라가는 계단 따로 있어요. 그리로 올라가면 돼요."

"가."

"됐어요. 들어가서 얼른 쉬세요."

태준이 대문 옆으로 난 철제 계단을 오르기 시작했다. 어쩔 수 없이 단영이 뒤따랐다. 방 하나와 거실 겸 마루로 이루어진 단영의 새 보금자리인 옥탑방 앞에서 태준은 돌아갈 생각도 없이 버티고 서 있었다.

"설마 차 한 잔 마시고 가겠다는 말은 아니죠?"

"왜? 한밤도 아니고 아침나절부터 어떻게 할까 싶어 겁나? 그러는 사람이 이렇게 허술한 곳에서 어떻게 매일 잠을 잘 생각인 거지?"

태준이 방 창문 새시(sash)를 두 손으로 잡아 흔들자 지난 저녁 꼭 잠가 두었다고 생각한 창 한가운데 열쇠고리가 흔들리듯 방 안쪽에서 툭 떨어지는 소리가 났다.

"짐 싸."

무슨 소리인지 알아듣지 못한 단영은 가방에서 열쇠를 찾고 있었다.

"대충 옷가지만 꾸려서 나오라고."

휴대폰 밑에 깔린 현관문 열쇠를 찾아 든 단영이 이맛살을 찌푸리며 고개를 들었다.

"무슨 소리예요?"

"민준이 오피스텔 비었어. 그리로 옮겨."

"그 오피스텔이 저랑 무슨 상관이에요."

"말 들어. 집 보안도 허술하지만 들고 나는 길이 위험해. 이 브닝 근무하는 날은 한밤에 돌아오잖아."

"됐어요. 그만 가 보세요. 사람 피곤하게 하지 말고. 참견은 병원에서나 하시고요."

말을 마친 단영은 뒤도 돌아보지 않고 현관문 안으로 들어가 버렸다. 뒤따라 현관문 고리를 향해 뻗어 가던 태준의 손이 멈 칫거렸다. 여기서 더 하면 단영의 자존심이 다칠 수 있다는 걸 그도 알고 있었다.

이젠 예전 모습을 찾을 수 없는 아현동이었다. 그러나 단영의 옥탑방으로 가기 위해 골목 하나를 지나칠 때마다 태준의 표정 은 점점 굳어져 갔다.

병원까지의 거리는 나쁘지 않았지만 밤늦은 시간 여자 혼자 드나들기에 주변이 너무 위험해 보였다. 차라리 모르는 것이 나 았다는 말도 이 경우엔 통하지 않았다.

태준은 그 자리를 나서며 하루라도 빨리 알게 되어 다행이라 고 생각했다.

❋   ❋   ❋

"서 선생 벌써 퇴근했습니까."

이브닝 근무 간호사들은 회진 시간보다 일찍 나타난 태준을 보고 바삐 움직이던 손을 멈추고 놀란 눈을 들었다.

"아뇨. 인계 마치자마자 금방 온다며 나가셨어요."

단영보다 두 살 적은 부산 출신의 혜정의 말투는 여전히 빨랐지만 야무졌다. 혜정은 단영을 찾아 스테이션으로 불쑥 나타난 그가 처음이 아니다 보니 새삼 놀랍진 않았다.

"아직 퇴근은 안 했다는 말이죠?"

"네."

"옷도 안 갈아입고 나갔으니까 근처일 거예요. 찾아볼까요?"

태준과 혜정을 힐끔거리던 원주가 호기심으로 앞으로 쑥 나서며 물었다.

"아니, 괜찮아요. 이 선생."

아직 유니폼도 벗지 않았다고 하니 곧 퇴근하러 오겠지 싶어 태준의 얼굴에 작은 여유가 묻어났다.

"그런데 단영 샘은 무슨 일로 찾으세요, 교수님?"

에두르지 않고 궁금증을 거짓 없이 드러내는 원주의 당돌한 목소리에 혜정의 눈이 살짝 커졌다. 입술을 모아 혼잣소리로 못 당해, 하고 말했다.

"보고 싶어서요."

태준의 대답이 스테이션 주변을 쥐죽은 듯 만들었다. 모니터로 눈을 돌리려던 혜정도, 눈을 빛내며 태준의 답을 기다리던 원주도, 카운터 좌측으로 위치한 레지던트 전용 컴퓨터 앞에 앉아 있던 간호조무사들까지 고개를 획 돌려 토끼 같은 눈으로 태준을 바라보았다.

"서 선생님 중환자실 가셨을 거예요."

스테이션 안쪽 간호사 휴식실에서 사복으로 갈아입은 호숙이 모습을 드러내며 말했다.

"중환자실?"

"지영이요. 얼마 전에 들어온 소아 수두증을 앓고 있는 9개월 된 아기."

태준의 미간이 살짝 찌푸려지는 것을 호숙은 놓치지 않았다. 약간 굳어지는 그의 얼굴을 보며 호숙은 그의 마음을 짐작했다. 그렇지 않아도 최근 단영이 지나치게 환자들에게 마음을 주고 있는 게 아닌가 하고 그녀도 신경 쓰이던 차였다.

"곧 올라올 거예요. 아기가 엄마 아빠도 없다 보니까 저희들 모두 마음이 쓰여요."

"고마워요, 최 선생. 그럼."

호숙에게 마음을 읽힌 태준의 눈동자가 살짝 미동을 보인 것 도 잠시, 그가 엄지와 검지로 턱 주변을 살짝 문지르며 몸을 돌 리려던 순간이었다. 두어 걸음 앞으로 생각지도 못한 인물이 다 가오는 것이 눈에 들어왔다.

"너 어쩐 일이야."

회사에서 바로 오는 길인지 슈트가 지나치게 말끔한 민준이 태준의 앞에서 걸음을 멈췄다.

"어쩐 일은. 이 병원에 아는 사람이 한둘이라야지."

"단영이 보러 온 거야?"

"아니. 형 보러."

목소리에 왠지 모를 진중함이 묻어 있었다.

"그럼 연구실로 올라왔어야지."

"그래도 내 20년 지기는 보고 가야지. 안 보이네?"

민준이 스테이션 쪽으로 힐끗 고개를 돌리며 말했다.

"중환자실에 내려갔다는군. 올라가자."

한 걸음 앞장서 걷는 태준을 따라 민준이 등을 돌리는 순간 스테이션에 있던 간호조무사를 포함한 간호사 넷의 호들갑스러운 목소리가 작은 소란을 일으켰다.

태준이 남긴 '보고 싶어서요' 라는 멘트의 뜻에 대해 제각기 믿고 싶은 대로 파악하는 그들 앞으로 호숙이 한 걸음 다가섰다.

"강 교수님은 이제 서 선생님 거니까 다른 타깃을 찾도록 해. 나 퇴근한다."

얼굴이 다른 네 여자의 입이 모두 벙긋 열린 것을 보며 호숙은 피식 웃음을 보인 후 자리를 떴다.

태준이 내려 준 커피를 한 모금 마신 민준은 아무 말이 없었다. 요즘 일본 지사 확장으로 바쁠 민준의 갑작스러운 방문이 의외이긴 했지만 조만간 연락은 오지 않을까 짐작하던 태준이었다.

"외숙모가 전화하셨나 보구나."

곧 회진 시간이 다가오는 태준이 먼저 용건을 꺼냈다.

"그냥 쓰면 되지, 그 오피스텔 명의 변경은 왜 해?"

민준은 손에 들고 있던 커피 잔을 테이블로 내려놓았다.

"명의 변경이 아니라 내가 사겠다고."

"그러게. 양도세만 내고 한국 들어온 선물로 주겠다는데 왜 굳이 사겠다는 건데. 병원에서 가까운데 필요하면 좋은 곳 많잖아. 형이 그런 좁은 오피스텔 사서 뭐하게. 대학 때 학교 근처라 급하게 구해 놓고 이제껏 처분 못 해 있는 걸."

말을 하다 보니 따지는 말투가 스스로도 못마땅했는지 민준의 미간에 미세한 주름이 생겼다.

"서로 편하자고. 굳이 처분할 필요 없고 나는 따로 알아볼 필요 없고."

"지금 쓰는 오피스텔도 그렇고, 역삼동에 또 있잖아. 근데 거길 왜?"

"네 짐작대로야."

민준의 입술 끝이 살짝 굳었다. 턱 근육도 미세하게 떨렸다. 혹시나 했던 생각이 맞아떨어진 것보다 거침없이 자신의 감정을 내비치는 그가 얄미웠다.

"단영이가 머무를 거면 귀찮게 서류 정리해 가면서 할 필요 없어. 언제든지 써도 된다고 내가 몇 번이나 말했어."

"그래서 외숙모도 그렇게 하라셔? 그냥 집 비워 두지 말고 내 말대로 해. 낯선 곳에 들어가는 것보다 좀 지내던 곳이 편할 거야. 병원도 가깝고."

"도대체 무슨 생각이야?"

약간 높았던 민준의 목소리가 더없이 낮아졌고 눈빛은 어두웠다.

"단영이에게 마음이라도 주겠다는 거야?"

"마음이야 준 지 오래고."

민준의 턱 근육이 눈에 띄게 굳었다.

"영주 누나는 어쩌고."

태준의 눈썹이 위로 휙 젖혀 올라갔다.

"쓸데없는 말까지 끌어오지 말고. 하고 싶은 말만 하고 가. 회진 내려가야 해."

"하고 싶은 말 잘 알고 있잖아. 형은 안 돼."

"한민준."

"모르긴 몰라도 형 성격에 가볍지 않은 마음이겠지. 그런데 고모는? 고모부는? 허락하실 것 같아?"

자신을 부르는 태준의 목소리에서 위험 신호를 느꼈지만 민준은 멈출 수가 없었다.

"한민준, 쓴소리 듣고 싶지 않으면 적당히 해."

"말했잖아. 결국 형은 단영이를 아프게만 할 거라고. 우리는 결국 단영이에게 상처밖에 줄 수 없는 사람……."

"우리."

태준의 더없이 낮지만 위엄 실린 목소리가 민준의 목소리를 끊어 버렸다.

"너의 소심함과 비겁함에 나까지 엮지 마. 네 말이 길어질수록 나를 욕보이는 게 아니라 네 옆에 있는 여자를 욕보인다는 사실도 잊지 말고."

민준의 눈썹이 저도 모르게 꿈틀거렸다.

"형은 모르지? 형이 학교를 떠나고 단영이가 얼마나 힘들었는지. 같은 병동에 있으니까 알 거야. 지금 단영이 모습에서 예전의 밝기만 했던 그 애를 느낄 수나 있어? 학교 담벼락이란 담벼락마다, 화장실마다 온통 단영이를 너절하게 만드는 글들. 자랑스러워야 할 전교 석차 1등, 서단영이라는 이름에 뿌려진 빨간 스프레이들. 오죽했으면 2학년 1학기 기말에선 빈 답지를 내고 말았을까."

태준의 눈빛이 흔들리는 것을 놓치지 않은 민준은 애써 참아 왔던 말들을 계속해서 쏟아 냈다.

"형도 어렸지만 진심이 있었겠지. 죽어도 놓기 싫어하던 음대도 포기했고. 그런데 결국은 그렇게 됐잖아. 형 의지하고 상관없이 단영이는 상처 입었잖아."

"열일곱, 열아홉. 아무것도 할 수 없는 애들이었어. 그리고."

태준이 어금니를 힘껏 깨물었다 다시 입을 뗐다.

"그 시절에 너라도 단영이 곁에 있어서 다행이라는 생각, 오래도록 할 수 있도록 해 줘. 나가 봐."

"형."

"너야말로 겁내는 게 뭐야? 곧 손에 쥘 HS? 부모님의 반대? 그것도 아니면 친구로라도 곁에 있지 못할 것 같은 두려움? 똑똑히 들어, 한민준. 지금이라도 네 약혼녀 버리고 솔직하게 덤벼 온다면 상대해 줄 생각 있어. 한 번만 더 이런 무례한 짓거리 할 땐 말로만으로 끝나지 않을 줄 알아."

태준이 그대로 자리에서 일어나 연구실을 나왔다.

그 역시 알고 있었다. 자신의 마음이 오히려 단영을 아프게 할 수 있다는 것을. 자신의 의지와 무관하게 그녀에게 상처를 줄 수 있다는 것을.

그러나 아무리 힘들어도 둘이 함께하고 싶었다. 말 섞을 이하나 없는 머나먼 이국땅에서 오로지 보고 싶었던 것은 곤하게 잠든 단영의 얼굴이었고, 오로지 갖고 싶었던 것은 끝끝내 잡지 못한 어린 단영의 손이었다.

❊　　　　❊　　　　❊

신경외과 레지던트와 수련의들이 4년 차 철규의 전공 시험 격려주를 거하게 마시던 새벽, 재희를 급히 찾으러 응급실에 내려간 단영은 수원의 한 작은 병원으로부터 119에 실려 들어오는 지영을 보았다.

제대로 떴으면 사슴마냥 동그랬을 아기 눈꺼풀 속의 눈동자는 아래로 처졌고 입으로는 젖 멀미와 같은 구토를 하고 있었다.

헉헉대는 아기의 울음 섞인 신음에서 어딘가 말 못 할 통증이 심상치 않아 보였다. 작은 팔은 경련을 일으켰고 비정상적으로 머리가 크다고 여겼던 아기의 병명은 짐작대로 후천성 수두증이었다.

단영은 태어나면서부터 보육원에 버려졌다는 생후 9개월의 아이가 요즘, 무던히 마음이 쓰였다.

얼른 46병동으로 옮겨 오면 틈틈이 곁을 지켜 줄 수 있을 텐데 단락술을 받은 지 며칠 안 된 지영이는 신경외과 중환자실 입구의 따로 마련된 아기 침대에서 오가는 간호사와 저를 데려온 엘리사벳 수녀님의 얼굴을 보는 게 다였다.

단영이 응급실에서 눈도장을 찍은 후 매일 중환자실로 드나들며 지영의 얼굴을 확인했다.

그녀는 오늘 역시 이브닝 간호사에게 인계를 마치자마자 자그마한 목련 꽃망울마냥 뽀얗고 싱그러운 두 손을 맞부딪히며 맑은 눈을 빛내는 지영이를 보고서야 퇴근 준비를 하러 다시 46병동으로 향했다.

뇌실에서 복강으로 이어진 션트가 별 탈을 일으키지 않고 잘 아물었으면 하는 걱정으로 엘리베이터에서 내려 스테이션에 도착하도록 단영은 복도 아래로 향한 시선을 제대로 들지 못했다.

"아니, 도대체 이게 무슨 말이에요. 단영 샘, 강 교수님과 언제 그런 사이가 됐어요? 왜 이제껏 아무 말도 안 했어요? 제가 교수님 이야기로 열 올릴 때마다 속으로 무슨 생각을 한 거예요?"

우뚝 발걸음을 멈춘 단영의 눈썹이 화들짝 위로 향하며 눈꺼풀을 껌벅거렸다. 속사포처럼 앞뒤 없이 쏟아붓는 원주의 말이 무슨 뜻인지 알아들을 수 없었다.

"이 선생, 무슨 일인데? 차근차근 이야기해."

"강 교수님과 언제부터예요?"

"무슨 소리야?"

단영은 저도 모르게 이맛살을 살짝 찌푸렸다.

"그게, 강 교수님이 조금 전에 서 선생님을 찾으셨어요."

조심스럽게 말을 거드는 혜정에게로 단영의 시선이 옮겼다.

"원주 샘이 무슨 일로 찾으시냐고 물으니까……."

"보고 싶어서라잖아요, 글쎄."

재빠르게 치고 들어오는 원주의 말이 혜정답지 않은 느물거리는 말투를 잘랐다.

단영의 입술이 살짝 벌어졌다.

"저희끼리 놀라서 흥분해 있는데 최 선생님이 가시면서 강 교수님은 이제 서 선생님 것이니까 다들 눈독 들이지 말라고 하셔서……."

혜정의 말이 채 끝나기도 전에 단영의 시선이 다시 땅으로 떨어졌다. 그리고 작은 숨을 코로 뱉은 후 이렇다저렇다 말없이 탈의실로 들어갔다.

보고 싶어서. 남들이 했으면 그런 농담을 뭘 그리 심각하게 받느냐며 웃고 넘겼을 텐데 평소 농담이라곤 모르는 그 무뚝뚝한 말투로 던졌다면 안 들어도 뻔했다. 쓸데없는 소리라고는 전혀 할 줄 모르는 호숙 또한 보탰으니 아니라고 진정으로 말해 봐야 믿을 사람이 하나 없을 듯했다.

지난번 아침을 같이 할 때 던졌던 그의 말에 대해 단영은 두 번도 생각지 않으려 노력했다. 그런 마음과 상관없이 그는 그녀의 일상으로 거침없이 들어왔다.

밤늦도록 무엇을 하는지 그는 지난주 이브닝 근무를 하는 단영에게 두어 차례 같이 퇴근하자는 문자를 해 왔다. 무반응의 단영에게 이렇다 할 말이 없더니 급기야 며칠 전엔 1층 로비 정문에 차를 대기하고 그녀를 기다리고 있었다.

또한 오늘처럼 불쑥불쑥 스테이션으로 찾아와 난감하게 만들었다. 적당하게 대응해 주고 위기를 넘겼건만 결국은 이런 사태를 만들었다.

"다들 고생해. 갈게."

살짝 고개인사를 하며 스테이션을 나오는 단영을 향해 혜정은 원주의 눈치를 보며 고개를 재빠르게 끄덕였다.

"서 샘!"

원주의 새된 목소리를 못 들은 척 단영은 빠르게 엘리베이터로 향했다.

지난밤 덜컥거리는 창문 소리에 새벽 3시에 잠에서 깨어 그대로 출근한 단영이었다. 머리 정중앙으로부터 왼쪽 뒷덜미를 가르는 편두통이 그녀의 미간을 힘껏 구기게 했다. 이럴 땐 태준의 무례한 행보도 원주의 원망 섞인 소리도 모두 남의 일이었다.

"……영아."

로비 문을 나와 초겨울의 시린 바람을 코로 깊이 들이마시는 순간이었다. 누군가 단영의 팔을 잡아끌었다. 놀란 단영이 고개를 획 뒤로 돌렸다.

"뭐 하는 거야. 이거 놔."

"아, 불러도 대답이 없어서. 미안."

지태의 손이 단영의 팔에서 급히 떨어져 나갔다.

"이제 퇴근하는 거야?"

단영의 의식이 그제야 주변을 돌아보았다. 평소 별관 2층에서 본관으로 이어지는 길을 통해 퇴근하는 그녀는 저도 모르게 별관 1층 로비를 벗어나 있었다. 고개를 든 저편으로 재활 병동 건물이 눈에 들어왔다.

"그만 가 볼게."

"단영아."

지태가 그녀의 팔을 다시 잡았다. 천천히 몸을 돌린 단영의 텅 빈 눈이 지태를 올려다보았다.

"얼굴 안 좋아 보인다."

"그래, 네 말처럼 컨디션이 별로라 이거 좀 빨리 놔 주었으면 싶은데. 얼른 가서 쉬고 싶어."

"추워. 차 한 잔 마시고 가."

"하지태."

"그냥 따뜻한 것 마시고 가라고. 두통 조금 가라앉을 때까지. 또 편두통 온 거 아냐?"

단영의 텅 빈 동공이 조금씩 모아졌다.

"아무 말도 안 하고 그냥 가만히 앉아 있을게. 너 차 마시는 동안."

재활 병동 1층 로비 구석의 열린 카페, 단영의 앞에 앉은 그는 그녀가 따뜻한 얼 그레이 한 잔을 다 비울 때까지 아무 말이 없었다.

일주일 넘도록 그녀의 움직임에 따라 이리저리 굴러가던 지영의 두 눈동자, 원주의 원망 어린 눈초리, 시선을 피하던 혜정, 그리고 어디에 있든 모든 신경을 앗아가 버리는 태준의 발소리와 체취.

그들의 얼굴이 두통을 타고 멍한 단영의 눈 속에 가득 들이찼다.

"홍차도 카페인 들어 있다고 싫어하더니. 이제 나이를 좀 먹었나 봐."

고개를 든 단영이 지태를 바라보았다.

"아직도 편두통 때문에 힘들어?"

"아는 척하지 마."

단영은 미간을 살며시 찌푸리며 옆에 있는 빈 의자에 놓은 가방으로 손을 뻗었다.

"어머니는 좀 어떠……."

"엄마 이야기도 꺼내지 마."

단영의 단호한 목소리에 지태의 입이 절로 다물어졌다.

"그렇게 아는 척하는 거 거슬려."

"단영아."

"앞으로 지나가도 아는 척하지 마. 생각보다 불편해. 오늘 차는……."

가방을 들고 일어서며 말을 잇던 단영의 동작이 그대로 멈췄다. 언제 다가왔는지 테이블 앞에 선 영주와 그 옆의 한 사람 때문에 단영은 말을 끝맺지 못했다.

"우리가 방해한 건 아니죠?"

갑작스럽게 일어서는 단영을 보며 영주가 약간 미안한 기색으로 말했다.

"하 선생이 이해해야지. 10년 만에 만나는 선후배의 거룩한 재회 앞에서 말이야. 안 그래? 서단영 후배님?"

영주의 한 걸음 뒤에 있던 현강이 불쑥 고개를 내밀며 단영의 앞으로 모습을 드러냈다. 단영의 두 동공이 현강을 향해 좁아졌다.

곧 변한 듯 변하지 않은 오래전 기억 속의 인물을 보고 입매가 슬쩍 꿈틀거렸다.

"지랄광. 당연히 기억하겠지?"

풋. 단영의 입에서 작은 웃음이 터져 나왔다.

"어머, 두 사람 학교 다닐 때 썸씽이 꽤 있었나 봐."

"오랜만입니다, 선배님."

단영이 고개를 살짝 숙이며 조용하고도 단정한 목소리로 인사를 건넸다.

"뭐야? 이런 우아 모드로 성장하셨단 말이야? 설마 톡톡 튀던 매력을 다 버린 건 아니지?"

"버리긴요. 그 매력으로 지금 자리를 박차고 일어나던 중이었는데요."

세 사람 뒤에서 엉거주춤 서 있던 지태가 슬며시 대화에 끼어들자 단영의 눈썹이 살짝 찌푸려졌다.

"그래?"

단영과 지태, 두 사람을 번갈아 보는 현강의 눈에 살짝 탐색의 기미가 보였다.

"서 선생은 퇴근하는 길인가 봐요. 괜찮으면 저번에 못한 식사 하러 갈래요? 조금 이르지만."

화사하게 웃은 영주가 현강의 옆구리를 살짝 찌르며 단영에게 물었다.

"번번이 죄송합니다만, 퇴근이다 싶으면 그저 집 생각이 간절해서요."

"그렇지. 신경외과 일이 여간 힘들어야지. 그래도 오랜만인데 먹고 가. 태준이도 오기로 했고."

"지금 단영이 컨디션이 많이 안 좋은가 봅니다. 힘들어 보여서 잠깐 따뜻한 것만 마시고 가라던 참입니다."

지태가 또 불쑥 끼어들자 단영은 미간을 찌푸리며 그를 올려다보았다.

"많이 힘들어? 그럼 우린 언제 회포를 풀지? 조만간 태준이에게 연락할 테니까. 어때?"

"……."

"저희는 먼저 가 보겠습니다."

단영의 짧은 침묵을 깨고 지태가 그녀의 등에 살짝 손을 대며 영주와 현강을 지나쳤다.

"하 선생은 어디 가는데? 우리와 식사하러 가지? 저녁에 다음 주 학회 건 의논하기로 했잖아."

"단영이 버스 타는 거 보고 올라가겠습니다."

지태는 조금 더 좁혀진 미간을 들고 자신을 바라보는 단영의 등을 살포시 재촉하며 발걸음을 뗐다. 더 이상의 실랑이는 우스울 것 같아 단영은 말없이 그의 손에 떠밀리듯 자리에서 벗어났다.

"하 선생 저거, 우리 들으라고 부러 서단영 이름 또박또박 부르는 거 맞지?"

멀찌감치 사라지는 두 사람의 등을 보며 현강이 눈을 가늘게 떴다.

"두 사람, 어떻게 아는 사이야?"

영주가 시선을 들고 현강을 바라보았다.

"견제지. 견제."

"무슨 소리야?"

여전히 혼잣말인 듯 중얼거리는 현강을 향해 영주가 고개를 빤히 들었다.

"두 사람이 어떤 관계든 궁금해하지 말고 너도 얼른 노선이나 정해. 사랑인지 아니면 못 이기는 척 현실을 따르든지. 한쪽은 벌써 판이 기운 거 같으니까."

"무슨 소리냐니까?"

급기야 영주가 있는 대로 눈살을 찌푸렸다.

"둔한 머리에 이것저것 담아 넣어서 힘들어할 것 없고. 너는 요즘 어떻게 되어 가는데? 진짜 7년 연애 막 내린 거야? 아니면 자극 요법이었어?"

"서 선생과 태준이 이야기야?"

"그게 왜 서 선생과 태준이 이야기야? 너와 그 그림쟁이 이야기지."

"너 자꾸 그림쟁이라고 할래?"

"그럼 뭐라고 해? 아직 데뷔도 제대로 안 한 그림쟁이보고. 그러지 말고 그냥 나한테 와라. 부모님 입장에선 내 점수가 좀 높지 않겠냐?"

퍽. 영주가 현강의 등짝을 내려치는 소리가 재활 병동 1층 로비에 울려 퍼졌다.

"내가 재활의학과 들어온 유일한 후회가 지현강 너다. 알아?"

영주가 빠르게 몸을 돌려 카페를 벗어났다.

"어, 같이 가."

주머니에 두 손을 찔러 넣고 걷는 그녀의 빠른 발걸음으로 인해 하얀 가운이 나풀거렸다.

　잰걸음으로 뛰어가 그녀의 머리를 한 대 콩 치는 현강의 미소
에서 20년 지기 친구의 익살이 그대로 묻어났다.

10화

　지태와 실랑이를 벌일 힘도 없던 단영은 집으로 향하는 버스
가 5분도 되지 않아 도착해 무던히 반가웠다.

　버스를 타는 동시에 뒤로 따라붙는 그의 끈덕진 시선 따위 신
경도 쓰지 않았다. 어딘가 누워 눈을 붙이고 싶은 간절한 생각
으로 불편한 좌석에 앉자마자 차창에 머리를 기대었다.

　직장인들의 퇴근 시간으로는 이른 편이라 시원하게 달린 시
내버스는 단시간에 단영의 집에 당도했다.

　그러나 단영은 2층 단독 주택 옥상의 현관문 앞에서 10분이
지나도록 멍하니 문만 바라보고 서 있었다. 이른 새벽 집을 나
서던 때의 현관문이 아니었다.

　갈색 새시에 큼직하게 끼워 있던 반투명 유리문이 아닌 연회
색 철문이었고, 잠금 손잡이와 자물쇠 대신 자동 도어록이 붙어
있었다. 밖으로 난 거실 창문 역시 바뀌어 있었다.

1층 주인집에 내려가 어떻게 된 일이냐고 물으니 아가씨가 사람을 부른 것 아니었냐며 오히려 놀라기까지 했다.

난감해하던 단영은 입술을 꾹 깨물고 가방을 뒤져 휴대폰을 찾아들었다. 아니나 다를까, 태준으로부터 문자가 와 있었다.

〈현관문 비밀번호 0724. 허락 없이 변경 불가.〉

단영의 입에서 어이없는 헛웃음이 절로 튀어나왔다. 비밀번호 설정까지 해놓은 걸 보니 수리 업체뿐 아니라 직접 다녀간 모양이었다.

신발을 벗으며 현관 문턱 한쪽에 가방을 툭 던져 놓은 단영은 화장실로 들어가 빠르게 손만 닦고 좁은 방의 침대에 몸을 뉘었다.

왼쪽 목 뒤로까지 뻗치는 기분 나쁜 느낌에 코트를 벗어야겠다는 생각이 까무룩 꺼져 가는 의식 속에 묻히고 말았다.

얼마나 잠이 들었던 걸까. 어렴풋이 깨어나기 시작한 의식 속으로 침대 발치 밑 화장대에 놓인 탁상시계의 초침 소리가 단영의 귓가에 서슴없이 파고들었다.

베개 밑으로 얼굴을 묻고 이불을 끌어당겨 귀를 가려 보았지만 세상 유일한 소리인 것처럼 더 크게 단영의 귓속으로 파고들었다. 그대로 건전지를 뺄 생각으로 이불을 획 걷고 일어난 단영은 숨을 헉 들이마셨다.

반투명 유리의 넓은 미닫이문을 통해 새어 들어오는 마루 겸 주방의 불빛이 그녀를 놀라게 만들었다.

가스레인지 위에서 무언가 끓고 있는 소리에 단영의 심장이 거세게 울렸다.

침대에서 거칠게 일어난 것과 달리 단영은 조심스럽게 미닫이 방문을 열었다. 어렴풋이 반투명 유리를 통해 비추어진 넓은 등의 주인을 확인한 그녀는 심장에 모여 있던 피가 단번에 머리 끝까지 치솟아 오르는 것을 느꼈다.

"뭐 하고 있는 거예요, 여기서?"

"깼어? 나름 소리 죽이고 있었는데."

빠르게 고개를 돌린 태준의 말에서 조심스러움이 묻어 나왔다.

"이게 무슨 상황이에요?"

"오는 길에 마실 차를 좀 사 왔어. 집 안이 너무 건조한 것 같아서 미리 끓이고 있었지."

"어떻게 들어……."

바꿀 생각도 여력도 없던 현관문 비밀번호가 그제야 생각난 단영이 그냥 입을 다물었다.

"다행히 말을 잘 들었더라고."

"정말……."

"아, 몇 번이고 문은 두들겼어. 전화도 했고. 현강이가 너 컨디션 영 안 좋아 보인다고 하던데 괜찮아?"

"이거 주택 무단 침입이에요."

말을 하는 단영의 표정이 절로 구겨지고 콧등에 주름이 새겨졌다.

"알았으니까 이리 와서 차 마셔. 좀 전에 보니까 열은 없는 것 같은데. 편두통?"

단영의 눈썹이 빠르게 위로 올라갔다.

"현관문 교체하길 잘했지. 어떻게 이마에 손을 얹어도 모를 만큼 잠이 들어? 지난밤에 못 잤어?"

입고 잠들었던 코트도 벗고 있단 걸 뒤늦게 깨달았다. 이렇게까지 깊이 잠이 들었다는 말인가.

현관 입구 오른쪽 벽을 보니 시간은 어느새 밤 10시가 다 되어 갔다. 멀뚱히 서 있는 단영을 지나쳐 태준은 찻잔 두 잔을 테이블 위로 놓으며 바닥에 깔려 있는 카펫에 조용히 앉았다.

"천장 무너지겠다. 앉아."

자기 집인 양 편안히 앉아 자리를 권하는 그를 보며 단영은 그만 전의를 상실했다. 그의 마주 편에 털썩 주저앉고서야 집 안 전체를 감싸고 있는 따뜻한 국화차 향기가 코끝으로 느껴졌다.

"불면증에도 좋을 거야."

단영은 그녀의 앞으로 찻잔을 쑥 내미는 태준의 얼굴을 말없이 바라보았다. 시선을 피하지 않고 눈을 빤히 마주치는 그가 못내 당황스럽긴 했지만 작게 고인 입 안의 침을 소리 없이 삼키고 야무지게 입을 열었다.

"지금 뭐 하자는 거예요?"

"뭐 하긴. 너 잘 들어왔는지 확인하고 차 한 잔 먹여 재우자는 거지."

"왜 병동에서 쓸데없는 소리를 해요? 사람 입장 곤란하게."

"입장 곤란하지 말라고 한 건데?"

단영의 채근하는 목소리와 달리 태준의 말투는 여유롭고 조용했다.

"그걸 말이라고 해요?"

"옛날처럼 너 다른 사람들 이상한 눈초리, 입방아에 오르내리게 하고 싶지 않아. 그러기 위해선 확실히 해 두는 게 좋다고 생각했어."

"뭘 확실히……."

뒤늦게 그의 말뜻을 알아차린 단영이 조용히 입을 닫았다. 아직 제대로 떠나 보내지 못했던 어린 날의 아픈 기억들이 그녀의 가슴 언저리를 서늘하게 치고 들어왔다.

애써 잊으려 했던 기억들이 몰고 온 찹찹한 공기와 다르게 눈앞에서 부드럽고도 다정하게 바라보고 있는 그의 눈빛에 단영의 마음에 물기가 묻어났다.

아버지가 돌아가시고 엄마가 쓰러진 이후 저런 따뜻한 시선을 받아 본 게 언제인지, 그만 울컥해진 단영은 얼른 눈을 아래로 떨치며 찻잔을 끌어당겼다. 적당하게 따뜻한 차가 한껏 뜨거워진 그녀의 마음을 감싸 안았다.

"좋아요."

뜬금없는 단영의 한마디에 그녀의 하얗고 긴 손끝에 가 있던 태준의 시선이 그녀의 눈을 향했다.

"선배가."

그의 눈 속 동공이 반짝 빛을 띠었다.

"누군가를 좋아하면 그저 가슴이 아프고, 갑갑한 일인 거라고

만 생각했어요."

여전히 테이블 한끝에 시선이 머문 단영은 잠시 말을 멈추고 깊은숨을 한 번 들이쉰 뒤 다시 내뿜었다.

"그런데, 생각만 해도 이렇게 푸근한 마음도 있다는 걸 요즘 알아가요."

단영은 입가에 고운 미소를 담았다.

"그런데?"

"거기까지만 하려고요. 이젠 그것도 그만하려고요."

"그게 가능해?"

천천히 찻잔 손잡이를 쓸어내리던 단영의 엄지손가락이 순간 멈추었다.

"그만둬야지 하면 네 마음도 순순히 따라 줘? 그만 봐야겠다고 생각한 순간부터 고개도 돌려지지 않고, 안 보겠다고 마음을 정하면 보고 싶지 않고, 생각 않겠다고 마음을 다잡으면 그리워하던 마음도 한순간에 걷어지고 그래?"

단영의 두 눈동자가 커졌다.

"그만해야지 하면서도, 만나지 못하는 날들이어도, 좋아서 생겨났던 마음은 여전하지 않았어?"

당황한 듯 열려 있던 단영의 입술이 일자로 다물어졌다. 그녀는 고개를 돌려 태준의 시선을 피했다.

"좋아서 일어났던 많은 일들을 단번에 지울 수 있었냐고."

"그래서 그만하겠다잖아요. 안 되니까, 그게 안 되니까 선배를 그만 떼어 내겠다고요. 선배가 더 커지지 않게."

더 이상 참지 못하겠다는 듯 저도 모르게 높은 톤으로 버럭 말을 마친 단영은 그런 자신이 마음에 들지 않는지 짜증이 섞인 한숨을 옅게 내뱉었다. 그녀를 바라보는 태준의 눈빛이 더 짙어 갔다.

"왜."

그의 목울대가 작게 울렁이는 걸 바라보는 단영의 눈빛이 따라 출렁였다.

"말해 봐. 그 감정을 피하고 싶은 이유. 설득력 있는지 들어 봐 줄 테니까."

"선배는 선배 세계에서 놀아요. 저와 얽히지 말고. 우린 급이 달라요."

"이건 또 무슨 소리야? 급이라니?"

"잘난 의사 하나 물자고 간호사 된 사람 취급당하기 싫어요."

태준의 입에서 탄식을 닮은 어이없는 한숨이 새어 나왔다.

"그 당당하던 서단영은 어디 가고 자꾸 바보 같은 소리만 하는 거야? 정 그러면 너도 의사 해. 한 번 들어간 전적도 있고 공부도 잘했고. 뭐가 힘들어?"

"지금 장난해요? 이제 공부할 마음도, 여력도 없어요. 그리고 지금 그런 말이 아닌 거 알잖아요."

"이게 장난으로 보여? 이 늦은 시간에 말 그대로 여자 혼자 사는 집에 무단 침입해서?"

"정 그러면 선배가 다녀와요."

태준의 한쪽 눈썹이 꿈틀거렸다.

"다른 여자와 결혼해서 이혼남이라는 딱지라도 하나 붙이고 오라고요."

"뭐?"

단영이 자리에서 벌떡 일어서자 태준도 따라 일어섰다.

"아이라도 하나 달고 오면 더 좋고요."

태준의 눈동자가 심하게 흔들렸다.

그저 갑작스러운 자신의 출현과 감정에 단영이 혼란스러워한
다고만 여겼던 태준은 처음으로 그 생각이 심하게 잘못되었다는
생각을 했다.

"그래서 하지대, 그 녀석 만나는 거야? 결혼도 했고, 아이도
있어서?"

말뜻을 얼른 알아차리지 못한 단영의 눈이 잠시 헤매다가 이
내 눈살을 찌푸렸다.

"그만 가요. 늦었어요."

"안 되겠다, 너."

뜻 모를 한마디를 남기고 등을 보인 태준이 향한 곳은 그녀의
침실이었다. 그녀의 황망한 시선이 그를 따라 움직였다. 단영이
무엇을 어떻게 할 사이도 없이 태준은 옷걸이에 있던 코트를 그
녀에게 걸쳐 주며 손목을 잡고 현관문으로 나섰다.

"뭐 하는 거예요?"

그의 악력에 엉거주춤 끌려가던 단영은 현관 구석에 아무렇
게나 놓인 운동화에 발을 끼우며 작은 반항을 했다.

"어딜 가요. 늦은 시간에."

"나가. 여기 있다간 널 어떻게 할지 모르겠다."

짙어진 눈빛. 굳은 그의 얼굴을 보자 단영은 덜컥 겁이 났다.
태준은 위험한 철제 계단이 아니라 1층 주인집으로 향하는 계단

으로 그녀를 앞세웠다. 뒤에서 따르는 태준 때문에 단영은 하는 수 없이 터벅터벅 계단을 내려갔다.

1층 대문 닫히는 소리가 나는 동시에 태준은 그녀의 손목을 다시 잡아 이끌었다. 한참 이끌려 나가던 단영은 좁은 골목이 시작되는 길목 한구석에 주차된 그의 차를 보았다.

조수석에 그녀를 태운 태준이 운전대를 잡고 10여 분이 되도록 말이 없자 단영은 살며시 불안함이 몰려들었다.

"어딜 가요. 내일 수술 없어요?"

"……."

"저 내일 새벽 일찍 나가야 하는 거 알잖아요."

"……."

"어딜 가냐고요."

"네 마음 소독하러."

단영이 동그란 두 눈으로 그를 올려다보았다.

"아무래도 네 마음에 염증이 심하게 생긴 거 같아서. 그게 아니면 너 머리 안에는 무슨 생각이 들었길래 그런 식으로 말할 수 있지? 말 하나 가당찮게 하는 것은 예전 그대로군."

태준이 단영을 이끌고 온 곳은 차로 20여 분을 달린 어느 빌딩 앞이었다. 지하 주차장에 차를 세운 그는 엘리베이터를 올라타고 최고층인 7층 버튼을 눌렀다.

단영은 7012호라고 적혀 있는 문 앞에서 태준을 향해 힐긋 불안한 시선을 주었지만 그는 아랑곳없이 안으로 들어갔다. 그를 따라 안으로 들어선 단영의 눈은 실내가 밝혀지는 동시에 주위를 살피기 바빴다. 넓은 두 벽면 전체가 각종 LD와 CD들로 빼곡히 들어차 있었다.

현관문 오른편으로 간단한 취사를 위한 작은 싱크대를 지나 있는 부스는 녹음실 공간처럼 보였다. 창가에 검게 드리워진 커튼 앞으로 커다란 피아노가 한 대 놓여 있었고 드럼을 비롯한 각종 악기가 보기 좋게 정렬된 그곳은 한눈에도 잘 꾸며진 뮤직 스튜디오였다.

진열 장식이 없는 한쪽 벽면에 대형 스크린이 걸려 있었다. 그 앞으로 안락해 보이는 소파와 대형 오디오는 음악 감상을 위한 것 같았다.

겉옷을 벗어 소파 한쪽에 걸쳐 놓은 그는 오디오 바로 옆 의자에 단영을 앉힌 후 작은 담요를 들고 와 그녀의 무릎 언저리에 덮고 커다란 헤드셋을 귀에 걸어 주었다.

선반 어디선가 CD 하나를 골라 와 오디오에 넣자 감미로운 선율 하나가 단영의 귓가에 울려 퍼졌다. 얼마 지나지 않아 단영은 감고 있던 두 눈을 번쩍 뜨고 그녀의 옆에 말없이 앉은 그를 향해 고개를 돌렸다. 시선을 받은 그가 무엇을 위한 긍정인지 고개를 살짝 끄덕였다.

아득한 그의 시선이 어디쯤을 가고 있는지 단영은 알아차렸다. 아주 오래전 태준이 음악실에서 들려주었던 피아노 선율. 그것을 아직도 기억한다는 것은 있을 수 없는 일이었다.

그러나 부드러움과 편안함, 통통 튀는 경쾌한 선율에 깔린 묘하게 깔린 슬픔. 이 느낌, 분명 들어 본 기억이 있었다. 어딘가 귀에 익은 아득한 저편에서 들려오는 소리에 낯선 전자 기타의 묘한 조화가 곡의 아릿함을 더 진하게 만들었다.

가만히 듣고 있던 단영의 내리깔린 속눈썹이 다시 파닥 치켜 올랐다. MR이 끝나는가 싶더니 이번엔 같은 곡에 태준의 잔잔한 목소리가 묻어 나왔다.

―바람이 불어, 그대가 내게 함께 날아온다. 입술 끝으로 터 트리지 못해 가슴에 사무친 내 사랑에게 작은 안부 띄워 보낸 다. 하늘 같은 사람아. 미워서 떠나 왔던 게 아니란다. 주지 못 해 아팠던 사람아. 차마 집으로 향하지 못하는 내 발걸음 받 아 주려나.

오래전 기억 속의 음악실. 사방이 막혀 있는데도 불구하고 선 선한 바람 한 줄기가 가을의 무르익은 햇살 속을 시리도록 뚫고 가듯, 마음 한구석에 알싸한 슬픔이 스쳐 지나갔던 그 곡에 가 사가 덧붙여져 있었다.

단영의 두 볼에 눈물이 흘러내렸다. 그녀의 어깨에 태준의 팔 이 부드럽게 감기었다. 헤드셋이 벗겨진 단영의 귓가에 닿은 그 의 목소리는 더할 나위 없이 다정했다.

"노랫말, 네게 부탁했는데 기다리기 힘들어서 대충 붙였어. 글솜씨는 별로지?"

마주하는 그의 눈빛에 눈웃음이 묻어났다. 그것이 쑥스러움 이라는 걸 단영은 이제 알았다.

"이거 결국 제출 못 한 거죠."

"그땐 꽤 괜찮다고 생각했는데 지금 들어보니 딱 열아홉이 네."

겸손의 말이었다.

"서른 넘은 강태준 마음 들어 볼래?"

"그만해요. 그래도 소용없어요."

얼른 일어나 선반으로 다가가던 태준이 멈칫거리며 뒤를 돌아보았다.

저렇게 금방 감정이 드러나는 사람이었던가. 금세 달라진 그의 눈매에 단영의 시선이 머물렀다.

"정말 서단영 변한 거야? 재고 따지고, 밀고 당기고 그런 잔머리 따위 굴릴 줄 모르던 서단영이 왜 이렇게 됐어? 뭐가 그렇게 겁나는 건데?"

목소리 역시 달라져 있었다. 늘 무감하던, 어렸던 그 역시 그때와 변했다는 것을 모르나 보다.

"세월이 얼마인데 안 변해요? 세월이 빠르다고. 금방이라고 쉽게 말하는 사람들은 도대체 어떤 사람일까요? 쏜살같은 그 시간 속에 참으로 많은 것이 내게, 선배와 나 사이에 다녀갔는데."

담담하게 말을 뱉으며 단영도 소파에서 일어났다.

"많은 무언가가 어떻게 다녀갔든, 서단영이 변했든 아니든 지금 네 마음이 내 마음과 같다는 것쯤은 나도 알 수 있어."

태준이 단영의 앞으로 마주 섰다.

"선배 마음이 어떤 건지는 몰라도 나와 같다고 단언하지 말아요. 마음에 담아 놓고 볼 수 없으면 그리움으로 남는다고 했지만 웬걸요. 하루아침에 비워 내야 했던 상실감은 그리움이 되기는커녕 절망감뿐이었어요. 그 절망감이 예전의 나를 떠올릴 수도 없게 만들어 놓았는데 지금 와서 풋내 나던 감정 회상하며 뭘 되돌리고 싶은 건데요.”

단영이 태준의 시선을 피하며 짧은 침묵을 두고 다시 말을 이었다.

“설사 남은 게 있다 해도 이젠 그런 감정에 저를 던지고 싶지 않아요.”

“그런 감정?”

“네. 쓸데없이 마음 안에 한 사람을 담아서, 어떻게든 살아내야 할 다른 세상을 온통 시시하게 만드는 그런 감정말이에요.”

“그래서 세상이 시시해질 만큼 한 사람을 마음에 담아 보긴 한 거고?”

말을 하다 보니 그렇게 되었나. 결국 그의 노랫소리에 자극을 받아 버린 것인가. 단영의 얼굴에 낭패감이 서렸다.

“뭐가 그렇게 어려운지 알 수 없지만 정 그렇다면 할 수 없지. 좋아. 그럼 네가 원하는 대로 한번 놀아 보자.”

단영의 눈빛이 설핏 흔들렸다.

“한번 놀아 보는 건 상관없다며? 그래 보자고, 그럼.”

자신에게 다가오는 태준을 단영이 당황한 시선으로 바라보았다. 딱 한 걸음 앞에서 발걸음을 멈춘 태준은 두 팔을 뻗어 그녀의 어깨 위에 나란히 올려놓았다.

“합의점 찾았으니까 하고 싶은 거 할게. 아까부터 키스가 하고 싶어 미칠 것 같았거든. 괜찮지?”

“무슨…….”

어느새 내려온 태준의 입술이 단영의 입술을 그대로 봉쇄하고 말았다. 태준의 큰 손이 그녀의 목덜미를 잡아 자신을 떠나지 못하게 했다. 부드러우면서도 급하게 입 안을 파고 들어온 그의 혀가 그녀의 반항을 예상했던지 재빨리 혀를 휘어 감았다.

그러나 단영의 멍한 정신만큼이나 혀가 무방비한 것을 알아차린 그는 이내 달콤한 생크림을 탐하듯 부드럽게 입 안을 휘저었다. 점점 달아오른 그의 손이 그녀의 코트 속 티셔츠 끝자락으로 침입하려는 순간이었다.

문이 열리는 소리와 함께 웅성거리는 목소리가 실내 안으로 들어왔다. 먼저 정신을 차린 단영이 그의 가슴팍을 힘껏 밀어제쳤다.

"어? 어……."

안으로 먼저 들어선 누군가의 당황해하는 목소리가 들려오자 단영의 귀가 빨갛게 물들어 갔다.

"언제 와 있었어?"

"뭐야? 여기 술은 안 된다고 했지?"

부끄러움에 돌아보지 못하고 있는 단영의 어깨에서 여전히 팔을 내리지 않은 태준이 알 수 없는 상대를 향해 말했다.

"알지. 너 한동안 안 쓰는 것 같길래 몰래 마시고 말끔히 치웠어."

"어떻게 해요. 오빠, 저희들이 방해했나 봐요."

언뜻 들리는 여자의 목소리에 인상이 더 굳어지던 단영은 얼마 지나지 않아 그들이 무아지경 멤버들이라는 것을 알아차렸다.

"됐어. 안 그래도 나가려던 참이야. 가자."

태준은 소파 끝자락에 놓여 있던 그의 코트를 집어 들며 단영의 손을 잡았다.

"더 있다가 가. 얼굴도 제대로 보여 주고. 아, 혹시…… 그 서단영?"

어쩔 수 없이 단영은 목소리의 주인공을 향해 시선을 주었다. 무대에서 몇 번 본 적 있는 리더 선무였다.

"안녕하세요."

"됐어. 인사 안 해도 돼. 나가자."

태준은 잡았던 손을 풀어 단영의 어깨를 감싸며 현관문을 나섰다.

"아, 언제 봐도 멋있어."

문이 닫히자마자 현아가 동그랗게 입을 모으며 작은 한숨을 쉬었다.

"멋있으면 뭘 하나. 보란 듯이 임자 생겼으니 이젠 절로 접히겠네, 그 마음."

두 살 많은 태경이 현아를 놀리듯 말했다.

"얼른 악보 맞춰 보고 한잔하자."

들고 온 커다란 봉지를 풀어 가며 태준을 화제로 삼는 후배들을 부르는 선무의 눈동자는 방금 오피스텔을 나선 두 사람에 대한 호기심과 궁금증으로 골몰해 있었다.

음악에 넘치도록 묻어나는 감성이 과연 그의 것이 맞나 싶을 만큼 건조한 친구였다. 얼마 전에야 다른 친구들을 통해 그동안 그에게서 받은 곡 대부분의 감정 기반이 서단영일지 모른다는 정보를 받은 바였다.

무아지경의 작업실은 따로 있었지만 선무는 한 번씩 익숙한 공간을 떠나 음악을 접하고 악기를 만지고 싶은 욕구에 이곳을 쓰자고 태준을 무던히 귀찮게 했다.

선무 역시 음악을 하는 사람이라 태준이 그만의 공간인 이곳에 아무도 들이고 싶어 하지 않는 걸 알고 있었다.

그런 곳에, 그것도 이 늦은 시간에 여자를 데리고 왔단 말이었다. 이미 그에게 그녀는 보통의 의미가 아닌가 보다, 하고 생각하는 선무의 입술이 빙그레 귓가로 올라갔다.

*　　　　*　　　　*

오후 3시가 되어 갈 즈음 영주가 태준의 연구실 문을 두드렸다.

"시간 괜찮아?"

"무슨 일인데?"

데스크 앞 의자에 앉아 있던 태준이 자리에서 일어나 소파로 가 앉는 영주의 맞은편으로 다가갔다.

"며칠 전에 여기로 보낸 이정임 환자 있지? 공주 시이모 친구분이라는."

"그런데?"

"5년 전에 동맥류 파열과 지주막하 출혈이 온 후 계속 휠체어를 타셨대. 그런데 작년 위암 수술까지 받으면서 인지가 더 좋아진 것 같다더니 그 후 계속 걷겠다며 휠체어를 거부한다더라고. 일어서지도 못하시면서. 살펴봤더니 수원의 인하병원 신

경외과에서 5년 넘도록 토파맥스(Topamax)*를 복용하고 있었나
봐."

"5년씩이나?"

태준이 깊숙이 앉아 있던 소파에서 몸을 빼며 관심을 보였다.

"서울로 이사 오면서 인근 재활 병원으로 옮겼는데, 위도 안
좋으니까 약을 좀 조절하자면서 그 약이 빠지고 정신이 좀 명료
해졌나 봐. 그런데 입원하고 재활 시도를 해 보니 협조가 전혀
안 됐어. 역시 혈관성 치매지."

"우리 과로 전과시킨 이유는?"

"머리에 박은 션트 기능에 문제도 있는 것 같고 무릎 좀 제대
로 봐 달라고. 퇴행성 관절이 너무 심해 통증이 만만치 않아 보
여."

"그쪽이라면 이 교수님이 잘 보시겠지."

다시 몸을 뒤로 물리며 태준이 툭 던지듯 말했다.

"그런데 수면 유도제를 처방받고도 잠을 잘 못 주무신다더라
고. 한 번 살펴 달라고 공주가 또 부탁을 받았나 보네."

"일어나."

태준은 지체 없이 자리에서 일어났다.

"음? 이거 영 사심인 거 같은데?"

"사심이 아니라 안면이지. 공주 부탁이라며?"

"싫어했잖아, 그런 거. 부탁 안 해도 다들 잘한다고. 내려가
서 선생 얼굴 한 번 보려고 그러는 거 아냐?"

---

*Topamax:간질 환자에게 처방하는 약.

"안 갈 거야?"

연구실 문을 나서는 그의 뒤를 따르던 영주가 태준의 옆얼굴을 힐끗 바라보았다. 그 얼굴이 편해 보이지만은 않았다.

"서 선생이랑 잘 안 돼? 이렇게라도 안 하면 얼굴 안 보여줘?"

"너랑 결혼하라는데."

갑자기 들이닥친 무아지경 멤버들 때문에 지난번 역삼동 스튜디오에서 서둘러 빠져나온 태준은 그 길로 단영을 아현동 집으로 데려다주었다.

무언가 몇 마디 더 못을 박고 그 자리를 떠나고 싶어 하는 그의 마음을 알았던지 차 안에서 줄곧 말이 없던 단영이 내리자마자 먼저 입을 뗐다.

"상실감이니 절망감이니……. 생각지도 못한 선배 노래를 듣고 너무 감상에 빠졌나 봐요. 거창하게 포장된 그 말 속의 감정들도 결국 시간 앞에서 아무것도 아니었어요. 사람 마음 별거 아닌거 그 시간 지나온 선배도 잘 알잖아요. 그러니 이 시간도 그냥 흘러갈 거고 결국 별거 아니게 될 거예요. 한번 놀아 보자는 말, 생각 없이 뱉어서 죄송해요. 부모님 말씀대로 영주 선생님과 결혼하세요. 같은 일을 하시니까 서로……."

"한마디도 더 하지 마. 더 이상 하면 나도 내가 어떻게 나올지 몰라. 넌 너 하고 싶은 대로 해. 난 나 하고 싶은 대로 할 거니까. 늦었어. 그만 들어가."

무섭게 돌아선 태준은 그 밤 이후 단영의 얼굴을 일주일 동안이나 보지 못했다.

"나랑? 왜, 어디서 무슨 소리 들었대? 내가 만나 볼까?"

계단 밑으로 한 발을 내려놓던 영주가 고개를 획 들어 그를 바라보자 언제나 무감하다고 느낀 오랜 친구의 표정이 굳어져 있어 그녀의 목소리는 절로 조심스러웠다.

"됐어. 그게 문제가 아니야."

"그럼 뭐가 문제인데? 혹시 우리 익현 씨처럼 못난 생각하고 있는 거 아냐?"

"……."

"아, 정말 집안을 선택해서 태어나고 싶다."

영주의 한숨이 태준이 여는 비상구 문 사이를 먼저 타고 흘러나갔다.

"나 아무래도 여기 그만둘까 보다."

무심히 뱉는 소리에 영주의 고개가 또 급하게 태준을 향했다.

"무슨 소리야?"

"여기 같이 있으니까 더 그러나 싶기도 하고."

"강 교수……."

"이것 보세요, 레지던트 선생님."

태준을 애닳게 부르는 영주의 말이 46병동 간호사 스테이션 저편에서 날아오는 한 여자의 날카로운 목소리에 가로막혔다. 보통 담당의를 레지던트라는 호칭으로 부르는 보호자는 잘 없기에 태준의 눈도 급히 여자의 앞에 있는 의사가 누군지 살펴 들었다.

"스틸녹스(Stilnox)*, 트라조돈(Trazodone)*. 이 병원 오기 전에 몇 주나 사용했다고요. 무엇이 문제인지 몰라도 잠은커녕 환각 증세만 일으켰다고 몇 번을 말해요."

"그러니까 한 며칠 사용해 보면서 그 증상을 살펴보겠다잖아요."

일부러 레지던트라는 단어에 힘을 실어 부르는 여자의 말에 불쾌감보다는 마음대로 해 보라는 듯 짜증과 퉁명스러움을 가득 담은 영하의 목소리가 테이블 위로 떨어졌다.

"벽 위로 벌레가 기어 가는 환각 증세에, 주변에 없는 사람이 보인다며 괴로워하는 환자를 왜 더 지켜보겠다는 거예요? 제가 거짓말하는 것도 아니고. 저희 엄마 괴로운 건 둘째 치고 옆의 환자 잠까지 방해하고 있잖아요."

조급함에 한껏 빨라져 가던 여자가 한숨에 가까운 숨을 뱉고는 영하를 달래듯 다소 누그러진 톤으로 말을 이었다.

"아니, 잠을 못 자서 병실 환자들 잠까지 방해한다고 해서 약 처방하겠다는데 그럼 또 어쩌라는 말씀입니까."

"그 원인에 스틸녹스인지 트라조돈인지 하나씩 처방을 해 보든가, 아니면 다른 약을 처방하시면 될 거 아니에요."

여전히 귀찮은 듯 불퉁한 영하의 반응에 여자의 목소리 톤이 다시금 높아졌다.

"지금 의사가 누굽니까. 한두 번도 아니고 매번 이러시면 정

---

*Stilnox:최면 진정제.
*Trazodone:우울증 약.

신과로 전과시키는 수 있습니다."

영하 또한 지지 않고 목소리를 높였다.

"뭐가 한두 번도 아니고 매번이에요. 언제 제대로 된 환자 상태 들어나 줘 봤어요? 저 간호사, 의사 자격증 없지만 엄마 간병만 6년이에요. 선생님처럼 방대한 의학 서적 펼쳐 놓고 공부하진 않았지만 엄마의 병에 대해선 누구보다 더 알아요."

"그래서요 어쩌라고요."

"선생님, 지금 많이 피곤하신가 보네요."

환자의 딸로 보이는 보호자의 날카롭던 목소리가 갑자기 낮아졌다.

"네. 잘 아시네요. 피곤합니다. 그것도 엄청 말이죠."

영하의 짜증스러운 목소리는 더욱 고조되고 미간까지 한껏 찌푸려졌다.

"환자를 마음대로 전과시켜 버리겠다, 피곤해 죽겠다, 그 말씀 기억하셔야 할 거예요."

천천히 일어서는 여자의 더욱 낮은 목소리에 깔린 침착함이 위험 신호를 알렸다.

"아니, 왜 또 그런 말에만 꽂히십니까."

영하도 벌떡 자리에서 따라 일어섰다.

"선생님, 중환자실 지영이 갑자기 열이 오른다고 연락 왔는데요."

옆에서 가만히 지켜보고 있던 단영이 두 사람의 대화를 가르고 나섰다.

"모르시나 본데 모든 보호자는 담당 선생님의 한숨 소리까지 귀에 꽂혀요. 이 큰 병원에서 담당의를 유일한 백으로 여기고 살아야 하니까요. 그런데 아무리 더 들으려고 해야 엄마에게 도움 되는 말은커녕 협박만 하고 계시잖아요."

영하뿐 아니라 여자의 귀에도 단영의 목소리는 들리지 않았다.

"협박은 누가……."

"보호자님, 일단 담당 선생님 말씀처럼 오늘 밤만 스틸녹스와 트라조던 드시게 하고 하루 더 지켜봐도 될까요? 제가 어머니 상태 다시 한번 꼼꼼히 체크해서 노티해 드릴게요."

여자를 달래는 단영의 부드러운 목소리가 영하의 말을 막았다.

"서 선생님은 빠지세요."

영하가 단영을 향해 날카로운 눈길을 던졌다.

"중환자실에서 선생님 찾으신다고요."

"알았어요. 내려갈 겁니다."

"당장 내려가세요."

"뭐라고요?"

한 점 흐트러짐 없이 빤히 마주해 오는 단영의 야무진 눈빛을 바라보며 영하가 어이없는 듯 반문했다.

"당장 내려가시라고 했어요. 지영이에게."

"이것 보세요, 서 선생님."

"선생님 얼굴은 나중에 실컷 봐 드릴 테니까 지금 한참 괴로워할 지영이에게 내려가 보시라고요."

"서 선생님, 지금 뭐하자는 겁니까?"

하대만 없을 뿐 거의 명령에 가까운 단영의 태도에 영하의 표정이 점점 일그러지기 시작했다.

"정희 씨, 서두르지 말아요. 지금 정희 씨마저 싸운다면 어머니가 너무 힘들어요. 앞으로 싸울 일이 얼마나 많은데 이런 데서 힘 빼시면 안 돼요. 어머니를 위해서라도. 그리고 지금 중환자실에 있는 10개월도 안 된 아기가 많이 힘들어요. 이해해 주세요."

황망한 표정으로 자신을 빤히 쳐다보고 있는 영하를 무시한채 단영은 다시 한번 정희를 달래고 나섰다.

"그래도 안 되겠다 싶으면 주치의 교수님 면담 신청하셔서 상담받으시면 되고요."

"그렇게 할게요. 고맙습니다, 단영 선생님."

정희는 영하에게 눈길도 주지 않고 몸을 획 돌려 병실로 향했다.

"지금 이거 엄청난 월권인 건 알고 계시죠, 서단영 선생님?"

"무슨 월권이요? 전 아까부터 선생님 찾고 있는 연락 전해드린 기억뿐인데요."

모니터 옆에 있는 환자 차트를 집어 들며 단영은 영하 쪽으로 고개도 들지 않은 채 말했다.

"주치의 면담 신청하라니. 그걸 지금 말이라고 해요?"

"6년 넘도록 엄마 간호에 지친 은정희라는 여자에게 그런 방법도 있다고 알려 주었을 뿐이에요."

"나를 대체 뭐로 보고……."

"김영하 선생님."

환자 차트에서 고개를 든 단영이 낮고도 위엄 있는 목소리로 영하의 말을 가로막았다.

"히포크라테스 선서문(Oath of Hippocrates)* 다시 한번 읊어 보세요."

"예?"

"나의 양심과 위엄으로서 의술을 베풀겠노라. 환자의 건강과 생명을 첫째로 생각하겠노라. 더불어 나는 동업자를 형제처럼 여기겠노라. 이하 외우고 계시겠죠?"

황당함에 영하가 말문을 열지 못한 채 그저 단영을 바라보고 섰다.

"앞으로 담당의 선생님들보다 더 많은 시간 환자들을 살피고 있는 간호사들의 말과 노티를 무시하거나, 선생님의 엉성한 자존심과 피곤에 가려 첫째로 생각되어야 할 환자들이 다음 순위로 밀려난다면 월권 아니라 더 한 것도 행할 생각이니까 그렇게 알고 계세요."

어떤 말도 받아칠 수 없는 영하의 턱이 아래로 툭 떨어졌다.

"뭐 하세요. 지금 당장 달려가지 않고. 대략 한 시간 전에 38.5도였대요. 오늘 밤 안으로 지영이 열을 잡지 못하면 선생님 정말 용서 안 할 거예요."

"일단 다녀와서 이야기합시다."

"언제든지요."

---

*Oath of Hippocrates:히포크라테스 선서는 히포크라테스가 말한 의료의 윤리적 지침으로 의사가 될 때 선서를 한다.

스테이션 모퉁이 대각선으로 등을 돌려 안쪽으로 들어가는 단영의 모습에 태준의 입매가 귓가로 슬며시 올라갔다.

"현강이에게 대충 들어서 만만치 않은 아가씨인 줄은 알았지만 상상 이상으로 매력적인데?"

옆에서 빤히 쳐다보는 영주의 시선을 느낀 그는 겸연쩍은 듯 엄지와 검지로 턱을 감싸며 절로 올라가려는 입매를 가렸다.

"하여간 대단한 아가씨야. 강태준이 이런 바보 같은 표정을 짓게 하다니."

숨기지 않고 씩 웃음을 보이는 태준을 향해 영주는 고개까지 잘래잘래 흔들어 보였다.

"내려간다. 이정임 할머니는 걱정할 것 없겠어. 서 선생이 알아서 잘 챙기겠네."

엘리베이터로 향하는 영주에게 인사를 하는 둥 마는 둥 태준은 급히 스테이션 안쪽으로 들어가 단영의 팔을 낚아채어 복도로 나왔다. 다행히 얼마 떨어지지 않은 비상구 계단까지 마주친 사람은 아무도 없었다.

"뭐 하는 거예요?"

혹여나 지나치는 복도의 병실 안으로 목소리가 새어 나갈까 입도 벙긋 못하고 끌려온 단영은 4층 비상구의 넓은 철문이 닫히자마자 비명에 가까운 소리를 내었다.

"누가 보……."

단영이 태준을 향해 몸을 돌리는 순간 그의 입술이 내려와 그녀의 말을 막았다. 단영의 목을 감은 그의 팔이 그녀의 목덜미를 잡고 꼼짝 못하게 했다.

두어 번 고갯짓하던 단영의 얼굴이 얼마지 않아 얌전해졌다. 스튜디오에서의 깊고 짙었던 키스의 기억이 감미로워서, 그 감미로움이 고통스러워서 일주일 내도록 단영은 태준의 입술이 너무 그리웠다. 이러면 안 된다고 생각하면서도 한껏 자신을 파고드는 그의 품이 좋아서, 삼킬 듯 침범해 오는 그의 혀가 뜨거워서 녹아들 것 같았다.

숨이 끊어져 나갈 것 같은 순간 그의 입술이 단영의 입술에서 떨어져 나와 그녀의 귀 뒷덜미에 닿았다. 간호사복을 더듬던 그의 손이 불쑥 가슴의 맨살에 와 닿자 놀란 단영이 그의 손을 빠르게 잡았다. 그제야 정신을 차린 그의 손이 천천히 옷 속에서 빠져나왔다.

몸을 돌려 비상구를 향하는 단영의 손을 태준이 다시 잡아 끌어당겼다. 어쩔 수 없이 올려다본 그곳엔 한 번도 보지 못했던 태준의 깊은 눈빛이 빛나고 있었다. 단영은 얼른 고개를 돌렸다.

"이대로 올라가면 안 되겠지?"

몇 초간 멍하니 있던 단영은 그가 말한 곳이 연구실임을 알아채고 그의 가슴팍에 이마를 푹 기대었다.

"미쳤나 봐요, 내가. 그렇지 않고서는 어떻게 이럴 수가 있어. 바로 옆에 환자들을 두고."

"차라리 날 야단쳐. 그게 마음 편하겠다."

태준이 단영의 머리를 살짝 콩 하고 두드렸다.

"스테이션 비었어요. 가 봐야 해요."

한 걸음 벗어나려는 단영을 그가 다시 잡고서 그녀를 힘껏 품에 안았다.

"우리 서단영 너무 예쁘다. 갑자기 옛날 생각날 만큼 야무지고 당돌하고. 큰일이야. 나 역시 환자들 생각이 자꾸 달아나."

단영이 그를 힘껏 밀쳐냈다.

"강태준 교수님, 앞으로 사적인 감정 들고 스테이션 내려오지 마세요. 안 그러면 저 병동 옮길 거예요."

"다행이군. 병원 그만둔다고 하면 어쩌나 했는데. 그 정도 협박이야 받아 주지. 가자."

"어딜 따라와요. 교수님은 계단으로 올라가세요."

태준을 돌려세워 그의 등을 계단 쪽으로 살짝 밀어낸 단영은 얼른 몸을 돌려 비상구 계단 철문을 열고 나가 버렸다.

끼익, 하고 닫히는 문에 한참 시선을 주고 선 태준의 입에서 깊은 한숨이 새어 나왔다. 이렇듯 한 공간인 듯 다른 공간에서 그녀를 두고 계단을 올라야 하는 그의 발걸음이 몹시도 무거웠다.

✳   ✳   ✳

세한병원에서 도보로 10여 분 떨어진 번화한 거리에 위치한 일식집.

의국 회식이 시작된 지 한 시간도 지나지 않았는데 대형 룸에서 새어 나오는 와자지껄함은 다른 방의 손님들의 눈살을 찌푸리게 할 만큼 절정에 달하고 있었다. 역시나 어디 가서도 지지 않는 외과의들의 주량 덕이었다.

"두 분 안 드시고 뭐 해요."

주변에 몰려드는 각 레지던트들과 수련의들의 쓸데없는 말에 일언반구 대꾸도 않는 호숙에 비해 단영은 거절도 못 하고 계속해서 넙죽 받아 마시는 모양새가 그녀의 취기를 알리고 있었다.

"서 선생님 실제 나이는 몇 살이세요? 호봉은 얼마 안 되는 것 같은데."

펠로우 영민이 단영의 잔에 술을 따르며 관심을 드러냈다.

"그러게요. 저도 계속 궁금했는데."

어느새 옆으로 와 앉아 있는 영하의 동기인 현준도 거들었다.

"현준 선생님보다 누나일걸요."

"저, 누나 좋아합니다. 남자 친구는 있어요?"

"저 미모에 없겠어요?"

앞에 놓인 회를 한 점 입에다 가져 넣던 호숙이 침묵하는 단영을 바라보며 조용히 말했다.

"정말 있어요? 손은 깨끗한데."

이번엔 전공의 2년 차 홍주가 단영의 반지 없는 손가락을 훑으며 물었다.

"없……."

"있어."

답을 하려던 단영도, 그녀에게 눈길이 가 있던 다른 시선들도 어디선가 날아오는 명확한 한마디를 향해 모아졌다.

"일어나. 많이 마셨어. 데려다줄게."

주변의 모든 이들이 놀란 눈과 반쯤 벌어진 입을 수습 못 한 채 자리에서 일어나는 태준을 바라보았다.

"싫어요. 아직 회는 제대로 먹지도 못했는데."

"그러게 왜 비싼 회는 안 먹고 쓸데없이 벌써 취하래?"

"누가 취했다고 그래요? 홍주 샘, 나 취한 것 같아요?"

"네? 아, 예. 얼른 일어나셔야 되겠는데요."

고개를 좌우로 돌리며 태준의 눈치를 보던 홍주가 단호하게 말했다.

"지금 가긴 어딜 간다고 그래요, 교수님?"

원주가 벌떡 일어섰다.

"가실 거면 저랑 나가세요."

"아이고, 우리 이 선생이 왜 또 이러실까."

철규가 한껏 취해 얼굴이 빨개진 원주의 팔짱을 끼고 부축하며 방을 나섰다.

원주의 가방을 챙겨 지민이 바로 따라 나가자 단영의 곁으로 다가선 태준은 단영의 가방과 겉옷을 챙겨 들었다. 자리에서 일어서던 단영이 살짝 비틀거리자 태준이 얼른 그녀의 팔을 붙잡았다. 단영이 그 팔을 걷어 내기도 전에 그의 손에 힘이 가해졌다.

"교수님, 서 선생님. 아직 밤이 깁니다. 조심해 가세요."

등 뒤로 박히는 사람들의 목소리에 단영의 얼굴이 확 붉어졌다.

가게를 빠져나와 주차장 바로 앞에서 단영은 그의 손을 단박에 뿌리쳤다.

"뭐든지 제멋대로라니까. 차라리 광고를 하지 그래요? 나 시집도 못 가게."

"시집갈 마음은 있어? 결혼도 안 하고 평생 혼자 늙어 죽을 줄 알았는데."

"내가 왜요?"

"한번 놀아는 봐도 제대로 된 연애는 안 할 줄 알았지."

"의미 파악 제대로 못 하셨나 보네요. 당연히 저랑 어울리는 사람 만나면 연애 아니라 더한 것도 하죠."

"그래? 나도 서단영 미모에 어울릴 정도는 된다고 생각하는데?"

단영은 그 자리에서 가만히 서서 태준을 노려보듯 빤히 쳐다보았다.

시선만 받고 있던 그는 단영의 바로 코앞으로 다가가 그녀의 어깨에 걸쳐진 외투를 벗기고 천천히 팔을 끼워 제대로 입혔다. 그리고 자신의 코트를 벗어 그녀의 어깨에 걸쳐 주려 하자 단영이 거부했다.

"됐어요. 선배 감기 걸리는 거 싫거든요."

"그럼 얼른 차를 타든지."

"먼저 가세요."

"왜? 다시 들어가려고?"

"혼자 갈 거예요."

"그래, 그럼."

태준이 몸을 돌려 전조등이 한 번 번쩍하고 꺼진 차로 향했다.

그때야 단영은 그의 손에 들린 자신의 가방을 발견했다. 먼저 차에 올라탄 태준은 조수석 의자에 열선을 켰다.

그의 예상대로 단영은 얼마되지 않아 조수석으로 올라탔다. 안전벨트를 매기 위해 다가선 태준의 체취에 흠하고 숨을 들이마시는 그녀의 호흡 소리가 그의 귀에도 여실히 들렸다.

"그 정도 했으면 못 이기는 척 그냥 와라. 그러다 내가 딴 여자한테 가면 서단영 정신 못 차릴 텐데."

"무슨 자신감이에요?"

"나 감기 걸릴까 걱정에다가, 내 체취만 맡아도 이젠 숨도 안 쉬어지잖아."

단영의 헛웃음 소리가 끝나기도 전에 태준이 팔을 들어 조금 전 맨 안전벨트를 풀며 그녀의 목을 자신의 가슴팍으로 가져왔다. 놀란 단영은 다시 한번 숨을 들이마시고 그의 팔을 힘껏 잡아당겼다.

"가만히 있어. 일단 집에는 제대로 들어가야 하니까 아무 짓도 안 할 거야."

그 소리에 단영의 모든 동작이 주춤거렸다.

"들리지? 내 심장 소리."

힘을 잃은 그녀의 머리가 가만히 그의 품에 안긴 채 심장 소리에 귀를 기울였다.

"네 건 이미 내가 들었어."

"……."

"우리 의지와 상관없이 뛰는 놈들, 억지로 멈추게 할 수 없어. 그러면 염증보다 더 큰 병 나. 너 허구한 날 아픈 사람 보면서 무슨 생각해? 세상에 제일 귀한 게 건강이라고 생각하잖아. 그것 하나 가지고 있으면 제일 부자인 거야. 그러니 그냥 마음이 시키는 대로 해라. 응?"

단영의 눈가가 촉촉히 젖어 들었다. 가만히 그의 허벅지를 짚고 몸을 일으킨 단영이 고개를 들어 태준의 진중한 눈빛을 찾았다.

알코올의 취기 때문인지 묘하게 설득력 있는 말 때문인지 언제나 탐하고 싶었던 그의 입술에 단영의 시선이 머물렀다.

"지금은 안 돼."

마음을 들킨 단영의 볼이 금세 물들고 무안한 시선이 얼른 조수석 창밖으로 비켜났다.

늦은 밤 한적한 도로를 매끄럽게 달리는 차 안에서 슬쩍 나가 온 그의 오른손이 그녀의 왼손을 꼭 잡아 줘었다.

"조금만 참자."

이해할 수 없는 그의 말이 떨어지는 순간, 단영은 그들이 향하는 곳이 민준의 오피스텔이라는 것을 알아차렸다.

두려움보다 설렘으로 콩콩 뛰기 시작하는 심장 소리에, 가슴 전체로 퍼져 가는 저릿함에 숨을 제대로 쉴 수 없는 단영은 또다시 제 마음을 들킬세라 있는 힘껏 두 입술을 다물며 호흡을 조절해 갔다.

차 안을 가득 메우고 있는 뜨거운 열기만으로도 이미 후끈하게 달아오른 밤이었다.

새벽 5시. 단영은 곤히 잠들어 있는 태준의 잠을 깨우지 않기 위해 살그머니 침대를 빠져나왔다. 조심스럽게 문을 밀어 벽 하나를 둔 그와 다른 공간으로 나서자 그녀의 얇은 입술 사이에서 매끄러운 숨이 흘러나왔다.

단영의 얼굴엔 지난밤의 열기가 아직 그대로 남아 있었다. 얼굴의 화끈거림을 참을 수 없어 그녀는 욕실로 들어가 찬물에 얼굴을 몇 번이나 적시고 거실로 나왔다.

집을 얻어 이곳을 나갈 때와 거실 분위기가 완전히 달라졌음을 느꼈다. 옅은 미색의 벽지는 화이트로 바뀌었고 가죽 소파 대신 아늑하고 편안해 보이는 패브릭 소파가 놓여 있었다. 주방 싱크대와 식탁도 완전히 새것으로 교체되었다.

처음엔 가까워서 이곳으로 왔다고 생각했는데 그의 깔끔한 성격상 아무리 사촌의 집이라고 해도 자신을 데려오지는 않았을 것에 생각이 미쳤다.

곧 여기로 거처를 옮기려나 하고 여기려는 순간 낯익은 휴대폰 벨 소리가 단영의 정신을 깨웠다. 거실 전체를 돌아보던 그녀가 자신의 가방을 찾은 것은 현관 바로 앞이었다.

급히 꺼내 든 휴대폰의 발신 번호를 확인하는 단영의 미간이 단박에 구겨졌다.

✳   ✳   ✳

이틀 뒤 청주 성 마리아 요양 병원에 태준이 도착한 시간은 겨울의 짧은 해가 먼 산을 넘어갈 무렵이었다.

서울에서 출발할 때부터 시속 100km를 넘어 달렸지만 도착하는 데 거의 두 시간이 걸렸다.

수간호사 진연의 말로는 이틀 연가를 냈다고 하니 내일이면 출근하겠지만 말도 없이 갑작스럽게 사라진 만큼 꼭 나타난다는 보장도 없었다. 무엇보다 이곳에 그녀가 있는지도 의문인 터라 그의 마음은 조급했다.

함께 밤을 보낸 다음 날인 어제. 아침 6시쯤 가뭇한 의식 속에서 눈을 뜬 태준은 더듬어 가던 손끝에 단영이 느껴지지 않아 놀란 듯 침대에서 벌떡 몸을 일으켰다.

본능적으로 귀를 기울여 보았지만 지난 밤 함께 샤워한 욕실로부터 들려오지 않는 물소리에서 시작한 불안감이, 집 안 어디에서도 그녀의 존재를 찾을 수 없자 극도로 달해 갔다.

부리나케 옷을 챙겨 입고 아현동 집으로 가 보았지만 주인의 부재로 내부는 싸늘히 식어 있었다.

병원에 도착하자마자 병동을 가 보았지만 태준은 아침 9시가 되어서야 출근한 진연으로부터 단영이 이른 아침 연가를 쓰고 싶다고 연락해 왔다는 말을 전해 들었다.

계속 신호가 가는 것으로 보아 죽어 있지 않은 게 분명한 휴대폰의 주인은 단 한 번도 부재중 전화에 대해 답을 해 오지 않았다. 그것이 태준을 화나게 했다.

무던히 오른 열을 식히고 하루를 보내었지만 이틀은 무리였다. 급히 찾아든 휴대폰으로 민준의 단축 번호를 누르려던 태준은 예나에게 전화를 걸어 보람의 연락처를 물었다.

보람에게 연락했을 때 그녀는 잘 모른다며 머뭇거렸지만 태준의 차갑게 굳은 목소리에 위험 신호를 느끼고, 어쩌면 그곳에 있을지 모른다며 단영의 모친 순애가 머무르고 있는 청주 병원의 이름을 알려 주고 말았다.

1층 원무과에서 이순애라는 환자 이름으로 찾은 병실 308호. 태준은 엘리베이터가 아니라 비상구의 계단을 오르며 단영을 생각했다.

단영이 대학 입학을 앞두고 아버지가 돌아가신 뒤 의대 2학년을 바라보던 가을에 순애가 뇌출혈로 쓰러지는 바람에 자퇴를 했다고 들었다.

주변에선 다들 휴학을 권했지만 자신의 꿈을 미련으로 두면 누군가가 원망스러워질까 봐 겁이 난다던 단영의 말을 전하며 보람은 울먹였다. 그리고 10여 년 동안 아픈 엄마를 가슴에 품으며 세상을 살아가고 있다고.

태준의 발걸음이 3층 비상구를 바라보던 2층과 3층 중간 계단 모퉁이를 돌려던 순간이었다.

"아영이 너 제정신이야? 말도 없이 이러면 어떻게 해?"

"나도 주말마다 계속 올 수는 없어. 몸이 아플 수도 있고, 갑자기 일이 생길 수도 있고."

"그래서 몸이 아팠어? 갑자기 일이 생긴 건 맞아? 오기 싫어서 안 온 건 아니고?"

아영의 태도가 도저히 이해되지 않는 듯 끝없는 단영의 물음에 답답함이 가득 묻어났다.

"오기 싫어 안 와? 그러면 매주 안 와야지. 한두 달도 아니고, 주말에 여기 있다가 가면 완전 파김치가 돼서 한동안 아무 일도 못 해."

"네가 한다고 한 일이야."

"알아, 안다고. 병원비를 내는 것도 아니고, 언니가 시간이 된다면 엄마 병간호도 혼자 다 하겠다고 말할 거라는 것쯤은 나도 알아. 며칠 자리 좀 비웠다고 엄마 어떻게 되지 않으니까 그만 좀 해."

"너 제정신이야? 그럼 간병인도 없는 이틀 동안 누가 엄마 밥을 먹이고, 볼일을 보게 해? 의사소통도 아예 안 되는 분인데, 그거 죽으라고 하는 거랑 똑같아."

"엄마가 불편하고 힘든 건 엄마가 감내해야 할 문제야. 우린 뭐 안 힘들어?"

아영의 목소리가 긴 복도 사이를 날카롭게 찢어 올렸다.

"너 지금 나 믿고 그러는 거니? 내가 없으면……."

"적당히 좀 해. 언니 없으면 나도 엄마고 뭐고 나 하고 싶은 대로 살았을 거야. 같은 딸이라는 말로 내 양심을 자극하지 않았다면 엄마 인생에 빠져 이렇게 허우적거리고 살지 않았을 거라고."

"지금 그걸 말이라고 해? 네가 이나마 하고 있는 게 내 눈치 보여서 하는 거라고? 너에게 정말 엄만 없는 거니? 네가 엄마 때문에 못한 건 또 뭐야."

철없는 아영 때문에 속을 앓았던 게 한두 번이 아니었다. 그러나 자신과 마찬가지로 아픈 엄마를 바라보며 마음고생 하는 동생에게 내심 애처로운 마음도 있었다. 하지만 오늘만큼은 도저히 참을 수 없었다.

"하, 언닌 언니만 인생 땅에 처박았다고 생각해? 나는? 나도 마음대로 할 수 있는 게 없었어."

"엄마 때문에 내 인생 땅에 처박혔다고 생각한 적 없어."

"왜? 말을 안 하고 생각을 안 하면 아닌 거야? 언니 늘 죽을 상이잖아. 세상 거침없고, 언제나 즐거워하던 서단영은 이제 없잖아."

"너 정말 왜 그러니, 아영아."

단영의 눈가에 가득했던 물기가 급기야 볼을 타고 내려갔다.

"잘해 왔잖아, 우리."

물기 묻은 목소리는 힘을 잃고 떨렸다.

"힘든 거 아는데. 네가 하고 싶은 일이 뭔지는 모르겠지만, 아영아. 나는 그렇게 생각해. 내가 돈이 너무 많은데, 그때 엄마가 없어서 그 돈으로 옷 한 벌 못 사 드리면 무슨 소용 있겠나 싶어. 그래서 밤새워 꼬박 번 돈 간병비로 드려도 별로 아까운 줄 모르겠어."

단영의 볼을 따라 눈물이 복도 바닥에 툭 하고 떨어졌다.

"지금 너무도 간절한 단잠을 자거나 책을 읽는다고 해도 그때 엄마 굳은 다리라도 마사지해 드릴 수 없으면 그 시간이 행복할 것 같지가 않아. 힘들지만 아영아, 엄마 우리 옆에 평생 계실 수 없어. 엄마 가시고 나면 미치도록 그리울 시간이야."

"그만 좀 하라고. 나도 지칠 수 있고, 어쨌든 이렇게 왔잖아. 제발 청승 떨지 말고 서울 올라가. 아줌마 오실 때까지 내가 있겠다고."

쾅, 하고 닫히는 철문 소리가 단영 뿐 아니라 반 층 아래에 서 있는 태준의 가슴 한곳을 세차게 내리쳤다.

3층의 병실이 아니라 원무과로 다시 내려온 태준은 그곳의 원장이자 신경과 전문의를 만나 순애의 상태를 알아보았다. 마음 같아서는 곧장 병실로 올라가 직접 살피고 싶었지만 자신을 향해 한 걸음 내딛는 그녀의 발걸음이 더 주춤거리게 될까 봐 선뜻 나설 수 없었다.

해가 산 저편으로 완전히 넘어가고 성 마리아 요양 병원에 어둠이 한가득 깔릴 무렵 태준의 차는 청주시외버스터미널을 향해 달렸다.

세 시간 후 시외버스에 오르는 그녀를 보고서야 그의 차도 서울로 향했다.

11화

간호사 스테이션 카운터에 앉아 환자 차트를 보며 골몰하는 단영의 팔을 오른편에 앉아 있던 혜정이 팔꿈치로 톡 하고 건드렸다.

"왜?"

자신을 쳐다보는 단영을 향해 혜정은 카운터 정면 위로 고갯짓을 해 보였다. 태준이 굳은 입매를 보이며 단영을 내려다보고 있었다.

"앞으로 벨이 세 번 울리기 전에 전화 받아. 아니, 세 번도 바라지 않아. 다섯 번 넘기지 마. 부재중 확인하면 즉시 답하고. 수술 있어서 일단 여기까지 한다."

획 몸을 돌려 한 걸음 내딛던 태준이 발걸음을 멈춰 다시 뒤를 돌아보았다.

"새겨들어. 괜히 병동 시끄럽게 하고 싶지 않으면."

제 할 말만 하고 가는 그의 뒷모습을 바라보며 벙벙한 표정을 수습하지 못하는 단영을 향해 혜정이 호들갑스럽게 말을 뱉었다.

"어떡해요. 나 강 교수님에게 전혀 사심 없었는데 단영 샘한테 하는 거 보면 완전 반할 것 같다니까요."

"미안해. 자꾸 이상한 분위기 만들어서."

"이상한 분위기는요. 지난번 회식 이후 두 사람은 이제 저희들 신의간 1호 커플이 된 걸요. 저희들이 이해해야죠."

"신의간 1호?"

"네. 신경외과에서 탄생한 의사, 간호사 커플. 그날 두 분 나가고 난리도 아니었어요. 우린 대충 알고 있었지만 의국 샘들은 전혀 몰랐나 봐요. 아, 곽영민 샘이 은근히 샘에게 관심 있었나 보더라고요. 동문이니까 데려다주는 걸 거라고 계속 우기는 바람에 기어코 호숙 샘이 쐐기를 박았다니까요. 헛물켜지 말라고."

말없이 듣고 있는 단영의 침묵을 긍정으로 여겼던지 혜정은 그날 밤의 이야기를 끝없이 옮겨 주었다. 벌써 태준이 가고 없는 복도 저편에 시선을 둔 단영은 그날 밤 일이 그토록 후회되지 않을 수 없었다. 알딸딸하게 달아오른 취기 때문이 아니었다. 그날 밤 진심을 다해 다가오는 그의 마음에 앞날은 어떻게 되든 좋을 것 같았다.

그러나 다음 날 아침, 전날 왔어야 할 아영이 요양 병원에 나타나지 않아 집에 가지 못한다는 간병인의 전화를 받고 부리나케 청주로 내려가면서 단영은 다시금 자신이 처한 현실로 돌아왔다. 끊이지 않고 울려오던 그의 전화를 받을 정신이 하나도 없었다. 아니, 시간이 점차 지날수록 태준의 전화를 받을 용기가 나지 않았다.

한편, 단영이 출근한 사실을 확인한 태준은 이른 오전 신경외과 협의회를 마치고 곧 수술실에 들어가야 할 상황이었다. 한 시간 정도의 여유는 있었으나 수술실에서만큼은 모든 잡념을 버리겠다는 철칙으로 그녀와의 이야기는 오후로 미루었다.

그는 단영이 왜 그렇게 환자 한 사람 한 사람에게 마음을 담았는지 알 것 같았다. 그것은 집착이었다. 연민, 동정, 봉사라는 말도 어울리지 않았다. 엄마를 곁에서 지키고 있지 못하는 자책. 혼자 먼 곳에 두고 온 자괴감. 영원히 놓을 수 없는 숙제. 그러면서도 한없이 벗어나고 싶은 몸부림.

환자들에게서 그녀는 엄마를 느끼고, 곁을 지키는 보호자들에게서 자신을 느끼며 멀리 눕혀 놓고도 엄마를 제 옆에 두고자 했던 그녀의 마음을 담아낸 집착.

이 모든 복잡한 감정들이 뒤엉키어 하루를 살아가는 게 아니라 그저 버텨 내고 있을 단영의 지난 과거를 생각하며 태준은 멀거니 자신의 의사 가운을 내려다보았다.

이 흰 가운은 자신에게 무얼 의미하는가. 또한 생사의 기로에서 죽음과 난투를 벌이는 환자를 바라보는 자신의 마음은 무엇인가. 어린 날 섬세하게 뜯어 내려가던 기타의 선율처럼 뇌의 무수한 혈관들을 하나하나 뜯어 가고 있을 뿐, 자신에게 의사라는 타이틀이 과연 옳은 것인가. 간호사라는 직업의식 이상의 연민과 동정을 담고 있는 단영을 탓할 자격이나 있는가.

태준은 자신에게로 향한 감정이 훤히 보이는 데도 들여놓지 않는 유리 벽 같은 그녀의 마음을 이제야 알 것 같아 가슴 한편이 서걱거리다 못해 둔탁한 통증까지 느껴졌다.

마른손으로 얼굴을 쓸어내린 태준의 표정에서 어떤 결심 하나가 스치는 동시에 연구실로 향하는 그의 발걸음이 조금 빨라지기 시작했다.

*　　　　*　　　　*

"괜찮아?"

"음."

작은 테이블에 놓인 찻잔을 바라보며 단영이 가라앉은 목소리를 뱉어 내자 보람의 눈에 애잔함이 깔렸다.

"아영이는 정말 한 번씩 왜 그런다니?"

"아영이 뭐라고 하지 마. 누구도 그 애처럼 할 수 없을 거야."

"그래, 알아. 나라면 아영이 반도 못했을 거야. 그런데 번번이 네 속을 썩이니까 그렇지."

어린 날 보람은 단영의 집에 놀러 가면 아영과 더 많은 시간을 어울렸다. 내성적이고 수줍음이 많아 친구에게 제대로 된 속내를 보여 줄 수 없던 보람은 나이가 어린 아영에게 언니처럼 챙겨 주고 다독여 줄 수 있던 그 시간이 좋았다.

고등학교를 졸업하기도 전에 부모님을 잃은 아영에게도 이 세상은 더할 수 없이 가혹한 것을 알지만 보람은 이른 나이에 한 집안의 가장이 되어야 했던 친구가 더 애처롭고 사무치게 아팠다.

"그래서 올라올 땐 태준 선배와 같이 온 거야?"

"그게 무슨 말이야?"

"이상하네. 바로 달려갈 분위기더니."

"무슨 말이냐니까?"

"모르는 번호가 몇 번이나 찍혀 있어서 전화했더니 밑도 끝도 없이 네가 갈 만한 곳 아는 대로 말해 보라고, 처음엔 모르겠다고 했는데 꼭 내가 널 숨겨 놓은 것처럼 무서운 목소리로 묻잖아. 그래서 가르쳐 줬지."

"뭘 가르쳐 줘?"

단영의 목소리가 한껏 낮아지자 주눅이 든 보람의 답변은 짧았다.

"청주 병원."

"여보람."

"뭐, 어때? 언제 알아도 알 일을."

단영의 서늘한 목소리에 보람이 저도 모르게 톤을 높였다.

"그게 왜 선배가 알아야 할 일이야?"

"네가 아무 말 안 한다고 내가 몰라? 너 선배랑 진작 무슨 일 있잖아. 요즘 민준이 심상찮은 것 봐도 그렇고."

"민준이가 심상찮다니? 그건 또 무슨 말이야?"

"됐고. 서단영, 너 잘 들어."

법정에 선 듯 보람의 말투에 갑자기 변호사 특유의 기백이 담겨 있었다.

"거부하지 마. 네 마음."

"뭘 거부해? 네가 뭘 알아서……."

"알아."

조금 전보다 더 단호한 보람의 목소리가 단번에 단영의 말을 가로막았다.

"그날 목소리만으로도 태준 선배의 마음 충분히 알았어. 그리고 네 마음도."

여지를 두지 않고 밀어붙이던 보람이 가느다란 한숨을 내쉬었다.

"아니라고 하지 마. 너 새삼 힘들고 무기력해 보이는 거 엄마 때문이 아닌 거 알아. 환자들 돌보면서 활력 찾은 너 볼 때마다 얼마나 다행이다 여겼는데."

보람은 앞에 놓인 물컵을 들어 반 이상을 비우고 잔을 제자리에 내려 두었다.

"너 오늘만 해도 벌써 한숨을 몇 번이나 쉬었는지 알아? 그거 선배 때문 아냐? 무엇 때문인지 전혀 짐작 못 하는 바도 아니지만 선배에게 가는 네 마음, 머리로 자꾸 밀어내려고 해서 그런 것 아니냐고."

단영의 꾹 다문 입술이 씰룩거렸다.

"말해 봐."

보람의 채근에도 단영의 입술은 열릴 생각을 하지 않았다.

"어떻게 되어 가는지. 아니, 무슨 말이라도 괜찮아. 힘들면 힘들다고 말이라도 했으면 좋겠어. 너 정말 날 친구라고 생각……."

"사랑이라는 게……."

홍분으로 치솟으려던 보람의 목소리가 단영의 얇은 입술에서 자그마하게 새어 나는 말에 사라졌다.

"그 사랑이란 것이 지겨울 만도 한데, 또 그 사람이 마음에 차오르자마자 주변이 온통 시시해져 버렸어. 그러면 안 된다고 여기고 일에 집중하려고 해도 네 말처럼 자꾸 한숨이 나."

뭐라고 입을 떼려는 듯 보람의 입술이 달싹거리다 말았다.

"눈은 온종일 그의 뒷모습만 쫓고, 내 의식은 오로지 그 사람의 몸짓에 뻗어 있고, 말 한 마디 한 마디 분석하느라 내 영혼은 이미 먼 곳으로 사라진 것 같아. 이러고 싶지 않은데, 그만해야지, 관둬야지 하다가도 멈추려고 할 때면 상실감에 마음이 너무 아파."

단영의 말에 보람은 가슴 언저리가 뻐근히 아파 왔다.

"이러면 안 되잖아. 나 같은 애가 어떻게 태준 선배를……."

"너 같은 애? 그래, 말 잘했다. 이름만 대면 알 만한 자사고 톱으로 졸업해서 우리나라 최고 대학 의대 차석 합격에, 너 아니면 치료 안 받겠다고 울며 매달리는 환자들, 심청이 저리 가라는 효성을 얹은 네 인성. 아, 또 있다. 20대 애들도 돌아볼 네 미모로 내 기를 팍 꺾어 놓는 애가 그런 자격지심을 가져?"

"풋. 너 아무리 내 친구라고. 하하."

단영은 정말 샘이라도 나는 듯 자신의 이력을 빠르게 읊어 대는 보람의 뿌루퉁한 말투에 웃음을 터트렸다. 그 텅 빈 웃음소리가 보람의 마음을 더 시큰거리게 했다.

"능력 있는 부모 가진 게 무슨 벼슬이야? 대단한 집안에서 태어난 게 큰소리칠 일이냐고. 그게 두 사람을 가로막는 장애라면, 모르긴 몰라도 태준 선밴 그것들을 쓰레기보다 더 귀찮은 거라고 생각할 거야."

"너 언제부터 태준 선배를 그렇게 잘 알았어?"

보람의 확신에 찬 말투가 어이없어 단영이 피식 웃음을 터트렸다.

"열아홉이야. 우리들은 별것 아니라고 여겼던 열아홉의 마음을 선배는 자신의 꿈과 바꾼 사람이야. 두 사람 어디까지 갔는지 알지 못하지만 며칠 전 선배 목소리는 이제 너 아니면 안 되겠더라. 민준이하고 달라."

"너 아까부터 민준이 얘긴 왜 자꾸 꺼내? 무슨 일 있어?"

단영이 속눈썹을 위로 치켜들며 물었다.

"……파혼한대."

"뭐? 지금 뭐라고 그랬니? 갑자기 파혼이라니?"

"나도 몰라. 직접 들은 이야기는 아니라서."

보람이 주저하듯 말을 멈췄다가 다시 이었다.

"얼마 전에 설은경, 민준이 약혼녀가 찾아왔더라. 그쪽도 별 말은 안 하는데 자꾸 너와 태준 선배 이야기를 묻는 게 어째 좀 이상하다 했는데. 지난 금요일 HS그룹 본사 로비에서 우연히 민준이 어머니를 만났는데 이번에도 저러다 말아야 할 텐데 라며 속상해하시더라."

"……."

"내 눈에 훤히 보이는 민준이 마음을 몰랐냐고 묻지 않을게. 돌아볼 정신 같은 거 없었다는 거 아니까."

"보람아……."

너무나 갑작스러운 듯 뭐라고 말을 꺼내야 할지 몰라 난감해하는 단영을 바라보며 보람은 옅은 한숨을 내쉬었다.

"됐어. 말 안 해도 알아. 설사 태준 선배가 없다고 해도 민준인 아닌 거 안다고. 너 민준이한테 가는 거 나도 반대야. 민준인 심약해서 너 못 지켜. 태준 선배랑은 달라. 그러니 넌 못 들은 척해. 자리가 너무 길었다."

보람이 옆자리에 있는 자신의 가방을 들며 일어났다.

"어서 들어가 봐. 아, 그리고 다음 주 목요일 저녁에 아미코에 올 수 있어?"

"다음 주 데이 근무긴 한데. 왜?"

"예나 언니 생일이야. 그날 선무 선배도 온다니까 분위기 봐서 확 고백하려고."

"정말?"

단영의 눈이 동그래졌다.

"그 말 하려고 잠깐 보자고 한 거야. 근데 막상 거절당할까 봐 겁나. 네가 옆에 있으면 덜 창피할 것 같아."

"알았어. 가도록 노력할게."

"그래. 그리고 이 바보야. 나는 장애물이 있든 없든 선무 선배 마음이 내게 있다면 그보다 행복할 수 없겠다는 생각이 들어. 네가 부러워. 그러니 힘내라고. 나 진짜 간다. 얼른 올라가."

보람은 단영의 팔을 툭 치고는 등을 돌렸다. 두어 발자국 가던 걸음을 멈추고 다시 돌아다보더니 단영을 향해 힘껏 팔을 흔들어 보였다.

　　　❋　　　　　❋　　　　　❋

　낮 근무를 마치고 간호사복을 채 갈아입지도 않은 단영의 발걸음이 바빠 보였다.

　지난주 소아재활과로 옮긴 지영이 얼굴을 못 본 지 벌써 며칠째였다. 다행히 차츰 건강을 회복하는 듯 보였지만 신경외과에서 나가기 전 힘이 없어 제대로 뱉어 내지 못하던 아기의 잔기침이 마음에 걸렸다.

　급한 걸음으로 별관 2층에서 본관으로 이어지는 긴 복도를 지나 에스컬레이터를 타고 1층에 내린 후 빠르게 몸을 돌린 순간이었다.

　"부재중 확인하면 즉시 전화하라고 했지?"

　언제부터 있었던지 눈앞에 서 있는 태준의 목소리는 화를 억누르고 있었다.

　"피하는 이유가 뭐야."

　"피한 적 없어요."

　단영이 말을 마치기 무섭게 태준이 그녀의 팔을 거칠게 잡았다. 단영이 팔의 통증으로 이를 꽉 다물고 있는 걸 알면서도 태준은 자신의 연구실에 도착하기까지 악력을 풀지 않으며 그녀를 이끌고 요란스럽게 문을 열었다.

　거친 소리를 내며 문이 닫히기 무섭게 태준은 낭패한 표정을 추스르며 크게 숨을 몰아쉬었다.

　"너…… 왜 그래?"

　"제가 뭘요?"

346

"몰라 물어? 얼굴 마주한 게 얼마 만인 줄 알아? 왜 오피스텔에선 말없이 사라졌어?"

"사라지긴요. 그럴 수라도 있으면 좋겠네요."

지난 주말 청주시외버스터미널에서 서울행 버스를 기다리던 단영은 말 그대로 어디론가 사라지고 싶었다. 자신의 존재 자체가 없어졌으면 했다.

태준의 표정이 한순간 충격을 받은 듯 굳어지고 눈빛이 흔들리는 걸 보며 단영은 급히 말을 돌렸다.

"선배 피곤해 보여서 깨우기 싫었을 뿐이에요."

"좋아. 그렇다고 치고. 그럼 이 순간까지 계속 피해 다니는 이유가 뭐야. 아니라고 하지 말고."

"좀 피곤했어요."

"피곤한 사람이 어제 집에는 몇 시에 들어간 거야?"

같은 병동에서 미꾸라지처럼 잘도 빠져나가는 그녀를 만나고자 지난 밤 태준은 단영의 집 앞에서 새벽 1시까지 기다렸다. 현관문 비밀번호도 바뀌어 있었다.

"목욕 갔다가 찜질방에서 나도 모르게 잠들어 버렸어요."

"서단영."

"그냥, 그냥 날 좀 내버려 둬요."

급기야 울부짖던 그녀의 입에서 혼란스러운 목소리가 터져 나왔다.

그 목소리에 아랑곳하지 않으며 태준이 건조하게 물었다.

"왜 그래야 되는데? 겨우 한 걸음 걸어오는 것 같더니 갑자기 또 왜?"

"잘 알잖아요."

"어머니 요양 병원에 계신 거? 쓰러진 지 10년 되신 거? 아니면 밤낮없이 돈 벌어 간병비로 쓰는 거? 그게 우리 관계에 무슨 영향을 끼쳐야 하는 건가."

그게 무슨 별일이냐는 듯 낮고도 담담한 태준의 목소리가 그녀의 마음을 건드렸는지 순식간에 단영의 눈가가 붉어져 갔다.

"그것도 아니면, 스스로에게 괜찮다고 최면을 걸면서도 영혼은 이미 오랜 가뭄에 쩍쩍 갈라져 옆에 있는 사람 따윈 돌아볼 여력이 없다는 걸 알아 달라는 건가?"

드디어 툭 하고 단영의 눈에 고여 있던 물방울이 흘러내렸다.

"나도 감당 안 되는 내 인생 안으로 들어와서 뭘 어쩌겠다는 거예요?"

"네가 감당 안 되니까 내가 감당하겠다고."

"왜 선배가 감당해요? 내 인생이에요."

"힘에 부대껴서 헉헉대고 있잖아. 네 생각처럼 나는 남들보다 더 가졌어. 내 능력이 아니라 부모님 덕에 출발선이 달랐다고. 네가 밀어낼 때만 해도 내동댕이치고 싶었던 환경들이 이제 보니 고마운 일이야."

빨갛게 물든 단영의 두 눈동자가 태준의 시선과 엉키었다.

"네 말처럼 아이라도 딸린 평범한 사람이었다면 널 어떻게 책임져. 내가 아니면 더 불가능하겠다 싶으니 그렇게 다행일 수가 없어. 그러니 내게 좀 기대라고."

"싫어요."

"왜 싫은데."

꼭 다문 단영의 입술이 답을 하지 않자, 태준이 답답한 듯 긴 한숨을 내쉬었다.

"서단영. 너만 닦달하고 있는 날 좀 불쌍하게 봐주면 안 되겠어?"

"내 일이에요. 선배가 상관 않으면 돼요."

진중한 목소리로 마음을 전해 오는 태준의 시선을 외면하며 단영은 조용하고도 무심하게 말했다.

"그래, 네 일이지. 그러니 상관 않을 수 없게 되어 버렸잖아."

"왜요?"

"아무것도 모르는 것처럼 묻지 마. 내 인생에, 내 삶에 멋대로 뛰어든 건 너야."

"내가 언제……."

그를 향해 획 돌려지는 단영의 얼굴에 어이없음이 고스란히 묻어났다.

"네 이름을 내 머리에 제대로 각인시킨 학교 풀장에서부터, 내 입술을 훔친 학교 음악실. 네 멋대로 뛰어들었잖아. 수많은 시간이 지나 이 병원까지. 난 항상 내 자리에 가만히 있었어."

단영이 다시 태준의 시선을 외면했다.

"서단영. 제발 우리 쓸데없는 데 힘 빼지 말자."

태준의 목소리는 낮고 부드러워졌다.

"학생 시절의 넌 당당하기만 했어. 네가 야무지게 웃는 이유가 뭘까 싶어서, 어디까지 당찰 수 있을까 싶어서 심술을 부린 적도 있었어. 그게 네 하루를 지탱하는 마지막 자존심이라고 나 혼자 생각했지."

그 시간을 떠올리기라도 하는 듯 태준의 눈빛에 아련함이 묻어갔다.

"시간이 지나고 널 떠올릴 때마다 다시금 깨달았어. 그때의 넌 딱히 당당한 것도, 자존심을 세우려고 웃은 것도 아니라는 걸. 주어진 상황 앞에서 언제나 솔직하게, 그리고 진심으로 맞부딪쳐 살아갔을 뿐이라는 걸. 그런데 지금 뭐야. 그 서단영은 어디 간 거냐고. 내 눈을 똑똑히 봐."

태준이 두 손으로 단영의 두 팔을 꼭 움켜쥐자 비껴가던 그녀의 시선이 서서히 그와 마주했다.

"말하고 보니 참 길다, 우리. 그렇게 오래된 정을 다 떼고 내 눈앞에서 사라질 수 있겠냐고."

고개를 돌려 어느새 또 볼을 타고 내리는 눈물과 빨개진 코끝을 단영이 손등으로 훔칠 때였다. 그녀의 간호사복 포켓 안에서 드르르 하고 휴대폰의 진동음이 들려왔다. 받지 못하게 태준이 그녀의 손을 잡으려 하자 얼른 몸을 돌려 전화기를 귀에 대었다.

"응, 아영아. 무슨 일이야?"

단영이 받는 전화의 상대를 알아차린 태준의 두 눈썹이 꿈틀거렸다.

"서울에 있다고? 왜?"

태준을 향해 힐긋 시선을 건넨 단영이 그의 연구실 문을 열었다. 단영을 잡으려던 태준의 손은 그녀가 나가고도 한동안 제자리를 찾지 못했다. 마른 얼굴을 쓸어내리는 태준의 얼굴에 그녀와의 접전에 대한 심란함이 그대로 드러났다.

단영이 그의 앞에 다시 모습을 드러낸 건 딱 세 시간 만이었다.

연구실을 뛰쳐나갔던 그녀는 어느새 말쑥한 사복으로 갈아입고 얼굴은 다시금 완전한 방어 체제를 갖추고 있었다. 못마땅함인지 짜증인지 알 수 없는 눈가엔 서늘함이 깔려 있었다.

"뭐 하자는 거예요?"

"뭘?"

"왜 아영이가 민준이 오피스텔에 와 있는 거냐고요."

"민준이 오피스텔 아니야. 네 거야. 너 머물라고 준비한 곳이라고."

"하!"

단영이 크게 뱉어 낸 코웃음에 태준이 미간을 찌푸렸다.

"무슨 대가예요, 이게? 하루 같이 잤다고 그런 오피스텔도 덜컥 주고 그래요? 선배, 그 정도로 돈 많아요?"

찌푸려 있던 태준의 미간에 더 굵은 내(川)자가 박히었다.

"그만해. 괜히 후회할 말은 하지 않는 게 좋을 거야."

"선배야말로 괜한 짓 하지 말아요. 이렇게라도 얼굴 마주하고 싶다면."

두 사람 사이에 순식간에 팽팽한 긴장감이 흘렀다.

"병동 옮기고 싶다고 수 선생님께 말한 거 알고 있어. 마음대로 해. 병원을 관둔다고 해도 할 수 없고."

건조하게 말하는 태준을 보며 단영의 마음이 흠칫거렸다. 재회하고 난 후 저토록 무감한 표정은 처음이었다. 마치 세상 아무엇에도 관심 없어 보이던 어린 날의 그를 대면하고 있는 것 같았다.

하룻밤의 대가. 너무 심했던가. 그의 말처럼 금세 후회하고 마는 스스로가 싫어 단영은 울고 싶은 마음을 꾹 눌렀다.

"나는 아영이하고 어머니 돌보면서 알콩달콩 살고 있을 테니까 어디 좋은 곳 가서 혼자 잘살고 싶으면 도망가서 살라고."

"무슨 말이에요, 그건 또."

단영이 물기를 머금은 콧소리로 물었다.

"아영이가 생각보다 입이 무거워 다행이야."

"설마……."

"처음부터 너 머물라고 준비해 둔 곳인데 너 하는 거 보니까 씨도 안 먹힐 것 같아 말도 못 꺼내던 참이었어."

단영은 그저 입술을 꾹 다물며 태준을 무언으로 재촉했다.

"아영이가 거기 머물면서 어머니 병원 왔다 갔다 하면 편하고 좋잖아. 비워 둘 게 뭐 있어. 모르는 사람한테 쓰라고 하고 싶은 판에. 그리고 나 신경외과의야. 넌 간호사고. 왜 어머니를 그렇게 멀리 모셔 둬? 혹시라도 일 생기시면 살펴보기 좋게 진작 모시고 왔어야지."

"지금 엄마가 청주에 없다고 말하려는 거예요?"

"맞아. 너와 내 문제를 떠나서, 병원에 있다 보면 별 지연을 다 가져와서 부탁들 하는데, 왜 내가 서단영 어머니를 모른 척하고 살아야 해."

단영의 속눈썹이 파르르 떨리고 있는 것을 알면서도 태준의 목소리는 태연했다.

"선배!"

"자꾸 그러면 아예 이 병원으로 모셔 온다?"

"말도 안 되는 소리 하지 말아요."

"그러니까 말 되는 소리는 들어, 제발. 그곳 신경외과의 인간성 하나는 알아주는 놈이니까 잘 보살필 거야. 무슨 일 있으면 금방 연락하라고 일러뒀고. 원체 바람 같은 녀석이라 이런 시끄러운 곳에서 일을 못 할 뿐이지 실력도 있어."

"왜 의논도 없이 선배 마음대로……."

단영의 목소리가 단번에 날카로워졌다.

"말할 시간이나 줬어? 계속 피했잖아, 너. 오늘도 내가 안 잡았으면……."

"선배!"

두 사람의 말이 서로에 의해 가로막혔다. 거의 울 것 같은 단영의 목소리에 태준은 입을 다물었다.

얼마간 지그시 붉어진 단영의 얼굴을 보고 섰다가 한 걸음 그녀의 앞으로 다가섰다. 그의 한 손이 상기된 한쪽 볼에 가 닿았다.

단영의 고개가 외면하듯 옆으로 슬쩍 비켜났지만 여전히 볼에 머물러 있는 그의 엄지손가락이 그녀의 볼을 쓸어내렸다.

"미안해."

들릴 듯 말 듯 조용히 흘러나오는 태준의 옅은 목소리에 단영이 눈을 깜박거렸다.

"방법을 몰라서."

정말 미안하다는 듯 낮게 깔리는 그의 목소리에 단영의 마음이 저릿해 왔다.

"네가 상처 입을지도 모른다고 생각은 했는데, 아무것도 안 하고 있으면 내가 어떻게 될 것 같았어. 그렇게라도 하지 않으면 네가 하루아침에 어딘가로 사라져 버릴 것 같은 불안감에 가슴이 터질 것 같아서 미친 듯이 움직였어. 이렇게 서툰 나라서 미안하다, 단영아."

그의 목소리에 묻어 있는 안타까움이 단영에게 그대로 느껴져 왔다. 그녀가 무의식적으로 아랫입술을 질끈 씹자 입술 끝에 핏방울이 톡 맺혀 들었다. 태준이 볼에 머물러 있던 손끝을 들어 그녀의 입술을 쓸어내리자 단영이 인상을 작게 찌푸렸다.

"너 사실은 내게로 오고 싶잖아. 그래서 힘든 거잖아. 아무리 아니라고 밀어내도 소용없어. 이제 네 목소리에는 귀를 기울이지 않을 거니까."

단영의 두 눈을 빤히 바라보고 있던 태준의 눈빛이 그녀의 코로, 입으로 천천히 내려갔다가 다시 그녀의 두 눈과 마주했다.

"입이 아니라 눈, 그리고 네 온몸에서 느껴지는 나를 향한 무언의 언어만 들을 생각이야."

태준의 이마가 단영의 머리에 가 맞닿았다.

"고집부려도 소용없어. 제대로 허락할 때까지 어머님 얼굴 절대 보여 줄 생각 없으니까."

태준의 머리가 콩콩, 그녀의 머리를 두드렸다. 급기야 단영이 흑 하고 울음을 터트리고 말았다. 그 소리가 가슴을 둔탁하게 쳐 내리자 태준은 저도 모르게 숨을 깊이 들이마셨다. 그녀를 힘껏 끌어안은 태준이 단영의 등을 쓰다듬었다.

"철이 없는 줄 알았는데, 아영이도 언니 생각하는 게 여간 아니던데. 언니 알면 야단맞는다고, 허락 떨어지기 전에 움직일 수 없다고 어찌나 고집을 부리는지 설득하느라 애 많이 먹었어. 하여간 서 씨 자매 고집들하곤."

애써 유쾌하게 뱉어 내는 태준의 목소리를 뚫고 단영의 훌쩍임이 점점 커졌다.

"그동안 고생 많았다, 서단영. 진작 못 와서 미안해."

단영이 그대로 태준의 어깨에 풀썩 머리를 묻었다. 따스하게 토닥이는 손길에 깊은 밤 혼자 숨죽이며 울던 긴 시간들이 그녀의 앞으로 한꺼번에 밀려들었다.

서러워진 단영은 부끄럼도 잊은 채 끅끅거리며 울기 시작했다. 그녀의 깊어진 울음소리에 기어코 태준의 눈가도 점점 붉어졌다.

✻   ✻   ✻

"지영아, 안녕?"

오늘은 고아원에 행사가 있어 면회를 못 온다던 수녀님의 말씀을 떠올리며 단영은 이브닝 간호사에게 교대를 제대로 하는 둥 마는 둥 간호복을 갈아입지도 않은 채 빠른 걸음으로 지영이를 찾았다.

소아재활과로 내려갔던 지영이 복부에 물이 차면서 다시 신경외과 중환자실로 들어와 있었다.

"우리 지영이 참 착해. 손가락에 꽂아 놓은 산소 측정기도 안

빼고. 이모 엄마는 틈만 있으면 빼 버렸는데."

"아파서 힘들 텐데도 칭얼거리지 않고, 정말 착한 아기죠?"

단영의 등 뒤로 중환자실의 막내 간호사 수진이 아기 기저귀 하나를 들고 왔다.

"줘. 내가 갈아 줄게."

"안 그래도 오늘 조금 일찍 나가 봐야 했는데 고마워요."

짧은 인사말을 건네고 수진은 자리를 떴다.

"지영아, 이모 좋은 소식 있단다. 이모 엄마가 여기서 가까운 곳에 와 계신대. 그런데 아직 못 가 봤어. 무시무시한 아저씨가 말도 안 되는 협박을 하는 바람에. 협박이리고 하면 아저씨가 억울해하시겠지만. 그래도 그 아저씨 믿을 만하니까 편안하게 잘 계실 거야."

기저귀의 양쪽 찍찍이를 붙이고 바지를 올리던 단영의 차가운 손이 허벅지에 살짝 닿자 지영이의 작은 다리가 꿈틀하고 말려 올라갔다.

"미안, 미안. 이모가 딴생각해서. 예쁜 지영이만 생각할게."

"무시무시한 아저씨로 전락한 것도 억울한데 딴생각? 지영이 앞에 있으면 내가 고작 그런 존재야?"

놀란 단영이 소리 나는 쪽을 향해 고개를 획 돌렸다. 침대 한 걸음 뒤 맞은편에서 태준이 가운 차림으로 서 있었다.

"게다가 협박? 내 청혼이 서단영에게 협박이야?"

단영은 얼른 왼쪽 검지를 입술로 가져다 대며 조용히 하라는 신호를 보내고 주변을 살폈다.

"보자, 우리 꼬마 아가씨는? 흐음. 그런데 꼬마 아가씨는 눈앞에 계시는 아줌마가 왜 저러는지 아세요? 무슨 비밀이 저렇게 많으실까."

태준은 지영을 향해 쑥스러울 때나 보이던 눈웃음을 한껏 지으며 인사를 한 후 소곤대듯 물었다. 그리고 침대 끝에 걸려 있는 지영이의 차트를 찬찬히 살피기 시작했다.

"괜찮아요? 지영이 때문에 내려온 거예요?"

"너 찾으러."

단영의 눈이 살짝 커졌다.

"왜요?"

"여기서 말해? 괜찮아?"

동그래진 단영의 눈이 잠깐 망설이다가 지영이를 향했다.

"지영아, 미안. 이모 또 올게."

단영은 태준의 뒤를 따라 얼른 중환자실을 나왔다.

"무슨 일인데요?"

"무슨 일은. 오늘 얼굴 못 봤잖아."

중환자실 문이 닫히기 무섭게 용건을 묻던 단영의 입이 어이없는 듯 살짝 벌어졌다.

"무슨 일 생긴 줄 알았잖아요."

"무슨 일?"

"몰라요."

짜증을 참지 못한 단영은 몸을 획 돌려 3층 비상구를 향해 걸었다.

"고집 센 줄은 알았지만 어지간하다. 묻고 싶으면 그냥 물어. 엄마 어디 계시냐고."

"어디 계세요?"

"그전에 할 말 있잖아."

"교수님."

"말씀하세요, 서 선생님."

긴 한숨을 몰아쉰 단영이 태준의 얼굴을 빤히 노려보았다.

"아영이 입은 어떻게 막아 놓은 거예요?"

"막은 적 없어. 협박처럼 당부해 놓았지."

"무슨 협박이요?"

"주말 동안 아영이가 간병하기로 한 거 면제해 주겠다고."

단영이 금세 입술을 꾹 다물어 버렸다.

그날 태준의 어깨에 기대어 한참 울던 단영은 부끄러움과 겸 연쩍음에 고개도 들지 못한 채 그의 가운 끝자락을 잡고 엄마에 게 얼른 가 보자고 했다.

'가야지. 당연히 어머니께 사윗감이라고 소개시켜 줄 거지?' 하고 빤히 물어 오는 태준의 물음에 아직 단영은 답을 하지 않 았다.

"정말 어지간하다, 너도. 할 수 없지. 직접 내 입으로 소개하 는 수밖에. 이러다간 네가 더 마를 것 같아서 내가 양보하는 줄 알아."

태준은 단영의 손목을 잡고 비상계단을 성큼 오르기 시작했 다.

"지금 바로 가는 거예요?"

"그래, 오전 진료 끝나고 네 퇴근 시간만 기다렸잖아. 왜? 오 늘 무슨 일 있어? 서단영에게 엄마보다 더 중요한 일이?"

"그게 아니고. 오늘 보람⋯⋯."

"잠깐만."

태준의 가운 안주머니에서 휴대폰이 급하게 울리기 시작했다.

"나야."

전화를 받은 태준이 단영에게 짧은 시선을 주었다. 무슨 일인가 싶어 단영의 귀가 절로 태준의 휴대폰에서 들려오는 소리에 집중되었다.

"금방 갈 테니까 기다려."

무슨 급한 일인지 전화를 서둘러 끊는 태준이 단영을 돌아보았다.

"어떡하지. 갑자기 일이 생겨서."

"괜찮아요."

단영은 무언가 말을 하려다 말고 태준을 향해 고개를 주억거리며 얼른 가 보라는 시늉을 했다.

"그래, 전화할게."

무슨 일인지 묻고 싶었지만 두세 계단씩 성큼 올라가는 태준의 뒷모습을 단영은 그저 멍하니 바라만 보았다.

엄마 일로 머리가 꽉 차 있는 그녀는 지난주에 약속한 예나의 생일 파티가 썩 내키지 않았지만 힘든 일이 있을 때마다 도움을 받던 친구였다.

아침 일찍부터 잊지 말라며 보내온 보람의 들뜬 문자를 무시하기가 쉽지 않았다. 선무가 온다고 했으니 어쩌면 태준도 알고 있으리라 짐작했던 게 틀렸나 보다 여기며 비상구 문을 열고 병동 복도로 들어섰다.

✳   ✳   ✳

단영과 보람은 고심 끝에 생일 케이크로 아미코 건너편 수제 베이커리에서 보랏빛이 감도는 블루베리 케이크를 골랐다.

"민준이는 요즘 어떻게 지내?"

"몰라. 나중에 오면 심란함을 더불어 삶의 권태와 짜증이 한 꺼번에 섞여 있는 그 표정, 네가 직접 확인해 봐."

점원으로부터 케이크를 건네받던 단영이 보람을 향해 고개를 돌렸다.

"민준이도 와?"

"언니 생일인 건 몰라. 술도 못 마시면서 무슨 술타령이냐고 늘 구박하더니 뜬금없이 한잔하자길래 오라고 했어. 다들 있는 자리에서 술 한두 잔 걸치면 결론이 나겠지. 태준 선배는 당연 히 불렀지?"

"태준 선배……."

보람이 말하는 뜻을 제대로 알아듣지 못한 채 단영은 갑자기 튀어나온 태준의 이름만 저도 모르게 따라 불렀다.

"말 안 했어?"

"선무 선배 온다니까 알고 있을 줄 알았는데 아닌가 봐. 갑자 기 급한 일이 있어서 가는 바람에 미처 말을 못 했어. 너는 누구 한테 들었어? 언니 생일인 거."

"듣기는. 지난달에 왔을 때 슬쩍 물었더니 가르쳐 주던데. 마침 얼마 안 남아서 파티해 준다고 그랬지. 그때 선무 선배도 같이 있었거든. 그러니 분명히 올 거야."

보람은 그날 예나의 생일을 들으며 한순간 반짝하고 빛나던 선무의 눈동자를 떠올렸다. 오늘이야말로 그 눈빛의 의미를 제대로 알고 말리라는 다짐이 보람의 야무진 입술 끝에 걸렸다.

이내 계단을 다 내려와 밝지도 어둡지도 않은 아미코의 문을 힘껏 열었다.

"어서 들어가자. 선물 고른다고 생각보다 늦어 버렸어."

7시도 되지 않은 가게의 테이블은 벌써 서너 석이 채워져 있었다.

"어? 예나 언니 옆에 태준 선배 같은데?"

문을 열고 가게로 들어가던 단영은 발걸음을 멈춘 보람의 등 너머로 시선을 옮겼다.

예나의 후배라고 소개받은 적이 있는 아미코의 남자 직원인 지훈이 스탠드바에 앉아 있는 예나에게 새 술잔을 내어 주었다. 그 옆에 앉아 있는 이는 분명 태준이었다.

언뜻 마티니로 보이는 잔을 입 안으로 털어 넣으려는 예나의 손목을 잡아 잔을 뺏어 드는 태준의 모습에 단영의 눈이 커졌다. 단영의 안색을 살짝 살핀 보람이 큰 걸음으로 두 사람에게 다가갔다.

"예나 언니, 생일 축하해요!"

"아, 보람아."

앞으로 쑥 건네지는 꽃다발에 당황함을 감추지 못하고 예나는 빠르게 눈가의 비친 눈물을 감추며 얼른 자리에서 일어났다.

"혹시 잊어버린 거예요? 오늘 내가 언니 생일 파티해 주기로 한 거?"

생일이라는 소리에 태준이 자리에서 일어났다. 한 걸음 뒤에 서 있는 단영을 발견하고 바로 그녀의 앞에 나섰다.

"왔어? 나한테도 말하지 그랬어."

"말하려던 찰나에 급하게 전화가 들어와서."

"그래도 잘됐네. 준비한 건 없지만 나도 끼워 줄 거지?"

아무렇지 않은 듯 단영과 보람, 그리고 예나를 돌아다보는 그를 보자 단영의 마음은 저도 모르게 잠겨 왔다.

"미안해, 다들. 내가 이렇게 정신을 놓고 살아. 얼른 자리 잡아. 주방장에게 음식 준비하라고 할게. 혹시 또 누가 와?"

"여기 한 명 추가됐습니다."

스탠드바 앞의 네 사람 앞으로 선무가 오른손을 들어 보이며 성큼 다가섰다.

"아, 민준이도 올 거예요. 언니 생일인 줄은 모르고 있지만."

예나가 주방으로 들어간 뒤 단영은 테이블에 앉아 맥주병을 따서 냅킨으로 병 입구를 닦아 건네는 태준의 손끝을 바라보는 동안에도 눈시울이 붉어져 있던 예나의 얼굴이 계속 신경 쓰였다.

"이렇게 보네. 한잔해, 서단영 후배."

선무가 자신의 병을 그녀가 잡고 있는 병에 살짝 부딪쳐 오며 술을 권했다.

"말 놓아도 되나?"

말은 단영을 향해 하면서도 언뜻 태준에게 묻는 것도 같았다.

"저나 단영이나 다를 바가 뭐 있다고, 놓으면 되죠. 안 그래, 단영아?"

"한번 보고 싶었는데 너무 늦었네. 얼굴 보여 달라고 해도 들은 척을 해야지 말이야."

보람이 자신의 술병을 들어 병 끝을 선무에게 향했다. 권해 오는 술병을 건성으로 맞받아치며 여전히 단영에게 화제를 주자 보람의 입술 끝이 샐쭉해졌다.

"아, 민준아. 여기."

선무에게 뭐라고 답을 해야 하나 하며 고개를 드는 단영의 시선 끝으로 민준이 가게 안으로 들어서는 게 보였다. 단영의 주변으로 앉아 있는 인물들을 확인한 민준의 표정이 살짝 굳어졌다.

반갑게 일어나 이게 얼마 만이냐고 팔을 내미는 선무의 손을 민준이 가볍게 잡았다 놓았다.

"왔어."

태준이 짧은 인사를 건네며 미리 붙여 놓은 옆 테이블 의자 하나를 빼냈지만 민준은 단영의 옆으로 가서 앉았다.

"이제 다 모였네. 단영아, 언니 불러와."

보람이 자리에서 일어나 테이블 위에 케이크 상자를 올리며 세팅을 시작했다. 민준의 맞은편 자리가 비어서 공교롭게도 예나가 태준의 옆자리에 앉게 되었다. 아무도 모르는 작은 한숨이 단영의 입술을 뚫고 살며시 새어 나왔다. 가슴도 조금씩 갑갑해져 왔다.

소원을 말하라는 보람의 재촉에 예나는 한동안 가만히 있더

니 이렇게 좋은 사람들과 오래도록 함께하고 싶다고 수줍은 듯
말했다. 자리를 뜨지 말고 오늘만큼은 함께하자는 보람의 억지
스러우면서도 귀여운 청에 예나는 자리를 뜨지 않았고 지훈이
열심히 음식과 술을 날라 왔다.

겉으로 보기에는 즐겁고 유쾌한 술자리임에도 무언가 분위기
가 묘했다. 까르르 소리까지 내며 웃는 예나는 지나치게 명랑해
보였고, 그에 맞추어 밝은 웃음소리를 내는 보람의 눈길은 연신
선무의 얼굴을 훔쳤다.

선무의 눈빛은 예나에게서 떨어지지 않았고 테이블 위로 향
한 민준의 시선은 초점 없이 멀리 가 있었다.

태준은 이 자리에 있는 듯 없는 듯 무감한 표정이었으나 그의
시선이 언뜻언뜻 아릿함을 띠며 예나에게 향한다는 걸 단영은
모르지 않았다. 그녀는 심해 깊은 곳에 빠져 있는 듯 숨쉬기가
힘들어졌다.

"민준인 잘 안 마시네? 혹시 맥주 싫으면 양주 가져다줄까?"

연신 술을 권하는 보람에게 눈웃음을 건네며 맥주 한 모금을
마신 예나가 병을 내려놓은 뒤 술을 마시지 않는 민준을 향해
조심스럽게 물었다.

"아닙니다. 신경 쓰지 마십시오."

"아이, 민준아. 네 덕분에 비싼 양주 걱정 없이 마시자. 다들
맥주로는 끄떡도 하지 않을 것 같네요. 배만 불러. 언니, 이 가
게에서 제일 비싼 술로 콜! 민준이 매력 중 하나가 두둑한 지갑
이잖아요."

"아냐. 양주는 내가 서비스할게."

"아니에요. 민준이 돈 쓸 데도 없는 친구예요. 요즘 데이트도 없…… 이 매니저님."

보람이 불쑥 뱉으려던 말을 삼키며 얼른 고개를 돌려 지훈을 찾았다. 어디 창고라도 갔는지 보이지 않자 예나가 자리에서 일어섰다.

"내가 내어 올게. 가장 비싼 거로?"

술기운으로 붉게 물든 예나의 얼굴에 싱긋한 웃음이 스치자 단영은 오늘도 같은 생각을 했다. 눈을 떼지 못할 만큼 참 예쁜 사람이라고.

가슴 한편이 쿡, 하고 쑤셔 오는 걸 느꼈다. 울 듯 말 듯 촉촉이 젖은 예나의 눈에서 시선을 뗄 줄 모르는 태준의 눈빛을 알아채며.

"이 손 놓으세요, 손님."

"이거 너무 딱딱한데요?"

"놓고 말씀하세요."

단영 일행으로부터 두 테이블 떨어진 곳에서 들려오는 남자들의 킥킥거림과 조용히 들려오는 여자의 목소리가 처음엔 예나의 것인 줄 몰랐다.

맞은 편 태준의 눈빛이 험상궂게 변하는 것을 인지한 단영의 시선이 절로 소리가 나는 곳으로 옮겨졌다.

"우리 테이블에 와서도 서비스 좀 하라고요."

"그런 것 아니에요. 제 친구들이라 잠깐 자리를 했어요."

"그럼 우리도 지금부터 친구 하죠. 어때?"

일행을 향한 남자의 호탕한 목소리가 킥킥 웃고 있던 다른 한 남자를 일어서게 했다.

"좋지."

일어선 남자가 그녀의 어깨를 감쌌다. 예나가 어깨에 올려진 손을 내리려 하자 남자는 가볍게 저지하며 그녀의 손마저 잡아챘다.

순간 선무가 벌떡 자리에서 일어섰다. 그러나 태준의 걸음이 더 빨랐다. 예나의 손목과 어깨를 잡고 있던 남자가 태준에게 주먹에 맞고 나가떨어졌다.

처음 예나를 잡고 있던 남자가 거친 몸짓으로 태준을 잡으려 하자 선무가 그대로 그의 턱을 날렸다. 분위기는 순식간에 엉망이 되었고 주변 사람들의 모든 시선이 한곳으로 집중되며 가게가 시끌벅적해졌다.

"뒤처리 좀 해."

태준이 선무에게 짧은 한마디를 남긴 뒤 예나의 손목을 붙잡고 가게를 나가 버렸다. 얼굴을 강타당한 두 사람이 빠르게 몸을 일으키고 거친 동작으로 선무에게 향해 올 때였다. 민준이 전화기를 들고 그들 앞을 막아섰다.

"성추행으로 신고 넣을까 합니다만."

보람이 그들 앞으로 다가서며 명함 한 장을 건넸다.

"진단서 끊어 놓으세요. 여보람 변호사입니다. 물론 이쪽 변호인입니다."

"아이 씨! 재수가 없으려니까."

두 남자는 의자 위에 걸쳐 놓은 겉옷을 휙 낚아채고 거친 욕을 내뱉으며 밖으로 나가 버렸다. 테이블의 구석진 곳에서 이

모든 광경을 지켜보고 있던 일행 하나가 주변 눈치를 보며 일어서 나갔다. 언제 나타났는지 놀란 지훈은 테이블을 치우느라 정신이 없었다.

"너도 일어나."

민준이 영혼 없이 앉아 있는 단영의 옷을 챙기며 말했다.

"서단영."

"조금 있다가."

"그래, 단영이도 정신 수습할 시간 좀 줘. 다리가 떨려 일어설 수가 있겠니."

보람이 제자리에 앉아 민준의 바지를 살짝 잡아당겼다.

"늘 저래. 저래서 나는 저 여자가 싫다고."

선에 들어 본 적 없는 민준의 거칠고 짜증 섞인 목소리에 단영이 고개를 들어 민준을 바라보았다.

"무슨 말이야, 민준아?"

보람이 고개를 번쩍 들었다.

"늘 형 주변에서 맴돌아. 세월이 얼마인데 늘 이렇게 신경 쓰이게 해. 그걸 끊어 내지 못하는 형은 더 용납이 안 돼."

"두 사람, 예전부터 아는 사이였어?"

보람의 시선이 슬쩍 단영의 눈치를 살피며 조심스럽게 물었다.

"형 과외 선생. 저 누나 과외 시작하고 처음엔 성적이 더 오르는 것 같더니, 얼마 지나지 않아 엉망이 되었어. 그래서 고모가 그만두게 한 뒤로 완전히 어긋났어. 학교생활도 엉망이었고. 나중에 보니까 학교 근처에까지 와서 분식집을 하더라고."

"그만해, 한민준."

선무가 좋지 않은 표정으로 민준의 말을 막았다.

"뭘 그만해. 알고 보니 이 가게도 형이 내준 거라며?"

"그런 거 아니야. 갚고 있는 거로 알고 있어."

"갚고 있다고는 하겠지. 그런데 형이 돈을 받고 있긴 해? 선무 형은 뭐야? 형도 저 누나 좋아해? 아니면 태준 형이 이 나라 없는 동안 뒤라도……."

"잠자코 있으랬다."

버럭 높아진 선무의 목소리에 민준이 입을 다물며 거친 숨소리를 냈다.

"나 이만 가 볼게."

단영이 자리에서 천천히 일어섰다.

"단영아."

어두운 가게 안의 불빛 아래에서도 유난히 새하얘 보이는 단영의 얼굴을 보람은 걱정스레 올려다보았다.

"미안해. 먼저 가 봐야 할 것 같아."

보람에게 입꼬리만 살짝 올린 창백한 미소를 건네고 단영은 그대로 가게를 나섰다.

그 뒤를 단영이 미처 챙기지 못한 가방을 들고 민준이 황급히 따라나섰다. 두 사람의 뒷모습을 바라보는 보람의 얼굴이 침울해졌다.

"이게 무슨 난리야. 즐거워야 할 생일 파티가 갑자기 왜 이렇게 되었을까. 넌 집이 어디야? 나가자, 데려다줄게."

가게를 둘러보며 긴 한숨과 함께 말을 뱉던 선무가 자리에서 일어서며 보람을 챙겼다.

"선배가 왜 저를 데려다줘요?"

보람은 벌써 일어선 선무를 향해 고개만 들고 빤히 바라보았다.

"싫으면 말고."

"좋아해요?"

몸을 돌리려던 선무가 다시 보람을 바라보았다.

"응?"

"좋아하냐고요, 예나 언니."

"……."

"아니, 대답할 필요 없어요. 그전에 제가 먼저 말할게요. 저 선배 좋아해요."

꼼짝하지 않은 채 자신을 올려다보는 보람의 눈이 너무 맑아서 선무는 선뜻 알아듣지 못했다.

"뭐라고?"

"좋아한다고요, 선배."

제자리에 털썩 주저앉은 선무는 여전히 상황 파악이 안 되는 얼굴이었다.

"여보람."

"학교 다닐 때부터 쭉 좋아했어요."

선무가 제대로 분위기 파악을 했는지 황망한 시선으로 보람을 빤히 바라다보았다.

"예나 언니에게 주려던 마음 따위 있었으면 애초에 그 싹을 잘랐으면 좋겠어요."

늘 눈도 제대로 마주치지 못한 채 수줍은 목소리로 무아지경의 노랫말이 너무 좋다며 말을 걸어오던 후배가 바로 보람이었다. 갑작스러운 그녀의 당돌한 고백에 선무의 입술이 저도 모르게 벌어졌다.

"오늘 분위기 보니 안타까워할 것도 없겠네요. 예나 언니는 선배에게 줄 마음 하나도 없어 보이던데요."

한번 뱉고 보니 부끄러운 입술은 창피한 줄도 모르고 잘도 말을 쏟아 냈다.

보람은 단영을 생각하면 마음 한편이 무던히 쓰려 왔지만 자신의 사랑 또한 급했다. 저 역시도 오늘이 아니면 안 될 것 같다는 생각이 들었다.

단영이 집 앞에 도착한 것은 가게를 나선 지 두 시간이 지나서였다.

아미코를 나서기 전부터 시작된 미세한 편두통이 민준과의 대화로 참을 수 없는 통증을 동반했고 그의 팔을 뿌리치며 택시를 올라타는 순간부터 머리에 낙뢰를 맞은 것처럼 두 쪽으로 갈라지는 느낌이었다.

택시가 들어올 수 없는 골목 앞에서 한 걸음씩 내딛는 단영의 느릿한 발걸음은 언뜻 보기엔 평온해 보였지만 짧은 간격으로 입술을 질끈 씹어 대는 모양새가 점점 깊어지는 두통의 깊이를 말해 주었다.

오래된 슬레이트 이층집 대문의 철제 계단이 보이는 몇 미터 앞에서 단영의 발걸음이 우뚝 멈췄다. 자신을 향해 뻗어 오는 남자의 깊고 어두운 시선을 묵묵히 바라보며 내딛는 단영의 걸음에서는 어떠한 감정의 흔들림도 느껴지지 않았다.

"늦었네."

단영의 시선이 그의 얼굴에 닿았다. 내일부터 한파가 시작될 거라더니 한밤의 공기가 남달랐다. 언제부터 서 있었던지 그의 뺨은 붉게 상기되었고 작은 숨소리에 섞여 나오는 입김과 시린 듯 굳어 있는 턱 주변의 근육이 오랜 추위에 노출된 사람처럼 보였다.

태준의 더없이 낮고 조용한 목소리가 좁을 골목길을 빠져나가지 못하고 단영의 귀에 다가왔다.

"혼자 두면 어떻게 할지 몰라서. 예나."

예나. 그의 입에서 자연스럽게 흘러나오는 이름이 그녀의 얼굴만큼 예쁘게 들리지는 않았다.

"이모님 댁에 데려다주고 왔어. 요즘 계속 상태가 안 좋았거든."

"네. 피곤할 텐데 가서 쉬어요."

그를 향해 고갯짓을 짧게 해 보인 후 단영은 계단을 향해 몸을 돌렸다.

"물어야 하는 상황 아닌가?"

단영의 고개가 반사적으로 태준을 향해 반쯤 돌아갔다. 눈썹이 살짝 아래로 향한 후 단영은 체념한 듯 그를 향해 다시 몸을 돌렸다.

그녀가 뱉은 옅은 한숨 소리가 그의 귀에까지 들려왔다. 완전히 돌아선 단영의 미간이 아주 살짝 찌푸려지더니 제자리를 잡았다.

"예나."

그녀의 성이 뭐였더라. 여전히 알지 못했다.

"선배에게 여자가 아니라는 말이 하고 싶겠죠. 어차피 장벽이라고 해 봤자 나이 차 정도인데 그게 무슨 대수였겠어요. 저 같은 여자도 데리고 살겠다는 대단한 선배였으니까. 애초에 예나 언니가 선배에게 여자였다면 전 처음부터 아무 의미도 없는 사람이었겠죠."

"그런데?"

단영의 미간이 다시 살짝 찌푸려졌다. 잘못 본 것일까. 그의 입술이 살짝 휘어지는 것도 같았다.

"지금 질투하고 있잖아."

질투. 이런 감정, 이런 상황을 묘사한 국어사전에 통탄할 뿐이다.

"누가 질투를 해요?"

"아니면 이 싸늘한 반응은 뭘까. 어찌 되었든 오늘은 내가 잘못했다."

"뭐가요? 함께한 술자리에서 딴 여자 데려다줘서?"

"아침 일찍 출근해야 할 텐데 들어가서 쉬어. 밝을 때 이야기하자. 더 심해지기 전에 두통약 챙겨 먹고."

담담히 돌아서는 태준의 눈에 묻은 건 독설에 대한 화가 아니라 서글픔이란 걸 단영도 알고 있었다. 그의 등 뒤로 쭉 뻗고 싶은 손을 애써 감아쥐었다.

묻지 않는다고 그대로 돌아서는 그가 답답하고 미웠다. 단영이 다시 한번 질끈 입술을 깨물었다.

"엄마, 어디에 계신지 말하고 가요."

"푹 자고 내일 같이 가."

"말하고 가요."

태준이 다시 담담히 단영을 향해 되돌아섰다.

"밤새 엄마 보쌈이라도 하려고? 정말 어머니를, 내가 널 잡고 있는 볼모로 삼게 하고 싶은 거야?"

더없이 낮고 서늘한 그의 목소리가 골목길을 갈랐다. 피곤해 보였다. 피곤할 법도 했다. 늘 같은 소리를 라는 그에게 돌려주는 말은 그를 답답하게 할 뿐이었다. 그게 아니면 또 다른 한 여자 때문인지도.

"보쌈을 해서 사라지든 말든 상관하지 말고 어디 있는지 대라고요."

"청운동. 가람 요양 병원."

툭 던지듯 태준의 입에서 병원 이름이 흘러나오자 단영의 가슴에서 쿵 하고 심장 떨어지는 소리가 들렸다.

원하던 병원 이름을 알려 주었을 뿐인데 단영의 귀에는 왠지 널 놓겠다는 체념의 목소리처럼 들렸다.

어두운 골목길을 빠져나가는 그의 등이 왠지 쓸쓸하고 힘겨워 보였다.

집으로 들어선 단영은 코트만 벗어 던진 채 좁은 욕실로 들어서 샤워기를 틀어 머리부터 물을 맞았다. 흐르는 물줄기를 타고 내려가는 눈물이 두터운 스웨터를 뚫고 블라우스 속까지 스며들었다.

예쁜 사랑을 하고 싶었는데. 즐겁고 기쁜 사랑을 주고 싶은데. 자신의 사랑은 왜 이렇게 버겁고 무겁기만 한 건지, 누구를 원망해야 하는지 알 수 없었다.

12화

6시의 저녁 하늘은 겨울이라는 제 이름을 내세워 짙은 어둠
으로 물들었다.

칼퇴근을 위해 창밖으로 시선 한 번 주지 않은 채 업무를 마
무리 하고 밖으로 쏟아져 나온 사람들이 순식간에 어두워진 거
리에 당황해하며 저마다 시간을 확인했다. 그리고 이내 편안한
얼굴로 거리마다 유려하게 깔린 전구의 불빛을 바라보며 입가를
부드럽게 휘어 올렸다.

단영이 앉아 있는 카페 유리창 너머의 벗나무 역시 굵은 밑동
부터 앙상하게 드러낸 얇은 가지까지 촘촘하게 전구 알이 박히
어, 형형색색 제빛을 잃지 않으려 쉼 없이 깜빡거렸다.

띠링, 띠링 하고 어디선가 타고 오는 구세군들의 종소리가 따
스한 찻잔 앞에 앉아 있는 단영의 귓가로 다가왔다. 아직도 구
세군 냄비가 거리에 놓이는구나, 하고 여기던 단영은 자신이 그

동안 크리스마스라는 단어에 별 의식을 두지 못하고 살아왔을 뿐임을 깨달았다.

가볍게 입을 축인 얼 그레이를 자신의 앞으로 내려놓을 때 가게 문이 딸랑 소리를 내며 열렸다 닫혔다.

또각또각 들려오던 야무진 발소리가 바로 앞에서 멈추더니 단영의 맞은편 의자에 털썩 주저앉았다.

"모두들 크리스마스 앞두고 데이트하느라 바쁜데 잘난 애인 둔 네가 이런 데서 왜 이러고 있어?"

슬쩍 단영의 눈치를 보며 보람이 툭 던지듯 내뱉었다.

"보자마자 웬 시비야? 누가 불러냈으니까 여기 있지."

"그러게. 애인 있는 분께서 왜 나오란다고 나올 처지가 됐냐고."

여전히 말을 툭툭거리며 조금 떨어져 있는 카페 직원에게 왼손을 들어 건성으로 까닥해 보이던 보람이 단영의 눈에 시선을 맞추었다.

"언제나 밝고 귀여운 긍정 아이콘 여보람 양이야말로 왜 말하기도 귀찮은 듯 보일까. 선무 선배랑은 어떻게 됐어, 그날 제대로 고백은 했어?"

"그게 궁금한 사람이 왜 계속 잠수 타셨을까? 진작 물어봤어야지."

"잠수는 무슨. 나이트 근무라 시간이 엇갈린 것뿐이지."

보람이 작은 눈을 흘기면서 다가온 직원에게 아메리카노 한 잔을 주문했다. 그리고 거리에서 반짝이고 있는 나무에 걸린 전구들을 지그시 바라보았다.

"안 됐다, 쟤들."

긴 숨과 섞여 나오는 뜬금없는 친구의 말뜻을 쫓아 단영의 시선도 창밖으로 향했다.

"이 겨울철에…… 저네들 휴면기인데 빛 때문에 잠도 못 자고."

단영의 시선이 창밖에서 보람에게로 가닿았다.

"지금도 낮인 줄 알 거야. 어쩌면 광합성을 할지도 몰라. 그래서 타 죽을지도."

창밖을 향해 비스듬히 앉아 있던 보람이 작은 한숨을 거두며 의자에 깊숙이 몸을 묻었다.

"선무 선배 때문에 그래? 뭐라고 고백했는지 모르지만 선무 선배 입장도 생각해. 얼마나 뜬금없었겠니. 나 역시 그저 팬으로 쫓아다니는 건가 했는데. 게다가 그날 상황도……. 놀랐을 거야."

보람과 친구가 된 이래로 그녀의 이렇게 심각한 모습은 처음이었다. 단영은 뭐라고 위로해야 할지 몰라 두서없는 물음만 늘어놓았다.

"놀라긴."

"안 놀래?"

"모르지. 너무 놀라서 그러는지. 아주 짧은 순간 입술이 벙긋 열리나 했더니 그냥 이마에 한 대 콩 박더라. 그 뒤론 데려다준다는 말이 다였어. 마치 이웃집 초등학생 대하듯."

"넌 뭐라고 그랬는데?"

"예나 언니에게 주려던 마음 따위 애초에 싹을 자르라고."

"뭐?"

단영의 황당한 눈이 동그래졌다.

"언니는 선배에게 줄 마음은 하나도 없어 보이더라고. 달이 있는 날도 없는 날도 줄곧 선배만 좋아했다고."

무심코 한 말이 단영의 마음을 건드렸다는 걸 알았는지 보람이 얼른 말을 이었다.

"아, 오해는 하지 마. 태준 선배 때문이 아니야. 그날 선무 선배 대하는 예나 언니 분위기가 그랬다고. 선무 선배는 예나 언니에게 확실히 마음이 있는 것 같고. 예나 언니와 태준 선배는 별달리 이상한 건 없어 보였는데."

단영의 얼굴이 순식간에 굳어 가는 것을 알아차린 보람이 얼른 몸을 앞으로 내밀며 말을 수습했다.

"미안해, 단영아. 내가 주변머리 없고 눈치 없는 애라는 거 알지? 네 이야기나 들어 주자고 불러 놓고는 네 속만 긁고 있나 봐. 아, 잠깐만."

정말 미안한 듯 인상을 찌푸리며 말을 잇던 보람이 울려오는 휴대폰 소리에 말을 멈췄다. 얼른 가방을 뒤져 액정을 확인했지만 모르는 번호인 듯 고개를 갸웃거렸다. 그리고 손목에 둘린 시계를 확인한 후 통화 버튼을 눌렀다. 역시나 오늘도 로펌 일이 끝나가 전에 나와 땡땡이를 쳤나 보다.

"네. 한화 법률 사무소 여보람……."

거리에 사람들이 북적이기 시작하고 카페에서 울려 퍼지는 노래와 다른 캐럴송도 간간히 들려왔다. 단영은 출근길에 얼핏 눈길이 향한 탁상 달력에서 오늘 날짜 아래에 조그마하게 찍혀 있던 동지라는 두 글자를 떠올렸다. 오늘이 지나면 점차 낮의 길이가 길어질 터였지만 이제 7시가 지난 것치고는 지나치게 새까맸다. 이제 병원으로 가야 할 시간이었다.

"네? 단영이 전화번호요? 아, 네. 알겠습니다. 어머니."

여전히 들려오는 구세군의 종소리에 귀를 두고 있던 단영의 멍한 시선이 반사적으로 보람에게 향했다. 난처한 눈빛이 자신의 안색을 헤아렸다. 통화 종료 버튼을 누르는 보람이 별말을 하지 않아도 그것이 민준의 모친 정숙임을 감으로 알 수 있었다.

"이게 무슨 일이야, 정말."

울상으로 변하는 보람과 달리 단영의 눈빛은 여전히 텅 비어 있었다.

엄마는 언제나 동지가 되면 환한 웃음으로 팥죽을 쑤었다. 가는 해의 끝이면서 오는 해의 기운이 처음 태동하기에 늘 진정한 새해는 동지라고 말했다. 그 의미를 담은 날, 자신을 찾는 전화가 알리는 바를 단영도 모르지 않았다.

엄마가 너무 보고 싶다. 엄마의 얼굴을 못 본 지 너무 오래되었다. 마음으론 벌써 몇 번을 달려갔지만 태준에게 들은 병원으로 내달릴 수가 없었다. 아픈 엄마를 둘러업고 정말 숨어 버릴지도 모를 자신이 무서웠다.

✳   ✳   ✳

"무슨 일이냐. 여기까지."

태준이 병원장실에 와 있다는 비서의 연락을 듣고도 20여 분 늦게 올라온 강 박사였다. 귀국하는 날 잠시 얼굴을 비친 후 이렇듯 제 걸음으로 찾아오기는 9개월 만에 처음이었다. 그런 아들의 안부를 묻는 목소리는 그저 무덤덤했다.

"수술이 있으셨다고요."

수술을 마친 지는 이미 한 시간 전이었다. 그럼에도 잠시 휴식을 취하고 싶다는 이유로 연구실에서 늦게 몸을 일으켰다. 기대하지 말자 여기면서도 여전히 곁을 주지 않는 아들에 대한 섭섭함이 못내 가슴 한구석에 남아 있었던가 생각하니 강 박사의 마음 한편이 씁쓸해져 왔다.

한솔병원장이자 국내 흉부외과의로 최고의 명성을 지닌 강재성 박사는 100편에 이르는 국내외 논문뿐 아니라, 심장 전문의로 탁월한 수술 실력을 인정받아 20년 전 45세의 젊은 나이로 세계적인 인명사전, 영국 케임브리지 국제인명센터(IBC)에 등재된 인물이었다.

"그래, 넌 웬일로 한가한가 보구나. 여기까지 직접 발걸음을 하고 말이다."

한솔은 수도권 5대 병원 안에 속하는 세한병원보다 그 규모나 역사에 못 미치지만 25년 전 겨우 5개 진료과를 갖춘 메디컬센터로 시작해 현재는 수도권에서 알아주는 종합 병원으로 성장했으며, 흉부외과에 있어서는 국내 어디도 따라 올 수 없는 최고 명성을 앞세웠다.

HS그룹 회장직을 자신의 외아들에게 물려주고 현재 한솔 문화재단장으로 있는 태준의 외조부인 한영수 옹이 40년 전 한솔

대학교와 연계한 세한병원을 건원하였고, 그 병원에서 전문의를 딴 재성은 바로 유학길에 올랐다.

귀국 후 잠시 세한에서 머물다가 한솔병원이라는 작은 병원을 직접 건원해서 세한을 떠나왔다. 주변에서는 재성이 당시 한 회장으로부터 많은 지원을 받은 것으로 알고 있지만 처갓집의 그늘에서 벗어나고 싶었던 재성의 몸부림이 지금의 한솔을 이루었다고 하는 게 옳은 말이었다.

돌아올 거라 생각하지 못한 아들이 한국 땅을 다시 밟을 때 실낱같은 기대를 했던지, 한솔이 아니라 세한에서 터를 내리겠다던 태준의 말이 강 박사에게 꽤나 큰 상실감을 주었다.

"곧 결혼할 생각입니다."

싸늘함 안에 담긴 자신의 빈정거림을 알면서도 제 용건만 말하면 그뿐이라는 듯 담담한 아들의 태도가 마음에 들지 않았던지 무심해 보이던 강 박사의 얼굴에 못마땅함이 언뜻 비치다 사라졌다.

"그래? 안 그래도 이번 주 중에 이세준 이사장과 얼굴 한 번 보기로 했다만."

"영주 아닙니다. 처음부터 영주, 제게 여자 아니라고 말씀드렸습니다."

강 박사의 두 눈썹이 빠르고도 급하게 위로 획을 그으며 올라갔다.

"너……."

급하게 튀어나오려던 말문을 닫으며 강 박사가 깊은숨을 들이마셨다.

"그러면 단어 선택에 문제가 있는 듯하구나. 결혼하고 싶은 여자가 생긴 것도 아니고 곧 결혼할 생각이라니. 넌 부모고 뭐고 없는 녀석이더냐. 결혼마저 네 멋대로 할 생각인 거야? 그럼 뭐 하러 세한에 몸담고 있는 거야. 너 혹시 나보라고 일……."

"정예나."

태준의 입에서 짧게 나온 이름 하나가 강 박사의 입을 그대로 다물게 했다.

"강예나로 받아들이십시오."

강 박사의 눈썹이 꿈틀거렸다.

"더 이상 누나 힘들어 하는 모습 보고 싶지 않습니다."

"그 아이가 원하지 않았다."

"진심. 아버지 안에 숨어 있는, 아니 숨어 있다고 믿고 싶은 진심을 안 보여 주지 않으셨습니까. 가까이 다가오지도 멀리 가지도 못하는 그 마음 정말 모르십니까."

"네가 상관할 바 아니다."

재성은 더 듣고 싶지 않다는 듯 고개를 돌려 버렸다.

"우울증이 심합니다. 약도 제대로 듣지 않는 것 같고. 저대로 두면 위험합니다."

"현실로부터 도망치는 허약한 마음은 제 어미나 똑같구나."

"비록 상처가 컸다고 해도 그 시간 자체를 부정하고 사시는 아버지의 허약한 마음만 하겠습니까."

"네가 뭘 안다고……!"

순간 재성의 목소리가 버럭 높아졌다.

"아버지를 위해. 하루아침에 사려져 버린 그분의 행동, 도망이라고 생각 않으셨으면 합니다. 아버지가 더 높은 곳으로 나아가길 바랐던, 그분만의 사랑하는 방법이셨어요. 지금도 늦었습니다. 스물이 넘어 처음으로 제 아버지가 궁금해 그런 방법으로라도 찾아 들었을 때, 온 마음으로 안아야 했던 것 아닙니까."

"이제 와서 이런 말까지 하는 이유가 뭐냐."

강 박사가 깊은 한숨을 내쉬었다. 언제나 제 나이답지 않은 아들이었다. 자신을 닮아 그런 줄 알면서도 어릴 때부터 무던히 말이 없고 속내를 비치지 않는 아들이 어려웠다.

지금처럼 많은 말을 주고받은 기억 또한 없었기에 어떻게 대처해야 할지 몰랐다. 어릴 때부터 수학 영재로, 모의고사에서 전국 최고 석차를 넘나들던 아들이었다. 그 태준의 방황에 자신이 이유였다는 것을 모르지 않았다.

그러나 이 문제를 전면적으로 들고나온 적은 한 번도 없었다. 모른 척하고 싶었다. 병원 발전에 모든 정신을 쏟으면서 처가의 힘이 아니라 강재성의 이름으로 우뚝 서고 싶었다. 그게 젊은 날 제 사랑을 지키지 못했던 스스로에 대한 죗값을 치르는 것이라고 생각했다.

"강예나라는 이름 찾아 주고 싶습니다. 그렇게 떳떳한 모습으로 소개시켜 주고 싶은 사람, 있습니다."

"너는 네 사랑 지키겠다고 한사코 힘들다는 아이 부여잡고 있는 거냐? 너희 병원 간호사라고."

태준의 눈썹이 꿈틀거리며 양미간이 좁아졌다.

"내가 더 높은 곳으로 나아가길 바랐던, 그것도 그 사람의 사랑이었다고 했더냐. 그 소리는 네가 인지해야 할 말 같구나. 너야말로 그만하고 내 밑으로 들어오든지 아니면 영주와 결혼해. 안 그래도 네 어머니가 걱정이 많더구나. 애먼 아이 네 인생에 끌고 들어와 힘들게 하지 말고."

"제 사랑은 제가 지키겠습니다. 그러니 아버지 사랑도 지켜 내십시오. 아니면 누나 역시 제 방법으로 지키겠습니다."

태준이 자리에서 일어나 인사도 없이 병원장실을 나왔다. 부친 재성이 꼭 집어 말하지 않아도 문을 닫는 그의 마음은 한없이 무거웠다.

정말 단영이 원하는 것이 자신을 떠나는 것인가. 마음은 온통 이곳으로 오고 싶으면서 그저 두려움으로 인한 뒷걸음이 아니었던가.

어린 날 우연치 않게 한 여인의 일기장 속의 절절한 마음을 훔쳐보며 태준은 깨달았다.

여자의 사랑은 남자가 생각하는 것 이상이라고.

지금 제 여자가 생각하는 사랑이 무엇인지 알 수 없어 그는 더없이 불안했다.

＊　　　＊　　　＊

"내 용건 뻔히 알 것 같으니 길지 않을 거야. 우선 앉자."

단 한 번도 자신에게 흐린 표정을 보여 준 적 없던 분이었다. 그럼에도 의자에 앉는 정숙의 얼굴에 불편한 심기가 그대로 드러나 있었다.

전화를 받고 1층 로비 카페에서 자신을 기다리고 있던 그녀를 만났다. 민준의 어머니이기 이전에 부모님들끼리도 왕래가 잦던 지인이셨다. 민준의 약혼을 파기 소식을 들을 때만 해도 이런 일이 생길 줄은 생각도 못 했다.

"도대체…… 휴."

"잠시 물 한 잔 가져올게요. 뭐 마실 거라도……."

감정을 이기지 못하겠는 듯 입을 열려던 정숙이 말문을 닫고 깊은 한숨을 몰아쉬자 단영이 조심스럽게 물었다.

"그래, 일단 물 한 잔 가져다주겠니? 차는 아무거나 너 좋은 것 시키고."

단영은 물 두 잔을 받아 들고 낯이 익은 직원에게 미안하지만 레몬차 두 잔을 테이블로 가져다줄 수 있겠냐고 부탁을 했다.

"차라리 네가 모르는 사람이었다면 말하기가 쉬웠겠구나."

물 컵의 반을 비운 정숙이 말문을 열었다.

"그것도 아니면 민준이가 그저 어디서 데리고 놀던 아이기라도……. 미안하다. 이러면 안 되는 줄 아는데 속이 상해서."

순식간에 변하는 단영의 낯빛을 알아챈 정숙이 말을 조심스럽게 바꾸었다.

"하루 이틀 본 사이도 아니고. 그 정이 깊을 생각을 하니 내가 뭐라고 민준이를 설득해야 할지 모르겠어. 급한 마음에 직접적으로 물어볼게. 단영이 네 마음은 어떠니."

"무슨 말씀을 하시는지……."

큰 기업가끼리의 2년 가까이 유지해 오던 약혼은 사업 면에서나 여러 면에서 결혼 이상의 약속이었을 것이다. 그것이 한순간에 파기 되려는 순간이었다. 그것도 한낱 보잘것없는 여자 때문에.

누구보다 품위 있고 언행 하나도 조심스러운 정숙이었다. 다른 아들의 때늦은 어리광에 정숙이 이성을 유지하기 힘들 것은 이해하지만 단영은 그녀를 앞에 두고 무슨 말을 어떻게 해야 할지 몰랐다.

"그래, 네 생각을 물을 필요도 없겠지. 네 전화번호 주고 나서 보람이가 걱정되었던지 다시 연락이 왔더라. 너는 민준이에게 아무 생각이 없다고. 저나 너나 다 같은 친구일 뿐이니까 단영이 안 만나면 안 되겠냐고. 알아서 할 테니까 너무 걱정하지 말라고 했더니 그래도 마음이 안 그랬던지 조심스럽게 말하더라. 너 태준이 만나고 있다며?"

단영의 두 눈이 동그랗게 커졌다.

"인연도 참, 무슨 이런 인연이 있는지. 다들 같은 학교 나왔으니 이렇게 엮이는 것도 새삼스러울 건 없다만은. 그런데 단영아."

단영의 두 눈빛이 눈에 띄게 흔들렸다. 갑자기 따뜻한 온기를 넣어 부드럽게 자신의 이름을 불러오는 정숙의 그 목소리가 두려웠다. 제발.

"네 부모님 생각하면 내가 너무 미안하고 죄스러운데."

역시나. 두 눈을 질끈 감지 못하는 단영은 꽉 다문 입술 사이로 어금니를 깨물었다.

"네 부모님이 널 얼마나 예쁘고 귀하게 키운 줄 누구보다 내가 잘 알아. 너희 집 그렇게 된 것 또한 안타깝게 생각해. 하지만……."

카페의 직원이 레몬차 두 잔을 조심스럽게 테이블에 내려놓으며 단영에게 알은체를 해 왔지만 단영은 그 눈을 마주할 수가 없었다.

"그렇지 않다고 한들, 아버지가 살아 계시고 그 사업이 잘되었다고 해도 민준이와 그런 쪽으로는 생각할 수 없는 거 너도 잘 알잖아. 민준이 아버지 지금 노발대발하셔서 민준이 회사에서도 쫓겨나게 생겼어."

"저 민준이와 한 번도 그런 생각해 본 적 없어요. 친구 이상도 이하도 아니에요."

"그래, 그래야지. 잘난 집안 하나 빼놓고 나면 어릴 때부터 네가 민준이보다 나았다는 거, 잘 알고 있어. 똑똑한 너 붙잡고 이럴 수밖에 없는 날 이해해 줘."

"그것마저 불편하시다면 친구도 놓겠습니다."

단단한 단영의 말투에 정숙의 눈빛이 주춤거렸다. 앞에 놓인 레몬차를 가져와 입을 축인 정숙이 다시 한번 깊은 한숨을 내쉬었다.

"네 마음 아프게 해서 미안하다. 그런다고 민준이가 단념을 하겠니. 어미가 돼서 그 마음 왜 몰랐겠니. 어쩌면 너보다 내가 먼저 알았을지 몰라. 오늘 같은 일이 있을까 봐 그렇게 조바심이 났던가 보다. 그렇다고 진작 너희들을 못 만나게 하기도 그랬어. 넌 누가 봐도 예쁜 아이야. 어쩌면 이런 환경에 태어난 민준이 제 복을 탓해야지. 은경이랑 약혼해서 한시름 놓는가 했는데. 널 놓고 평생 뒤돌아볼 생각 하면 어미가 아닌 입장에서 바라볼 때 우리 민준이가 참 아프구나."

정숙의 솔직한 심정이었다. 자신이 사는 세계가 다 그렇듯 정숙 또한 사랑했던 연인을 두고 민준의 아버지와 결혼을 했다. 그렇기에 젊은 날의 열정이 별것 아니라고도 생각할 때도 있었다.

한편으로 한평생 떠난 여자를 못 잊어 제 아내에게 등만 보이던 태준의 부친이자 제 시누 남편을 보면서 남자의 사랑은 여자의 것과 다른 것인가 하고 갈등도 되었다.

"아마도 네가 태준이와 만나고 있다는 것을 알고 더 저러는지도 모르겠다."

단영의 얼굴이 더욱 굳었다. 어쩌면 정숙의 오늘 진짜 방문의 목적은 이것이었을지도.

"알다시피 이 집안이 손이 귀해. 민준이나 태준이 말이 사촌이지 형제나 다름없어. 민준이가 어렵다면 태준이도 안 될 거라고 생각해 주었으면 좋겠구나. 나 역시 이 집안이 버거울 때가 있어. 어쩌면 널 위한 일인지도 몰라."

스스로 말해 놓고도 참 이기적인 말이라 여겨졌던지 다시 물컵에 손을 뻗은 정숙은 잔을 다 비웠다. 다시금 고개를 드는 눈빛엔 어떤 단호함이 묻어 있었다.

"어머니 아직 청주에 계시니? 내가 한 번 뵀으면 하는데."

"아주머니."

"알아. 많이 불편하시다는 소리 들었어. 네 어머니 얼굴 보겠다는 말이 아니라 진작 신경을 썼어야 했는데 내가 너무 무심했구나. 너 그 근처에서 엄마 얼굴 자주 들여다볼 수 있도록 내가……."

"일어나, 서단영."

불쑥 끼어드는 목소리에 정숙이 말을 멈추고 고개를 들었다. 놀란 단영의 눈도 따라 움직였다.

"태준아."

서늘한 태준의 목소리에 정숙이 당황한 듯 그의 얼굴을 올려다보며 조심스럽게 불렀다.

"오늘 이 자리에서 하신 말씀은 못 들은 거로 하죠. 일어나라니까."

차가움이 뚝뚝 떨어지는 시선으로 정숙을 향하던 태준이 화를 억누르며 단영의 팔을 붙잡고 일으켜 세웠다.

"강태준."

정숙도 따라 일어서며 태준의 이름을 재차 불렀다.

"네, 저 강태준입니다. 한태준이 아니라. 엄밀히 말해서 외숙모님이 말씀하시는 그 집안사람 아닙니다. 그나마 지성과 교양을 겸비하신 줄 알았던 외숙모님 체면 세워 드린다고 몇 분 기다렸더니 오히려 외숙모님 인격만 더 드러나게 한 것 같습니다."

"태준이 너 무슨 말을……!"

"민준이에게는 말하지 않겠습니다. 기름에 불붙이면 더 활활 타오른다는 상식을 잊고 계신 것 같아서요. 저도 바라지 않는 바거든요."

"태준이 너 이러고 다니는 거 부모님은 알고 계시니? 고모 숨 넘어갈까 봐 내가 아직 말도 못 하고……."

"단영이 제 여자입니다. 몰랐다면 모를까 단영이가 만나는 사

람이 저라는 걸 아셨다면 이곳에 발걸음 하셨으면 안 되는 거였
습니다. 이럴 땐 혈연이 참 덧정 없습니다. 아예 안면 없는 사이
였다면 외숙모님 이렇게 무탈하게 돌아서도록 하지도 않았을 건
데 말입니다."

정숙의 표정이 한순간에 변했다.

"그만해요, 선배. 왜 이래요?"

단영이 태준의 소맷부리를 잡으며 난처해했다.

"무례했다면 용서하십시오. 하지만 단영이가 이해한다고 해
도 전 외숙모님의 이 무례가 쉬이 잊힐 것 같지 않네요. 조심해
서 들어가십시오."

그녀의 손목을 단단히 잡고 돌아서는 태준의 옆얼굴은 차갑
게 굳어 있었다. 단영의 코끝이 시큰해 왔다.

매일 병원에 들러 정성스럽게 엄마의 발을 마사지해 주고 간
다는 남자. 저 자신도 기억하지 못하는 어린 날의 밝고 당찼던
모습을 마치 어제 일처럼 상세히 엄마 귓가에 속삭여 준다는 남
자.

잘생긴 남자의 모습이 순박하고 선해 보이긴 처음이라며, 세
상에 다시없을 사람이라고 꽉 붙들어 매라던 간병인의 말이 아
니더라도 단영 또한 잘 알고 있었다.

이 남자를 보내면 어느 누구도 가슴에 품을 수 없을 것이라
것. 그런 자신의 멋진 남자를 늘 화나게 하고 울리는 것 같아 스
스로가 너무 미웠다.

벌써 차가 내달린 지 30분이었다. 단영은 옷을 갈아입지도 못

하고 간호복 차림으로 태준의 손에 이끌려 그의 차 조수석에 몸을 실었다.

얼핏 보기에 차는 세종로를 진입하는 듯했다. 엄마가 있는 청운동 병원으로 향하는가 보다 여기며 단영은 몰래 한숨을 내려놓았다.

정숙에게 싫은 소리를 들은 본인이 언짢아해야 하는 게 아닌가 여기면서도 차갑게 군은 태준의 옆얼굴에 그저 눈치를 보며 어떤 말도 붙이지 못하고 있었다.

그가 화가 난 이유에는 이런 상황을 만든 그 스스로와 사촌인 민준을 대신한 자괴감에 있을 거라는 걸 알고 있었다. 계속되는 정적이 난감했지만 그를 보듬어 줄 마음의 여력도 없었다. 옅은 한숨을 몰아쉰 단영은 창밖으로 고개를 돌렸다.

어느덧 잠이 들었던 모양이다. 단영이 눈을 떴을 때 차는 어두운 수풀 사이를 지나 어느 작은 별장 앞에 세워지는 중이었다. 게슴츠레한 시야에 들어오는 새까만 광경이 밤바다라는 것을 바람과 함께 몰아쳐 오는 파도 소리로 알 수 있었다.

"다 왔어. 내릴까?"

"경포대예요?"

싸늘했던 표정은 사라지고 태준이 작은 미소를 지으며 조수석 문을 열고 단영이 내리는 것을 도왔다. 얼른 자신의 코트를 벗어 단영의 어깨에 걸쳐 주며 목에을 단단히 여몄다.

미리 준비한 여행이었던지 트렁크에서 태준이 들고 내리는 캐리어가 단영의 눈에 들어왔다.

"계획된 납치였어요?"

"알아차렸으면 말 예쁘게 하도록. 납치라는 말도 삼가고."

앞장서 걷는 태준을 따르면서 다시 주변을 돌아보니 별장이 아니라 별장형 콘도처럼 보였다. 그가 안내한 곳은 그곳에서 조금 떨어진 별채였다.

문을 열고 들어간 거실 맞은편 구석엔 벽난로가 타고 있었다. 실내로 들어간 태준이 망설이지 않고 침실로 들어가는 것을 보며 이곳이 처음이 아닌가 하고 단영은 생각했다.

"나는 거실에 있는 곳 쓸 테니까 여기 욕실 써."

단영의 망연한 시선을 느낀 태준이 단영의 머리를 살짝 내리쳤다.

"아직 8시도 안 됐으니까 이상한 상상하지 말고. 캐리어에서 편한 옷 골라 입어."

단영은 작은 가방을 들고 침실을 나가는 태준의 뒷모습을 그저 멍한 시선으로 바라보았다.

환기를 위해 열어 놓은 것 같은 창문 사이의 좁은 틈을 타고 침대 위에 걸려 있는 커튼이 살며시 나부꼈다. 미세하게 새어 들어오는 바람 속에 섞인 바다 냄새가 단영의 의식 한편을 건드렸다.

침실 입구에 놓인 캐리어를 열어 본 단영의 눈이 놀라움으로 커졌다.

화사한 핑크빛이 감도는 실내복과 성김이 굵직하고도 곱게 짜진 버건디 색의 두꺼운 카디건. 그 밑에 놓인 작은 상자 속에 얇은 한지로 정성스레 감싸진 살굿빛의 은은한 레이스 브래지어 세트가 단영의 얼굴을 붉게 물들였다.

무엇보다 캐리어 맨 아래 잘 개어져 있는 촉감 좋은 울 소재의 옅은 그레이 색 원피스가 마음에 들었다.

잠깐 망설인 단영은 종일토록 뛰어다닌 발바닥의 열감과 병원 냄새를 지우기 위해 간단히 샤워를 했다. 흐르는 물줄기 속으로 정숙에게 들었던 아픈 말들도 고스란히 씻어 내었다.

욕실에서 나온 단영은 양쪽 주머니에 곰돌이 문양이 박힌 실내복을 꺼내 입고 조심스레 침실 문을 열고 나왔다.

거실에 미세하게 깔린 냉기를 피해 벽난로로 향하던 단영은 주방에서 나는 소리에 발을 멈췄다. 그곳에서 무언가 부지런히 준비하는 태준을 발견하고 저도 모르게 풋, 하고 소리 내어 웃었다.

와인 병과 샐러드가 놓여 있는 식탁 쪽으로 언제 구웠는지 모를 스테이크 두 접시를 가져오던 태준이 이마를 찌푸린 채로 목소리를 낮게 깔았다.

"웃지 마. 나도 영 어색하니까."

태준이 입고 있는 연 하늘빛의 실내복은 단영과 한 세트였다. 낯을 붉히며 이게 무슨 퍼레이드인가 따질 생각도 못 하고 이런 이벤트를 펼치는 그가 귀여웠다.

"슈트보다 더 어울리는데요. 설마 직접 산 거예요?"

"예나…… 어머니가 누나라고 부르는 거 싫어하시는 것 같아서. 그러다 보니 입에 붙어 버렸어. 누나가 준비했어."

식탁 세팅을 돕던 단영의 동그래진 눈이 태준을 향했다.

"정예나. 정말은 강예나가 되어야 할 내 누나지."

자신의 앞에 있는 의자 끝을 힘껏 부여잡으며 단영은 태준의 눈을 지그시 바라보았다.

무서운 눈빛으로 파스가 붙여져 있던 예나의 팔목을 살피던 열아홉의 그.

"예나 언니 좋아하죠?"

"그게 너하고 무슨 상관인데."

그가 어떤 마음인지도 모른 채 가슴앓이를 했던 열일곱의 나.

단영은 바로 어제 같은 기억 하나에 눈살을 찌푸렸다.

"왜 진작 말해 주지 않았어요."

단영의 눈을 가만히 마주하던 태준이 식탁을 돌아와 그녀의 앞으로 의자를 빼서 조심스레 앉혔다. 그리고 와인 한 잔을 따라 단영의 앞으로 내밀었다.

"사생아라는 이야기까지 해야 할 것 같아서."

태준은 단영의 잔에 건배하며 그녀의 눈을 바라보았다.

"메리 크리스마스, 서단영."

"선배!"

"아버지의 첫사랑 사이에서 태어난 누나 입장에서 떳떳하게 소개시켜 주고 싶었어. 괜히 심각해지지 마."

"카페에서 그런 일이 없었다면 오늘도 얘기 안 했을 테고요."

"아마도."

"내 마음은요?"

와인 한 모금을 지그시 입에 문 태준이 한쪽 눈썹을 살짝 올려다 보았다.

"예나 언니 때문에 속상했던 내 마음은요?"

"질투 안 한다며?"

"그 상황에서 질투 안 할 여자…… 관둬요."

태준이 말없이 다시 잔에 입을 댔다.

"예나 누나 우울증약 복용 중인데, 그날 술을 좀 마셔서 히스테리 부릴까 봐 급히 데리고 나갔어. 괜찮아지고 나면 자신의 행동 때문에 더 괴로워하고. 악순환이지."

바보같이. 사랑에 눈이 멀어 주변 상황도 제대로 못 보는 멍청이. 단영은 자신이 원망스러워 저도 모르게 아랫입술을 자근자근 씹어 대었다.

"그렇게 너 두고 나가서 미안해."

"선배."

뭐라고 입을 벌리려던 단영의 입술이 그대로 멈췄다.

"사실 그때 네 마음에 있는 나의 존재감도 좀 알아차렸으면 했어."

단영이 입 안에 고인 침을 조심스레 꼴깍하고 삼켰다.

"왜 그런 멍청한 생각을 했는지 모르겠지만 그 밤엔 그랬어. 어쩌면 너 아프게 할지도 모르겠다고 생각은 했는데, 쓸쓸했어. 자꾸만 밀어내려는 너 때문에. 너 하나로 이미 온 마음이 충만해 있는데도 말이야."

단영의 명치끝에서 시작한 통증이 가슴 한편을 쓸고 갔다.

"그리고 나 때문에 네가 오늘 같은 꼴을 당하게 된 게 너무 화가 나. 화가 나서 견딜 수가 없어."

그렇게 말하는 그의 눈이 너무 아파 보여 단영은 왈칵 눈물이 쏟아질 것 같았다.

"사랑해요."

생각지도 못한 단영의 고백에 태준의 눈매가 꿈틀거렸다. 그러나 이내 고개를 가로저었다.

"부족해."

그의 깊고도 짙은 눈동자가 하염없이 요동치고 있었다.

"어디에도 안 간다고, 무슨 일이 있어도 내 옆에 있겠다고, 함께 늙어 가겠다고 해."

참았던 눈물이 단영의 볼을 타고 또르르 흘러내렸다.

"힘든 일 안 생기게 노력하겠지만 그래도 힘들면 내 손 잡고 도망가. 어디든 따라갈 준비가 되어 있으니까."

구석진 벽난로에서 타들어 가던 장작 하나가 파닥 하고 소리를 내며 쓰러졌다.

태준의 마음을 대신하듯 칠흑같이 어두운 겨울 바다로부터 불어오는 바람이 쉬지 않고 거실 창문을 두드려 대는 밤이었다.

※　　　　　※　　　　　※

다음 날, 거세게 밀려오는 하얀 파도가 경포대 해수욕장을 덮치며 바닷바람의 위세를 그대로 보여 주고 있었다.

단영이 그레이 원피스 위로 걸쳐 입은 카디건을 짐짓 심각하게 훑던 태준은 주차장에 차를 세우자마자 자신이 입고 있던 검정 무스탕을 벗어 그녀의 어깨 위로 걸쳐 주었다.

그러고도 무언가 못 미더운지 그녀의 어깨에 한쪽 팔을 걸치고 꼭 끌어안다시피 하여 잔걸음으로 백사장을 걸어 나갔다.

"숨 막혀요."

"가만히 있어. 감기 들어."

"감기는 무슨. 땀날 지경이거든요."

"너 말고 나."

"그러게 왜 옷은 벗어 줘요. 옷 입어요."

어깨에 걸친 그의 손을 단영이 잡아 내리려 하자 태준이 그녀의 어깨를 더 힘껏 부여안았다.

"어차피 네가 감기 들면 내게로 옮겨 오게 되어 있으니 내가 감당할게. 바이러스."

"무슨……."

단영이 고개를 살짝 들어 그의 얼굴로 시선을 향할 때였다. 얼른 내려온 태준의 입술이 그녀의 입술로 침입해 갔다. 바람결을 따라 코를 간질이던 그의 스킨 냄새와 머릿결에 묻어 있던 샴푸 냄새가 콧속으로 훅 파고들었다.

단영은 지난밤 뜨거웠던 그의 체취가 절로 떠올라 얼굴이 확 붉어졌다.

"감기 들면 누구 한 사람 문제가 아니겠지?"

천천히 입술을 뗀 태준이 싱긋한 웃음으로 능청스럽게 말했다.

"공공장소거든요, 여기."

단영이 살짝 눈을 흘기며 새초롬한 목소리를 내고 고개를 돌렸다.

"뭘 걱정해. 다 같은 마음들인데."

태준이 어깨를 으쓱거리며 턱짓하는 방향으로 고개를 돌리니 한 쌍의 연인들이 조금 전 두 사람과 꼭 같은 모습으로 서로를 끌어안고 있었다.

"그래도 우리 둘만의 문제는 아니니까 감기는 조심해야지. 늦 겠다. 얼른 가자."

태준은 손목시계를 확인하고 단영의 손을 잡아 주차장 쪽으로 발걸음을 향했다. 차에 올라타자마자 단영은 지난 한 주 병원 일로, 예나의 일로, 민준의 모친 정숙의 일로 무던히 끓었던 속이 한순간에 가라앉으며 온몸을 파고드는 나른함에 몸을 맡겼다.

단영아, 하고 불러오는 그의 낮은 목소리에 눈이 번쩍 뜬 그녀는 차가 멈춘 것을 느끼며 본능적으로 안전벨트를 풀었다.

차에서 내려 자신이 앉아 있는 조수석을 향해 걸어오는 태준의 모습을 전면 유리창으로 바라보던 단영의 눈이 커졌다. 정면에 가람 요양 병원이라고 큼직하게 새겨진 입간판이 눈에 들어왔다.

"이리로 왔어요?"

"이미 다녀갔었다며?"

태준의 손을 잡고 차에서 내리던 단영이 고개를 작게 끄덕거렸다.

"아영이도 시간 맞을 때 가족 전부 모이는 것도 나쁘지 않을 것 같아서."

가족. 그 아프고도 말랑한 단어가 단영의 가슴을 싸하게 쓸고 내려갔다. 병원 앞에 도착하면 병실까지 뛰기 바쁘던 발걸음이 오늘은 떨려 왔다.

그를 엄마에게 보여 줘도 될까. 어떻게 생각하실까. 괜히 기대만 부풀려 놓는 건 아닐까. 아니, 나보다 그가 더 자주 이곳을 드나들고 있었다는 걸 아는데 무슨 바보 같은 생각이람. 반걸음 뒤에서 깊은숨을 들이마시며 따르고 있는 단영의 손을 태준이 마주 잡아 왔다.

병실 문이 열리자마자 망설임도 없이 태준의 손이 떨어져 나갔다. 손 소독제를 바르고 서슴없이 순애에게로 다가가는 그의 뒷모습을 단영이 황당하게 바라보았다.

"어머니, 저 왔습니다. 태준입니다."

단영의 눈이 더할 나위 없이 동그래졌다. 언뜻 쑥스러움이 묻은 듯했지만 분명 '사랑합니다' 하고 매끄럽게 말을 뱉은 태준이 순애의 볼에 입을 맞추었다. 그 생경한 모습에 단영의 입에서 탄식에 가까운 작은 소리도 새어 나왔다. 담요에 덮인 전신 중 유일하게 움직이는 순애의 왼쪽 팔이 조심스럽게 태준의 목을 감아 자신 쪽으로 끌어당기더니 그의 볼에 입술을 꾹 눌렀다.

"뽀뽀는 이렇게 하는 게 아닌데요? 입으로 쪽 하는 소리를 내셔야죠. 자요, 다시 한번."

왼쪽 볼을 다시 가져다 대는 태준을 왼팔로 밀어내며 순애가 고개를 획 돌렸다. 굵은 눈썹 사이의 미간이 살짝 찌푸려지며 입술을 야무지게 다물어 버렸다. 뻐끔하게 열린 큰 눈은 영락없는 어린아이의 맑고 순수한 것이었고 나름 부끄러움과 자존심이 담겨 있었다.

"이러시면 곤란한데요. 저 그럼 단영이 안 데리고 갑니다. 평생 노처녀로 혼자 살게 할 겁니다. 게다가 오늘은 어머니께 얼굴 보여드린다고 함께 데리고 왔는데."

태준의 익살이 묻은 투덜거림에 단영이 피식 웃음을 터트렸다.

"서단영, 얼른 이리 와."

순애의 눈이 왕방울만 하게 떠졌다. 무언가 뇌를 자극하는 반가운 소리를 들은 모양이었다.

"엄마, 단영이 왔어. 사랑해."

단영이 순애의 볼에 입을 맞추자 즉각 순애의 팔이 단영의 목을 두르고 입술을 가져다 댔다. 쪽 하는 소리를 내기 위해 식사 때조차 잘 벌어지지 않는 입술이 잠깐 열렸다가 닫혔다.

"엄마도 나 사랑한다고?"

언젠가부터 끄덕거리기조차 귀찮아진 고개를 대신해 이번에도 역시나 속눈썹 깜박임으로 의사를 표시해 왔다.

"얼마나?"

순애가 담요 속에 숨겨 버린 왼팔을 천천히 꺼내어 굳어진 다섯 손가락 중에 검지, 중지 두 개를 조심스럽게 펴 보였다.

"겨우 두 개? 엄마가 그토록 원하는 남자도 데리고 왔는데, 인심 좀 써."

순애가 보일 듯 말 듯 펴지지 않던 약지 하나를 더 펴 보였다.

"하나만 더 펴 봐. 응?"

단영의 말에 순애가 모른 척 눈을 감았다. 저 손이 언제 다 펴질지 단영은 알고 있었다.

"절대 안 하실걸? 언니가 태준 오빠 괴롭힌다고 말했거든."

냉장고에서 주스 한 잔을 꺼내 태준에게 내밀며 아영이 끼어들었다.

"계속 밀어낸다며? 오빠 오는 날만 피해서 몰래 병원 다녀가고."

"넌 오빠 소리가 그렇게 쉽게 나오니?"

"부러우면 언니도 그렇게 불러. 두 사람 결혼하면 난 형부로 바로 바꾸어 줄 테니까."

"그만합시다. 날 두고 싸우는 건 행복하지만 모처럼 어머니 의식 좋은 날인데 이러면 곤란합니다."

"아니, 선배도 뽀뽀가 어떻게 그렇게 쉬워요? 아영이 넌 왜 쓸데없는 걸 가르치고 그래?"

"그것도 질투냐? 우리 아가씨도 해 드려?"

태준이 단영의 얼굴 앞으로 얼굴을 쑥 내밀었다.

"징그럽게 왜 이래요?"

"징그러워? 말도 안 된다. 지금 더 한 것도 하고 오는 길 아냐?"

아영이 혀를 날름 내밀었다.

"서아영, 너 죽고 싶어?"

"왜 이래? 나도 해 볼 건 다 해 봐야 되는데 언니 손에 죽긴 왜 죽어. 그리고 내가 가르쳐 준 거 아니야. 엄마가 서슴없이 했어."

"거짓말하지 마. 엄마가 저렇게 누워 있어도 얼마나 도도하신 분인데."

"그러게 그 도도한 분이 오빠 처음 온 날 '저 단영이와 결혼할 사람입니다. 단영이 바빠서 혼자 왔습니다' 라고 하니까 엄마가 그대로 목을 감고 인사했다니까. 그 후엔 오빠가 들어오면 먼저 인사하고."

"말도 안 돼."

"말이 안 되는 게 뭐가 그렇게 많아. 어머니께서 사람 보는 눈이 있으신 거지. 잠깐만 제가 어머니 자세 변경 좀 돕겠습니다."

무스탕을 벗어 옷걸이에 건 태준은 침대를 평평히 내리고 순애의 몸을 오른편으로 돌려 딸들이 있는 방향으로 보기 좋게 눕혔다.

그리고 손을 동그랗게 말아 등을 토닥거리자 순애가 다시금 양미간을 찌푸리며 태준의 손을 밀어내려고 했다.

"하하하. 죄송합니다. 많이 아프셨어요? 딱 두 번만 더할게요."

토닥이던 소리가 멎고 태준이 주먹을 동그랗게 말아 쥔 채 요추 4번과 5번 사이, 5번과 6번 사이를 부드럽게 눌러 준 뒤 손바닥으로 마사지하듯 훑어 내렸다. 찡그리고 있던 순애의 미간이 서서히 펴지며 눈꺼풀이 조용히 내려앉았다.

"엄마 낮에 안 주무셨니?"

냉장고 문을 열며 묻는 단영의 물음에 물기가 묻어났다.

"잤어. 조금 전에도 잠드시려는 거 언니 온다고 내가 계속 깨웠어."

"아주머니는?"

그제야 생각난 듯 물병을 꺼내 들던 단영이 급하게 아영을 돌아봤다.

"크리스마스여서 모처럼 하루 쉬라고 했어. 아 참, 태준 오빠. 그 아주머니 어디에서 데려온 분이세요? 그동안 봐 온 간병인 중에서도 진짜 대박이에요. 엄마에게 정말 친언니 대하듯 잘하세요."

"시끄러워, 엄마 정신없겠다. 다 큰 애가 말하는 게 대박이 뭐야?"

단영이 눈살을 찌푸리며 호들갑스러운 아영의 말투를 나무랐다.

"내가 수술한 환자 어머니셔."

"오빠가 수술한 환자 어머니시라고요?"

"더 말하면 프라이버시 침해야. 어머니, 오늘은 '아씨'부터 출발할까요? 흠흠."

콜록콜록. 가슴속부터 차오르는 뜨거움 때문에 차가운 물 한 잔을 급히 들이켜던 단영은 태준의 입술에서 잔잔히 흘러나오는 노랫소리에 놀라 그만 사레가 들고 말았다.

이미자의 아씨. 태준이 부르는 순애의 애창곡은 닳고 닳은 테이프가 쏟아 내던 것이 아니었다. 한 여자의 생애가 뇌리를 스치듯 사무치게 가슴에 와 닿았다.

옆으로 돌아 눕힌 후 어딘가 불편해 보이던 순애의 얼굴에 서서히 평온이 깔리기 시작했다.

단영이 '엄마' 하고 낮은 소리로 부르자 긴 속눈썹이 두어 번 깜빡거렸다. 드물게 보이는 최상의 편안한 상태였다. 단영의 볼 위로 눈물이 툭 하고 떨어졌다.

살며시 병실을 빠져나오는 단영의 등 뒤로 태준의 따뜻하고도 부드러운 눈빛이 함께했다.

13화

　"돼, 안 돼. 돼, 안 돼. 돼, 안 돼."

　스물네 개째의 마지막 계단을 내딛는 단영의 코 사이를 뚫고 긴 한숨이 뿜어져 나왔다. 그럼에도 가시지 않는 명치끝의 갑갑함에 미간을 찌푸리자 이마까지 주름이 새겨졌다.

　잠시 발걸음을 멈췄다가 난간 손잡이를 잡고 턴을 해서 다시 시작되는 긴 계단 앞에 섰다. '돼'라고 시작하려던 혼잣말을 잠시 멈추고 입술을 꾹 다물었다가 다시 천천히 입을 열었다.

　"안 돼, 돼. 안 돼…… 돼."

　시작이 달라 이번엔 스물네 개의 마지막 계단에서 '된다'로 끝이 났다. 단영은 송아지 눈처럼 동그랗게 커지던 엄마의 맑은 두 눈을 떠올렸다.

　아영의 입에서 태준의 이름이 나올 때마다 먼 곳에 가 있던 두 시선의 초점이 모이며 뚜렷해져 가는 엄마의 눈망울.

"역시 우리 엄마는 키 크고 잘생긴 남자 좋아한다니까. 태준 오빠 멋있지?"

단영은 아영의 질문에 입꼬리가 살며시 위로 올라가는 엄마의 얼굴을 떠올렸다. 애절한 엄마의 얼굴에 생기를 불어넣는 태준에 대한 끝없는 갈망으로 숨이 턱 막혀 왔다.

그저 사랑하는 마음 하나면 되었다고 애써 다독였던 힘겨운 노고가 한순간에 무너지고 말았다. 남루해진 정신은 병동 곳곳에서 나이팅게일 선서 이래 하지 않던 실수들을 연속적으로 만들어 냈다.

순애는 남편 정석이 갑작스러운 심장마비로 세상을 떠난 후 계속 밤잠을 이루지 못했다. 우울증으로 인한 것이겠거니 했는데 그즈음 뇌동맥 꽈리가 부풀 대로 부풀어 두통이 짙어져 있었다.

낮엔 의대 공부로, 밤엔 아르바이트로 바쁜 단영은 알아차리지 못했다. 전날 밤을 꼬박 새우고 일어나 아침 식사를 하는 둥 하는 둥 다시 자리로 가서 눕는 순애에게 억지로 택시비를 쥐여 주고 응급실로 보냈다.

도서관으로 향하던 중 응급실에서 한쪽 눈꺼풀이 내려앉은 채 잘 떠지지 않아서 MRI 촬영을 기다리고 있다는 소리에 단영은 무언가 심상치 않음을 느꼈다.

단영이 달려갔을 때는 조금만 더 견뎌 주었으면 좋았을 동맥류는 이미 터져 있었고 지주막하 출혈로 진행된 상태였다. 10년이 지나도록 병원에 함께 가지 못한 자신을 자책하고 또 자책했다.

어쩔 수 없이 단영은 학교를 그만두고 순애의 병간호에 매달렸다. 정석이 남긴 보험금으로 하루 8만 원에 이르는 간병비를 도저히 감당할 수 없었다. 그러다 쓰러지면 간병인의 도움을 받고 또 쓰러지기를 반복했다.

불운은 그것으로 그치지 않았다. 2년간의 병원 생활을 끝으로 집으로 모시려 했더니 퇴원 직전 위암 판정을 받았다. 새삼 슬퍼할 겨를도 없었다.

여러 차례 뇌수술 후 여리고 순한 아이의 인지를 지닌 순애가 위의 3분의 2를 절제하는 대수술을 견뎌 낸 게 고마울 뿐이었다.

지금 와 생각해 보면 단영은 큰 수술 후 더해진 치매 현상과 공황 장애로 인해 걷지도 못하면서 밤낮없이 밖으로 나가려 하던 순애를 감당 못 하여 힘들어했던 그 시간들이 행복하게 여겨졌다.

기저귀를 채우고 엉덩이를 톡톡 치며 엄마 고생했어, 하는 자신에게 '단영이 너, 왜 엄마를 아기 취급해?' 하던 순애가 꼭 배 아파 낳은 아이처럼 사랑스러웠다.

쓰러지기 전날 순애에게 퍼부었던 자신의 지친 악담에 대한 면죄부 같은 시간이었다.

그러나 위절제술을 받은 지 몇 년 지나지 않아 순애를 다시 쓰러트린 뇌졸중은 그녀의 말문을 막아 놓았다. 처음엔 어둔한 말로 열심히 무언가를 표현했지만 주변의 사람들이 알아들을 수 없다는 사실에 점점 생기를 잃었고, 입은 더 굳어져 갔다.

더 이상 어떤 의사 표현도 하지 않은 채 불편한 곳이 있으면 그저 아기처럼 울어만 댔다. 단영은 순애의 움직이지 못하는 오른팔, 오른 다리에 대한 절망감 따위는 없었다. 자신이 손발이 되어 주면 그만이었다.

그러나 결혼 전 대학 강단에서 불문학을 강의하던, 언제나 소녀처럼 밝고 맑게 재잘거리며 말하는 것을 좋아하던 그녀의 말문을 막아 버린 하늘의 그분은 죽도록 원망스러웠다. 그 기막힌 사실이 단영의 마음을 건드릴 때면 아직도 그 자리에 주저앉아 통곡할 만큼 가슴이 쓰라렸다. 그렇게 죽어 가던 순애의 눈빛이 요즘 딱 한 단어에 반짝이고 있었다.

태준. 그의 이름이, 그를 향해가는 끝없는 욕심이 다시금 단영의 숨통을 질끈 쥐어짰다. 이 통증에 비하면 좋아한다, 아니다. 하고 그의 마음을 점치며 뜯어내던, 아카시아 나무 이파리가 답도 없이 바람에 휘날리던, 어린 시절 교정에서 혼자 품었던 아련한 아픔은 너무도 달콤한 것이었다.

"안 돼."

단영은 생각을 지우듯 크게 고개를 흔들었다.

"뭐가 안 되는데?"

"엄마!"

뒤에서 누군가 툭 하고 치고 오는 바람에 깜짝 놀란 단영이 소리를 내질렀다.

"무얼 하고 계시기에 이렇게 놀라실까, 우리 후배님?"

현강이 눈을 가늘게 뜨고 단영의 깊은 속이라도 훔쳐보겠다는 듯 그녀의 눈을 뚫어지게 바라보았다.

"사랑 점쳤어?"

"네?"

"2층에서부터 쭉 따라오고 있었거든. 뭐가 되고 뭐가 안 되는데?"

"아, 그러셨어요? 부르시죠."

"불렀지."

"제가 못 들었나 보네요. 죄송해요. 근데 지금 재활의학과에 급히 가 봐야 해서."

툭 던지듯 한마디 던지고 다시금 눈을 마주하는 현강이 부담스러워 단영이 슬쩍 몸을 돌리는 찰나였다.

"태준이, 언제 봤어?"

멈칫, 발걸음을 멈추고 단영이 현강을 돌아다보았다.

"이틀 전에 잠깐 봤어요. 어제부터 제가 나이트 근무라."

"이틀 전 어디서 봤어?"

"왜 그러세요?"

현강이 하고 싶은 말이 따로 있단 것을 알아챈 단영은 몸을 완전히 돌리고 그를 진지하게 마주했다.

"무슨 일 있어요?"

"그 녀석 병원 안 나온 지 며칠 됐는데. 사표 낸 지는 더 됐고."

"네?"

"아직 병원장님과 이사장님이 공식적으로 수리는 안 했나 보던데. 병동에서 계속 안 보이지?"

"아……."

그렇지 않아도 그에게 묻긴 했다. 병동에서 얼굴 보기 힘든
것 같다고. 그는 연말이라 수술 일정이 없다고 했고 이때 좀 쉬
어 두어야 한다고도 했다. 태준답지 않다 여기면서도 귀국 후
반년 동안 계속 무리하고 있다는 소리를 여기저기서 들은 바라
그러려니 했다.

"병동에서도 아직 다들 모르지?"

의논도 없이 무슨 일이야? 매일 어딜 갔다가 엄마에게 오는
거지? 여러 가지 생각이 그녀의 머리에 들어찼다.

"지금 어디에 있대요? 이틀 전에도 집에서 오는 것 같진 않던
데."

"우리들 병원. 전에 너 있던 곳."

"네? 갑자기 거긴 왜요?"

생각지도 못한 대답에 단영이 고개를 불쑥 들어 현강을 눈을
빤히 바라다보았다.

"그걸 나에게 물으면 곤란하고. 나도 원욱이에게 들었으니
까."

"과장님이 뭐라고 하셨는데요?"

"뭐라고 하긴. 몇 년 만에 긴 휴가 간다고 하길래 병원은 어
쩌냐고 물었더니 그러고들 계시네. 살다가 이런 왕따 처음 당해
본다."

현강이 가늘게 한숨을 내뱉었다.

"네?"

"감탄사만 늘어놓지 말고. 이럴 때 후배님 역할이 뭔지 고민

좀 해 봐. 재활의학과는 내가 급해서 먼저 간다."

단영의 어깨를 가볍게 친 후 주머니에 두 손을 찔러 넣고 큰 걸음으로 걷던 현강이 발걸음을 멈춘 채 고개만 돌려 덧붙였다.

"태준이 어머니가 너한테 전화하실 거야. 그것도 마음 준비해 둬. 어차피 거쳐 가야 하는 수순이잖아."

현강이 사라지고도 한동안 서 있던 단영은 바지 주머니에서 휴대폰을 급히 꺼내 들었다.

그러나 잠금 해제 패턴을 그린 검지는 단축키를 누르지 못한 채 공중에서 머물렀다가 천천히 말아졌다. 새해가 시작되고 벌써 사흘이 지나고 있었다.

병원에 다 오도록 마음이 심란하던 단영은 병원 한 코스 전에 내려 가파른 길을 걸어 올랐다. 평소보다 더 피곤한 심신의 이유가 지난밤 힘겨웠던 나이트 근무 탓인지, 태준에게 쏟아 내고 싶은 말들을 참고 있는 탓인지 알 수가 없었다.

지난밤 순애의 병원이라며 걸려 온 태준의 전화에 한두 번도 아니고 거기서 혼자 무슨 청승이냐며 쏘아붙이고 싶은 것을 단영은 애써 참았다. 정작 해야 할 말은 하지 않고 '우리 며칠은 견우직녀가 따로 없겠다' 라며 너스레를 떨어왔다.

그를 언제까지 기다려 줄 수 있을까 하는 답답함에 단영은 라운딩을 돌아야 한다며 무뚝뚝하게 끊어 버린 자신의 태도가 내도록 마음에 걸렸다.

병원에 다다랐는지 귓가에 들려오는 새들의 지저귐에 문득 하늘을 올려다보니 무리 지어 날아다니는 참새 곁으로 이름 모를 새 한 마리가 힘찬 날갯짓을 하며 날아올랐다.

내리쬐는 햇살이 얼굴 위로 와 비추자 단영은 살며시 눈살을 찌푸렸다. 이내 나지막한 산바람을 타고 날아오는 병원 뒤편에 심어진 무성한 소나무 향이 주는 청량감에 번쩍 눈을 떴다. 그녀의 발걸음이 갑자기 빨라지기 시작했다.

병실에 들어서기 무섭게 잠에 취해 있지 않은 동그란 눈의 순애가 평소보다 몇 배나 반가워 단영은 그녀를 힘껏 껴안은 뒤 볼에 입을 맞추었다.

간병인 두순에게 인사를 하는 둥 마는 둥 서울에 올라와 처음으로 하는 순애의 실외 산책을 위해 중무장시키기 바빴다. 금빛 같은 햇살이 도망가기 전에 얼른 데리고 나가야 했다. 발열 내의와 환자복 위에 니트 카디건과 패딩을 순서대로 껴입히고 그위에 커다란 숄을 둘렀다.

"땀나면 감기 드실 테니까 햇볕이 따뜻하면 이건 벗겨 드려."

"네."

"마스크와 모자는 계속 벗으려고 드시니까 잘 챙겨드리고."

"네, 이모님 고마워요."

두순은 순애의 단장을 정성껏 거들었다. 그 모습에 단영의 마음이 촉촉이 젖어 왔다.

"잘 다녀와요, 언니. 딸이랑 데이트하는 덕에 나도 모처럼 혼자 분위기 내 볼 테니까."

흘러내리지 않도록 무릎 담요 귀퉁이를 휠체어 방석 밑으로 야무지게 말아 넣으며 돌아보는 두순의 눈가가 따뜻한 눈웃음이 만들어 낸 주름으로 자글거렸다.

"단영이 덕분에 잘 마시고 있어."

"엄마 신경 쓰지 말고 언제든 내려 마시세요."

언젠가 지나치는 말끝에 두순이 다른 것은 사치를 안 해도 커피만은 꼭 원두로, 그것도 품질과 브랜드를 따져 마신다는 소리를 듣고 진작 머신기와 커피를 준비해 두었다.

하지만 순애가 평소에 커피를 즐기지 않았다는 것을 알았던지 두순은 병실에서 커피를 잘 내리지 않았다.

"너무 자주 하면 그 맛이 안 나."

단영도 알고 있었다. 그녀가 커피 한 잔의 여유가 생길 땐 언제나 찻잔을 앞에 두고 마주했던, 1년 전 암으로 떠난 남편 생각에 아직도 눈물 머금고 있다는 사실을.

두순은 기어코 1층 로비까지 따라 나와 산책길로 들어서는 두 모녀의 등을 지그시 바라본 뒤 안으로 들어갔다. 단영은 돌아서는 그녀를 잠시 눈짓하다 순애를 건강 둘레길로 인도했다.

"엄마, 추워?"

내리쬐는 햇살이 나른한지 나올 때보다 게슴츠레해진 순애의 눈빛이 단영의 목소리에 다시금 동그래졌다. 그리고 고개를 보일 듯 말듯 가로저었다.

"웬일이래, 우리 엄마. 이런 한낮에 미스코리아 눈이네? 이왕이면 예쁜 입."

단영이 주문을 하자 순애가 입술 끝을 살포시 귓가로 당기려 노력을 했다.

"우와, 오늘 서비스 최고인데. 역시 우리 엄마야."

병원 뒤편에선 벌써 햇살이 숨기 시작했다. 단영은 순애의 앞에 무릎을 꿇고 옷섶을 꼼꼼히 여민 후 무릎 담요가 바퀴에 깔리지 않도록 바르게 폈다.

"엄마, 나 엄마 없으면 안 되는 거 알지? 더 아프지 말고 오래오래 내 곁에 있어야 해."

오랜만에 쏘인 바깥 기운 때문인지 눈매가 얇아진 순애가 흐린 초점으로 단영을 바라보았다. 딸의 볼 위로 흘러내린 눈물의 의미를 아는지 모르는지 순애의 팔이 단영의 목을 감싸고 볼에 입술을 맞대어 왔다.

"엄마, 미안해. 다른 딸들처럼 해외여행은커녕, 제주도도 한 번 못 보내 주고 휠체어나 태워 줘서."

급기야 단영이 순애의 무릎에 얼굴을 묻었다.

"아픈 엄마 따위 지긋지긋하다고 마음에도 없는 말을 해서 너무 미안해. 흑."

예과 1학년 2학기 중간고사를 앞두고 밤을 새우는 날들이었다. 정석의 죽음으로 인해 무리한 선택인 줄 알면서도 단영은 아르바이트와 장학금으로 어떻게든 졸업을 해내고 싶었다. 순애가 그렇게 바라던 의대였다. 때문에 지긋지긋하던 한솔고에서 한 발자국도 움직이지 않았다.

아르바이트로 출석이 제대로 되지 못한 교양 과목 시험 전날이었다. 계속 두통과 불면을 호소해 오던 순애에게 마찬가지로 며칠째 제대로 잠을 이루지 못해 한껏 날카로워진 단영은 마침내 폭발하고 말았다.

"엄마 아픈 걸 나더러 어떡하라고. 내가 의사야? 나 이제 예과

1년생이야. 병원에 가 보라고 몇 번을 말했어. 그냥 의대 포기해? 나도 좋아서 이러고 사는 거 아니잖아."

아프게 쏘아 대는 단영에게 순애가 슬픈 얼굴로 힘없이 말했다.

"단영이가 힘이 들긴 드나 보다. 한 번도 엄마에게 큰소리를 안 내더니. 우리 단영이 힘들게 해도, 아픈 엄마라도 있는 게 낫지 않니."

"알아, 안다고. 아빠가 그렇게 가고 보니 아픈 아빠라도 있는 게 낫다는 생각, 나도 하고 있어. 그런데 엄마. 나 너무 지겨워. 밤낮 없는 아르바이트도 지겹고, 아픈 엄마도 이젠 지긋지긋해. 차라리 나 혼자면 뭐든지 할 수 있을 것 같아."

마지막 대화였다. 그 가을에 엄마를 잃었다. 마음의 준비를 하라던 교수님 옷자락을 부여잡고 울고 쓰러지기를 반복하며 한 계절이 훌쩍 지났다.

그리고 겨울, 깔딱하고 미세하게 움직여 오던 눈썹을 신호로 엄마는 새로운 모습으로 태어났다.

잃은 엄마가 너무 그리워서, 다시 얻은 엄마가 애처로워서, 스스로가 미치도록 용서가 안 돼서 제정신을 차리지 못했던 나날이었다.

그리고 10년이 흘렀다. 힘겨웠지만 너무도 감사한 날들이었다. 이것만으로 충분했다. 더 바라면 욕심이었다.

"여기서 뭐 해. 엄마 감기 든다. 어서 들어가야지."

"아, 이모님. 죄송해요."

언제 나왔는지 두순이 다정한 손길로 단영의 등을 다독거렸다.

"울었어? 그럼 안 돼. 엄마 마음 아파. 단영이 다녀간 날은 잠도 잘 못 주무시는데."

처음 듣는 소리에 단영이 벌떡 몸을 일으켰다.

"며칠 전에는 갑자기 잠이 깨서 엉엉 우시더라고."

단영의 눈이 커질 대로 커졌다.

"처음엔 경기가 들었나 하다가, 혹시나 우울증이 심해졌나 싶어 말씀드렸더니 아직 인지가 남아 있다는 좋은 신호라고 하셨어. 쏟아 내는 게 정신 건강에 좋다고 하시더라. 강 선생도, 담당 의사도. 그러니 너무 걱정하지는 마."

단영의 눈이 다시금 새빨개져 왔다.

"그리고 손님 오셨어. 내가 모시고 들어갈 테니까 가 봐."

두순이 고개를 돌려 턱짓하는 곳으로 단영이 얼떨결에 눈을 돌렸다.

로비의 큰 유리문 앞에 서 있는 중년 부인이 단영의 시선을 느끼며 계단 아래로 발을 내디뎠다. 시선은 멀었지만 큰 키와 단아해 보이는 분위기에 단영은 그녀가 태준의 모친임을 바로 알아차렸다.

두려움보다는 여기까지 온 놀라움이 더 컸다. 휠체어를 미는 두순의 한 걸음 뒤에서 따라 걷는 단영의 시선이 땅 아래로 떨어졌다.

"그럼 말씀 나누고 와."

"잠시만요."

작은 묵례로 지나치려는 두순을 세운 여인이 휠체어 앞으로 몸을 낮추었다. 손목 부위에 밍크 털이 달린 검정 장갑을 벗은 후 순애의 두 손을 감쌌다.

"안녕하세요. 저 태준이 엄마예요. 우리 태준이 많이 예뻐해 주신다는 말씀 들었습니다. 잠시 있다가 인사드리러 올라가겠습니다."

부드럽게 호를 그린 입가와 깊게 팬 눈가의 주름이 만들어 내는 온화한 미소에 단영은 태준을 바라보는 듯 마음 한구석이 알싸해져 왔다.

단영이 허리를 숙여 수미에게 인사를 건넬 즈음 흰 가운 차림으로 다가온 순애의 담당의이자 태준의 친구인 동건이 두 사람을 자신의 연구실로 안내한 뒤 따뜻한 차 두 잔을 내고 조용히 방을 나섰다.

"죄송해요. 이렇게 갑자기 찾아와서. 한수미라고 해요."

"서단영입니다. 말씀 낮추셔도 됩니다."

이름을 듣고도 물끄러미 눈길만 주는 수미를 마주하기가 힘들어 단영은 테이블 아래로 시선을 떨어뜨렸다.

"불편해할 걸 뻔히 알면서도 더 이상 가만히 있을 수 없었어요. 다시 한번 사과할게요."

"아닙니다. 그리고 죄송하게 생각하고 있습니다. 더 이상 선배 이곳에 드나들지 못하게 하겠습니다."

테이블 앞에 놓인 찻잔으로 조심스럽게 손을 뻗던 수미의 손길이 한순간 멈칫거린 뒤 다시 움직였다. 두 사람을 싸고도는 고요한 정적에 차를 삼키는 소리가 들릴 법한데도 미세한 소리도 나지 않았다.

단영은 수미가 참으로 곱다고 생각했다. 연구실을 가득 메운 적요가 긴장보다는 나른한 기운을 불러일으킬 만큼 따뜻하고 온화한 기운을 가진 사람이었다.

"단영 씨도 마셔요."

"네."

차 한 잔을 다 비우도록 말이 없는 수미가 불편한 것보다는 꺼내기 어려운 말을 시작하려는 그녀에게 시간을 더 주고 싶은 배려에 단영도 천천히 차를 마셨다.

"정예나."

찻잔을 내려놓던 단영의 손이 움찔했다.

"그 이름, 태준이가 혹시 말해 주던가요?"

고요했던 수미의 눈빛이 살짝 흔들리고 있음을 단영은 놓치지 않으며 고개를 작게 끄덕였다.

"이복 누나라고……."

불쑥 말을 뱉고도 혹여나 단어 선택이 잘못되었는지 싶어 단영은 얼른 입술을 꾹 다물었다.

"알고 있다니 말하기가 쉽겠군요."

그 존재에 대한 아픔을 삼킨 지가 오래인지 수미가 부드럽게 입술 호를 그리자 단영은 조심스럽게 긴장을 내려놓았다.

"예나, 그 아이 엄마와 나는 고등학교 동창이었어요. 태준이는 모르고 있는 사실이죠."

테이블 아래로 깔렸던 단영의 속눈썹이 바스락거렸다. 그 작은 변화를 알아차린 수미가 설핏 웃음을 머금고 물컵에 손을 가져다 대었다.

"아닐 거예요. 단영 씨가 상상하고 있을지도 모르는 그런 막장 드라마는."

"아, 네……."

단영의 양 볼이 살며시 붉어져 갔다.

수미의 입술엔 여전히 잔잔한 미소가 묻어 있었지만 찬 한 잔을 거의 비우고도 다시 한번 목을 축이는 작은 행동에서 이 자리가, 그녀에게도 편치 않음을 알 수 있었다.

"친하지는 않았어요. 성희는 교실에서 늘 말이 없었고 학교가 마치기 바쁘게 집으로 향했거든요. 무슨 일인지 담임 선생님께서 야간 자율 학습을 빠지는 것도 허용해 주셨죠. 공부를 잘하는 아이다 보니 집에서 과외를 한다고 수군대는 애들도 있었어요. 한참 나중에 형편이 어려워 꽃집 아르바이트를 하고 있었다는 걸 알게 되었죠."

과거 그 시간 어디 즈음에 기억이 머물고 있는지 수미의 눈빛이 아득해져 갔다.

"많은 기억은 없지만 착한 친구였어요. 체력장 연습을 마치면 다들 씻으러 가기 바쁜데 언제나 운동장에 남아 체육 물품을 치우던 그 아이의 모습이 선해요. 어느 친구가 왜 시키지도 않은 일을 하느냐고 물었을 때, 방과 후엔 집에 가기 바빠서 다른 것은 도울 수 없는 게 미안하다고, 부끄러워하면서 말하던 기억이 나요. 아마 고등학교 2학년 때였지 싶어요. 태준이 아빠는 예과

1학년이었죠."

단영의 눈이 살포시 커졌다.

"제가 처음 태준이 아빠를 만났을 때였죠. 주말 과외 선생님으로. 태준이 외할아버지가 한솔재단에서 후원해 주는 학생이었어요."

매끄럽게 이어 가던 수미의 입에서 옅은 한숨이 흘러나왔다.

"첫눈에 반했던 것 같아요."

물컵을 만지작거리며 말을 이어 가던 수미가 단영을 부드럽게 쳐다보며 잠시 숨을 멈췄다.

"어떤 감정인지도 몰랐어요. 처음엔 오빠처럼 푸근했는데 그것보다 다른 감정이 더 느껴졌어요. 수학 문제를 풀어 주며 닿는 그 사람 팔에 가슴이 철렁이기 시작했거든요. 나중엔 시험을 어떻게 쳤는지 모를 만큼 온종일 그 사람 생각뿐이었죠."

아련해지는 그녀의 눈빛과 낮게 깔리는 잔잔한 목소리에서 단영은 첫사랑에 대한 그녀의 애잔한 마음을 절로 느낄 수 있었다.

"그와 같은 대학에 합격한 것만으로 세상을 다 얻은 것 같았어요. 신입생 오리엔테이션에도 나오지 않았던 성희가 같은 대학 사회복지학과에 합격한 걸 안 것은 3월 중순 무렵이었어요. 3학년 땐 반이 달라서 같은 곳을 지원한 것도 몰랐어요. 두 달을 열심히 붙어 다녔죠. 결국 형편 때문에 성희는 학교를 그만둘 수밖에 없었지만. 학교를 떠난 성희를 만나러 꽃집에 갔다가 우연히⋯⋯."

수미의 입술에서 가느다란 숨소리가 이어지자 단영은 저도 모르게 깊은숨을 몰래 들이마셨다.

"태준이 아빠를 만났어요."

고요하고 담담하기만 했던 수미의 눈빛에서 스무 살 아가씨의 순수한 첫사랑이 깨어지는 아픔을 확인해 가는 단영은 그것이 마치 제 것인 양 마음이 저릿해졌다.

"태준이 아빠는 어렸을 적 아버지 없이 병약한 어머니와 둘이 지냈어요. 어머니가 좋아하는 꽃을 사기 위해 꽃집을 몇 년이나 드나들면서 사랑을 키웠나 보더라고요. 난 태준이 아빠에게 학교 재단의 이사장 딸, 혹은 1년 넘게 가르치던 제자 정도에 불과했다는 걸 알고 나서도, 그걸 받아들이는 게 너무 힘들었어요. 애초에 몰랐으면 좋았을 걸, 왜 과외 같은 것은 받아서 이런 인연을 만들게 됐는지 신이 원망스럽기까지 했죠. 유복하게 자란 내 인생의 첫 번째 시련이었어요."

수미의 얇고 매끄럽게 빠진 입술에서 작은 헛웃음이 새어 나왔지만 그 얼굴을 마주하는 단영은 그 웃음에 동반할 수 없었다.

"우습죠?"

단영이 고개를 가로저었다.

"성희가 왜 갑자기 그의 곁을 떠났는지 알 수는 없어요. 그런데."

수미가 물컵에 손을 뻗는 걸 보며 단영이 얼른 자리에서 일어섰다. 그 잔을 살며시 받아 들고 정수기에서 따뜻한 물과 찬물을 섞어서 내려받고는 그녀의 앞에 조심스럽게 건네었다. 예의 수미의 눈가 주름이 깊어지며 살며시 눈인사를 해 왔다.

"설마 나 때문일까 하는 상상을 하기도 했어요. 성희와 두 달 동안 붙어 다니면서 매일 그에 대한 나의 마음을 이야기했거든요. 착한 그 앤 상대가 누구인지도 모르면서 잘 되었으면 좋겠다고 한결같이 말해 주었죠. 나 역시 그 상대가 친구 애인이라는 건 전혀 몰랐고……. 그 꽃집에서 마주친 이유로 한 번도 찾지 않았고 다시는 그 애를 만날 수 없었어요. 그날 도망치듯 꽃집을 나온 후 남편에게 과외 제자라는 소리를 듣고 성희가 어떤 기분이었을지 궁금하지도 않았어요. 내 마음 아픈 게 너무 커서."

수미의 젖은 눈빛을 가만히 마주하던 단영은 그저 보일 듯 말 듯 고개를 끄덕여 주었다.

"대학 4학년 때, 아버지가 불러낸 저녁 식사 자리에 앉아 있는 그를 보고 그저 눈물만 나더군요. 결혼식 날까지 성희를 떠올리지도 않았어요. 그들의 사랑에 대해선 단 한 점 궁금하지도 않았어요. 그런데 예나가 나타나면서부터 오늘날까지 난 성희의 존재를 떨쳐 버리지 못한 채 살고 있어요. 이미 가고 없는 사람인데도 말이에요. 그녀가 임신한 걸 알고 떠났는지, 떠나고 임신한 걸 알았는지, 예나가 나타날 때까지 남편도 전혀 몰랐던 사실인지 물어보고 싶지도, 물어볼 수도 없었어요. 그저 살아가면서 성희에 대한 사랑이 참으로 깊었구나. 여전히 그 애를 못 잊고 있다고 느끼고 있을 뿐."

말을 이어 가던 수미가 갑자기 입술을 굳게 다물었다. 무엇을 생각하는지 시선이 다시금 아득해졌다. 다시 든 눈빛엔 좀 전까지 보이지 않던 어떤 단호함이 묻어 있었다.

"이젠 물어봐야 할 때인 것 같아요. 그래야지 예나를 받아들일 수가 있겠죠. 그것이 태준이를, 그리고 나 자신을 위한 길이라는 걸 알았어요. 이제껏 움츠려 있던 나의 우유부단함이 태준이를 상처 입혔어요. 단영 씨가 절 좀 도와줬으면 해서 어려운 발걸음을 했어요."

"무슨……"

"태준 아빠와 태준이, 관계가 좋지 못해요."

그것은 단영이 짐작하고 있던 바였다.

"알고 있는지 모르겠지만 태준이 중3 겨울, 한솔고 입학을 앞두고 붙인 과외 선생이 예나였어요. 물론 나도 몰랐죠. 우연히 예나의 지갑에서 젊은 날 성희와 제 아빠의 사진을 보고 태준이가 알았나 봐요."

"……!"

"많이 놀랐겠죠. 한참 예민한 시기였으니까. 학교에서 연일 연락이 왔어요. 담배를 피운다, 수업을 빠진다, 답안을 백지로 낸다. 결국 수학 경시를 나가지 않겠다더라고요. 처음엔 뒤늦은 사춘기라고 생각했고 나중엔 예나에 대한 이성적인 감정 때문이라고 생각했어요. 그래서 예나를 떼어 놓았지만 나아지지는 않더군요. 아니, 더 나빠져 갔어요."

단영은 수미의 눈가가 붉어지는 것을 보며 이어질 말을 기다렸다.

"그러던 어느 날, 예나가 죄송하다면서 찾아왔더군요. 용납이 되지 않았어요. 어린 나이에 어떻게 그렇게 감쪽같이 속이고 우리 집에 들어올 수 있는지 화가 났어요. 무엇보다 모든 문제의 중심에 있는, 아들의 방황을 모른 척하고 있는 태준 아빠가 그렇게 미울 수가 없었어요."

수미의 눈에 기어코 물기가 묻어나는 걸 지켜보며 단영의 마음도 젖어 왔다. 역시 여자의 가슴을 가장 아프게 하는 것은 깨져 버린 첫사랑도, 온전한 사랑을 주지 않는 남편의 휑한 등도 아닌 자식이라는 존재인가 보다 하고 단영은 생각했다.

"굳이 음악을 하겠다고 하는 태준일 죽어라고 말려 가며 의사가 되기를 바랐어요. 오기였죠. 남편처럼, 아니 남편보다 더 훌륭한 의사를 만들어 그의 곁에 세워 놓아야 제 자존심이 설 것 같았어요. 은연중엔 두 사람이 같은 길을 걸어가면서 관계가 회복되길 바랐는지 모르죠. 지금 와서 보니 바보 같은 짓이었어요. 결국 같은 가운을 입고 저렇게까지 대립할 줄 알았으면 태준이 하고 싶은 대로 둘걸."

모든 것을 내려놓은 듯, 하고 싶었던 어려운 말을 다 했다는 듯 수미가 깊은 한숨을 내쉬었다. 잠시 소파 깊숙이 몸을 담았다가 단영의 앞으로 몸을 세웠다.

"언제나 일방통행인 아이였어요. 한 번 접어들면 결코 방향을 바꾸지도, 뒤로 가지도 못했어요. 그런 아이가 단영 씨를 위해 길을 꺾었죠. 그것도 한평생 걷고 싶어 했던 음악의 길을. 그런 아이에게 또다시 단영 씨를 떼어 낸다는 건, 두 날개를 다 잘라 내는 일이라고 생각해요. 어미로서 마음이 너무 아파요. 우리 태준이 힘들게 하지 말고 받아 주면 안 될까요, 단영 씨."

헉, 하고 단영은 숨을 들이마셨다. 수미의 입에서 나온 부탁이라는 단어를 들은 이래로 계속 조여들던 가슴이 이완되면서 놀란 눈썹을 껌뻑거렸다.

"단영 씨 어머니. 제가 최선을 다해 도울게요. 물질이 아닌 마음으로 다할게요. 단영 씬 어머니에 대한 마음 조금 내려놓고 우리 태준이 좀 도와줘요. 누구보다 따뜻한 아이예요. 열일곱부터 아버지에 대한 자신의 마음을 드러내지 못해 아마도 속병 꽤나 들었을 거예요. 아니, 말하고 보니 왠지 조건부 같은데 절대 그런 뜻이……."

"알고 있습니다."

눈에서 쏟아지는 눈물과 함께 단영 스스로도 생각지 못한 큰 목소리가 튀어나왔다. 조건부라도 좋았고, 가식이라도 좋았다.

혹여나 머리채를 잡히지 않을까 수미를 바라보던 순간부터 곧 다가올 이별만을 예감하고 가슴이 터질 것 같던 시간이었다. 늘 놓겠다고 생각하면서도 마지막 순간이 오자 벅차오르는 욕심에 몸 둘 바를 몰랐다.

"어머, 이를 어떡해. 단영 씨, 울지 말아요."

가방에서 급히 손수건을 꺼내 내미는 수미의 눈가로도 눈물이 흘러내렸다.

"미안해요. 울리려던 게 아닌데."

"아니에요. 아니에요."

곁으로 다가와 자신의 눈가를 닦아 주는 수미에게 단영은 연신 아니라는 말과 함께 눈물만 쏟아 냈다.

손수건을 받아 든 단영이 스스로 눈물을 훔치며 진정되어 가는 걸 말없이 지켜보는 수미의 눈 역시 빨갛게 물들어 갔다.

"신 선생 밖에 너무 세워 놓은 것 같은데, 어머니 저녁 식사

전에 얼른 인사드리고 긴 이야기는 다시 나누어요."

수미가 옆에 둔 코트를 가만히 챙겨 들며 자리에서 일어섰다.
단영은 말없이 고개만 끄덕였다. 그 끄덕임이 수미의 모든 말을
받아들이겠다는 뜻은 아니었다. 여전히 불안하고 무서웠다. 그
러나 그녀의 한없는 따스한 말들이 이제껏 힘들여 살아온 자신
에게 인색했던 세상이 주는 격려의 말인 듯 들려왔다.

수미와 태준.

이들 모자의 존재만으로 충분히 위로가 되었다.

＊   ＊   ＊

─어디야?

더없이 낮게 깔리는 목소리에서 무던히 참고 있는 태준의 화
를 느낄 수 있었다.

"어디면요. 찾아오게요?"

단영은 전화선 너머의 침묵이 평정심을 찾기 위한 그의 노력
임을 알면서도 얄밉도록 명랑한 목소리로 물었다.

─너! 하.

약간 톤이 높아지는 것 같았던 목소리가 긴 한숨을 내뿜었다.

─버릇돼. 말없이 사라지는 거.

"사라지긴 누가요. 겨우 오전 한나절 연락 안 된 것 가지고
오버하지 말아요."

─말이라고 해? 지난 이틀 내도록 얼굴 못 봤잖아.

웃음기까지 머금은 맑은 목소리에 다시금 태준의 말투가 높

아졌다.

"어쩔 수 없었잖아요. 나이트 근무라."

―그러니까. 너 주말에 오프 되기를 얼마나 기다렸는데. 당연히 오전에 얼굴 볼 줄 알았지.

"그건 선배 혼자 생각이었잖아요."

―서단영, 너 정말 혼나 봐야 정신 차릴 거야?

상당산성에서 전화선 너머 버럭하는 그의 목소리를 들은 지 두 시간이 지나갔다. 곧 그가 나타날 때가 되었다. 중앙 4층 계단을 지나 5층 옥상을 향해 오르는 단영의 발걸음이 조심스러워졌다.

철문 손잡이가 양 문에 길게 걸려 있었지만 자물쇠는 없었다. 누군가의 손길이 닿은 지 오래인지 단영이 문에 걸린 긴 봉을 위아래로 조심스레 오르내리자 끼긱거리는 소리와 함께 녹슨 쇳가루가 조금씩 날리기 시작했다.

꽉 맞물린 철문은 생각보다 쉽게 열렸고, 조심스러운 단영의 한 발이 옥외로 내딛자 쏟아져 내리는 빛줄기가 그녀의 온몸을 뒤덮었다.

단영의 시야 속으로 기억 속에 있던 찬란한 햇살과 바다를 닮은 하늘이 그녀를 맞이했다. 얼굴 위로 아련한 웃음꽃이 피었다.

옥상 문을 조심스레 닫는 그녀의 머리카락이 시린 겨울바람에 휘날렸다. 드러난 귀가 시려 왔지만 마음만은 추운 줄 몰랐다.

두 손을 코트 주머니에 넣고 기억 속 공간을 향해 발걸음을 움직였다. 오봉산을 끼고 돌아가는 한낮의 태양은 옥상 한편의 구석진 곳에 얼어 있는 살얼음을 녹이기에 충분했다.

어린 날 그와 함께 드러누웠던 매트는 보이지 않았다. 주변에 흩어져 있던 담배꽁초 하나 없이 말끔했다. 그러나 그곳에 선 단영은 마치 그가 옆에 있는 듯 깊고도 따뜻한 미소를 얼굴 가득 지어 보였다.

오봉산 앞에 펼쳐진 넓은 신도시로 시선을 옮긴 단영은 몸을 돌려 옥상 반대편으로 걸어 나갔다. 방학이라 한솔중, 한솔고의 소각장은 깨끗하게 정리되어 있었다. 새로 깔아 놓은 듯 보이는 넓은 잔디 운동장 너머 긴 숲길 통학로가 단영의 눈길을 끌었다.

봄이면 벚꽃이 만개하고, 가을이면 붉게 타오르던, 앙상하게 가지를 드러낸 벚나무 사이로 기억 속의 친구들이 까르르거리며 그 길을 걷고 있었다.

돌려받지 못한 제 마음이 아직도 아픈지, 아니면 단영의 마음을 불편하게 만든 자신에 대한 자책인지, 예나의 생일 파티 이후 민준으로부터 아무런 연락이 없었다.

언제나 태준을 보내야 되겠다고 생각하면서도 그를 사랑하는 마음에는 항상 솔직한 자신이었기에 견딜 수 있었다.

아픈 가운데서도 행복하다고 생각했다. 좋아한다고, 사랑한다고 입으로는 말하면서도 떠날 준비를 하고 있었던 자신을 바라보던 태준의 마음이 무던히 시렸으리라는 것을 모르지 않았다.

가만히 눈을 감는 단영의 코끝으로 햇살에 익은 겨울바람이 시큼하게 와 닿았다. 그 바람을 받아 안듯 깊은숨을 들이마시는 단영이 시선을 들어 올렸다.

순간, 저 아래 누군가 운동장을 가로지르고 있었다.

"선배!"

코트 자락을 휘날리도록 빠르게 걸어오던 발걸음이 우뚝 멈췄다. 텅 빈 교정을 휩싸고 날아가는 단영의 목소리를 따라 그의 시선이 먼 하늘을 향했다.

단영이 한쪽 팔을 뻗어 열심히 손을 흔들어 보였지만 제자리에서 무심히 서 있던 그는 단영이 있는 옥상 아래 중앙 현관이 아닌 서편 현관으로 발걸음을 떼었다.

"선배……!"

좀 전보다 더 크고 애절한 목소리가 운동장을 휘감았지만 그의 발걸음을 세우지 못했다. 바람에 날려가는 제 목소리가 안타까운 듯 쏜살같이 옥상을 내달리는 단영의 뜀박질이 영락없는 어린 날의 모습이었다.

옥상을 꺾어 서편 문 앞에 선 단영의 미간이 금세 구겨졌다. 있는 힘껏 돌려 보았지만 단단히 잠겨 있었다. 하는 수 없이 처음 올라왔던 중앙 계단 문까지 다시 뛰었다. 단영의 걸음이 점점 애가 타기 시작했다. 겨우 도착한 서편 계단 1층. 아무리 둘러 보아도 그의 모습은 보이지 않았다.

도대체 어딜 간 거야. 단영이 숄더백 속에서 휴대폰을 찾으려는 순간이었다. 어렴풋이 들려오는 피아노 건반 소리를 따라 걷던 단영이 다시 계단을 뛰어오르기 시작했다.

4층 음악실.

잠겨 있을 거라고 여겼던 문이 스르르 열리고 닫혔어야 할 방음문이 활짝 열려 있었다. 조심스럽게 다가간 문의 안쪽 피아노 앞에서 건반을 두드리는 그의 뒷모습이 한눈에 들어왔다. 두껍게 드리웠던 암막 커튼은 이미 사라진 지 오래인 듯 빛바랜 블라인드 사이로 금싸라기 같은 겨울 햇살이 태준의 주변을 은은한 조명처럼 내비쳤다.

그와의 마지막 기억을 간직한 곳.

가장 곤혹스러웠던 음악실 수업에 대한 기억들이 그녀의 발걸음을 선뜻 움직이지 못하게 했다. 건반이 그려진 긴 책상들 사이에서 꼼짝도 못하고 서 있는 단영을 태준이 고개를 돌려 바라보았다.

부드럽게 호를 그리며 올라가는 그의 입술선이 아름다워 단영은 눈이 시려 왔다. 곁으로 오라는 그의 고갯짓에 절로 입꼬리가 올라가는 자신이 부끄러워 단영은 얼른 고개를 숙였다.

구슬픈 듯 느리게 흘러가는 음률 위로 청아한 빗방울 소리를 만들어 내는 태준의 부드러운 어깨선을 바라보며 단영은 망설임 없이 그의 곁에 비스듬히 앉았다. 살짝 스친 그의 어깨가 한순간 흠칫거렸다.

이내 더욱 애틋한 사랑의 감정을 담은 소리가 그의 손끝에서 퍼져 나왔다. 이곳에서 그와 나누었던 첫 입맞춤이, 하루도 빠지지 않고 괴롭혀 오던 그를 향한 깊디깊은 그리움이 마치 어제 일인 듯 되살아났다.

"Remember The Scene."

낮게 읊조리는 단영을 바라보는 태준은 의외의 눈빛을 숨기지 않았다.

"애인이 연희대 예비 음대생이었는데 이 정도는 기본이죠."

단영이 어깨를 으쓱해 보였다. 그 모습이 사랑스러워 태준이 설핏 웃음을 흘렸다.

"뉴에이지 음악에 관심 있는 줄 몰랐는데?"

"어느 남자의 피아노 치는 모습에 빠져 한동안 피아노곡만 찾아다녔죠. 1집 Love Scene, 이거 하나만 사서 미친 듯이 들었어요."

"그 어느 남자가 혹시 나야?"

"너무 오래돼서 기억 안…… 아야!"

태준이 꿀밤을 콩 내려치자 단영이 인상을 찌푸리며 소리를 냈다.

"이제 좀 솔직해지시지."

"그런 선배는 미국까지 가서 피아노만 쳤어요? 이거 옛날에 발매……."

"정확히 2001년. 악보 구해서 너 생각날 때마다 두드렸지. 음대 다니는 한인 친구에게 피아노 빌려서."

뭐라고 대꾸하려던 단영의 입이 닫혔다.

"이곳의 기억을 잊고 싶지 않았어. 황당했던 너의 입맞춤을, 토끼같이 동그랗게 놀라던 네 눈을. 무엇보다 네가 잊지 않았으면 했어. 서툴고 어색했지만 처음으로 보여 주었던 내 마음을, 초라했을지 모르지만 이곳에서 함께했던 우리의 밤을…… 하하, 지금은 토끼보다 더 크다."

"놀리지 마요."

단영이 입술을 샐쭉 내밀며 고개를 돌려 버렸다.

"여기서 데이트하고 싶었으면 말로 하지. 같이 내려왔으면 좋았잖아."

"누가 그래요? 여기서 데이트하고 싶었다고."

"아니면 여긴 왜 와? 곳곳에 나와의 추억밖에 없을 텐데."

"이건 또 무슨 자만심? 고작 선배와 한솔고에 머무른 건 1년뿐…… 아야."

태준이 다시금 단영의 머리에 살짝 꿀밤을 먹였다.

"솔직해지라고 말했……."

"보고 싶었어요."

말을 자른 단영의 짧은 고백에 태준의 눈이 살짝 커졌다.

"그때의 선배가, 그리고 내 모습이요."

그를 바라보고 있던 단영이 피아노 건반에 시선을 주며 그의 어깨에 살포시 머리를 기댔다.

"참 힘들었던 학교생활이었어요. 힘들다. 그 단어 하나에 담아내기도 억울할 만큼. 서단영 하면 자존감 하나로 살아가던 아이였던 것 같은데, 언젠가부터 그렇게 자신이 하찮게 느껴졌어요. 학교를 떠나기 무섭게 모두 버렸기에 마음껏 그리워도 못했죠. 솟아오르는 기억들을 지우려면 선배의 존재마저도 버려야 했거든요. 그런데 그건 또 왜 그렇게 쓸쓸하던지."

단영이 잠시 말을 멈췄다.

"사람 마음이 참 간사해요. 선배가 이렇게 옆에 있으니, 이제 내 사람이 될 수 있다 싶으니 그때의 시간들이 제 인생에서 가장 빛났던 시절이었던 것 같아요."

"너······."

내 사람이란 단어에 태준이 고개를 획 돌려 단영을 바라보았다. 그런 태준을 단영이 모른 척하며 벌떡 일어나자 그도 따라 일어났다.

"왜 병원 옮긴 이야기 안 했어요? 나 때문에 나온 거죠?"

"진작 옮길 생각이었어. 너 매일 못 볼까 봐 망설이다가 더 늦어진 거지."

"결국 나 때문이라는 소리네요."

"아니야. 처음 세한으로 들어갈 때부터 잘하는 일인가 하고 고민했어."

"아버님 때문에요?"

"아니."

짧게 대답하는 태준의 입매가 굳어졌다.

"실은 세한병원보다 아버님 병원으로 들어가고 싶은 거 아니에요?"

"아니라니까."

그의 미간이 구겨졌다.

"들어가고 싶진 않지만 들어가야 되는 게 아닌가 하고 마음 한편으로 걸렸겠죠."

"어머니가 너 만났다는 말은 들었어. 괜한 억측하지 마."

"억측하는 거 아니에요. 늘 직진인 선배답지 않게······."

"아버지와 내 문제야. 네가 마음 쓸 일 아니야."

다소 높아진 태준의 목소리가 단영의 말을 가로막았다.

"무슨 이런 뻔뻔한 말이 다 있어요?"

"너 지금 뻔뻔하다고 그랬어?"

"아니면요? 우리 엄마는 나 몰래 야반도주시켜 놓고 자긴 아버지와 자신의 문제라니. 나 지금 정말 화나려고 하거든요?"

단영이 피아노 앞 소파에 놓여 있던 자신의 가방을 획 낚아채며 몸을 돌렸다. 태준이 성큼 단영을 가로막았다.

"단영아."

단영이 무시하고 그의 앞을 지나쳤다.

"이렇게 가면 어떻게 해. 15년 만에 찾아와서 또 이렇게 나가야겠어?"

단영의 발이 주춤하고 멈췄다. 태준이 그녀의 앞을 다시 가로막아 섰다.

"알았어. 내가 잘못했어. 그런데 아버지와 나는……."

길게 한숨을 내뱉은 태준은 단영을 피아노 앞 소파에 데려와 앉힌 후 그 옆에 나란히 앉았다.

굳은 턱 선 옆으로 꾹 다물린 고집스러운 입매가 얼마나 침묵을 유지하고 있었을까. 단영이 조심스럽게 선배, 하고 그를 불렀다.

깍지 낀 그의 손에 놓여 있던 태준의 턱이 흠칫거리며 단영을 향했다. 순간 그 눈에 담긴 텅 빈 고요함에 단영은 가슴이 덜컥 내려앉았다.

철없던 어린 날, 단영은 제 마음도 모른 채 열여덟 소년답지 않던 그의 공허했던 눈빛이 그토록 허전하고 안타까울 수가 없었다.

세월이 흘러 제 앞에 다시 나타난 그의 눈엔 온통 다정함과 부드러움뿐이라 잠시 잊고 있었다. 자신의 남자는 그 시절로부터 한 치도 자라지 못한 채 여전히 고독하고 쓸쓸한 시간 속에 머무르고 있었다.

"아버지 일은 내게 시간을 좀 더 주면 안 될까?"

바싹 마른 나무의 진피가 쩍 하고 갈라지듯 낮게 내리깔리는 그의 목소리가 단영의 가슴을 더욱 쓸어내렸다. 그녀가 급하게 고개를 가로저었다.

"아니에요, 선배. 내가 잘못했어요. 잘난 척하려는 것도, 참견하려는 것도 아니었어요. 할 자격도 없고요. 난 그냥 선배가 후회하지……."

놀란 단영의 볼에 주르륵하고 눈물이 흘러내렸다.

바보같이. 자신의 울음소리가 너무 큰 나머지 남의 것은 한철 매미 떼 울음 정도로 하찮게 여기고 말았다. 자신의 아픔만 돌아보느라 한결같이 자신을 보듬어 주던 제 사람의 아픔을 돌아볼 여유도 없었다. 부끄럽고 미안한 눈물이 볼을 타고 내렸다.

"울어?"

한없이 쓸쓸했던 그의 눈빛이 단번에 걱정으로 흔들렸다.

"아니에요. 그냥 좀 미안해서……."

"하. 서단영, 너 사람 벌세우는 재주 있네."

단영이 손등으로 급히 눈물을 닦아 내자 태준이 엄지로 꼼꼼히 눈 밑을 닦아 주며 어찌할 바를 몰라 했다.

"그냥 내 이야기를 해 주고 싶었어요. 얼마나 후회했는지. 엄마에게 했던 나의 철없던 말들, 행동들. 그것이 결국은 날 얼마나 힘들게 했는지 말이에요. 지난 세월 동안 언제나 후회하는 삶이었어요."

잠시 말을 끊은 단영은 손등으로 콧등을 마저 훔치고 물기를 깨끗이 들이마셨다. 여전히 붉은 눈이었지만 태준의 걱정을 내려 주려는 듯 다부지게 말을 이어 갔다.

"선배는 아버지와 싸우고 화해하고, 몸으로 부대끼며 지냈으면 했어요. 나중에 후회할까 봐. 아버님과 소원했던 그 긴 시간들이 결국 선배에게 아픈 기억들이 될까 봐. 선배 아픈 마음은 돌아볼 생각도 못 했어요. 미안해요."

"알아. 무슨 말이 하고 싶은지. 조금 더 시간을 줘. 내 마음을 제대로 들여다볼 수 있게."

단영의 애잔한 눈이 그의 서글픈 눈빛을 쓰다듬듯 부드럽게 감쌌다.

"그리고 너처럼 착하고 예쁜 딸은 없을 거야. 무엇보다 어머님은 네가 행복해지길 바라실 거고. 당신 때문에 힘들어하는 걸 가장 가슴 아프게 여기실 거야. 그러니 더 이상 자책하지 마. 그게 불효야."

"네. 이제 안 그럴 거예요. 이젠 그런 거로 시간을 낭비하고 싶지 않아요. 그래서 저 선배도 욕심 내보려고요. 보내고 후회하는 짓 따위 절대 하지 않을 거예요. 이제부터 선배를 갖기 위해서 제 자신의 열등감과 힘껏 싸워 볼 거예요. 아."

급히 내려온 태준의 입술에 깜짝 놀란 단영이 작은 비명을 냈다.

"쉿. 말보다 더 단단한 의지를 보여 봐."

싱긋이 웃으며 다시 내려온 태준의 입맞춤은 결코 끝날 줄 몰랐다.

낮게 드리워진 블라인드 사이로 파고드는 한 줄기 햇살만이 이곳에서의 두 번째 입맞춤을 방해했다.

길고 긴 이별의 끝이었다.

에필로그

3월. 새순이 움트려는 대지의 흔들림은 이곳 가람병원도 비껴가지 않았다. 병원으로 올라오는 언덕길, 바위 앞으로 길게 늘어진 앙상한 가지마다 막 움트려는 개나리의 노란 봉오리가 앙다물었고, 바야흐로 봄을 알리는 목련 나무는 이제 막 터트린 꽃송이들을 소담하게 안고 있었다. 이제 막 점심 배식차가 떠난 3층 복도를 내달리는 아영의 발걸음에 설렘과 약간의 긴장이 묻어 있었다.

"아, 차에서 엄마 신발을 못 들고 왔어요."

양손 가득 쇼핑백을 들고 순애의 병실을 들어서는 아영이 눈살을 찌푸리며 말했다.

"괜찮아. 아직 여유 있어."

언제나 맨 얼굴이던 두순의 얼굴에도 옅은 화장이, 선이 고운 입술에는 살굿빛 립스틱이 곱게 그려져 있었다.

"그래도 나가기 전에 눈 좀 붙이셔야 하지 않을까요."

"잠깐만 누워 계시도록 해. 잠시라도 잠이 드셨다가 일어나시면 컨디션이 어떻게 변하실지 몰라."

"그래요. 피곤해하시면 얼른 모시고 올라오면 되니까. 얼마나 다행이에요. 눈빛이 맑으셔서."

며칠째 단영의 결혼식으로 인해 병실은 설렘으로 둥 떠 있었다. 밤늦도록 아영과 두순이 주고받던 말이 들렸던지 순애는 밤새 잠을 이루지 못했다.

순애를 위해 예식조차 병원 앞마당에서 치르는 태준이었기에 오늘 컨디션이 좋지 않았다면 무리인 줄 알면서도 식을 연기하려 들지도 몰랐다.

때문에 순애가 잠을 이루지 못한 다음 날은 오랜 꿈에서 깨어나듯, 맑은 눈빛을 지닌다는 것을 아는 아영이었지만 불안하지 않을 수 없었다.

"그래. 옷 입는 거 잠깐 거들고 얼른 내려갔다가 와."

수미가 디자이너에게 직접 주문했다는 순애의 한복은 여느 신부 어머니들처럼 분홍 저고리에 연회색 치마였지만 디자인은 많이 달랐다.

몸이 불편한 순애와 입히는 사람들의 수고를 생각해 풍성한 폭의 치맛단은 끈이 아니라 원통의 고무로 되어 있었다. 저고리는 보통의 것보다 약간 길었고 소매의 품은 팔이 들어가기 넉넉했으며 똑딱단추로 여미진 앞가슴엔 고운 브로치가 달려 있었다.

치장이 끝난 순애를 침대에 눕히고 난 뒤 아영의 눈에 결국은 이슬방울이 맺혔다.

"정말 고마운 분이세요, 태준 오빠 어머님. 그냥 편한 옷 위에 참한 숄이나 하나 걸치게 하려고 했는데."

"그러게. 다 착하게 산 언니 복이야."

"신발 보면 더 놀라실 거예요."

고운 꽃무늬 자수가 놓인 비단으로, 발 폭이 넓게 제작된 한복 신발을 떠올리며 아영은 다시 한번 고마움으로 마음이 먹먹해 왔다.

불과 얼마까지만 해도 엄마를 제대로 감싸 안지도, 버리지도 못하는 자신이 지긋지긋했었다. 언니 단영 뿐 아니라 자신에게도 이런 행복감이 찾아올 일은 절대로 없을 거라 여겼다. 최근 들어 가슴 가득히 충만함과 따뜻함이 퍼져 갔다.

능력 있는 형부 덕에 많은 짐이 어깨에서 내려질 것 같다는 철없는 생각 때문이 아니었다. 계산 없는 사랑으로 세상을 살아가는 사람들을 만났다는 것만으로 마음이 순화되었다. 하물며 그분들과 가족으로 살아갈 수 있다는 게 믿기지 않았다.

"어머니 조용하시니까 언니에게 가 봐. 신발은 내가 가져올게."

"네."

동건의 연구실 문을 열고 들어서니 곱게 신부 화장을 한 단영의 눈은 벌써 붉게 물들어 있었다.

"왜 이래. 식도 시작되기 전에 이럴 거야?"

"아영이 너 잘 왔다. 네 언니 왜 이러니. 이렇게 좋은 날."

아영이 단영에게 다가가며 면박을 주자 보람이 지원군을 만난 듯 얼른 자리에서 일어났다.

"너무 좋아서. 좋아서 그러지, 뭐."

"거짓말. 지금 나 못 믿어서 그러는 거잖아. 언니보다 더 잘할 테니까 엄마 걱정하지 말고 앞으로 행복할 일만 생각해."

아영이 못마땅한 얼굴로 말을 받았다.

"보람아, 아영이 말 믿어도 되겠니?"

"태준 선배와 선배 어머니가 딱 버티고 있는데 아영이 할 일이나 있겠니? 얼마 전부터 태준 선배 어머니가 보내 주시고 있는 주말 여사님도 세상 없는 분이시라며? 어머니도 일주일에 두 번이나 들여다보시고. 너무 자주 드나들면 옆에 있는 여사님들 괜히 귀찮아지니까 서아영, 너도 얼른 좋은 사람이나 찾아봐. 괜히 생색내지 말고."

"그러니까. 태준 오빠, 아니 사돈어른도 저렇게 자주 오시는데 딸인 내가 어떻게 지금처럼만 할 수 있겠어. 사돈댁에 미안해서."

"미안 같은 소리 한다. 얼마 전에 선배 어머님이 너희 언니한테 물으시더라. 너는 사귀는 사람 없냐고. 분위기 보니까 너도 얼른 치울 생각 같던데?"

"뭐? 정말이야?"

아영의 놀란 눈이 단영을 향했다.

"그래. 너 나이 들고 놀라시더니 아무래도 여기저기 알아보시는 것 같아."

"고맙다고 해야 하나. 이 정도면 오지랖……."

"서아영!"

단영과 보람의 두 목소리가 날카롭게 아영에게 가 꽂혔다.

"아, 알았어. 마음씨 좋은 사돈어른께 감사를……."

"준비해."

노크도 없이 덜컥 연구실 문이 열리며 선무가 예식 시작을 알려 왔다.

"형부는요?"

"벌써 다녀갔지. 네 언니 얼굴에서 한참 눈을 못 떼는 걸 억지로 밀어냈어. 어머니 얼른 모시고 내려와. 민준이가 도와줄 거야."

보람이 말을 마치고 얼른 단영의 눈 밑 화장을 고쳐 주었다.

"알았어."

병원 문을 나서려던 아영이 다시 단영에게 다가와 살며시 그녀를 안았다.

"고마워, 언니. 사랑해. 행복해야 해."

그리고 얼른 몸을 떼고 다시 말을 이었다.

"눈물 금지!"

❇ ❇ ❇

2시. 예식을 치르기에 다소 늦은 감이 있었지만 가장 따뜻한 한낮의 햇살 아래 순애를 데리고 나오려는 배려였다.

겨우내 얼었다 녹기를 반복했던 보슬거리는 땅, 아직은 황금빛을 띠는 잔디 위로 순백색의 카펫이 깔려 있고 길게 늘어선 의자의 하얀 레이스 보마다 이슬을 머금은 꽃들이 예쁘게 장식

되었다.

카펫이 시작하는 지점, 결혼식을 위해 만들어 놓은 임시 아치문 앞. 휠체어에 앉아 있는 순애의 짧게 자른 은발 머리가 부드럽게 불어오는 솔바람에 살짝 나부꼈다.

선무의 잔잔한 피아노 반주를 시작으로 혼주 복을 곱게 차려입은 순애의 휠체어가 민준과 아영의 손에 의해 식장으로 등장했다.

병원 건물 어느 창가로부터 짧은 박수 소리가 들려 오자 의자에 앉아 있던 모든 하객들이 힘껏 박수를 치기 시작했다.

오늘이 무슨 날인지 알아 그런지, 아니면 10여 년 가까이 사람이라곤 두 딸과 간병인의 접촉이 다였던 순애가 모처럼 받는 시선 때문인지 그녀의 맑디맑은 눈이 더없이 의연하고 동그래져 갔다.

카펫을 반 즈음 통과한 순간 턱시도를 말끔히 차려입은 태준이 순애의 앞으로 다가가 섰다.

아영이 들고 있는 숄을 받아 들어 순애의 어깨에 둘러 준 뒤 휠체어를 직접 밀어 긴 카펫을 통과했다.

미리 비워 둔 신부 측 혼주 자리에 순애의 휠체어를 세운 뒤 그녀의 앞으로 다가서 무릎을 꿇고 왼 볼에 입을 맞추었다.

순애의 옆으로 다가와 앉는 아영은 태준의 입술이 그리는 말이 '사랑합니다' 일 거라고 짐작했다.

잔디밭에서, 병원 로비 입구에서, 환자들이 늘어선 창가에서 다시금 깊은 박수 소리가 울려 퍼졌다. 동시에 멀리 아치문 아래 서 있던 단영의 고개가 땅으로 떨어졌다.

"예쁜 우리 신부, 오늘은 울기 없기."

어느 틈엔가 단영의 곁으로 다가온 태준이 몸을 낮추어 그녀의 얼굴을 들여다보았다. 선무의 바뀐 곡이 두 사람의 행진을 알렸다.

아영은 자신이 가리키는 곳을 동글한 눈으로 바라보는 순애의 손을 꼭 쥐며 조용히 눈물을 흘렸다. 그 뒤에 앉은 보람도 바쁘게 손수건을 움직였고, 옆에 앉은 민준의 숙인 고개 밑으로도 눈물 한 줄기가 흘러내렸다.

행진을 지켜보기 위해 고개를 뒤로 돌리고 있던 수미는 바로 뒷자리에서 울고 있는 예나의 손을 부드럽게 감싸 쥐었다.

태준은 주례도 없는 단상 앞에 단영을 세우고 하객들 앞으로 나와 인사를 한 후 선무가 앉아 있던 피아노 앞으로 걸어 나갔다.

단영을 향해 다시 아련한 시선을 던진 태준이 살며시 눈을 감았다가 떴다. 그의 입에서 흘러나오는 부드럽고도 감미로운 목소리가 두 사람을 어느 먼 시간으로 데려가기 시작했다.

피아노를 내어 주고 와서 앉은 선무의 귓가에 대고 보람이 소곤거렸다.

"선배, 알고 있었어요? 두 사람 학교 때부터 눈 맞은 거?"

"전혀."

태준의 입에서 흘러나오는 노랫말에 귀를 기울이던 선무가 보람을 돌아보았다.

"음악실에서 분명 무슨 일이 있었을 텐데."

"나도 현강이한테 물어봤는데 잘 모른다더라."

현강은 하필 학회 세미나 발표와 결혼 날짜가 겹쳐 참석을 하지 못했다. 어떻게든 발표를 미루어 보려고 발을 동동거리던 현강의 모습이 떠오르자 선무는 저도 모르게 피식 웃음을 흘렸다.

"단영이가 수영장에서 태준 선배 바지에 물 끼얹었을 때 다 같이 죽는 줄 알았는데. 두 사람이 결혼까지 하게 되다니."

"그게 언젠데?"

"중3 여름이요."

"하, 그렇게 길었어?"

한솔고 동문인 줄 알았지만 그 이전부터 연이 있었다는 소리는 처음이었다. 선무의 눈이 절로 커졌다.

"걱정 마세요. 우리도 그 못지않으니까."

"무슨 소리야?"

"쉿. 태준 선배 노래 끝나가요. 얼른 나가서 사회 봐요. 정 궁금하면 오늘 오후 시간은 내게 다 비워 놓는 거로."

한쪽 눈을 찡긋거리며 먼저 일어선 보람이 단영의 드레스 자락을 다시금 길게 펴 주었다.

따사로운 햇살과 부드럽게 감기는 태준의 목소리에 순애의 눈이 까무룩 감기는 3월의 어느 따뜻한 오후였다.

—fin

혹, 나이가 들면 더 깊고 더 절절한 사랑이 올지 모른다는 착
각에 그저 모른 척 묻어 버렸던 어린 날의 찌릿 파릇했던 기억
을 가지고 계신지 않은지, 다시 만난다면 예쁘게 마무리하고 싶
은 아쉬운 사랑을 지니고 계시지 않은지요.

어느 책에서 그러더군요. 사랑은 고백에서 시작하는 것이 아
니라 '밥 먹었어요? 나랑 차 마실래요?'와 같이 간단한 말로 시
작하는 거라고.

그렇게 일상 군데군데 묻어 있던 마음을 미처 깨닫지 못해 놓
친 이들, 절절한 사랑을 기다리다가 연애 한 번 제대로 못해 보
고 그 시절만큼 순수한 마음이 없었네 하며 뒤늦게 후회하는 이
들을 위해 기회를 한 번 주고 싶었습니다. 단영과 태준처럼 놓
친 사랑을 만나 완성해 보시기를.

무슨 특별한 사랑이 따로 있다고 지인들의 사랑과 연애까지

도 시답지 않은 것으로 치부하던 제가 지난해 여름, 작정하고 '사랑 소설'을 한 번 써 보겠다고 하니 다들 코웃음 쳤습니다. 아니나 다를까, 막상 원고를 넘기면서 돌아보니 분량상 삭제된 태준이 불렀던 결혼 축가 김동률의 〈내 사람〉이라는 노래 가사처럼 두 사람의 이야기가 이렇다 할 로맨스도 없이 길기만 길어져, 시작이 부끄러워져 버렸습니다.

언제나 사랑이 불편하고 둔감한 스스로의 한계가 결국 단영의 20대를 외면해 버리고 30대 초중반의 현실에 부딪힌 사랑을 만나게 했습니다. 그러다 보니 처음 의도했던, 자신의 감정에 솔직하고 당당한 10대의 단영은 잃어버리고 그녀의 내적 갈등만으로 이야기를 쭉 이어 가는 덕에 읽는 이들을 지겹게 해 버린 것 같아 걱정도 되었습니다.

그럴 때마다 연재 글을 읽고 가까운 옆 동네부터 멀리 캐나다에서까지 보내오시는 독자님들의 응원 메시지들이 큰 힘이 되었습니다.

두 사람의 지극히 다른 상황이 해피엔딩을 맞기에는 비현실적이지 않느냐는 일부 독자님들의 말씀과 상관없이 제 스스로도 그저 열린 결말을 염두에 두던 어느 날, 누군가 댓글로, 메일로 단영이 실존 인물이냐고 물어 오셨습니다. 직업과 형제 관계를 제외하고 거의 자신의 상황과 흡사해서 읽을 때마다 가슴 아파하고 있다고.

처음부터 다른 이에게 읽히리라 여기거나 좋은 출판사를 만나 책이 되어 나올 것을 바라며 쓴 글이 아니기에 망설이지 않고 단영, 태준 두 사람을 한 자리에 서게 하는 것으로 끝을 맺었습니다. 이야기 속에서조차 현실 속 세상을 만나야 한다는 건 왠지 억울한 게 아닌가 하는 생각 또한.

　단영과 태준을 통해 지난해 여름의 끝자락부터 입에 제대로 담아 보지 못한 사랑이란 단어를 품고 끊임없이 시름해 봤습니다.
　앞서 두 이야기보다 훨씬 짧은 글인데도 별 갈등 없는 이야기가 의외로 힘들었네요.
　덕분에 이제껏 모른 척 고개 돌렸던 청춘의 빛바랜 감정들과 이별을 할 수 있을 것 같습니다. 첫 글의 연재 시부터 많은 애정과 관심을 주시는 독자님들, 이 글로 처음 만나게 되는 독자님들 역시 단영과 같이 각자가 지니고 계신 짐을 사랑으로 승화시키는 용기를, 태준과 같이 계산 없이 사랑 하나만으로 살아가는 사람과 세상을 만나실 수 있기를, 또 되어 보시기를 바랍니다.

　부족한 글을 책으로 묶어 주신 봄 출판사의 김민지 담당자님을 포함한 편집부 여러분, 늘 작명에 난해해 하는 내게 이름을 선뜻 빌려준 친구들에게 감사를 전합니다.

—2017년 8월, 안정원 올림.